HEYNE
Science Fiction & Fantasy
jetzt neu im Internet:
http://www.heyne.de

Fantasy

Herausgegeben von Friedel Wahren

RITTER DES WAHNSINNS

*Noch mehr komische
phantastische Geschichten*

von Terry Pratchett, Philip K. Dick,
Woody Allen, Orson Welles, Peter Sellers u. a.

Herausgegeben
von
PETER HAINING

Deutsche Erstausgabe

WILHELM HEYNE VERLAG
MÜNCHEN

HEYNE SCIENCE FICTION UND FANTASY
Band 06/9062

Titel der Originalausgabe
KNIGHTS OF MADNESS
FURTHER COMIC TALES OF FANTASY
Übersetzungen aus dem Englischen
und amerikanischen Englisch von Andreas Brandhorst,
Anette Charpentier, Joachim Körber, Karin Polz,
Franz Rottensteiner, Erik Simon und Biggy Winter
Das Umschlagbild malte Josh Kirby

Umwelthinweis:
Dieses Buch wurde auf chlor- und
säurefreiem Papier gedruckt.

Redaktion: Erik Simon & Angela Kuepper
Copyright © 1998 by Seventh Zenith Ltd.
Erstausgabe bei Souvenir Press Ltd., London
Copyright © 1999 der deutschen Ausgabe
by Wilhelm Heyne Verlag GmbH & Co. KG, München
Übersetzer, Quellen- und Rechtsvermerke zu den
einzelnen Erzählungen erscheinen am Schluß des Bandes.
http://www.heyne.de
Printed in Germany 1999
Umschlaggestaltung: Nele Schütz Design, München
Technische Betreuung: M. Spinola
Satz: Schaber Satz- und Datentechnik, Wels
Druck und Bindung: Presse-Druck, Augsburg
ISBN 3-453-16220-X

Inhalt

1. Flüge der Phantasie
Absurde Geschichten

2. Anno dazumal
Geschichten von heroischen Zeiten

3. Humord muß sein
Kriminalfälle

When fishes flew and forests walked,
And figs grew upon the thorn,
Some moment when the Moon was blood,
Then surely I was born.

Als Fische flogen, Wälder spazierten
Und der Dornbusch Feigen trug,
Just als der Mond ward wie Blut,
Muß ich geboren sein.

G. K. CHESTERTON:
The Song of Quoodle

Ich hatte einst einen Traum, in dem mir sämtliche Haare ausfielen. Als ich erwachte und dankbar feststellte, daß die wenigen, die ich mein eigen nenne, noch an Ort und Stelle waren, schlug ich in einem Traumdeutungsbuch nach. Es teilte mir mit, daß meine nächtliche Erfahrung ein Omen war: Ich würde niemals reich werden (was zutrifft), doch es gebe einen sicheren Weg, um zu verhindern, daß ich jemals kahl werden würde. Sie werden kaum überrascht sein zu erfahren, daß ich angesichts des – angeblich auf alter Tradition beruhenden – Vorschlags die Nase rümpfte: Es hieß, ich könnte alle Stellen mit dünner werdendem Haar kurieren, indem ich *Gänsedreck* auftrug – und das nicht zu knapp!

Die Vorstellungskraft ist eine eigentümliche Sache – nicht zuletzt, weil es gerade solche Alp- und Tagträume wie der meine sind, die häufig Geschichten der humoristischen Phantastik hervorbringen. Manche sind freilich nicht einmal auf ein Aufblitzen der Inspiration angewiesen, denn Tatsachen können sich als seltsamer denn Erfundenes erweisen. Nehmen Sie zum Beispiel eine Geschichte, die am 8. Januar 1998 auf den Seiten der weithin berühmten Londoner Zeitung *The Times* stand. Unter dem Titel ›Als Hühner die Erde beherrschten‹ teilte die Zeitung mit: »Chinesische Wissenschaftler untersuchen die Überreste zweier hühnergroßer Dinosaurier, die wahrscheinlich ihre Federn zum Schutz gegen Kälte statt zum Fliegen entwickelten.«

Der *Times* zufolge waren in Nordostchina die Knochen zweier Exemplare des *Sinosauropteryx* gefunden worden, die vor mehr als 149 Millionen Jahren lebten. Sie wurden als zweibeinig beschrieben, mit spitzem

Kopf, langem Schwanz und einer dreifingrigen Hand, wobei ein Finger groß und krallenförmig war und wahrscheinlich zum Töten der Beute diente. Die Wissenschaftler kamen zu dem Schluß, daß aufrecht stehende Fasern vom Kopf bis zum Schwanz den Zweck hatten, Wärmeverluste des Körpers zu verhindern. Der Geschichte war eine noch merkwürdigere Fußnote beigefügt: Eine Gruppe amerikanischer Wissenschaftler (offensichtlich eifrig bemüht, bei der Suche nach noch seltsameren Lebensformen nicht zurückzustehen) behauptete, in Pennsylvania eine 370 Millionen Jahre alte Flosse gefunden zu haben, die darauf hindeutete, daß der Fisch, dem sie einst gehört hatte, Finger besaß. »Bisher«, hieß es in dem Bericht, »glaubten die meisten Wissenschaftler, fingerähnliche Glieder hätten sich entwickelt, als Tiere vom Meer aus das Land besiedelten.«

Was also hat das alles mit dem vorliegenden Buch zu tun? Nur, daß vor ein paar Jahren im Kopfe des Schriftstellers Terry Pratchett ein nicht ganz unähnlicher Einfall über Hühner – heute statt in der Vergangenheit – ausgebrütet wurde und daraus die ›Hollywood-Hühner‹ entstanden, eine absurde Phantasie, die in diesem Buch den Ton angibt. Mir gefiel das zufällige Zusammentreffen, als ich die Geschichte in der *Times* las, und der Gedanke ging mir nie ganz aus dem Kopf, während ich diese Anthologie zusammenstellte, die dritte ihrer Art.

Im Vergleich zu ihren Vorgängern, *Gefährliche Possen* und *Scheibenwahn,* bezieht diese Auswahl ihr Material aus einem noch weitergesteckten Feld der humoristischen Literatur. In den beiden ersten Büchern habe ich überwiegend Fantasy- und Science-Fiction-Geschichten ausgewählt, doch diesmal kommen die Beiträge aus drei weiteren Genres. Den ersten Teil habe ich absurden Geschichten gewidmet, während im zweiten historische (und sogar hysterische) Erzählungen gesammelt sind, in denen die Fakten aus der Vergangenheit auf den Kopf gestellt werden. Der dritte Abschnitt präsentiert komische Kriminalgeschichten, in denen die Ausübung von Verbrechen meist vermasselt wird und die Verbrecher schlichtweg unfähig sind. Die Mischung dieser drei Themen wird sich, so hoffe ich, als vergnüglich erweisen.

Unter den Autoren sind viele von den Meistern der komischen Phantastik vertreten – Terry Pratchett, Mervyn Peake, Philip K. Dick, Ray Bradbury und ihresgleichen –, doch auch etliche Überraschungen in Person von G. K. Chesterton, Evan Hunter, Orson Welles, James Thurber und Woody Allen. Sie werden den König der Farce finden, Ben Travers, mit Tom Sharpe den Meister ererbter Laster in feinen Familien und sogar zwei von den Goons*, Spike Milligan und Peter Sellers. Zusammen machen sie nicht nur deutlich, *warum* die komische Phantastik heute so populär ist, sondern auch, daß sie etliche von den beeindruckendsten literarischen Talenten angezogen hat.

Eine Umfrage nach der anderen hat in den letzten Jahren gezeigt, daß J. R. R. Tolkiens *Der Herr der Ringe* bei weitem das beliebteste Buch dieses Jahrhunderts ist. Auch phantastische Werke von anderen bedeutenden Autoren des Genres wie C. S. Lewis und Mervyn Peake liegen auf vorderen Plätzen. Doch wer wie Terry Pratchett und Roald Dahl das Schwergewicht auf Humor legt, ist in letzter Zeit in der Popularität kometenhaft emporgestiegen. Die komische Phantastik hat, wie ich glaube, auch in der Hánden der neuen Autorengeneration eine glänzende Zukunft, wie bei dem jungen David L. Stone, der in dieser Anthologie mit den ›Dul-

---

* *Goon* heißt ›Dussel‹. Die *Goon Show* war eine beliebte britische Radiosendung; vgl. die Einleitungen zu Spike Milligan und Peter Sellers. – *Anm. d. Übers.*

wich-Mördern‹ debütiert, einer sprühenden Geschichte über das gewerkschaftlich organisierte Verbrechen.

Es hat mir Freude gemacht, beim Zusammenstellen dieser Anthologie zu den Quellen (und den Nebenarmen) der komischen Phantastik zurückzukehren. Ich hoffe, daß sie ebensoviel Gelächter und Vergnügen hervorruft wie die beiden vorangehenden.

Immerhin könnte ja der Traum vom Kahlwerden für mich etwas ganz anderes bedeuten. Aber *Gänsedreck?*

PETER HAINING,
Boxford, Suffolk

1

Flüge der Phantasie

Absurde Geschichten

Terry Pratchett

Über Terry Pratchetts Fantasy-Welten hat man gesagt, all seine Helden stünden auf tönernen Füßen, und die Magie gleiche in ihrer Wirkungskraft einem Zaubertrick, der dem Publikum eine Menge guten Willen abverlangt. Nichtsdestoweniger hat diese erstaunlich erfolgreiche Kombination seine Bücher zu den populärsten Fantasy-Werken unserer Tage gemacht – und den Verfasser zu einem der führenden Bestsellerautoren der Welt. In der Tat gibt es kaum ein Land auf diesem Planeten, wo seine Scheibenwelt unbekannt wäre und die Leser nichts vom Stadtstaat Ankh-Morpork mit seiner Unsichtbaren Universität gehört hätten, von der kunterbunten Gesellschaft seiner Figuren, darunter der Tod auf seinem weißen Pferd Binkie, der hoffnungslose Zauberer Rincewind, die Hexe Oma Wetterwachs und Truhe, die psychopathische Holzkiste mit Beinen, die sich jetzt eine Frau zugelegt hat, so daß die beiden sich nun zärtlich ›die Truhen‹ nennen. Doch Terrys Meisterschaft auf dem Gebiet der humoristischen Phantastik reicht über die Scheibenwelt hinaus, wie unsere erste, 1990 geschriebene Geschichte ›Hollywood-Hühner‹ bezeugt. Wenn ich sage, daß dies seine sehr eigene Variante von dem uralten Witz ist, warum die Hühner über die Straße laufen, verrate ich nicht zuviel.

Terry Pratchett wurde 1948 in Beaconsfield, Buckinghamshire, geboren, wo sein Vater als Kfz-Mechaniker arbeitete und die Familie in einem Cottage ohne Elektrizität und mit einem einzigen Kaltwasserhahn lebte. »Wir waren arm«, hat er gesagt, »aber, mein Gott, was waren wir elend.« Die Lektüre von Kenneth Grahames Der Wind in den Weiden *(The Wind in the Willows*) führte Terry im Alter von zehn*

---

* Wo eine deutsche Übersetzung auszumachen war, wird der entsprechende Titel zitiert, sonst der englische Titel übersetzt. Bei Büchern

Jahren in die Welt der Fantasy ein. Bald darauf versuchte er sich selbst daran, und seine erste Geschichte, ›Das Hades-Geschäft‹ – eine kleine Fabel über den Versuch des Teufels, die Hölle zu kommerzialisieren – wurde in Science Fantasy veröffentlicht, als er gerade fünfzehn war. Nachdem er seine Ausbildung an der High Wycombe Technical High School abgeschlossen hatte, arbeitete er eine Zeitlang für die örtliche Bucks Free Press, war anschließend Pressesprecher der Zentralen Elektrizitätserzeugungsbehörde – und des Nachts schrieb er. Die Farben der Magie (The Colour of Magic, deutsch auch: Die Farben der Fantasie), sein erster Scheibenwelt-Roman, 1983 veröffentlicht, brachte ihn hin zur finanziellen Unabhängigkeit. Wie er sagt, wurde er dazu angeregt, das Buch zu schreiben, »weil es so viele schlechte Tolkien-Nachahmungen gab«. Die späteren Folgen in der weiterhin wachsenden Serie haben ihm Vergleiche mit Lewis Carroll und P. G. Wodehouse eingebracht, obwohl er sich selbst eher in der Tradition von Jerome K. Jerome sieht (siehe die darauffolgende Geschichte).

Trotz all seiner Erfolge ist Terry Pratchett ein freundlicher und liebenswürdiger Mann geblieben, der sich immer für die Meinungen seiner Fans interessiert und Stunde um Stunde Bücher für seine Bewunderer signiert. Ungeachtet der obskuren Natur seiner Scheibenwelt ist Pratchett von moderner Technik fasziniert und ein eifriger Nutzer des Internets, wo sein besonderes Interesse den Diskussionen über sein Werk und Mitteilungen an ihn gilt, die ihn unter Adressen wie alt.fan.pratchett erreichen. Noch ehe diese Anthologie erschien, war im Netz zu erfahren, daß Terrys Rhodeländer wieder im Begriff waren auszuschlüpfen. Da sind sie …

---

wird der Originaltitel hinzugefügt, um angesichts der mitunter völlig abweichenden deutschen Titel die Identifikation zu erleichtern. – Anm. d. Übers.

Hollywood-Hühner

Dies sind die Fakten:

1973 kippte ein Lastwagen an einem Autobahnkreuz bei Hollywood um. Es war eine der verkehrsreichsten Straßen der Vereinigten Staaten und damit der ganzen Welt.

Ein Teil der Ladung ging verloren. Der Laster hatte Hühner transportiert, und einige Kisten zerbrachen.

Ein mit dichtem Gebüsch bewachsener und fast einen halben Kilometer langer Seitenstreifen erstreckte sich neben der Autobahn, auf drei Seiten gesäumt von donnerndem Verkehr, auf der vierten von einer Mauer begrenzt.

Niemand machte sich wegen ein paar Hühnern Gedanken.

...

Pick pick.

Kratz. Kratz.

Gluck?

...

Folgendes ist bekannt: Fahrer, die regelmäßig auf der Strecke unterwegs waren, bemerkten das Überleben der Hühner. Für die Vegetation gab – und gibt – es Sprenger am Seitenstreifen, und der begrenzten Käferpopulation gesellte sich eßbarer Fallout vom stetigen Verkehr hinzu.

Die Hühner gewöhnten sich an die neue Umgebung und brüteten.

...

Pick pick. Kratz. Pick …
Pick?
Kratz pick?
Pick?
Pick + pick = gacker
Gluck?
…

Nach einer groben Schätzung stabilisierte sich die Anzahl der Hühner bei etwa fünfzig. Während der ersten Jahre geschah es immer wieder, daß kleine Hühner den Asphalt aus nächster Nähe kennenlernten, aber gleichzeitig fand eine Art natürliche Auslese statt. Anders ausgedrückt: Flache Hühner legen keine Eier.

Gelegentlich bemerkten Autofahrer einige Hühner, die am Straßenrand standen und aufmerksam zur anderen Seite der Autobahn blickten.

Sie wirkten wie Hühner mit einem Problem, hieß es.

…

GACKER PICK PICK KRÄH!

    I   Pick gacker pick

   II Gacker kräh pick

  III Gacker *gacker* kräh

  IV Kratz kräh pick graark

   V (Hals recken) pick kräh

  VI Pick pick pick (Gefieder putzen)

 VII (Nach dem Fuß picken) kratz kräh

VIII Kräh kratz

  IX Pick (seltsames gurgelndes Geräusch) pick

   X Kratz pick *kräh* graark (vorsichtig ausgedrückt)

…

Abgesehen von gelegentlichen Küken wurde auf der Autobahn kein totes Huhn gefunden, mit Ausnahme des Zwischenfalls von 1976, als zehn Hühner während der Rush-hour aufbrachen und versuchten, die Autobahn zu überqueren. Es muß ein nicht unbeträchtlicher Teil der damaligen Hühnerbevölkerung gewesen sein.

Der Fahrer eines Tankwagens berichtete, ein älterer Hahn hätte die Gruppe angeführt, ihn mit großem Selbstvertrauen angestarrt und offenbar darauf gewartet, daß etwas geschah.

Bei einer Untersuchung des linken Kotflügels fand man Hinweise darauf, daß es sich bei dem Vogel um einen Rhodeländer handelte.

...

Cogito ergo gluck.

...

Ab und zu hielt jemand, der hungrig oder verzweifelt genug war, dicht am Seitenstreifen an, um sich ein schlafendes Huhn zu schnappen.

Beim Gesundheitsamt reagierte man zunächst mit großer Besorgnis darauf. Die zuständigen Beamten vermuteten, daß die wild lebenden Hühner aufgrund der Nähe des Verkehrs gefährlich viel Blei in ihrem Körper ansammelten, von anderen giftigen Substanzen ganz zu schweigen.

1978 wurden zwei Forscher mit dem Auftrag ins Gebüsch geschickt, einige Hühner zu holen und der Wissenschaft zu opfern.

In ihrem Fleisch suchte man vergeblich nach Blei.

Wir wissen nicht, ob auch Eier überprüft wurden.

Dies ist wichtig (siehe Dokument C).

Allerdings wurde im Untersuchungsbericht erwähnt, daß die Hühner den Eindruck erweckten, gegeneinander gekämpft zu haben. (Siehe Dokument F: *Aggressionsmuster in geschlossenen Habitaten* von Helorksson und Frim, 1981.) Angesichts der späteren Entwicklungen müssen wir von einer vorübergehenden Phase ausgehen.

...

Vor vier Pick-(Hals recken) *und sieben* Gluck-kratz, *brachte unser* Kratz-(nach linkem Fuß picken)-kräh *dieses* Gluck-gluck-kräh *hervor ...*

...

In den Morgenstunden des 10. März 1981 verfolgte der Polizeibeamte James Stooker Stasheff einen Verdächtigen, was dazu führte, daß sieben Fahrzeuge in einen Unfall verwickelt wurden. Ein wenig abseits des Straßenrands bemerkte er eine Konstruktion aus langen Zweigen, zusammengebunden mit Magnetband, das offenbar von Musikkassetten stammte. Das Gebilde ragte fast einen Meter weiter in den Bereich der Fahrbahn, und an seinem Ende hockten zwei Hühner mit Zweigen im Schnabel. »Sie schienen ein Nest bauen zu wollen«, sagte der Polizeibeamte. »Als ich um zehn Uhr an der gleichen Stelle vorbeikam, lag das Ding zertrümmert neben der Straße.«

Stasheff fuhr fort: »Man braucht nicht lange zu suchen, um neben der Autobahn Musikkassetten zu finden. Wenn sich das Band im Recorder verheddert, werfen die Leute die beschädigte Kassette einfach aus dem Fenster.«

Nach Ruse und Sixbury *(Bulletin der Ornithologischen Gesellschaft von Arkham, Ausg. 17, 1968, Seiten 124–132)* kann chronischer Streß dazu führen, daß Vögel ungewöhnlich große und komplexe Nester bauen (Dokument D).

Das wird nicht unbedingt als Erklärung für diesen besonderen Fall angeführt.

...

Pick ... pick ... kratz.

Kratz kratz kratz kratz kratz kratz kratz kratz kratz kratz kratz.

...

1983 gab ein kleiner Teil der Fahrbahn direkt am Seitenstreifen nach, aber man glaubt, das sei für diese Studie nicht von Belang. Man führte den Tunnel unterm Asphalt auf Ziesel, Füchse oder andere Höhlen und Gänge grabende Tiere zurück. Was vorschnell als Stützbalken beschrieben wurde, kann in Wirklichkeit nichts anderes gewesen sein als Holzstücke, die vom Regen in den Tunnel gespült wurden und dort steckenblieben. Sicher gilt das auch für die Federn.

...

Wenn Gluck *fliegen sollten, hätten sie größere* (mit den Flügeln schlagen).

...

Der Polizeibeamte Stasheff gab folgendes zu Protokoll:

»Es muß im späten August von 1984 gewesen sein. Ein Lastwagenfahrer erzählte mir, daß er dort vorbeifuhr, es muß am späten Nachmittag gewesen sein, und plötzlich kam das Ding angeflattert, er sprach von *Flattern*, aus dem Gebüsch kam es und flog über die Autobahn, und er beobachtete es und sah, daß es nicht an Höhe verlor, ja, und dann knallte es an die Windschutzscheibe und zerbrach. Er vermutete, daß irgendwelche Kinder dahintersteckten, und deshalb sah ich im Gebüsch nach. Aber von Kindern keine Spur. Ich fand nur einige Hühner, die da herumpickten, und außerdem jede Menge Müll. Es ist unglaublich, welcher Kram sich im Lauf der Zeit am Straßenrand ansammelt. Nun, ich fand den Rest des Objekts, das dem Fahrer an die Windschutzscheibe klatschte. Sah aus wie eine Art Käfig mit Flügeln dran. Steckte voller kleiner Flaschenzüge und Magnetband und Hebeln und so. Was? Oh, ja. Es waren auch einige Hühner drin. Befanden sich nicht in einem besonders guten Zustand. Ich meine, wer stellt so etwas an? Im einen Augenblick fliegende Hühner, und im nächsten Frikassee. Es waren insgesamt drei. Alles braune Hähne.«

... Es ist ein (kleines Kratzen) für ein *Gluck,* aber ein (starkes Flügelschlagen) für die *Gluck.*

...

Weitere Aussagen des Polizeibeamten Stasheff (19. Juli 1986):

»Kinder, die mit Feuer spielten. Das ist meine Meinung. Sie klettern über die Mauern und bauen sich Buden im Gebüsch. Wie ich schon sagte: Sie schnappten sich einfach ein Huhn. Weiß gar nicht, warum deshalb alle so aufgeregt sind. Einige Kinder füllten eine alte Mülltonne mit irgendwelchem Zeug und Feuerwerkskörpern, stopften auch noch ein verdammtes *Huhn* hinein und ließen dann alles in die Luft gehen ... Es hätte großer Schaden angerichtet werden können, wenn das Ding nicht auf der anderen Seite gegen einen Brückenpfeiler geprallt wäre. Das Huhn im Innern überlebte die Kollision natürlich nicht. Verfügte über ein Stück Stoff mit Fäden dran. Vielleicht wollten die Kinder, daß der arme Vogel einen Fallschirm benutzt. Na schön, es gibt da also einen Krater. Na und? Pflanzt einfach ein paar Büsche darin. Was? Natürlich ist es dort heiß, immerhin haben sie Astronauten gespielt. Eine andere Art von ›heiß‹? Welche denn?«

...

Pick (Hals recken)-kräh = gurgel/c^2
Gluck?

...

Wir wissen, daß am 3. Mai 1989 um zwei Uhr morgens mehrere Autofahrer ein purpurnes Glühen zwischen den Büschen in der Mitte des Seitenstreifens bemerkten. Manche Leute sprachen in diesem Zusammenhang von einem blauen Leuchten. Aus den einzelnen Aussagen geht hervor, daß dieses Phänomen etwa zehn Minuten lang andauerte.

Es kam auch zu einem Geräusch, und in dieser Hinsicht gibt es mehrere Beschreibungen. Es klang ›seltsam‹, wie ›eine Art Pfeifen‹ oder wie ›Frequenzschwankungen beim Radio‹. Wir konnten nur eine Beschreibung überprüfen, und zwar die von Curtis V. J. McDonald. Er meinte:»Kennen Sie die Star-Trek-Folge, in der es zu einer Begegnung mit Fischmenschen von

einer alternativen Erde kommt? Nun, der Materietrans-
mitter oder Transporter der Fischmenschen verursachte
das gleiche Geräusch.«

Wir haben uns die betreffende Folge angesehen. Es
handelt sich um jene Episode, in der sich Kirk in das
Mädchen verliebt (Kassette A).

...

Gluck?

(Fuß drehen) $\sqrt{2t\beta}$ ... [Σ/pick]/Kratz^{2*} ^{*te} (Gurgel)
(Federn der linken Schulter putzen) = (Federn der rech-
ten Schulter putzen) ...

HmmMMmmMMmmMMmmMMmmMMmm.

Gluck.

...

Wir wissen auch, daß ein Reisender namens Elrond X
den betreffenden Bereich gegen zwei Uhr aufsuchte.
Als man ihn kurze Zeit später entdeckte, sagte er: »Na
schön, ab und zu nahm ich ein Huhn mit, aber das ist
doch nicht verboten, oder? Außerdem habe ich damit
aufgehört, weil's immer schwerer wurde, ich meine,
so wie sie sich verhielten. Wie sie einen ansahen, mit
wachen, vorwurfsvollen Augen. Aber die Zeiten sind
schwer, und deshalb dachte ich, ach, warum nicht ...«

»Es gibt dort überhaupt keine Hühner mehr, Mann.
Jemand hat gründlich aufgeräumt und sie alle verschwinden lassen!«

Als man ihn nach der Vorrichtung fragte, sagte er:
»Mitten im Gebüsch gab es diesen Haufen aus Zweigen, Draht und anderen Dingen. Und Eier lagen dort,
aber die Eier rührt man natürlich nicht an, das wissen
wir aus Erfahrung, bei manchen von ihnen bekommt
man einen elektrischen Schlag. Wie? Weil Sie mich bisher nicht danach gefragt haben, deshalb. Ja, ich kippte
das komische Etwas um, weil sich ein Huhn darin befand, na schön, und als ich mich dann näherte, blitzte
es plötzlich, und es donnerte wie bei einem Gewitter,

und dann verschwamm das Huhn irgendwie und löste sich in Luft auf. Wenn Sie meine Meinung hören wollen: So verhalten sich keine normalen Hühner.«

Bisher sind wir nicht in der Lage gewesen, die Vorrichtung richtig zusammenzubauen (siehe Fotos A bis G). In Hinblick auf seine Funktion herrscht erheblicher Zweifel, aber wir sehen uns außerstande, den Standpunkt von Mr. X zu teilen, der den Apparat für einen ›wirklich komischen Mikrowellenherd‹ hielt. Es schien nichts weiter zu sein als eine Ansammlung von Abfällen und Zweigen, zusammengehalten von Magnetband.* Vielleicht kam dem Etwas religiöse Bedeutung zu. Die von Mr. X angefertigten Zeichnungen deuten darauf hin, daß es im Innern Platz genug für jeweils ein Huhn gab.

Dokument C enthält eine Analyse der drei Eier, die wir in dem Haufen fanden. Eins von ihnen scheint normal, aber unfruchtbar zu sein. Das zweite hat ein Blitzlicht zwei Tage lang mit elektrischem Strom versorgt. Was das dritte betrifft: Ein Bericht darüber hängt davon ab, ob wir entweder das betreffende Ei oder Dr. Paperbuck finden, der versuchte, es mit einer Säge zu öffnen.

Der Vollständigkeit halber sollten Sie sich auch Dokument B ansehen, das eine Kopie des von Paperbuck und Macklin verfaßten Artikels ›Besonderer evolutionärer Druck bei kleinen, großem Streß ausgesetzten isolierten Gruppen‹ enthält – er erschien im *Western Science Journal.*

Nur eins läßt sich mit Gewißheit sagen: Es gibt keine Hühner mehr an einem Ort, wo seit siebzehn Jahren Hühner lebten.

Allerdings wurden auf der *anderen* Straßenseite siebenundvierzig Hühner gezählt.

---

* ›The Best of Queen‹.

Warum sie die Autobahn überquerten, ist eins der fundamentalen Rätsel populärer Philosophie.

Doch darin besteht nicht das Problem.

Das *Wie* interessiert uns weitaus mehr als das *Warum*.

Nun, jener Seitenstreifen ist nicht sehr breit, und die Hühner haben nur wenig Platz, und einige Hennen legen Eier.

Vielleicht brauchen wir einfach nur abzuwarten, um zu sehen, wie sie zurückkehren.

...

Gluck?

Hinweis des Autors: 1973 kippte ein Lastwagen an einem Autobahnkreuz bei Hollywood um. Es war eine der verkehrsreichsten Straßen der Vereinigten Staaten und damit der ganzen Welt. Einige Hühner entkamen und brüteten. Sie überlebten – und überleben – in der gefährlichen Umwelt am Straßenrand. Doch in dieser Geschichte geht es um ein anderes Hollywood. Und um andere Hühner.

Jerome K. Jerome

Zu Beginn des zwanzigsten Jahrhunderts wurde Jerome K. Jerome als der ›Neue Humorist‹ bezeichnet. Seine Bücher waren derart beliebt, daß sein Verleger J. W. Arrowsmith einmal mit sichtlicher Genugtuung bemerkte: »Ich kann mir gar nicht vorstellen, was aus all den Exemplaren der Bücher wird, die ich herausbringe – oft denke ich, die Leute essen sie auf!« Zu ihrer Zeit waren Jeromes komische Romane, insbesondere Drei Mann in einem Boot *(Three Men in a Boat, 1889), so außerordentlich erfolgreich wie heutzutage die von Terry Pratchett, und es ist interessant, Pratchett eingestehen zu hören: »Mein Humor steht in einer unglaublich britischen Tradition, die bis zu Jerome K. Jerome zurückverfolgt werden kann.« Beide Autoren genossen es, ihre eigenen Fantasy-Welten zu erschaffen, ihren Helden außergewöhnliche Namen zu geben und ihre Berühmtheit weidlich zu nutzen. Ähnlich wie Pratchett, der einmal eine Anthologie für mich mit dem Ausruf »Buh!« signierte, nannte Jerome sich ›'Arry K. 'Arry‹ und benutzte dies oft anstelle seiner eigenen Unterschrift, wenn er Bücher signierte.*

Jerome Klapka Jerome (1859–1927) wurde in Walsall in Staffordshire geboren, doch seine Familie zog ins Londoner East End, als er noch ein kleines Kind war. Seine Kindheit war gezeichnet von fast ununterbrochenem Elend, woran größtenteils die Neigung seines Vaters, des Laienpredigers Jerome Clap Jerome, schuld war, sein eigenes Geld und auch das seiner Frau in einer Reihe katastrophaler Unternehmungen zu verschleudern. »Mit einem Vater, der so einen Namen hatte, schien ich keine andere Wahl zu haben, als meinen Lebensunterhalt mit Humor zu verdienen«, sagte er später. Der Junge verließ mit vierzehn Jahren die Schule, versuchte sich vergebens in einer Anzahl von Berufen und wurde schließ-

lich Schauspielkomparse und später Gelegenheitsjournalist für einen Penny pro Zeile. 1889 hatte er mit Müßige Gedanken eines müßigen Burschen (The Idle Thoughts of an Idle Fellow, 1889) fast über Nacht Erfolg; mit seinem Slang und Nonsens und der Vorführung von Leuten, die sich selbst zum Narren machen, hatte diese Arbeit nachhaltigen Einfluß auf den modernen populären Journalismus. Auf einen Schlag fiel es Jerome viel leichter, Erzählungen und Artikel an Zeitschriften zu verkaufen. Im selben Jahr erhob ihn Drei Mann in einem Boot zur literarischen Größe, und wie heute Terry Pratchett, begann er extravagante schwarze Kleidung zu tragen, dazu einen prächtigen Hut (einen runden Strohhut), den er sich verwegen aufsetzte. Das Buch wurde alsbald in ein Dutzend Sprachen übersetzt, mehrmals sowohl fürs Kino als auch fürs Fernsehen verfilmt und ist auch heute noch im Druck, anerkannt als einer der klassischen humoristischen Romane aller Zeiten.

Der Kritiker Alfred Moss hat über Jerome K. Jerome gesagt, daß er »immer das komische Element in den trivialsten Begebenheiten zu finden« vermochte, und da Humor knapp war, habe er versucht, Abhilfe zu schaffen – genau derselbe Zweck, den auch Terry Pratchett verfolgte. ›Das neue Utopia‹, 1891 für den Punch geschrieben, ist Jerome K. Jeromes bissig-ironischer Blick auf eine neue Welt der Zukunft – und man findet darin dieselben Züge von Erfindungsgeist und Charakterzeichnung, die ein Jahrhundert später den Scheibenwelt-Romanen soviel Leben verliehen haben.

Das neue Utopia

Ich hatte einen außerordentlich interessanten Abend verbracht. Mit einigen sehr ›fortschrittlichen‹ Freunden hatte ich im ›Nationalen Klub der Sozialisten‹ zu Abend gegessen. Das Dinner war ausgezeichnet gewesen: Der Fasan, mit Trüffeln gefüllt, war ein Gedicht, und wenn ich sage, daß der 49er Chateu Lafite den Preis wert war, den wir dafür bezahlen mußten, so weiß ich nicht, was ich noch mehr des Lobes darüber äußern könnte.

Beim Rauchen nach dem Essen (ich muß sagen, im Nationalen Klub der Sozialisten wissen sie, wie man gute Zigarren vorrätig hält) führten wir eine sehr lehrreiche Diskussion über die bevorstehende Gleichheit der Menschen und die Verstaatlichung des Kapitals.

Ich war außerstande, mich selbst ausgiebiger an dem Disput zu beteiligen, da ich als Kind in einer Lage gesteckt hatte, die es notwendig machte, mir meinen Lebensunterhalt selbst zu verdienen, und ich daher nie über Zeit und Gelegenheit verfügte, mich diesen Fragen zu widmen.

Doch ich hörte sehr aufmerksam zu, als meine Freunde erklärten, wie die Entwicklung der Welt in den Tausenden von Jahrhunderten, bevor sie auf den Plan getreten waren, völlig schiefgelaufen war und wie sie sie im Laufe der nächsten paar Jahre oder so ins richtige Gleis zu bringen gedachten.

Die Gleichheit der gesamten Menschheit war ihr

Schlagwort – vollkommene Gleichheit in jeder Beziehung: Gleichheit an Besitz, Gleichheit an Stellung und Einfluß und Gleichheit bei den Pflichten, woraus Gleichheit an Glück und Zufriedenheit erwachsen würden.

Die Welt gehörte allen gleichermaßen und mußte gleichmäßig aufgeteilt werden. Jedermanns Arbeit gehörte nicht ihm selbst, sondern dem Staat, der ihn ernährte und kleidete, und sollte nicht zu seinem eigenen Vorteil eingesetzt werden, sondern zur Bereicherung der Menschheit.

Individueller Wohlstand – die soziale Kette, mit der die wenigen die vielen gefesselt hatten, die Banditenpistole, mit deren Hilfe eine zahlenmäßig kleine Räuberbande die ganze Gemeinschaft um die Früchte ihrer Arbeit betrogen hatte – mußte denen aus der Hand genommen werden, die schon zu lange an ihnen festhielten.

Soziale Unterschiede – die Barriere, die die anschwellende Flut von Menschlichkeit bislang eingedämmt hatte – mußten für immer beiseite gefegt werden. Die Menschheit sollte vorwärts zu ihrer Bestimmung drängen (welche auch immer das sein mochte) – nicht wie gegenwärtig als zusammengewürfelter Haufen, wo jeder für sich allein sich durch das unebene Gelände ungleicher Geburt und unterschiedlichen Vermögens kämpfte, wo der weiche Rasen den Füßen der Verhätschelten vorbehalten war und die grausamen Steine den Füßen der Verdammten. Nun, sie sollte als geordnete Armee vorrücken, Seite an Seite über die plane Ebene der Gleichberechtigung und Gleichheit marschieren.

Der große Busen unserer Mutter Erde sollte all ihre Kinder nähren, eins wie das andere; keines sollte hungern, keines zuviel bekommen. Der Starke sollte sich nicht mehr als der Schwache nehmen, der Schlaue keinerlei Pläne schmieden, wie er sich mehr als der Einfältige aneignen könnte. Die Erde gehörte dem Menschen, so auch ihre Fülle, und sie sollte der ganzen Menschheit zu gleichen Teilen zugute kommen. Alle Menschen waren vor den Gesetzen der Natur gleich und mußten von den menschlichen Gesetzen gleich gemacht werden.

Mit Ungleichheit gehen Elend, Verbrechen, Sünde, Selbstsucht, Überheblichkeit, Hochmut einher. In einer Welt, in der alle Menschen gleich wären, würde es darum keine Versuchung zum Bösen geben, und unser naturgegebener Edelmut würde sich durchsetzen.

Wenn alle Menschen gleich wären, würde die Welt der Himmel sein – befreit von der erniedrigenden Despotie Gottes.

Wir hoben unsere Gläser und tranken auf die Gleichheit, die geheiligte Gleichheit, dann ließen wir den Kellner grünen Chartreuse und neue Zigarren bringen.

Auf dem Nachhauseweg war ich tief in Gedanken versunken. Lange fand ich keinen Schlaf; ich lag wach und dachte über diese Vision einer neuen Welt nach, die mir aufgezeigt worden war.

Wie freudvoll würde das Leben sein, wenn nur der Plan meiner sozialistischen Freunde umgesetzt werden konnte. Es würde Schluß sein mit diesem Kampf eines jeden gegen jeden, mit Neid, mit Enttäuschung, mit der Angst vor Armut! Der Staat würde von der Stunde unserer Geburt bis zum Tode für uns sorgen und uns von der Wiege bis zur Bahre mit allem versorgen, beide eingeschlossen, und wir brauchten nicht einmal einen Gedanken daran zu verschwenden. Es würde keine schwere Arbeit mehr geben (drei Stunden pro Tag würden nach unserer Berechnung das höchste sein, was der Staat von jedem erwachsenen Bürger verlangen würde, und niemand dürfte mehr tun – *ich* dürfte nicht mehr tun) – keine Armen zu bedauern, keine Reichen zu beneiden – niemand, der auf uns herabschauen könnte, niemand, auf den wir herabschauen könnten (nicht ganz so angenehm, dieser letzte Gedanke) – unser gesamtes Leben für uns geordnet und eingerichtet – nichts, worüber man sich Gedanken machen müßte, außer der glorreichen Bestimmung der Menschheit (was auch immer das sein mochte)!

Dann schlich sich das Denken fort, um sich im Chaos zu ergehen, und ich schlief.

Als ich erwachte, stellte ich fest, daß ich unter einem Glaskasten in einem hohen, trostlosen Raum lag. Über meinem Kopf befand sich ein Schild. Ich drehte mich um und las:

SCHLAFENDER MANN
ZEITALTER: 19. JAHRHUNDERT

Dieser Mann wurde nach der großen sozialen Revolution von 1899 in einem Haus in London schlafend gefunden. Nach den Aussagen der Vermieterin hatte es den Anschein, daß er zu dem Zeitpunkt, da er gefunden wurde, schon seit über zehn Jahren schlief (da sie ihn zu wecken vergessen hatte). Es wurde entschieden, ihn zu wissenschaftlichen Zwecken nicht zu wecken, sondern festzustellen, wie lange er schlafen würde; demzufolge wurde er am 11. Februar 1900 ins ›Museum der Kuriositäten‹ gebracht und hier deponiert.

Die Besucher werden gebeten, kein Wasser durch die Luftlöcher zu spritzen.

Ein alter Herr von intelligentem Aussehen, der in einem benachbarten Kasten ein paar ausgestopfte Eidechsen zurechtgerückt hatte, kam herbei und nahm den Deckel über mir ab.

»Was ist los?« fragte er, »Hat Sie etwas gestört?«

»Nein«, sagte ich. »Ich wache immer so auf, wenn ich meine, lange genug geschlafen zu haben. Welches Jahrhundert haben wir?«

»Wir haben«, sagte er, »das neunundzwanzigste Jahrhundert. Sie haben tausend Jahre geschlafen.«

»Ach! Schön, um so besser«, erwiderte ich und stieg vom Tisch. »Es geht nichts darüber, sich richtig auszuschlafen.«

»Ich nehme an, Sie werden das übliche vorhaben«, sagte der alte Herr zu mir, während ich meine Sachen anzog, die neben mir im Kasten gelegen hatten. »Sie werden wollen, daß ich mit Ihnen in der Stadt rumgehe und Ihnen alle Veränderungen erkläre, während Sie Fragen stellen und dumme Bemerkungen machen?«

»Ja«, antwortete ich. »Ich denke, genau das sollte ich tun.«

»Ich denke schon«, murmelte er. »Kommen Sie, bringen wir's hinter uns.« Und er führte mich aus dem Raum.

Als wir nach unten gingen, sagte ich: »Also, ist jetzt alles in Ordnung?«

»Ob was in Ordnung ist?« erwiderte er.

»Na, die Welt«, antwortete ich. »Ein paar Freunde von mir haben, kurz bevor ich schlafen gegangen bin, Anstalten getroffen, sie auseinanderzunehmen und wieder richtig zusammenzusetzen. Habt ihr sie inzwischen in Ordnung gekriegt? Sind jetzt alle gleich, und sind Sünde und Sorge und das ganze Zeug abgeschafft?«

»O ja«, erwiderte mein Führer, »Sie werden jetzt alles in Ordnung finden. Wir haben ganz schön hart dran gearbeitet, während Sie schliefen. Jetzt haben wir diese Erde so ziemlich perfekt hingekriegt, würde ich sagen. Niemand darf etwas Falsches oder Dummes tun, und was die Gleichheit angeht, Kaulquappen machen bei uns nicht mit.«

(Er sprach ziemlich ordinär, schien mir, aber ich wollte ihn nicht zurechtweisen.)

Wir traten aus dem Gebäude und gingen in die Stadt. Sie war sehr sauber und sehr still. Die Straßen, mit Nummern gekennzeichnet, kreuzten sich im rechten Winkel, und alle boten sie haargenau das gleiche Bild. Es waren keine Pferde oder Wagen zu sehen, der ganze Verkehr wurde mit elektrischen Fahrzeugen abgewickelt. Alle Männer, denen wir begegneten, hatten einen stillen, ernsten Gesichtsausdruck und sahen einander so ähnlich, daß man auf den Gedanken kam, sie müßten alle zur selben Familie gehören. Jeder trug wie mein Führer eine graue Hose und ein graues Hemd, das am Hals eng zugeknöpft war und in der Taille von einem Gürtel gehalten wurde. Jeder Mann war glattrasiert, und jeder hatte schwarzes Haar.

Ich sagte: »Sind das alles Zwillinge?«

»Zwillinge! Um Himmels willen, wie kommen Sie denn darauf?«

»Na ja, sie sehen sich so ähnlich«, erwiderte ich, »und sie haben alle schwarzes Haar.«

»Oh, das ist die Regelfarbe fürs Haar«, erklärte mein Begleiter, »wir haben alle schwarzes Haar. Wenn das Haar von jemandem nicht von Natur aus schwarz ist, muß er es schwarz färben.«

»Warum?« fragte ich.

»Warum!« gab der alte Herr etwas gereizt zurück. »Ich denke, Sie haben verstanden, daß jetzt alle Menschen gleich sind. Wo käme unsere Gleichheit hin, wenn ein Mann oder eine Frau in goldblondem Haar herumstolzieren dürfte, während jemand anders mit rotem zurechtkommen muß? Die Menschen müssen in diesen glücklichen Zeiten nicht nur gleich sein, sondern auch so aussehen, soweit es möglich ist. Indem wir alle Männer veranlassen, sich glattzurasieren, und alle Männer und Frauen, schwarzes, auf gleiche Länge geschnittenes Haar zu haben, korrigieren wir in gewisser Weise die Irrtümer der Natur.«

Ich fragte: »Warum schwarz?«

Er sagte, er wisse es nicht, doch das sei die Farbe, die beschlossen worden sei.

»Von wem?« fragte ich.

»Von der MEHRHEIT«, erwiderte er, wobei er den Hut lüftete und den Blick wie beim Gebet senkte.

Wir gingen weiter und kamen an noch mehr Männern vorbei. Ich fragte: »Gibt es keine Frauen in dieser Stadt?«

»Frauen!« rief mein Begleiter aus. »Natürlich gibt es welche. Wir sind doch an Hunderten vorbeigekommen!«

»Ich dachte, ich würde eine Frau erkennen, wenn ich eine sähe«, bemerkte ich. »Ich kann mich aber nicht entsinnen, daß mir eine aufgefallen wäre.«

»Na, da gehen doch zwei«, sagte er und lenkte meine Aufmerksamkeit auf ein paar Personen in der Nähe, beide in die den Regeln entsprechenden grauen Hosen und Hemden gekleidet.

»Woran erkennen Sie, daß es Frauen sind?« fragte ich.

»Sehen Sie die Metallnummern, die jeder am Kragen trägt?«

»Ja. Ich habe gerade überlegt, wieviel Polizisten ihr habt und wo wohl die anderen Leute sein mögen!«

»Also, die geraden Zahlen sind Frauen und die ungeraden Männer.«

»Überaus einfach«, bemerkte ich. »Ich nehme an, mit ein wenig Übung kann man die Geschlechter fast auf den ersten Blick unterscheiden?«

»O ja«, erwiderte er, »wenn man will.«

Eine Zeitlang gingen wir schweigend weiter. Und dann sagte ich: »Warum haben alle eine Nummer?«

»Um uns unterscheiden zu können«, antwortete mein Begleiter.

»Haben die Leute denn keine Namen?«

»Nein.«

»Warum nicht?«

»Oh, an den Namen haftete so viel Ungleichheit. Manche Leute hießen Montmorency, und sie schauten auf die Smiths herab, und die Smythes wollten nichts mit den Jones' zu tun haben; um weitere Scherereien zu vermeiden, wurde beschlossen, die Namen ganz abzuschaffen und jedem eine Nummer zu geben.«

»Hatten die Montmorencys und die Smythes denn nichts dagegen?«

»Ja, aber die Smiths und die Jones' waren in der MEHRHEIT.«

»Und blickten nicht die Einsen und Zweien auf die Dreien und Vieren herab, und so weiter?«

»Anfangs schon. Aber mit der Abschaffung des Wohlstandes verloren Zahlen ihren Wert, außer für industrielle Zwecke und für Zahlenrätsel, und jetzt fühlt sich Nr. 100 in keiner Weise der Nr. 1 000 000 überlegen.«

Ich hatte mich nicht gewaschen, als ich aufgestanden war, denn im Museum war dazu keine Gelegenheit gewesen, und ich fühlte mich etwas verschwitzt und schmutzig. Ich fragte: »Kann ich mich irgendwo waschen?«

Er sagte: »Nein, wir dürfen uns nicht selbst waschen. Sie müssen bis halb fünf warten, dann werden Sie für die Teestunde gewaschen.«

»Ich *werde* gewaschen!« rief ich aus. »Von wem?«

»Vom Staat.«

Er sagte, sie hätten festgestellt, daß sie ihre Gleichheit nicht bewahren konnten, wenn sich die Leute selbst waschen durften. Manche wuschen sich drei-, viermal am Tage, während andere das ganze Jahr über weder Wasser noch Seife anrührten, und in der Folge hätte es zwei unterschiedliche Klassen gegeben, die Sauberen und die Schmutzigen. All die alten Klassenvorurteile wären wieder aufgelebt. Die Sauberen verachteten die Schmutzigen, und die Schmutzigen haßten die Sauberen. Also hatte, um die Zwietracht zu beenden, der Staat entschieden, das Waschen selbst zu übernehmen; jetzt wurde jeder Bürger zweimal am Tag von Staatsbeamten gewaschen, und privates Waschen war verboten.

Mir fiel auf, daß wir unterwegs nicht an einzelnen Häusern vorbeikamen, nur an Blocks von großen, kasernenähnlichen Gebäuden, alle von derselben Größe und Form. Gelegentlich passierten wir an einer Ecke ein kleineres Bauwerk mit der Aufschrift ›Museum‹, ›Krankenhaus‹, ›Diskussionshalle‹, ›Bad‹, ›Turnhalle‹, ›Akademie der Wissenschaften‹, ›Industrieausstellung‹, ›Redeschule‹ usw., usf., doch nie ein Haus.

Ich sagte: »Wohnt denn niemand in der Stadt?«

Er erwiderte: »Sie stellen aber dumme Fragen, also wirklich. Wo, denken Sie, wohnen die alle?«

»Ebendas habe ich mir gerade vorzustellen versucht. Ich sehe nirgends Häuser!«

Er sagte: »Wir brauchen keine Häuser – keine Häuser, wie Sie sich vorstellen. Wir sind jetzt sozialistisch, wir leben in Brüderlichkeit und Gleichheit zusammen. Wir wohnen in den Blocks, die Sie hier sehen. Jeder Block beherbergt eintausend Bürger. Er enthält eintausend Betten – einhundert pro Zimmer –, dazu Badezimmer und Ankleidezimmer in entsprechender Anzahl, einen Speisesaal und Küchen. Um sieben Uhr morgens ertönt ein Klingelzeichen, und alle stehen auf und machen ihr Bett. Sieben Uhr dreißig gehen sie in die Ankleidezimmer, sie werden gewaschen und rasiert und bekommen die Haare gekämmt. Um acht wird im Speisesaal das Frühstück gereicht. Es besteht aus einem halben Liter Haferbrei und einem Viertelliter warme Milch für jeden erwachsenen Bürger. Wir sind jetzt alle strenge Vegetarier. Die Stimmenzahl für die Vegetarier ist im Laufe des letzten Jahrhunderts enorm gestiegen, und da ihre Organisation so hervorragend ist, haben sie jede Wahl in den letzten fünfzig Jahren diktieren können. Um eins ertönt wieder ein Klingelzeichen, und die Leute kommen zum Mittagessen zurück, welches aus Bohnen und Obstkompott besteht, dazu zweimal wöchentlich Soja-Strudel und samstags Mehlpudding mit Pflaumen. Um fünf gibt es Tee, und um zehn werden die Lichter gelöscht, und alle gehen schlafen. Wir sind alle gleich, und wir sind uns alle ähnlich: Büroangestellter und Müllarbeiter, Kesselflicker und Apotheker – alle zusammen in Freiheit und Brüderlichkeit. Die Männer leben in den Blocks in diesem Teil der Stadt und die Frauen in der anderen Hälfte.«

»Wo werden Verheiratete untergebracht?«

»Oh, es gibt keine Ehepaare«, erwiderte er, »die Ehe haben wir vor zweihundert Jahren abgeschafft. Sehen Sie, das Eheleben hat sich nicht gut mit unserem System vertragen. Das Leben daheim, mußten wir feststellen, war in seiner Tendenz durch und durch antisozialistisch. Die Männer dachten mehr an ihre Frauen und ihre Familien als an den Staat. Sie wollten lieber zum Wohle des kleinen Kreises ihrer Lieben arbeiten als zum Nutzen der Gemeinschaft. Die Zukunft ihrer Kinder lag ihnen mehr am Herzen als die Bestimmung der Menschheit. Liebes- und Blutsbande schmiedeten die Menschen in kleinen Gruppen statt zu einem großen Ganzen zusammen. Ehe sie an den Fortschritt der Menschheit dachten, interessierten sich die Leute für das Fortkommen von Kind und Kegel. Ehe sie für das größtmögliche Glück der größtmöglichen Anzahl stritten, traten sie für das Glück der wenigen ein, die ihnen lieb und teuer waren. Heimlich horteten sie Vorräte, Männer wie Frauen, und mühten sich ab und verzichteten, um ihren Lieben ein kleines zusätzliches Freudengeschenk zu machen. Liebe weckte in den Herzen der Männer das Laster des Ehrgeizes. Um des Lächelns der geliebten Frau willen, um ihren Kindern einen Namen zu geben, den zu tragen sie stolz sein würden, versuchten sich die Männer über die Allgemeinheit zu erheben, eine Tat zu vollbringen, die die Welt zu ihnen aufblicken und ihnen mehr Ehre als ihren Mitmenschen erweisen ließe, einen tieferen Fußabdruck als andere in der staubigen Straße des Zeitalters zu hinterlassen. Tagtäglich wurden die grundlegenden Prinzipien des Sozialismus durchkreuzt und verunreinigt. Jedes Haus war ein konterrevolutionäres Zentrum der Verbreitung von Individualismus und Persönlichkeit. In der Wärme eines jeden häuslichen Herdes wuchsen die Vipern ›Kameradschaft‹ und ›Unabhängigkeit‹ heran, um den Staat und den Geist der Menschen zu vergiften.

Die Grundsätze der Gleichheit wurden offen angezweifelt. Wenn Männer eine Frau liebten, hielten sie sie allen anderen Frauen für überlegen und gaben sich kaum Mühe, diese Ansicht für sich zu behalten. Liebende Frauen glaubten, ihre Männer seien klüger und mutiger und besser als alle anderen Männer. Mütter hielten den Gedanken für lächerlich, ihre Kinder stünden in keinster Weise über den anderen Kindern. Kinder sogen mit der Muttermilch den abscheulich ketzerischen Gedanken ein, ihr Vater und ihre Mutter seien die besten Eltern der Welt.

Von welcher Seite man es auch betrachtete, die Familie war unser Hauptfeind. Ein Mann hatte eine bezaubernde Frau und zwei nette Kinder, sein Nachbar war mit einer Schreckschraube verheiratet und der Vater von elf lauten, ungezogenen Bälgern – wo blieb da die Gleichheit?

Noch mal – wo immer es eine Familie gab, schwebten darüber im ewigen Widerstreit die Engel von Freude und Leid, und in einer Welt, die Freude und Leid kennt, ist für Gleichheit kein Platz. Ein Mann und eine Frau stehen des Nachts weinend über einem Kinderbettchen. Auf der anderen Straßenseite lacht ein hübsches Paar über die albernen Possen eines ernsthaft dreinblickenden brabbelnden Säuglings. Was soll die arme Gleichheit da machen?

Derlei Dinge konnten einfach nicht zugelassen werden. Die Liebe, erkannten wir, war unser Feind in jeder Beziehung. Sie machte Gleichheit unmöglich. Sie hatte Freude und Schmerz, Frieden und Leid in ihrem Gefolge. Sie verunsicherte den Menschen in seinem Glauben und gefährdete die Bestimmung der Menschheit; also schafften wir sie mitsamt allem, was sie bewirkte, ab.

Jetzt gibt es keine Ehen mehr, also auch keine häuslichen Sorgen, kein Werben, also auch keinen Liebeskummer, keine Liebe, also auch keine Kümmernis, keine Küsse und keine Tränen.

Wir alle leben zusammen in Gleichheit, unangefochten von Freude und Schmerz.«

Ich sagte: »Es muß sehr friedlich sein, aber sagen Sie mir – ich frage ausschließlich vom wissenschaftlichen Standpunkt aus –, wie sorgt ihr für Nachwuchs an Männern und Frauen?«

Er antwortete: »Oh, das ist ganz einfach. Wie habt ihr seinerzeit den Nachwuchs an Pferden und Kühen gesichert? Im Frühling wird für soviel Kinder, wie der Staat benötigt, Vorsorge getroffen, und sie werden unter staatlicher Aufsicht sorgfältig gezüchtet. Bei der Geburt werden sie ihren Müttern weggenommen (die sonst anfangen könnten, sie zu lieben) und in öffentlichen Kinderheimen und Schulen aufgezogen, bis sie vierzehn sind. Dann werden sie von staatlichen Inspektoren geprüft, die entscheiden, welche Laufbahn sie einschlagen sollen, und dafür werden sie dann ausgebildet. Mit zwanzig erlangen sie den Rang von Bürgern und sind stimmberechtigt. Zwischen Männern und

Frauen wird keinerlei Unterschied gemacht. Beide Geschlechter erfreuen sich gleicher Rechte.«

Ich fragte: »Was sind das für Rechte?«

Er antwortete: »Na, alles, was ich Ihnen erzählt habe.«

Wir wanderten noch ein paar Meilen weiter, kamen aber an nichts anderem vorbei als an Straße auf Straße mit diesen hohen Häuserblocks.

Ich fragte: »Gibt es in dieser Stadt keine Läden oder Geschäfte?«

»Nein«, erwiderte er. »Was wollen wir mit Läden oder Geschäften? Der Staat gibt uns Nahrung, Kleidung, Wohnung, ärztliche Versorgung, er wäscht uns, zieht uns an, pflegt uns die Hühneraugen und bestattet uns. Was sollten wir mit Läden oder Geschäften anfangen?«

Ich wurde allmählich müde von Gehen. Ich fragte: »Können wir irgendwo einkehren und etwas trinken?«

Er sagte: »Etwas trinken? Was heißt das? Zum Mittagessen bekommen wir einen Viertelliter Kakao. Was meinen Sie?«

Ich fühlte mich nicht bemüßigt, es ihm zu erklären, und wenn ich es getan hätte, so hätte er mich offensichtlich nicht verstanden. Also sagte ich: »Ja, das habe ich gemeint.«

Etwas später kamen wir an einem sehr stattlichen Mann vorüber, und mir fiel auf, daß er nur einen Arm hatte. Ich hatte im Laufe des Vormittags zwei oder drei ziemlich großgewachsene einarmige Männer gesehen, und ich bemerkte die eigentümliche Übereinstimmung. Ich machte meinem Begleiter gegenüber eine entsprechende Bemerkung.

Er sagte: »Ja, wenn ein Mann viel stärker oder größer als der Durchschnitt ist, schneiden wir ihm einen Arm oder ein Bein ab, damit mehr Gleichheit herrscht, wir stutzen ihn sozusagen ein bißchen herunter. Die Natur, wissen Sie, ist mitunter etwas blind, aber wir tun unser Bestes, sie auf den geraden Weg zu bringen.«

Ich sagte: »Ich nehme an, abschaffen könnt ihr sie nicht?«

»Na ja, nicht ganz«, erwiderte er. »Wenn wir es nur könnten. Aber«, fügte er dann mit verzeihlichem Stolz hinzu, »wir haben es zu einem gut Teil geschafft.«

Ich frage: »Was ist mit einem ungewöhnlich klugen Mann? Was tut ihr mit dem?«

»Nun ja, in dieser Hinsicht haben wir jetzt kaum noch Schwierigkeiten«, gab er zur Antwort. »Uns ist schon seit beträchtlicher Zeit nichts Gefährliches in bezug auf Hirnleistung untergekommen. Wenn doch, führen wir eine chirurgische Operation am Kopf aus, die die Denkleistung auf den durchschnittlichen Standard absenkt.

Ich habe manchmal gedacht«, fuhr der alte Herr nachdenklich fort, »daß es schade ist, daß wir sie nicht zuweilen auf einen höheren Stand *anheben* können, statt sie immer abzusenken; aber natürlich ist das unmöglich.«

Ich sagte: »Glauben Sie, daß es recht ist, diese Menschen zu verstümmeln oder ihre Denkleistung abzusenken, wie ihr es tut?«

Er sagte: »Natürlich ist es recht.«

»Sie scheinen sich da verdammt sicher zu sein«, gab ich zurück. »Warum ist es ›natürlich‹ recht?«

»Weil die MEHRHEIT es tut.«

»Wieso wird es dadurch gerechtfertigt?« fragte ich.

»Eine MEHRHEIT kann nichts Unrechtes tun«, antwortete er.

»Oh! Denken so die Leute, die ihr herabgestutzt habt?«

»Die!« erwiderte er, sichtlich erstaunt über die Frage. »Oh, die sind in der Minderheit, wissen Sie.«

»Ja, aber sogar die Minderheit hat ein Recht auf ihre Arme und Beine und Hirne, nicht wahr?«

»Eine Minderheit hat *keine* Rechte«, antwortete er.

Ich meinte: »Es ist schon besser, zur Mehrheit zu gehören, was das Leben hier angeht, nicht wahr?«

Er antwortete: »Ja, die meisten Leute bei uns denken so. Sie halten es wohl für bequemer.«

Langsam fand ich die Stadt etwas uninteressant und fragte, ob wir uns nicht zur Abwechslung aufs Land begeben könnten.

Mein Führer sagte, gewiß könnten wir, er glaube aber nicht, daß mir viel daran gelegen wäre.

»Oh! Aber auf dem Land war es immer so schön«, drängte ich, »bevor ich mich schlafen legte. Es gab großartige grüne Bäume und im Wind wogende Wiesen, kleine rotgedeckte Bauernhäuser und ...«

»Oh, das haben wir alles geändert«, unterbrach mich der alte Herr, »das ist jetzt alles eine große Plantage, unterteilt von Straßen und Kanälen, die sich im rechten Winkel schneiden. Es gibt keinerlei Schönheit mehr auf dem Land. Wir haben die Schönheit abgeschafft, sie störte unsere Gleichheit. Es war nicht gerecht, daß manche Leute in einer schönen Landschaft wohnen sollten und andere nahe einem öden Moor. Also haben wir dafür gesorgt, daß es jetzt überall ziemlich gleich aussieht und kein Ort den anderen übertrifft.«

»Kann man in ein anderes Land auswandern?« fragte ich. »Es spielt keine Rolle, in welches, Hauptsache ein anderes Land.«

»Ja doch, wenn man möchte«, erwiderte mein Begleiter, »aber warum sollte man? Alle Länder sind sich völlig gleich. Die ganze Welt ist jetzt ein Volk – dieselbe Sprache, dasselbe Gesetz, dasselbe Leben.«

»Gibt es nirgends eine Abweichung, keine Veränderung?« fragte ich. »Was tut ihr zum Vergnügen, zur Erholung? Gibt es Theater?«

»Nein«, erwiderte mein Führer. »Die Theater haben wir abgeschafft. Das theatralische Temperament schien ganz und gar außerstande zu sein, die Prinzipien der Gleichheit zu akzeptieren. Jeder Schauspieler hielt sich für den besten der Welt und im Grunde für den meisten anderen Menschen überlegen. Ich weiß nicht, ob es zu Ihrer Zeit ebenso war.«

»Genauso«, antwortete ich, »aber es kümmerte uns nicht.«

»Uns schon«, entgegnete er, »folglich haben wir die Theater geschlossen. Außerdem sagte unser Tugend-wacht-Verein vom Weißen Band, daß alle Orte der Vergnügung lasterhaft und verderblich seien, und da er eine energische und entschlossene Truppe war, konnte er bald die MEHRHEIT für seine Ansichten gewinnen, so daß jetzt alle Vergnügungen verboten sind.«

»Dürft ihr Bücher lesen?«

»Nun ja«, antwortete er, »es werden nicht viele ge-schrieben. Sehen Sie, da wir alle ein so vollkommenes Leben führen und es weder Unrecht noch Leid, weder Freude noch Hoffnung, weder Liebe noch Trauer auf der Welt gibt und alles so geregelt und ordnungsmä-ßig ist, gibt es wirklich nicht mehr viel, worüber man schreiben könnte – außer natürlich über die Bestim-mung der Menschheit.«

»Fürwahr!« sagte ich. »Das leuchtet mir ein. Doch was ist mit den alten Werken, den Klassikern? Ihr hat-tet Shakespeare und Scott und Thackeray, und ich selbst hatte einst ein oder zwei Kleinigkeiten geschrie-ben, die nicht übel waren. Was habt ihr mit alldem gemacht?«

»Oh, wir haben all diese Werke verbrannt«, sagte er. »Es wimmelte darin von den alten, falschen Ansichten aus den alten, falschen, schlechten Zeiten, als Menschen nichts als Sklaven und Arbeitstiere waren.«

Er sagte, ebenso seien alle alten Gemälde und Skulpturen vernichtet worden, teils aus denselben Gründen, teils, weil der Tugendwacht-Verein vom Weißen Band, der jetzt eine große Macht darstellte, sie für unangebracht hielt; ebenso sei alle neue Kunst und Literatur verboten, da derlei Dinge dazu neigten, die Grundfeste der Gleichheit zu untergraben. Sie brachten die Leute zum Denken, und wer dachte, wurde klüger als die, die nicht denken wollten, und natürlich hatten die letzteren etwas dagegen, und da sie in der MEHRHEIT waren, unterbanden sie es.

Er sagte, aus den gleichen Erwägungen seien auch Sport und Spiele verboten. Sport und Spiele führen zum Wettstreit, und Wettstreit führe zu Ungleichheit.

Ich fragte: »Wie lange arbeiten eure Bürger täglich?«

»Drei Stunden«, antwortete er, »danach gehört der ganze Rest des Tages uns.«

»Ah! Das ist es, worauf ich hinaus will«, bemerkte ich. »Also, was fangt ihr mit den restlichen einundzwanzig Stunden an?«

»Na, wir ruhen uns aus.«

»Was! Die ganzen einundzwanzig Stunden lang?«

»Ja, wir ruhen aus und denken nach und reden.«

»Worüber denkt ihr nach, worüber redet ihr?«

»Oh! Darüber, wie verderbt das Leben in den alten Zeiten gewesen sein muß, und darüber, wie glücklich wir jetzt sind, und … und … oh! und über die Bestimmung der Menschheit.«

»Habt ihr denn die Bestimmung der Menschheit nie satt?«

»Nein, eigentlich nicht.«

»Und was versteht ihr darunter? Worin, glaubt ihr, liegt denn die Bestimmung der Menschheit?«

»Oh! Also … also damit weiterzumachen, wie wir jetzt sind, nur noch mehr – daß alle noch gleicher sind, und mehr mit Elektrizität erledigt wird, und daß alle zwei Stimmen haben statt einer, und …«

»Danke. Das genügt. Gibt es noch etwas, worüber ihr nachdenkt? Habt ihr eine Religion?«

»Gewiß doch.«

»Und ihr verehrt einen Gott?«

»Gewiß doch.«

»Wie nennt ihr ihn?«

»Die MEHRHEIT.«

»Noch eine Frage ... Übrigens, es macht Ihnen doch nichts aus, daß ich Ihnen all diese Fragen stelle, oder?«

»O nein. Das gehört alles zu meinen täglichen drei Stunden Arbeit für den Staat.«

»Oh, das freut mich. Es wäre mir unangenehm, wenn ich Ihre Ruhezeit in Anspruch nehmen würde; aber was ich fragen wollte, ist folgendes: Begehen hier viele Menschen Selbstmord?«

»Nein, so etwas kommt ihnen nie in den Sinn.«

Ich schaute in die Gesichter der Männer und Frauen, die vorübergingen. Es lag ein geduldiger, fast mitleiderregender Ausdruck in ihnen allen. Ich fragte mich, wo ich diesen Ausdruck schon einmal gesehen hatte, er kam mir vertraut vor.

Auf einmal fiel es mir ein. Es war genau der stille, beunruhigte, verwunderte Ausdruck, den ich immer bei den Pferden und Ochsen bemerkt hatte, die wir in der alten Welt zu züchten pflegten.

Nein. Diese Menschen würden nicht an Selbstmord denken.

Seltsam! Wie verschwommen und undeutlich all die Gesichter rings um mich werden! Und wo ist mein Führer? Und warum sitze ich auf dem Trottoir? Und – horch! Das war doch die Stimme von Mrs. Biggles, meiner alten Vermieterin. Hat sie denn auch tausend Jahre lang geschlafen? Sie sagt, es ist zwölf – erst zwölf? Und ich werde nicht vor halb fünf gewaschen, dabei fühle ich mich so verschwitzt und heiß, und mein Kopf tut weh. Hoppla, ich liege ja im Bett! Ist alles ein Traum gewesen? Und bin ich wieder im neunzehnten Jahrhundert?

Durchs offene Fenster höre ich das tosende Hin und Her der Schlacht des alten Lebens. Menschen kämpfen, wetteifern, arbeiten, formen ein jeder sein eigenes Leben mit dem Schwert der Stärke und des Willens. Menschen lachen, trauern, lieben, tun unrecht, vollbringen großartige Taten – sie fallen, kämpfen, helfen einander – sie leben!

Und ich habe heute ein gutes Stück mehr Arbeit als drei Stunden vor mir, und ich wollte um sieben aufstehen, und Himmel! Hätte ich doch letzte Nacht nicht soviel Zigarren geraucht!

Das Konzept von Utopia ist immer ein Lieblingsthema von Schriftstellern gewesen, seit Thomas Morus es 1516 erfand. So ist auch Jerome K. Jerome nicht der einzige Autor, der die Idee parodiert hat; insbesondere waren da noch Samuel Butler mit Erewhon *(1872),* Aldous Huxley mit Schöne neue Welt *(Brave New World, 1932) und G. K. Chesterton, der Verfasser des folgenden Beitrags, der 1925 mit einer Folge von Kurzgeschichten unter dem Titel ›Utopien unbeschränkt‹ (Utopias Unlimited)* begann, es leider aber nur auf zwei Episoden brachte – ›Das Paradies der menschlichen Fische‹ und ›Gemüsehändler als Götter betrachtet‹. Obgleich Chesterton heute wohl am meisten durch seine Detektivgeschichten um den kleinen Priester Father Brown bekannt ist, hat er mit seinen Romanen* Der Held von Notting Hill *(The Napoleon of Notting Hill, 1904) und* Der Mann, der Donnerstag war *(The Man Who Was Thursday, 1908) einen gewichtigen Beitrag zum phantastischen Genre geleistet. Zu seinen Kurzgeschichten gehören Perlen der Komik wie ›Die Zähmung des Alptraums‹, ›Der neugierige Engländer‹ und ›Die zornige Straße‹, die für die* Daily News *im Januar 1908 geschrieben wurde. Chestertons Einfluß ist in einer Reihe von Geschichten R. A. Laffertys und Gene Wolfes auszumachen, außerdem in dem gesamten neuen Genre, das als ›Steampunk‹ bekannt ist.*

Gilbert Keith Chesterton (1874–1936) hat an der Slade School in London gelernt, doch sobald er als Journalist zu arbeiten begann, zeichneten ihn seine Erfindungsgabe und sein angeborener Scharfsinn als einen ganz eigenen Schrift-

---

* Das Wortspiel mit *Unlimited* ist oft wiederholt worden – *Ltd.* (Limited) entspricht dem deutschen *GmbH. – Anm. d. Übers.*

steller aus. Father Brown ist als in der Kriminalliteratur einmaliger Detektiv bezeichnet worden, doch Chesterton hat auch etliche humoristische phantastische Romane verfaßt, darunter Das fliegende Wirtshaus (The Flying Inn, 1914) über eine türkische Verschwörung, England ein Alkoholverbot aufzuzwingen, Don Quijotes Wiederkehr (The Return of Don Quixote, 1927) und Die Paradoxe des Mr. Pond (The Paradoxes of Mr. Pond, 1937), die der argentinische Schriftsteller Jorge Luis Borges sehr bewunderte. Seine Vorliebe für das Paradox, seine Verspieltheit und sein Sinn fürs Absurde werden besonders in den Geschichten seines Sammelbandes Der geheimnisvolle Klub (The Club of Queer Trades) deutlich, wo die Mitglieder einer Gruppe eine einzige Bedingung erfüllen müssen – sie müssen einen völlig neuen Beruf kreieren, wie bizarr er auch sein mag. Seit seiner Erstveröffentlichung 1905 ist das Buch ständig neu aufgelegt worden. Wie viele Geschichten von Chesterton hat ›Die zornige Straße‹ unter der Oberfläche des absurden Humors etwas mitzuteilen, was heute eher noch bedeutsamer ist als zu Beginn des zwanzigsten Jahrhunderts, als die Erzählung geschrieben wurde.

Die zornige Straße

Ich weiß nicht mehr, ob diese Geschichte wahr ist oder nicht. Wenn ich sie sehr sorgfältig durchlese, habe ich den Verdacht, ich müßte zu dem Schluß kommen, daß sie es nicht ist. Doch leider kann ich sie nicht sehr sorgfältig durchlesen, denn sehen Sie – sie ist noch nicht geschrieben. Das Bild und die Idee der Geschichte hingen mir einen großen Teil meiner Kindheit hindurch an; vielleicht habe ich sie geträumt, ehe ich sprechen konnte, oder sie mir selbst erzählt, ehe ich lesen konnte, oder ich habe sie zu einer Zeit vor meiner Erinnerung gelesen. Eigentlich bin ich mir aber sicher, daß ich sie nicht gelesen habe. Denn Kinder erinnern sich sehr deutlich an solche Dinge, und von den Büchern, die ich wirklich gern hatte, weiß ich noch heute nicht nur Form, Größe und Einband, sondern sogar, an welcher Stelle auf den vielen Seiten die gedruckten Wörter standen. Im großen und ganzen neige ich zu der Ansicht, daß sie mir widerfahren ist, ehe ich geboren wurde.

Wie dem auch sei, wir wollen die Geschichte jetzt mit allen Vorzügen der Atmosphäre erzählen, die sich rings um sie angesammelt hat. Stellen Sie sich rein theoretisch vor, wie ich beim Lunch in einem dieser Schnellrestaurants in der City sitze, wo die Leute ihre Nahrung so rasch zu sich nehmen, daß sie nichts mehr von Nahrung an sich hat, und wo sie ihre halbstündige Ruhepause so voller Eile verbrachten, daß sie nichts von Erholung an sich hat. Sich bei seiner Erholung zu beeilen ist das Unzweckmäßigste, was man tun kann. Sie hatten alle große glänzende Hüte auf, als ob sie nicht einmal die Zeit erübrigen könnten, den Hut an einen Haken zu hängen, und bei allen schaute ein Auge ein wenig beiseite, hypnotisiert vom großen Auge der Uhr. Kurzum, sie waren die Gefangenen der modernen Sklaverei, man konnte ihre Fesseln klirren hören. Jeder war in der Tat mit einer Kette gefesselt, der schwersten, die je an einem Menschen befestigt worden ist – man nennt sie Uhrkette.

Zu ihnen also kam ein Mann herein, der sich mir gegenübersetzte und fast augenblicklich mit einem ununterbrochenen Monolog begann. In der Kleidung glich er all den anderen Männern, doch er unterschied sich von ihnen erstaunlich im Verhalten. Er trug einen hohen glänzenden Hut und einen langen Gehrock, doch er trug sie so, wie derlei würdevolle Dinge getragen werden sollen: den Seidenhut trug er, als wäre es eine Mitra, und den Gehrock, als wäre er der Ornat eines Hohenpriesters. Nicht nur, daß er seinen Hut an einen Haken hängte, sondern er schien (so gemessen tat er es) beinahe den Hut um Erlaubnis zu fragen und sich bei dem Haken zu entschuldigen, daß er ihn benutzte. Als er sich auf den hölzernen Stuhl gesetzt hatte und dabei den Eindruck machte, als ziehe er dessen Gefühle in Betracht, und den Holztisch mit einer Art leichter Verbeugung bedacht hatte, als sei er ein Altar, konnte ich mir eine Bemerkung nicht verkneifen. Denn der Mann war stattlich, mit den Zügen eines Sanguinikers und von wohlhabender Erscheinung, und doch behandelte er alles mit einer Vorsicht, die an Nervosität grenzte.

Um etwas zu sagen, das mein Interesse erkennen ließe, meinte ich: »Diese Möbel sind ziemlich stabil, aber natürlich behandeln die Leute sie viel zu nachlässig.«

Als ich zweifelnd aufschaute, traf mein Blick den seinen und gefror wie dieser in einem apokalyptischen Starren. Als er hereingekommen war, hatte ich ihn, abgesehen von seinem seltsamen, vorsichtigen Verhalten, für einen gewöhnlichen Mann gehalten, doch wenn ihn die anderen Leute in diesem Augenblick gesehen hätten, wären sie schreiend aus dem Lokal gerannt. Sie sahen ihn nicht, und sie fuhren fort, mit ihren Gabeln zu klappern und sich murmelnd zu unterhalten. Doch das Gesicht dieses Mannes war das Gesicht eines Irren.

»Haben Sie mit dieser Bemerkung etwas Bestimmtes gemeint?« fragte er schließlich, und langsam kehrte die Farbe in sein Gesicht zurück.

»Überhaupt nichts«, antwortete ich. »Man pflegt hier nichts zu meinen, es erschwert den Leuten die Verdauung.«

Er lehnte sich zurück und wischte sich mit einem großen Taschentuch über die breite Stirn, und doch schien in seiner Erleichterung eine Art Bedauern zu liegen.

»Ich dachte«, sagte er halblaut, »daß womöglich noch eine von ihnen durcheinandergekommen wäre.«

»Sie meinen, daß noch jemandes Verdauung durcheinandergekommen wäre?« fragte ich. »Ich habe hier noch nie von einer gehört, die in Ordnung wäre. Dies ist das Herz des Empires, und die anderen Organe sind in ebenso schlechtem Zustand.«

»Nein, ich meine, daß eine andere Straße durcheinandergekommen wäre«, sagte er gewichtig und leise, »aber da ich annehme, daß Sie damit nicht viel anfangen können, werde ich Ihnen wohl die ganze Geschichte erzählen müssen. Ich tue das mit um so weniger Verantwortung, als ich weiß, daß Sie mir nicht glauben werden. Vierzig Jahre meines Lebens lang habe ich Tag für Tag mein Büro, das in der Leadenhall Street liegt, um halb sechs Uhr abends verlassen und einen Regenschirm in der rechten Hand, eine Tasche in der linken mitgenommen. Vierzig Jahre, zwei Monate und vier Tage lang bin ich durch den Nebeneingang des Büros hinausgetreten, die Straße auf der linken Seite entlanggegangen, an der ersten Ecke links und dann an der dritten Ecke rechts abgebogen, wo ich mir eine Abendzeitung kaufte, dann bin ich auf der rechten Seite der Straße um zwei stumpfwinklige Ecken gegangen und genau auf eine U-Bahn-Station gestoßen, von wo aus ich nach Hause gefahren bin. Vierzig Jahre, zwei Monate und vier Tage lang bin ich rein gewohnheitsmäßig diesen Weg gegangen; es war keine lange Straße, der ich folgte, ich brauchte dafür ungefähr viereinhalb Minuten. Nach vierzig Jahren, zwei Monaten und vier Tagen ging ich am fünften Tag auf dieselbe Weise aus dem Büro, meinen Regenschirm in der rechten Hand und meine Tasche in der linken, und allmählich bemerkte ich, daß der Weg entlang der vertrauten Straße mich irgendwie mehr als sonst ermüdete. Zuerst dachte ich, ich wäre kurzatmig und in schlechter Form, obwohl mir das wiederum unnatürlich erschien, denn meine Gewohnheiten waren immer wie ein Uhrwerk gewesen. Doch nach einer Weile überzeugte ich mich, daß die Straße deutlich steiler anstieg, als ich es in Erinnerung hatte; ich keuchte tatsächlich bergan. Das war zweifellos der Grund, warum mir die Straßenecke weiter entfernt zu sein schien als üblich; und als ich um sie bog, war ich überzeugt, daß es die falsche sein mußte. Denn nun stieg die Straße ziemlich steil an, wie man es nur in den hügeligen Gegenden von London sieht, und in diesem Stadtteil gab es keinerlei Hügel. Und doch war es nicht die falsche Straße. Der Name auf dem Schild war derselbe, die geschlossenen Läden waren dieselben, die Laternenpfähle und die ganze Ansicht waren dieselben, nur daß die Straße sich wie eine Klappe nach oben neigte. Ich vergaß alle

Bedenken bezüglich meiner Atemnot oder Erschöpfung, lief wütend vorwärts und erreichte die zweite der gewohnten Ecken, von wo aus ich fast schon die U-Bahn-Station hätte sehen müssen. Als ich um diese Ecke bog, fiel ich beinahe auf das Pflaster. Denn nun stieg die Straße direkt vor meinem Gesicht jäh empor wie eine steile Treppe oder die Seite einer Pyramide. Im Umkreis von Meilen gab es an diesem Ort keine Steigung, die auch nur der vom Ludgate Hill gleichgekommen wäre. Und dies hier war eine Steigung wie beim Matterhorn. Die ganze Straße hatte sich wie eine einzige Welle erhoben, und doch waren jeder Fleck und jede Einzelheit von ihr dieselben, und hoch oben in der Ferne, auf dem Scheitelpunkt eines Alpenpasses, sah ich in hellroten Buchstaben den Namen über meinem Zeitungsladen.

Ich lief jetzt blindlings immer weiter, vorbei an allen Läden, und kam zu einem Abschnitt der Straße, wo eine lange graue Reihe von Privathäusern stand. Ich hatte – ich weiß nicht warum – die irrationale Empfindung, ich stünde auf einer langen Eisenbrücke im leeren Raum. Ich folgte einem Impuls, und zog den eisernen Deckel über einem Kohlenkeller hoch. Als ich nach unten blickte, sah ich leeren Raum und die Sterne.

Als ich wieder hochschaute, stand ein Mann in seinem Vorgarten, der anscheinend aus seinem Haus gekommen war; er lehnte an dem Geländer und schaute mich an. Wir waren ganz allein auf dieser Alptraumstraße; sein Gesicht lag im Schatten; seine Kleidung war dunkel und gewöhnlich; doch ich sah ihn so vollkommen reglos stehen, daß ich irgendwie wußte: Er war nicht von dieser Welt. Und die Sterne hinter seinem Kopf waren größer und greller, als Menschenaugen es ertragen sollten.

»Wenn du ein freundlicher Engel bist«, sagte ich, »oder ein weiser Teufel, oder wenn du irgend etwas mit der Menschheit gemein hast, sag mir, wieso diese Straße von Teufeln besessen ist.«

Nach langem Schweigen fragte er: »Wofür hältst du dies hier?«

»Für die Bumpton Street natürlich«, gab ich zurück. »Sie führt zur Oldgate-Station.«

»Ja«, gab er gewichtig zu, »manchmal führt sie dorthin. Jetzt aber führt sie in den Himmel.«

»In den Himmel?« sagte ich. »Warum?«

»Sie geht in den Himmel um der Gerechtigkeit willen«, erwiderte er. »Ihr müßt sie schlecht behandelt haben. Denk immer daran, daß es etwas gibt, das niemand und nichts ertragen kann. Dieses eine unerträgliche Etwas ist, überbeansprucht und zugleich mißachtet zu werden. Zum Beispiel kann man Frauen über Gebühr beanspruchen – jeder tut das. Aber man kann Frauen nicht mißachten – versuch es nur. Zugleich kann man Landstreicher und Zigeuner und all den scheinbaren Abschaum des Staates mißachten, solange man nicht zuviel von ihnen verlangt. Doch kein Tier auf dem Feld, kein Pferd, kein Hund erträgt es lange, wenn ihm mehr als seine Arbeit abgefordert und ihm doch weniger als seine Ehre zugestanden wird. Mit Straßen ist es ebenso. Ihr habt diese Straße sich totarbeiten lassen und euch doch niemals ihrer Existenz erinnert. Wenn ihr eine gesunde Demokratie hättet, und sei es eine von Heiden, hätte man diese Straße mit Girlanden geschmückt und ihr den Namen eines Gottes gegeben. Dann wäre sie ruhig geblieben. Doch nun ist die Straße eure ständigen Unverschämtheiten müde, und sie bäumt sich auf und reckt den Kopf gen Himmel. Hast du nie auf einem sich aufbäumenden Pferd gesessen?«

Ich schaute die lange graue Straße entlang, und für einen Augenblick kam sie mir genau wie der lange graue Hals eines Pferdes vor, zum Himmel emporgereckt. Doch sogleich kehrte mein gesunder Menschenverstand zurück, und ich sagte: »Aber das ist doch Unsinn. Straßen führen zu dem Ort, wo sie hinführen müssen. Eine Straße muß immer bis zu ihrem Ende gehen.«

»Warum denkst du das von einer Straße?« fragte er und stand dabei sehr still.

»Weil ich sie immer ebendas tun gesehen habe«, erwiderte ich mit verständlichem Ärger. »Tag für Tag, Jahr für Jahr hat sie immer zur Oldgate-Station geführt; Tag für …«

Ich hielt inne, denn er hatte mit dem Zorn der rebellischen Straße den Kopf hochgeworfen. »Und du?« schrie er mit schrecklicher Stimme. »Was, meinst du, denkt die Straße von dir? Denkt die Straße, daß du lebendig bist? Bist du lebendig?! Tag für Tag, Jahr für Jahr bist *du* zur Oldgate-Station gegangen …« Seither habe ich Achtung vor den Dingen, die man unbeseelt nennt.«

Und mit einer leichten Verbeugung vor dem Senftopf entfernte sich der Mann aus dem Restaurant.

Mervyn Peake

Die Gormenghast-Trilogie von Mervyn Peake (1983 als Ge-
samtausgabe erschienen) ist wie Tolkiens Herr der Ringe
eines der größten Fantasy-Werke des zwanzigsten Jahrhunderts. Doch abseits von diesem wuchernden Epos über das
Schicksal von Titus, dem Erben der Grafschaft Groan, war
Peake auch ein Meister komischer Kurzgeschichten und Gedichte, wie ›Der Zwerg von Battersea‹, ›Ein zorniger Kaktus
ist zu nichts nütze‹ und ›Die Männer mit Melonen sind so
süß‹ aufs urkomischste belegen. Wie G. K. Chesterton war er
ein außergewöhnlich begabter Künstler und hat viele seiner
Werke mit eigenen, äußerst individuellen Skizzen illustriert.
Wäre er nicht eines tragischen frühen Todes gestorben, hätten weitere Geschichten in der Art von ›Totentanz‹ (in meiner vorangehenden Anthologie Scheibenwahn erschienen),
Kinderbücher wie Kapitän Abschlachter geht vor Anker
(Captain Slaughterboard Drops Anchor, 1919) und Mr. Pye
(1953) – über einen derart guten Menschen, daß ihm En-
gelsflügel wachsen – sein Ansehen als bedeutender Fantasy-
Autor gewiß noch gesteigert. Mr. Pye ist kürzlich fürs Fern-
sehen eingerichtet worden, und es bleibt zu hoffen, daß der
Erfolg die Walt-Disney-Studios, die die Filmrechte an der
Gormenghast-Trilogie besitzen, ermutigt, diese einmalige
Saga in die Kinos zu bringen.

Mervyn Laurence Peake (1911–1968) wurde in China geboren, wo sein Vater Missionar war, und einige seiner frühen
Zeichnungen und Texte sind sichtlich von seinen Eindrücken
in jenem großen, geheimnisvollen Land beeinflußt. Während
seines Dienstes bei den Royal Engineers im Zweiten Weltkrieg begann er an den Abenteuern des Titus Groan zu arbeiten, und es heißt, daß einige der dunkleren Episoden in
den Romanen unter dem Einfluß jenes Traumas stehen, das

er erlitt, als er als Militärzeichner ins Konzentrationslager von Bergen-Belsen geschickt wurde. Kaum war jedoch der Erfolg der Gormenghast-Bücher allgemein anerkannt, stellte sich heraus, daß Peake an der Parkinsonschen Krankheit litt. Unter seinen Papieren fand sich eine Anzahl von Episoden, die offensichtlich für den letzten Band der Trilogie, Der letzte Lord Groan (*Titus Alone*), vorgesehen gewesen waren und die der Autor entweder gestrichen oder einfach weggelassen hatte. ›Die Party bei Lady Cusp-Canine‹ ist eine davon* und sollte ursprünglich am Anfang der Geschichte stehen, wo Titus sich in einer glitzernden Stadt wiederfindet, über der bedrohlich Flugkörper dahingleiten. Bei dem Versuch, ihnen auszuweichen, schaut er plötzlich durch ein Oberlicht auf eine unglaubliche Party herab, die unten im Gange ist. Ursprünglich in New Worlds im September/Oktober 1969 veröffentlicht, ist diese Episode ein unübertroffenes Stück komischer Literatur, in dem Peake den Leser geschickt in die Lage eines Partygastes versetzt, der die außergewöhnlichsten Bruchstücke der Unterhaltung mit anhört.

---

* In dem Roman ist eine abweichende Version dieser Episode enthalten. – *Anm. d. Übers.*

Die Party bei Lady Cusp-Canine

Und so stand aufgrund einer bloßen Laune des Schicksals wieder eine andere Gruppe von Gästen unter ihm. Einige waren davonstolziert, andere hatten sich fortgestohlen. Einige waren fröhlich gewesen, andere eher reserviert.

Diese bestimmte Gruppe war nichts von beidem, doch beides gleichzeitig – entsprechend den Ausgeburten ihres Geplänkels. Es waren hochgewachsene Gäste und sich dessen nicht bewußt, daß sie aufgrund der ihnen gemeinsamen Größe und Schlankheit einen regelrechten Hain bildeten – einen menschlichen Hain. Diese Gruppe, dieser Hain aus Gästen, wandte sich um, als ein Neuankömmling sich zentimeterweise vorschiebend zu ihnen gesellte. Er war klein, dick und saftlos und wirkte in diesem luftigen Hain höchst unpassend, so als sei er irgendwie gestutzt worden.

Eine aus der Gruppe, ein schlankes Wesen, so dünn wie eine Haselrute und in Schwarz gekleidet, mit Haaren ebenso schwarz wie ihr Kleid und Augen ebenso dunkel wie ihr Haar, wandte sich an den Neuankömmling.

»Treten Sie näher«, sagte sie. »Unterhalten Sie sich mit uns. Wir brauchen Ihren klaren Verstand. Wir alle sind so schrecklich emotional. Solche *Kinder!*«

»Nun, ich würde kaum ...«

»Sei still, Leonard. Du hast bereits genug geredet«, sagte die schlanke, rehäugige Mrs. Grass zu ihrem vierten Ehemann. »Entweder Mr. Acreblade oder niemand. Kommen Sie, mein lieber Mr. Acreblade. Äh ... wir sind ... nun ... wir waren ...«

Der saftlose Mr. Acreblade schob das Kinn vor: Ein staunenswerter Anblick, denn selbst im entspannten Zustand glich sein Kinn noch einer Dampframme, etwas, mit dem man stieß, genaugenommen einer *Waffe.*

»Meine liebe Mrs. Grass«, erwiderte er. »Wie unerklärlich freundlich Sie doch immer sind.«

Der magere Mr. Spill hatte einem Kellner gewunken, doch nun duckte er sich unvermittelt, so daß sein Ohr auf gleiche Höhe mit Mr. Acreblades Mund geriet. In dieser Hockstellung wandte er sich Mr. Acreblade jedoch nicht direkt zu, sondern verdrehte die Augen in deren äußerste östliche Position, so daß er Acreblades Profil gut in den Blick bekam.

»Ich bin ein wenig schwerhörig«, meinte er. »Würden Sie das bitte wiederholen? Sagten Sie ›unerklärlich freundlich‹? Wie komisch.«

»Seien Sie nicht albern«, sagte Mrs. Grass.

Da richtete sich Mr. Spill wieder zu voller Arbeitshöhe auf, was vielleicht noch beeindruckender gewirkt hätte, wenn seine Schultern nicht so zusammengesunken gewesen wären.

»Meine Teuerste«, meinte er. »Wenn ich albern bin, wer hat mich denn dazu gemacht?«

»Na, wer schon, Liebster?«

»Das ist eine lange Geschichte.«

»Dann lassen wir es lieber, oder?«

Daraufhin drehte sie sich langsam aus der Hüfte heraus, bis ihre kleinen konischen Brüste auf Mr. Kestrel gerichtet waren und in jeder Hinsicht wie eine köstliche Drohung wirkten. Ihr Gatte, Mr. Grass, der dieses Manöver schon mindestens hundertmal beobachtet hatte, gähnte furchterregend.

»Bitte«, meinte Mrs. Grass nun, während sie eine neue Breitseite unverblümter Erotik auf Mr. Kestrel losließ, »bitte, mein lieber Mr. Acreblade, erzählen Sie mir alles über sich.«

Mr. Acreblade gefiel es nicht sonderlich, von Mrs. Grass so herablassend angeredet zu werden, und wandte sich an ihren Ehemann.

»Ihre Frau ist etwas ganz Besonderes. Sehr apart. Neigt zu Spekulationen. Spricht mit dem Hinterkopf zu mir und starrt derweil Mr. Kestrel an.«

»Aber so sollte es auch sein«, warf Kestrel ein, dessen Augen sich vor Erregung verdunkelten. »Denn das Leben muß vielfältig, unberechenbar, anstößig und elektrisierend sein. Das Leben muß gnadenlos sein und voll so viel Liebe, wie sich zwischen den Fangzähnen eines Jaguars findet.«

»Ich mag Ihre Art zu reden, junger Mann«, erwiderte Grass, »aber ich weiß nicht genau, von was Sie reden.«

»Was murmeln Sie da?« meinte der hochragende Spill, beugte einen Arm von der Art eines Astes und umfaßte sein Ohr mit einem Bündel Zweigen.

»Sie sind irgendwie … göttlich«, flüsterte Kestrel Mrs. Grass zu.

»Ich glaube, ich habe *Sie* gemeint«, hauchte Mrs. Grass über die Schulter hinweg zu Mr. Acreblade.

»Ihre Frau spricht wieder mit mir«, sagte Acreblade zu Mr. Grass. »Hören wir uns an, was sie zu sagen hat.«

»Sie sprechen auf recht seltsame Weise über meine Frau«, erwiderte Grass. »Sind Sie von ihr irritiert?«

»Das wäre ich, wenn ich mit ihr zusammenlebte«, gab Acreblade zurück. »Und Sie?«

»Oh, mein Lieber, wie naiv Sie sind. Da ich mit ihr verheiratet bin, sehe ich sie nur selten. Was hat die Ehe für einen Zweck, wenn man immer wieder der eigenen Frau begegnet? Da läßt man es doch lieber gleich bleiben. O nein, mein Lieber, sie macht, was sie will. Es ist eigentlich ein Zufall, daß wir uns heute abend hier getroffen haben. Verstehen Sie? Und wir genießen es. Es ist wie das erste Verliebtsein, nur ohne Herzeleid – eigentlich ohne Herz. Kalte Liebe ist doch die schönste von allen. So klar, so scharf, so leer. Kurz gesagt, so zivilisiert.«

»Sie sind wie aus einem Märchen«, sagte Kestrel nun mit einer Stimme, die vor Leidenschaft so gedämpft klang, daß Mrs. Grass überhaupt nicht merkte, daß sie gemeint war.

»Mir ist entsetzlich heiß!« sagte Mr. Spill.

»Aber sagen Sie mir, Sie schrecklicher Mann, wie ich mich fühle?« rief Mrs. Grass nun mit ihrer leicht nervösen Stimme ihrer Schönheit einen Riß zufügend. »Ich sehe dieser Tage so gut aus, daß selbst mein Mann es bemerkt, und Sie wissen ja, wie Ehemänner sind.«

»Ich habe keine Ahnung, wie sie sind«, bemerkte ein fuchsähnlicher Mann, der gerade neben ihrem Ellbogen aufgetaucht war. »Verraten Sie es mir. Wie sind sie? Ich weiß nur, zu was sie werden ... und vielleicht ... was sie dazu getrieben hat.«

»Oh, wie clever! Wie verrucht clever! Sie müssen mir wirklich alles erzählen. Wie bin ich, Liebster?«

Der fuchsartige Mann (ein schmalbrüstiges Wesen mit rötlichem Haar über den Ohren, einer sehr spitzen Nase und einem Gehirn, das viel zu groß für ihn war, um damit umzugehen) erwiderte:

»Sie fühlen sich, meine liebe Mrs. Grass, als ob Sie auf etwas Süßes scharf wären. Zucker, kitschige Musik – so etwas würde für den Anfang wohl reichen.«

Mit halbgeöffneten Lippen, die Zähne glänzend wie Perlen, heftete das schwarzäugige Wesen den Blick angeregt und beseelt auf das fuchsartige Gesicht vor sich und verschränkte die schlanken Finger vor den konischen Brüsten.

»Sie haben ja *so* recht! Oh, so sehr!« hauchte sie atemlos. »Sie haben absolut und verblüffenderweise völlig recht, Sie brillanter, brillanter kleiner Mann. Genau das ist es, was ich brauche – etwas Süßes!«

Inzwischen machte Mr. Acreblade einem langgesichtigen Typen in einem Löwenfell Platz, über dessen Kopf und Schultern eine schwarze Mähne wallte.

»Ist Ihnen nicht zu heiß?« fragte der junge Kestrel.

»Ich leide fürchterlich«, sagte der Mann mit dem braunen Fell.

»Aber warum?« wollte Mrs. Grass wissen.

»Ich dachte, es sei ein Kostümfest«, sagte das Fell. »Aber ich will mich nicht beklagen. Alle sind sehr freundlich zu mir.«

»Aber das nützt nichts gegen die Hitze, die Sie hier erzeugen«, meinte Mr. Acreblade. »Warum ziehen Sie es nicht einfach aus?«

»Mehr habe ich nicht an«, sagte das Löwenfell.

»Wie köstlich«, rief Mrs. Grass. »Das finde ich richtig aufregend! Wer sind Sie?«

»Aber meine Liebe«, erwiderte der Löwe mit einem Blick auf Mrs. Grass. »Sicher hast du …«

»Was denn, o König der Tiere?«

»Erinnerst du dich nicht an mich?«

»Ihre Nase kommt mir irgendwie bekannt vor«, meinte Mrs. Grass.

Mr. Spill senkte den Kopf aus den Rauchwolken herab. Dann drehte er ihn, bis er breitseits neben Mr. Kestrel gelangte. »Was hat sie gesagt?« wollte er wissen.

»Sie ist umwerfend«, antwortete Kestrel. »Lebhaft, köstlich, was für ein verspieltes Ding!«

»Verspielt?« fragte Mr. Spill. »Wie meinen Sie das?«

»Das würden Sie nicht verstehen«, erwiderte Kestrel.

Der Löwe kratzte sich mit einem gewissen Charme. Dann wandte er sich an Mrs. Grass.

»Also meine Nase kommt dir bekannt vor – das ist

alles? Hast du mich vergessen? Mich! Deinen alten Harry?«

»Harry? Was ... mein ...?«

»Ja, dein zweiter. Ist schon lange her. Wir haben, wie du dich vielleicht erinnern wirst, in der Tyson Street geheiratet.«

»Mein Turteltäubchen!« rief Mrs. Grass. »Das stimmt! Bitte nimm diese furchtbare Mähne ab und laß mich dich ansehen. Wo hast du dich nur all die Jahre herumgetrieben?«

»In der Wildnis«, antwortete der Löwe und schleuderte seine Mähne nach hinten.

»In was für einer Wildnis, Liebling? Einer moralischen? Einer spirituellen? Bitte erzähl uns mehr davon!« Mrs. Grass schob ihre Brüste vor und ballte die Hände an den Seiten zu kleinen Fäusten – eine Haltung, die ihrer Meinung nach anziehend wirkte. Sie hatte damit auch nicht unrecht, denn der junge Mr. Kestrel trat einen Schritt nach links und stand nun dicht neben ihr.

»Haben Sie gerade ›Wildnis‹ gesagt?« fragte Kestrel. »Sagen Sie, wie wild ist sie wirklich? Oder ist sie es nicht? Man ist Worten immer so ausgeliefert. Würden Sie sagen, Sir, daß das, was für den einen eine Wildnis ist, für den anderen ein Kornfeld mit einem kleinen Bach und Buschwerk ist?«

»Was für Büsche?« fragte der längliche Mr. Spill.

»Was spielt denn das für eine Rolle?« meinte Kestrel.

»Alles spielt eine Rolle«, entgegnete Mr. Spill. »*Alles.* Alles ist ein Teil des Gesamtmusters. Die Welt ist voller Menschen, die denken, daß einige Dinge wichtig sind und andere nicht. Alles ist von gleicher Bedeutung. Das Rad muß vollständig sein. Und die Sterne. Sie sehen vielleicht klein aus. Aber sind sie es? Nein. Sie sind groß. Manche sind sogar sehr groß. Nun, ich weiß noch ...«

»Mr. Kestrel«, sagte Mrs. Grass.

»Ja, meine Liebe?«

»Sie haben eine üble Angewohnheit, mein Lieber.«

»Und was wäre das, um Himmels willen? Verraten Sie es mir, damit ich sie ausmerzen kann.«

»Sie sind mir zu nahe, Schatz. Zu nahe. Wir haben unsere kleinen Zonen, wissen Sie. Wie eine Dreimeilenzone. Oder Fischereirechte. Die sollte man nicht übertreten, mein Lieber. Ziehen Sie sich ein wenig zurück. Sie wissen schon, was ich meine. Meine Intimsphäre ist mir sehr wichtig.«

Der junge Kestrel nahm die Farbe eines frisch gekochten Hummers an und wich vor Mrs. Grass zurück, die ihm den Kopf zuwandte und um Verzeihung heischend ein Licht in ihrem Gesicht anknipste – zumindest erschien dies Kestrel so: ein Licht, das die Luft ringsum mit einem eruptiven Lächeln entflammte. Das hatte die Wirkung, daß Kestrel geblendet wieder an ihre Seite rückte, wo er verharrte und sich an ihrer Schönheit weidete.

»So ist es nett«, flüsterte sie.

Kestrel nickte, vor Erregung zitternd, bis Mr. Grass sich durch die Gästemauer drängte und seinen Fuß scharf auf Kestrels Rist landete. Der junge Kestrel keuchte auf vor Schmerz und wandte sich mitleidheischend an die unvergleichliche Lady neben ihm, doch nur, um festzustellen, daß sich deren strahlendes Lächeln nun auf ihren eigenen Gatten richtete, wo es einige Augenblicke verharrte, bevor sie ihnen beiden den Rücken zuwandte, den Strom abstellte und nun mit leerem Blick in den Raum starrte.

»Andererseits«, sagte der lange Spill zu dem Mann im Löwenfell, »ist an der Frage des jungen Mannes etwas dran. Diese Wildnis, von der Sie sprachen. Würden Sie uns mehr darüber erzählen?«

»Oh, ja. Ja bitte!« ertönte die Stimme von Mrs. Grass, während sie sich grausam in den Löwenpelz krallte.

»Wenn ich von Wildnis spreche«, antwortete der Löwe, »spreche ich nur von der des Herzens. Vielleicht fragen Sie besser Mr. Acreblade. Sein Ödland ist die Erde selbst.«

»Ach, das Ödland«, warf Mr. Acreblade ein und schob sein Kinn vor. »Von Eisenbergen durchzogen. Bevölkert von Termiten, Schakalen und im Nordwesten sogar von Einsiedlern.«

»Und was haben *Sie* da gemacht?« fragte Mr. Spill.

»Ich habe einen Verdächtigen beschattet. Einen Jugendlichen, der in diesen Landesteilen unbekannt ist. Er stolperte mir in einem Sandsturm voraus, eine undeutliche Gestalt. Manchmal verlor ich ihn völlig aus den Augen. Manchmal geriet ich unvermittelt fast neben ihn und war gezwungen, etwas zurückzufallen. Manchmal hörte ich ihn singen – wilde, irre, unverständliche Lieder. Manchmal schrie er wie im Delirium – Worte wie ›Fuchsia‹, ›Flay‹ und andere Namen. Manchmal schrie er auch ›Mutter‹, und einmal fiel er auf die Knie und rief: ›Gormenghast, Gormenghast, komm zurück zu mir!‹

Ich sollte ihn nicht verhaften, sondern ihm nur folgen, denn meine Vorgesetzten hatten mich davon in Kenntnis gesetzt, daß seine Papiere nicht in Ordnung waren – ja, daß er nicht einmal welche hatte. Aber am zweiten Abend tobte der Sandsturm noch schrecklicher als zuvor und machte mich dermaßen blind, daß ich ihn in einer roten, körnigen Wolke verlor. Ich verlor ihn aus den Augen und habe ihn seitdem nie wieder gefunden.«

»Liebling.«

»Was ist?«

»Sieh dir Gumshaw an.«

»Warum?«

»Auf seinem polierten Schädel spiegelt sich ein Paar Kerzenleuchter.«

»Nicht von hier aus.«

»Nein?«

»Nein. Aber sieh doch – links von der Mitte sehe ich ein winziges Bild – man könnte fast meinen, das Gesicht eines Jungen – wäre es nicht so unwahrscheinlich, daß ein Gesicht an der Decke wächst.«

»Träume. Immer wieder kommt man auf Träume zurück.«

»Aber der Silberstreif RK 2053722220 – die Kreisbahn des Mondes, der erste des neuen ...«

»Jaja, das weiß ich alles.«

»Aber Liebe spielte keine Rolle.«

»Der Himmel war verdunkelt von Flugzeugen. Einige hatten zwar keinen Piloten, aber sie bluteten.«

»Ah, Mr. Flax, wie geht es Ihrem Sohn?«

»Er ist letzten Mittwoch gestorben.«

»Oh, verzeihen Sie. Das tut mir furchtbar leid.«

»Wirklich? Mir nicht. Ich habe ihn nie gemocht. Aber wissen Sie, er war ein guter Schwimmer. Kapitän der Schulmannschaft.«

»Es ist schrecklich heiß hier.«

»Ah, Lady Crowgather, darf ich Ihnen den Herzog von Crowgather vorstellen – oder kennen Sie sich bereits?«

»Ja, sicherlich. Wo sind die Gurkensandwiches?«

»Gestatten Sie ...«

»Oh, verzeihen Sie. Ich habe Ihren Fuß für eine Schildkröte gehalten. Was passiert denn da?«

»Nein wirklich, das gefällt mir nicht.«

»Kunst sollte kunstlos sein, nicht herzlos.«

»Ich bin immer schon für die Schönheit gewesen.«

»Schönheit ... ein höchst überflüssiges Wort.«

»Sie nehmen das einfach so an, Professor Salvage.«

»Ich nehme gar nichts an. Nicht einmal Ihre Entschuldigung. Ich will mich nicht einmal dagegen wehren. Ich bin sowieso anders und würde lieber von einem uralten, knochigen, speichelleckenden Blinden am Fuß einer Säule etwas annehmen als von Ihnen, Sir. Sie sind nicht ehrlich, und außerdem stinken Ihre Füße.«

»Da ... und da ... und da«, murmelte der Beleidigte und riß einen Knopf nach dem anderen vom Jackett seines Gegners.

»Was haben wir doch für einen Spaß«, sagte der Knopfverlierer, reckte sich auf die Zehenspitzen und küßte seinen Freund aufs Kinn. »Eine Party ohne Beleidigungen ist einfach unerträglich, daher bleiben Sie bitte noch ein bißchen, Harold. Sie widern mich an. Was ist das?«

»Das ist nur Marblecrust mit seinen Vogelstimmenimitationen.«

»Ja, aber ...«

»Immer irgendwie ...«

»O nein ... nein ... aber irgendwie gefällt es mir.«

»Und so entkam der junge Mann, ohne es zu wissen«, fuhr Acreblade fort, »und aufgrund der Härten, die er durchgestanden haben muß, befindet er sich nun sicherlich irgendwo in der Stadt ... denn wo sonst könnte er sein?«

Robert Bloch

Robert Blochs Geschichten über Lefty Feep sind als eine Mischung aus Damon Runyon und Groucho Marx beschrieben worden – und als eine Legende in den Annalen der komischen Phantastik. Der schnellsprechende Rennbahn-Spezi, der immerzu in die unglaublichsten übernatürlichen Geschichten verwickelt wird, war wie Mervyn Peakes Titus eine Schöpfung des Zweiten Weltkriegs, und seine Sprache ist voll von Redewendungen aus dem Amerika der vierziger Jahre. Lefty hat einen Blick für kurvenreiche Blondinen, »in tief ausgeschnittene Kleider gefüllt und mit rubinroten Lippen«, während zu seinem Bekanntenkreis so unvergeßliche Gestalten wie Gorilla Quasselkopp, ›Nicht mehr im Geschäft‹-Oscar, der Teppichsucher Black Art, der Goldsucher Klondike Ike, der Jive-Musiker Boogie Mann und Stadtrat Donglepootzer gehören. Die Titel einiger der komischsten Lefty-Feep-Abenteuer sprechen für sich selbst: ›Heini der Riesenkiller‹, ›Das unheimliche Verhängnis des Floyd Scritch‹ und ›Der Rattenfänger gegen die Gestapo‹. 1987 wurde eine Sammlung der besten dieser Heldentaten unter dem Titel Mit Lefty Feep in Raum und Zeit verschollen *(Lost in Space and Time with Lefty Feep) herausgegeben, die diese Figur einer ganz neuen Generation von Phantastik-Fans vorstellte.*

Robert Bloch (1917–1994) ist vor allem als Autor von Psycho *(1959) bekannt, wonach Alfred Hitchcock einen der berühmtesten Horrorfilme aller Zeiten drehte. Doch seit den dreißiger Jahren, als er mit Erzählungen auf den Seiten der amerikanischen Pulp-Zeitschrift* Weird Tales *debütierte, ließ er auch ein seltenes Talent für Geschichten voll schwarzen Humors erkennen, in denen die vor nichts zurückschreckenden Wortspiele auffielen, die der Autor sowohl in den Titeln* als auch im Text verwendete. Für den Hintergrund der Lefty-Feep-Geschichten griff Bloch auf das Chicago zurück, in dem er aufgewachsen war, wie auch auf Zeitungsmeldungen, die ihm ins Auge stachen. Die Geschichte vom ›Kleinen Mann, der nicht ganz da war‹, im August 1942 in Fantastic Adventures veröffentlicht, steht zwar teilweise unter dem Einfluß von H. G. Wells' Klassiker Der Unsichtbare, (The Invisible Man), hat aber einen noch seltsameren Bezug, von dem der Autor selbst nichts wissen konnte, als er sie schrieb. In der Geschichte wird auf Dunninger Bezug genommen, einen bekannten Bühnenmagier, der sich auf Hypnose und Gedankenlesen spezialisiert hatte und die Kriegsanstrengungen der US Navy mit Experimenten zur Unsichtbarkeit unterstützte. 1943, ein Jahr nach der Veröffentlichung der Geschichte, unternahm die Navy in der Tat Unsichtbarkeitsversuche mit der USS Eldridge, einem Kriegsschiff, das in Norfolk in Virginia stationiert war und das verschwunden und kurze Zeit darauf in Philadelphia wieder aufgetaucht sein soll. Die Ereignisse sind in der Folgezeit sorgfältig dokumentiert worden, und 1987 wurde Robert Bloch gefragt, ob ›Der kleine Mann, der nicht ganz da war‹ ein Fall von ›parapsychischer Vorausschau‹ sei. Er verneinte das energisch. »Was meine Geschichte angeht, die habe ich erfunden«, sagte er. »Weiter nichts. Solche Dinge kommen manchmal vor.« Zufall oder nicht, machen Sie sich auf eines der umwerfendsten Lefty-Feep-Abenteuer gefaßt.

Der kleine Mann, der nicht ganz da war

Ich betrat *Jack's Shack* in Begleitung eines schrecklich großen Appetits. Mit nicht zu verhehlender Eile zog er mich zu einem Tisch. Die dünne und melancholische Gestalt in einer Nische bemerkte ich nicht, bis ein dünner und melancholischer Arm mich am Mantel packte.

»He!« sagte eine Stimme in klagendem Ton.

»Ah, Lefty Feep! Hab dich nicht gesehen, als ich reinkam.«

Es war eindeutig Entsetzen, was Mr. Feeps Gesichtszüge verzerrte, und dazu das halbe Sandwich, das er gerade verzehrte.

»Sag das nicht«, bat er inständig.

»Aber ich hab dich wirklich nicht gesehen.«

Feep zitterte heftig.

»Laß das Gequassel von diesem Schlamassel«, bat er. »Ich find es nämlich entschieden dämlich, wenn du sagst, daß du mich nicht siehst.«

»Oh, ich seh dich jetzt, in Ordnung?«

»So ist es besser.« Feep preßte ein Lächeln der Erleichterung durch die Lücke im Sandwich und lud mich mit einer Handbewegung ein, mich ihm gegenüber zu setzen. »Jetzt wird ein Schuh draus.«

Ich gab meine Bestellung auf und ließ mich im Stuhl zurücksinken.

»Also, Lefty, was gibt's? Hab dich 'n paar Tage nicht mehr gesichtet.«

»Sag das nicht auf die Art!« entgegnete Feep grantig. »Was geht dir auf die Nerven?«

»Die Finanzgesellschaft«, erwiderte Lefty Feep. »Aber da liegt der Hund nicht begraben. Es ist dieses Gerede, daß du mich nicht siehst, was mich empört und stört.«

Ich spürte, wie eine Frage in mir hochstieg. Ich versuchte Widerstand zu leisten, doch vergebens.

»Warum bist du so wütend, wenn ich sage, daß ich dich nicht gesehen habe?«

Feep wackelte beeindruckend mit den Ohren. »Willst du es wirklich wissen?«

»Nein. Aber du wirst es mir sowieso erzählen.«

»Bei soviel Wißbegier deinerseits«, sagte Lefty Feep, »bleibt mir wohl nichts anderes übrig, als auszupacken. Die ganze Geschichte fängt damit an, daß ich mich mit diesem Gorgonzola einließ.«

»Mit dem Käse?« wollte ich wissen.

»Nein, mit dem Zauberer«, erwiderte Feep.

Während er in geheimnisvollem Rhythmus eine Stange Sellerie schwenkte, beugte sich Lefty Feep vor und begann seine Geschichte.

Ich kenne diesen großen Gorgonzola seit vielen Jahren. Eigentlich hab ich ihn schon gekannt, als er einfach Eddie Klotz war und eine Kabarett-Nummer zum besten gegeben hat. Dann kriegt er eine eigene Magie-Show, und ziemlich bald nennt er sich ›der Große Gorgonzola‹ und wird die Nummer eins in der Taschenspielerbranche.

Grad neulich seh ich seine brandneue Show, und ein paar Tage später stoß ich auf ihn vor einer Messing-Fußstütze, auf der ich grad stehe. Ich schaue ihn an und durch ihn hindurch, denn er ist ganz stilvoll angezogen, wie 'ne Leiche, und hat einen Tanzboden-Schnurr-bart voll Wachs. Dann erkenne ich ihn.

»Hoppla, ist das nicht der Große Gorgonzola?« sag ich. »Wie laufen die Tricks im Zaubergeschäft?«

»Es geht«, antwortet er. »Die Tricks sind in Ordnung, aber die Taschenspielerkunst ist lausig.«

»Es tut mir leid, das zu hören«, antworte ich. »Übrigens, ganz unter uns Zauberern gesprochen – wer ist die Dame, mit der ich dich gestern abend zusammen gesehen habe?«

»Das ist keine Dame, es ist meine Frau«, gibt er knall-hart zurück. »Sie ist meine Assistentin in der neuen Show. Wie gefällt sie dir?«

»Sehr hübsch«, sag ich zu ihm. »Ausgesprochen klasse. Ich denke, ich geh diese Woche wieder hin.«

Er schüttelt den Kopf.

»Die Show hat gestern abend abgespielt«, teilt er mir mit. »Ich hab für den Rest der Woche 'ne Kleinigkeit zu erledigen, also mache ich zu und bereite mich auf die Abreise vor. Aber ich tu's gar nicht gern.«

»Warum?«

»Hast du jemals von meinem Rivalen gehört?«

»Rivalen?«

»Ja«, schnauft er. »Gallstein der Zauberer.«

»Was ist mit ihm?«

»Meine Frau, größtenteils«, sagt Gorgonzola und schaut sehr traurig drein. »Gallstein ist weiter nichts als ein struppiger Wolf. Er macht sich an meine Frau ran, und das nicht bloß, um seine hypnotischen Kräfte zu trainieren.«

»Das ist hart«, stimme ich ihm zu. »Aber warum gibst du ihm nicht auch was Hartes – sagen wir, über'n Schädel?«

»Ein blendender Einfall«, stimmt Gorgonzola zu. »Aber ich muß halt auf diese Geschäftsreise. In der Zwischenzeit wird dieser Gallstein bei meiner Frau herumlungern und versuchen, sich bei ihr einzuschmeicheln.«

»So was ist mies«, äußere ich. »Wenn ich etwas hasse, dann einen Einschmeichler. Gibt's da nicht ein Gesetz dagegen?«

»Du scheinst mich nicht zu verstehen«, sagt Gorgonzola. »Er will ihr etwas aus der Nase ziehn.«

»Das ist noch schlimmer.«

»Ich meine, Gallstein versucht meine Frau dahin zu kriegen, daß sie ihm die Geheimnisse über meine neuen Zaubereffekte für die nächste Show preisgibt. Er will, daß sie ihm meine neuen Tricks verrät.«

»Aha! Warum nimmst du deine Frau dann nicht mit?«

»Ausgeschlossen. Vertrauliche Geschäfte, sehr wichtig und ein bißchen gefährlich. Ich lasse sie zu Hause. Futzi wird sich um sie kümmern müssen.«

»Futzi?«

»Mein Hausbursche«, erklärt Gorgonzola. »Er ist ein Filipino.« Dann schlägt er mit der Hand auf die Bartheke. »Also, das wäre eine Idee. Hör mal, Feep – warum kannst du nicht zu mir, in mein Haus kommen und die nächsten drei Tage dableiben? Es würde alle Probleme lösen, wenn du die Augen offenhältst.«

»Tut mir leid«, sag ich zu ihm. »Aber es ist für mich unerläßlich, in der Stadt zu bleiben und meinen Geschäften nachzugehen.«

»Du meinst diese elenden Zwei-Dollar-Pferdewetten?«

»Nun ja, wenn du es so ausdrücken willst.«

»Aber du kannst jeden Tag in die Stadt kommen. Hauptsache, du bist zur Stelle, wenn sich dieser Gallstein blicken läßt. Es bedeutet mir eine Menge, Lefty – mehr, als ich dir jetzt sagen kann.«

»In Ordnung«, willige ich ein. »Wann gehe ich und wohin?«

»Heute«, sagt Gorgonzola. »Also, ich werde folgendes tun: Ich gehe nach Hause, packe und reise ab. Dann lasse ich Futzi mit dem Wagen vorbeikommen und dich abholen. Auf die Weise hast du es leichter mit dem Gepäck.«

»Was für Gepäck?« entgegne ich bitter. »Eine Zahnbürste und ein paar Socken sind keine ausgesprochen schwere Last.«

»Nichtsdestoweniger wird Futzi dich abholen. Er bringt die Schlüssel und alles mit. Erwarte ihn gegen zwei bei dir. Und eine Million Dank.«

Damit rauscht Gorgonzola hinaus, und ich gehe nach Hause und trockne das Paar Socken. Ich rubble gerade die Klümpchen aus meiner Zahnbürste, als es klingelt.

Ich mach vorsichtig auf und schaue in den Hausflur. Ich sehe niemanden. Dann blicke ich nach unten. Irgendwo ein paar Fuß überm Boden ist ein kleiner Kerl mit einem Gesicht, als hätte er Gelbsucht.

Dieses Gesicht ist über und über mit einem großen Grinsen gepflastert, daß die Zähne hervorragen, als wollten sie meine Zahnbürste benutzen.

Der kleine gelbe Bursche macht eine Verbeugung nach der anderen.

»Ehrenwerter Feep?« fragt er.

Ich nicke.

»Ehrenwerter Feep, ehrenwerter Gorgonzola sagt für mich Sie nach ehrenwertem Haus bringen. Ich mich selbst, bescheidener Futzi, bin mit freundlichen Grüßen zu Ihrer Verfügung.«

Das ist so'n Filipino-Gerede und soll heißen, daß ich mit ihm zu Gorgonzolas Bude fahren soll.

Also packe ich den Fingergriff – er ist so klein, daß man ihn kaum einen Handgriff nennen kann – und schließe die Tür.

»Okay«, sag ich zu diesem Futzi. »Zeig mir den Weg, mein japanischer Sandmann.«

»Ich Filipino-Junge, nix japanisch«, zischt er. »Mir gefällt nicht, wenn Sie Spaß über mich zertrennen.«

»Du meinst, wenn ich Witze über dich reiße?«

»Korrekt. Wenn ich einer von diese Japanese, ich gehe und mache Kuschelmuschel.«

»Kuddelmuddel?«

»Nein, Hokuspokus.«

Da schnall ich's. »Du meinst Harakiri.«

»Nein. Hokuspokus. Ich töte mich mit Messer von Zauberer.«

Bei dieser Art von Gespräch kann man schwer folgen, und genauso fährt der Bursche. Wir rauschen in Gorgonzolas Wagen durch den Verkehr, und ein dutzendmal denke ich, wie sind reif fürs Leichenschauhaus, aber klein Futzi trällert am Steuer ungerührt vor sich hin. Dann beschließe ich, die Gelegenheit zu nutzen, ein paar Dinge über die Situation zu erfahren, auf die ich mich einlasse.

»Erwartet Mrs. Gorgonzola mich?«

»Selbstverfreilich. Sie schon in froher Erwartung von Ihnen. Mr. Gorgonzola, er ihr sagt, Sie kommen zum Wochenende, und dann er macht den Moskito.«

»Die Mücke, meinst du.«

»Ehrenwerte Berichtigung vermerkt. Und hier wir sind da.«

Wir fahren durch das Tor eines einstöckigen Bungalows.

»Was für eine Art Frau ist Mrs. Gorgonzola?« Ich frage das nur sicherheitshalber.

»Sie sehr weibliche Person«, antwortet Futzi. »Aber so leider. Zu dünn für zu mir passen. Aber nicht zu dünn für ehrenwerten Gallstein. Er die ganze Zeit herumschleichen wie Ameisen in Hose.«

»Du meinst eine Schlange im Gras.«

»Gewißlich. Strauchschlange, dieses ehrenwerte Stinktier. Mr. Gorgonzola sagt, wenn du Gallstein herumschleichen siehst, du schneidest seine Kehle von Ohren bis hinten.«

Wir steigen aus und gehen zur Tür. Futzi klingelt und grinst mich an.

»Mrs. Gorgonzola kommen jetzt«, sagt er.

Richtig, die Tür geht auf.

»Hineingehen«, schlägt Futzi vor.

»Ich nicht!« schrei ich. Mir gefällt nicht, was da auf der Schwelle steht. Es gefällt mir so wenig, daß mir die Knie zu zittern beginnen.

»Hör mal, mein feiner Filipino-Freund«, flüstere ich. »Du hast mir gesagt, daß Mrs. Gorgonzola dünn ist, aber nicht, daß sie *derart* dünn ist.«

Denn was da die Tür aufgemacht hat, ist weiter nichts als ein weißes, grinsendes Skelett!

»Sie sich zusammenfassen«, kichert Futzi. »Das ist nicht Mrs. Gorgonzola. Das bloß ein Trick. Gorgonzola, er sehr vertricktes ehrenwehrtes Kind, und ob! Das bloß harmlose Knochen.«

Richtig, ich sehe, daß das Skelett am Türpfosten befestigt ist. Wir gehen rein.

»Also hier sind Schlüssel zu ehrenwertem Haus«, sagt Futzi in der Diele zu mir. »Besonders Schlüssel zu Schlafzimmer von Mr. Gorgonzola. Er macht Tricks da oben, daß niemand stiehlt. Er sagt Sie nett auf diese achten, so Gallstein kann nicht stecken ehrenwerte Nase in geheime Sachen.«

Ich stecke die Schlüssel in die Tasche, dann höre ich jemanden kommen.

»Da sind Sie also«, schnappt eine Stimme. Futzi dreht sich um.

»Ehrenwerte Missis, erlauben mir Ihnen voranstellen ehrenwerten Feep, Lefty, Hochwohlgeboren. Er ist hier hinsetzen auf Wochenende.«

Mrs. Gorgonzola erübrigt einen Blick auf mich, und zwar aus sehr hübschen Augen unter all der Schminke und Tuscharbeit. Sie ist eine großgewachsene, dünne Dame mit drogerieblondem Haar. Ich strecke die Hand aus, doch sie denkt anscheinend, ich hätte einen schlimmen Fall von Bleu mourant, denn sie nimmt sie nicht. Statt dessen bedenkt sie mich mit einem Blick wie ein Stockfisch.

»Mein Mann sagte mir, Sie werden hierbleiben, bis er zurückkommmt«, sagt sie frostig.

»Ich hoffe, es stört Sie nicht«, sag ich.

»Oh, das geht schon in Ordnung, denke ich. Futzi, führ Mr. Feep zu seinem Zimmer. Das Dinner ist um sieben. Und jetzt, wenn Sie mich entschuldigen wollen – ich muß mich in einer Truhe einschließen gehen.«

»Was redet sie da?« frage ich Futzi, als sie die Treppe raufgeht.

»Frisch von Niere weg«, sagt er. »Mrs. Gorgonzola immer schließt in Truhe oder etwas ein. Sie macht Übung für Zauberei. Wie heißt ... Entbindungskünstler?«

»Verstehe.«

Wie ich in Gorgonzolas Zimmer ins Obergeschoß gehe, seh ich viel mehr. Das Zimmer steht voll Truhen und Schränken und Kisten, und wie ich meinen Mantel in die Garderobe hänge, finde ich noch mehr. Unter dem Bett liegen Kartenpäckchen, künstliche Blumen und Fahnen und Stäbe. Ich geh zum Bad, um mir die Hände zu waschen, da hechtet Futzi vor mir zur Tür.

»Warten!« brüllt er. »Sie wollen Kaninchen freilassen?«

»Kaninchen?«

»Ehrenwerter Gorgonzola hält Kaninchen in Bad. Wanne voll Kopfsalat, Sie sehen.«

Richtig, da sind lauter Häschen drin. Ich fang an, mich zu waschen, und die Langohren hüpfen rum und springen an mir hoch, während Futzi versucht, sie wegzuscheuchen.

»Au!« bemerke ich, die Augen voll Seife, weil ein Kaninchen auf das Waschbecken springt und mich am Bauch kitzelt. Aber es ist schon zu spät, was dagegen zu machen, und ich krieg den Anzug schön vollgespritzt.

»Wenn das bißchen wichtig ist für Sie«, grinst Futzi, »ich schicke ehrenwerten Anzug in ehrenwerte Reinigung.«

»Papperlapapp«, knurre ich. »Wenn ich heute abend nicht in die Stadt gehe, kann ich mich selber bei der Reinigung melden. Bei der Straßenreinigung. Ich muß eine kleine Wette abschließen, und ich kann da nicht hemdsärmelig aufkreuzen. Die würden mich dort auslachen.«

»Warum nicht Anzug von Mr. Gorgonzola nehmen?« schlägt Futzi vor. »Er hat viel Kleidung in Garderobe. Genug für ganzen Nudistenklub, darauf können glücksspielen.«

Das scheint ein guter Einfall zu sein. Nachdem Futzi meinen nassen Anzug genommen und mir gesagt hat, daß ich den Wagen nehmen kann, um in die Stadt zu fahren, gehe ich zu der großen Garderobe im Schlafzimmer und schaue mich um.

Der Raum ist voll Zauberkram, wie gesagt, aber es scheint überhaupt nichts zum Anziehen da zu hängen, außer Kostümen. Ich möchte keinen Turban oder einen Kimono tragen, und ich bin drauf und dran aufzugeben, als ich diese Truhe sehe.

Es ist eine große Eisenkiste, die ganz hinten in der Garderobe steht, und ich ziehe sie raus und sehe, daß sie wirklich sehr fest verschlossen ist. Für einen Moment geb ich auf, weil ich seit vielen Jahren kein Nitroglyzerin mehr bei mir trage. Dann fallen mir die Schlüssel ein, die Futzi mir gegeben hat.

Richtig, der erste Schlüssel, den ich probiere, schließt die Truhe auf. Sie ist voller Spiegel und Faltkram und

Glaskugeln – und mir wird klar, daß das die Truhe mit den neuen Tricks sein muß, von der Gorgonzola unbedingt will, daß ich sie bewache.

Aber da, an einer Seite, ist genau das, was ich suche – ein hübscher Smoking. Mit Jacke, Weste, Hose und passendem Zylinder.

Ich hol den Anzug raus und zieh ihn probeweise an. Er paßt ziemlich gut, und ich will gerade in die Hose steigen, da schau ich auf die Uhr und seh, daß ich schleunigst in die Stadt muß, wenn ich rechtzeitig zum fünften Rennen da sein will.

Also behalte ich meine alte Hose an und trag dazu Gorgonzolas Anzug. Ich lauf in die Diele runter und auf den Hof, springe in den Wagen und presche los.

Zehn Minuten später komm ich in den Wettpalast von Gorilla Quasselkopp. Das ist der Ort, wo ich von Zeit zu Zeit meine bescheidenen Investitionen in Rennen tätige.

Da steht 'ne Horde Bekloppte rum und ruft Wetten durchs Telefon, und der große fette Gorilla Quasselkopp führt Buch. Wie ich reingestürzt komme, drehen sie sich um und starren mich an.

Ich muß ja zugeben, daß es ungewöhnlich für mich ist, einen Smoking und karierte Hosen zu tragen. So 'n Schauspiel kann man allemal anstarren. Aber die Art Blicke, die ich von den Typen rund ums Telefon ernte, ist wirklich sehr komisch. Und dazu herrscht eine atemlose Stille.

Ich laufe zu Gorilla Quasselkopp und heb die Hand. Er steht mit offenem Munde da, und die Zunge hängt 'ne Meile weit raus, und wie ich näher komme, zittert er und hält sich die Hände vor die Augen.

»Nein!« japst er. »Nein … nein!«

»Was ist denn los, du großer Affe?« frag ich freundlich. »Du guckst, als ob du mich noch nie im Leben gesehen hättest.«

»Hab ich auch nicht!« keucht er. »Und wenn ich dich nie wieder seh, bin ich mehr als froh.«

»Aber du kennst mich doch. Ich bin Lefty Feep!«

Gorilla seufzt 'n bißchen.

»Das Gesicht kenn ich«, stöhnt er. »Die Hose auch. Aber was ist mit dem Rest von dir?«

»Gar nichts. Ich hab mir bloß für hier diesen Smoking geborgt.«

»Was für 'n Smoking?« fragt Quasselkopp. »Ich seh keinen.«

»Was denkst du denn dann, was ich anhabe?«

»Ich weiß nicht.« Grorilla schwitzt. Er weicht weiter zurück. »So, wie du aussiehst, müßtest du 'n Leichentuch tragen. Ich weiß nicht, was deinen Hals obenhält.«

»Willst du mich veräppeln?« frag ich.

»Nein, aber du willst mich vergraulen«, sagt er. »So hier reinzukommen, bloß Gesicht und weiter unten die Hose. Was ist mit dem Rest von dir passiert?«

Er zieht mich am Hosenboden die Wand entlang, sehr vorsichtig, bis ich vor einem Spiegel stehe.

»Sag mir, was du siehst«, flüstert er.

Ich schaue hin, und dann bin ich es, der's Maul aufreißt.

Denn im Spiegel seh ich eine Hose, einen Hals und einen Kopf. Dazwischen ist nichts. Ich bin in der Taille abgeschnitten, und mein Kopf und mein Hals schweben ungefähr drei Fuß darüber in der Luft!

»Du mußt heute in den ersten Rennen 'ne Menge gewettet haben«, flüstert Gorilla. »Ich hab von Kerlen gehört, die bei den Pferden ihre Hemden verloren haben, aber du gehst weiter und verlierst den ganzen Oberkörper!«

Ich stehe einfach da. Wenn ich an mir herabschaue, seh ich den Smoking sehr deutlich. Aber im Spiegel erscheint er nicht, und alle anderen sehen ihn auch nicht.

»Du sagst, du hast diesen Anzug geborgt?« will eins von den Exemplaren am Telefon wissen.

»Ja, ich hab ihn in einer Garderobe gefunden.«

»Vielleicht ist das Ding voll Motten«, meint er.

»Sehr hungrigen Motten«, fällt Gorilla ein. »So hungrig, daß sie nicht nur den Anzug weggefressen haben, sondern deine Brust und die Arme gleich dazu.«

Ich starre bloß in den Spiegel. Denn nun denke ich, ich weiß, was los ist. Ich hab in einer Truhe, wo Gorgonzola seine Zaubertricks aufbewahrt, nach was zum Anziehen gesucht, und ich hab 'nen Zauberanzug erwischt. Einen, der mich unsichtbar macht.

Bloß um es zu überprüfen, zieh ich den Anzug aus. Und richtig, ich bin wieder ganz in Ordnung. Ich steh da im Hemd und seh albern aus, aber nicht so albern wie diese anderen Flaschen.

»Wie machst du das?« fragt mich Quasselkopp.

»Der Anzug gehört 'nem Zauberer«, geb ich zu.

»Schön, zieh ihn nicht wieder an«, bittet er. »Du machst uns mit diesem Trick ganz schön fertig. 'nen Moment lang dachte ich, du hast 'ne Überdosis Pickelentferner genommen.«

»Laß gut sein«, geb ich zurück. »Ich möchte im fünften Rennen auf Santa Anita setzen. Auf Bing Crosbys Pferd.«

»Du kommst zu spät«, sagt Gorilla. »Es geht gerade zu Ende.«

Ich mache eine unfreundliche Bemerkung. »Dieser verdammte Anzug«, meine ich. »Er verdirbt mir 'nen sicheren Fünfzehn-zu-eins-Treffer.«

»Freu dich«, schlägt Gorilla vor. »Du hast Glück, daß du nicht gewettet hast, denn du verlierst sowieso.«

»Wieso?«

»Na ja, Bing Crosbys Pferd ist am Start disqualifiziert worden, also läuft Bing Crosby das Rennen selber. Und verliert.«

Das muntert mich ein wenig auf, also verabschiede ich mich und fahre zum Abendessen zu Gorgonzolas Haus zurück. Ich achte darauf, diesen Anzug nicht im Wagen zu tragen, denn sonst sieht es aus, als ob kein Fahrer drinsäße.

Außerdem kann ich mich nicht an den Anblick gewöhnen, den ich im Spiegel sehe. Unsichtbar zu sein ist 'ne sonderbare Sache, und jedesmal, wenn ich dran denke, muß ich die Augen zumachen und mich schütteln.

Das letzte Mal, wo ich das tu, bin ich gerade dabei einzuparken. Und ich fahr glatt einem großen Packard hinten drauf.

»Ah!« schreit eine Stimme von drinnen. »Paß auf, wo du hinfährst, du Rüpel!«

Ich schaue mich um, um zu sehen, mit welcher ungehobelten Person er redet, und dann geht mir auf, daß die Bemerkung auf mich gemünzt ist. Mehr noch, der Besitzer des Packards springt heraus und auf mein Trittbrett. Er wedelt mit der Hand vor meinem Gesicht herum, dabei hat er gar keine Fahne drin. Bloß 'ne große Faust.

»Tut mir leid«, sage ich. »Ich muß beim Fahren die Augen zugemacht haben.«

»So wirst du noch lange fahren müssen, du Lümmel«, sagt er. »Weil ich dir beide Augen zuhauen werde.«

Ich sehe, daß er ein großer, fleischiger Kerl mit 'nem roten Gesicht und 'ner Menge struppiger Haarbüschel ist, die von seinem Kopf abstehen wie 'n Staubmop.

»Können wir das bereden?« schlage ich vor.

Ein großer Arm langt herein und packt mich. Er hebt mich aus dem Wagen und hält mich am Kragen hoch.

»Das einzige, worüber ich reden werde, ist dein toter Körper«, knurrt er. »Du hast mir beide hintere Stoßdämpfer demoliert, und genau das werd ich mit dir tun.«

In dem Moment geht die Vordertür auf, und Mrs. Gorgonzola kommt herausgelaufen. Sie lächelt das große struppige Exemplar an.

»Ach, Mr. Gallstein, Sie sind zum Essen gekommen«, säuselt sie. »Wie ich sehe, haben Sie und Mr. Feep sich schon miteinander bekannt gemacht.«

»Ja«, japse ich. »Ich bin grad eben beim Reinkommen auf ihn getroffen.«

»Mr. Feep ist ein Gast des Hauses«, sagt Mrs. Gorgonzola.

»So?« Gallstein läßt mich auf die Füße fallen und nimmt seine Pranke von meinem Kragen. »Sehr angenehm«, knurrt er und hält mir die Hand hin. Ich nehme sie, und um ein Haar bricht er mir die Finger von den Gelenken ab.

»Sie sind also Gallstein der Zauberer«, bringe ich heraus. »Gorgonzola hat mir 'ne Menge über Sie erzählt.«

»So, hat er? Aber er kann's nicht beweisen.« Gallstein schnauft. Dann dreht er sich zu Mrs. Gorgonzola um und läßt sie seine großen Zähne sehen.

»Ich höre, Ihr Gatte ist nicht da«, sagt er.

»Das ist wahr.«

»Zu schade. Haha!«

»Ja, wirklich, hihi!« gackert Mrs. Gorgonzola.

Ich merke gleich, *was* da läuft. Ich geh aus dem Weg, damit ich nicht von dem Süßholz getroffen werde, das sie einander zuwerfen.

Dann steckt Futzi den Kopf hinter der Tür hervor.

»Essen ist beauftragt!« schreit er. »Schnell ehrenwerten Futtersack umhängen!«

Mrs. Gorgonzola wendet sich mir zu. »Wenn Sie wegfahren, werden Sie wohl zum Essen nicht zurückkommen«, sagt sie. »Also …«

Das kapiere ich gleich.

»Ich esse in der Stadt«, lüge ich. »Ich geh nur noch mal kurz rauf in mein Zimmer, wenn Sie nichts dagegen haben. Sie beide fangen ruhig an und unterhalten sich. Wenn Sie nichts dagegen haben, versteht sich.«

Gallstein lächelt, und jetzt weiß ich, woran er mich mit seinem struppigen Haar erinnert. An einen Wolf. Es ist, wie Gorgonzola sagt. Und jetzt schleicht er um Gorgonzolas Frau rum.

Ich steig eben die Treppe hoch, und schon hab ich 'nen Einfall in der alten Rübe. Wie ich ins Zimmer komme, geh ich zur Truhe und hol den Rest von dem Smoking raus. Ich zieh ihn an, setz auch den Zylinder auf, und dann geh ich zum Spiegel.

Einen Moment lang hab ich Angst hinzuschauen. Ich starre nach unten auf meinen Anzug und die Hosen. Für mich sehen sie ganz gewöhnlich aus, und ich seh sie sehr deutlich. Also weiß ich natürlich, daß ich sie auch im Spiegel sehen können muß.

Aber als ich schließlich in den Spiegel schaue, ist da nichts. Überhaupt nichts. Die Jackenärmel reichen über meine Hände, die Aufschläge der Hose bedecken meine Schuhe, und der Zylinder fällt über mein Gesicht – das alles weiß ich, aber ich seh's nicht im Spiegel. Der Spiegel ist leer. Absolut leer.

Vielleicht ist da irgendeine neue Chemikalie in der Kleidung, oder ein Filter, der kein Licht reflektiert. Was es auch ist, Gorgonzola hat einen unsichtbaren Anzug, und ich trage ihn. Das genügt mir.

Denn ich habe einen Plan. Ich kann Gallstein den Zauberer nicht leiden, und ich hab versprochen, auf Gorgonzolas Frau aufzupassen. Also beschließe ich, ans Werk zu gehen.

Ich warte eine Weile, dann schleiche ich mich in dem unsichtbaren Anzug die Treppe hinunter. Richtig, Gallstein und Mrs. Gorgonzola sitzen am Tisch und flirten miteinander.

Wie ich reinkomme, tut er sich gerade hervor, indem er drei Wassergläser gleichzeitig in der Luft jongliert.

Sie kichert und schaut ihm zu, und er grinst über beide Backen. Bald setzt er die Gläser ab und zieht seine Serviette heraus. Eine große Gummipflanze wächst darunter hervor.

»Oh, Mr. Gallstein, Sie sind so klug«, sagt sie.

»Nennen Sie mich doch Oscar«, sagt er. Und zieht eine lebende Schlange zwischen den Kartoffeln hervor. »Ich wette, Ihr Gatte bringt das nicht fertig«, bemerkt er.

»Ach *der*«, schnauft Mrs. Gorgonzola. »Er bringt gar nichts fertig. Bevor wir geheiratet haben, war er so lieb – hat immerzu Kaninchen aus meinem Kragen geholt und mich damit überrascht, daß er Kaffee in Champagner verwandelt hat. Jetzt jongliert er nicht mal mehr beim Essen mit den Tellern.«

»Sie so zu vernachlässigen! Eine Schande!« sagt Gallstein. Er langt über den Tisch und zwickt sie ins Ohr. Ein Ziesel springt hervor.

»Du bist wunderbar, Oscar«, erklärt sie ihm.

»Das ist gar nichts gegen das, was ich sonst noch kann«, brüstet sich Gallstein. »Komm ins Wohnzimmer.«

»Wozu?«

»Ich möchte dir ein paar von meinen besonderen Tricks zeigen.«

Sie gehen ins Wohnzimmer. Mrs. Gorgonzola faßt ihn am Arm. Ich folge ihnen dicht an dicht, aber natürlich können sie mich nicht sehen.

»Du solltest diesen ungeschlachten Rüpel von einem Gatten verlassen«, schlägt Gallstein vor. »Eine Frau wie du verdient nur die allerbeste Thaumaturgie, ganz zu schweigen von ein wenig Schwarzkunst ab und an.«

»Ich – das könnte ich nicht«, sagt sie.

»Warum nicht? Was hat dein Mann, was ich nicht habe? Was, wenn er dich in zwei Teile zersägt? Ich habe einen Trick, wo ich dich in vier Teile zersägen kann.

Sogar in sechs. Und wenn du in meiner Nummer auftrittst, verspreche ich, nicht zu ruhen, bis ich dich in sechzehn Stücke zerteilen kann.«

»Das wäre aufregend.« Sie errötet.

»Dein Mann weiß doch nicht mal, wie er beim Korbtrick Messer in dich reinstecken soll«, schnauft Gallstein. »Also ich könnte bei dir Äxte verwenden.«

»Bei dir klingt das alles so faszinierend«, säuselt sie und schmiegt sich an ihn.

»Tricks? Also ich hab Tricks, von denen Gorgonzola nicht einmal zu träumen vermag«, flüstert Gallstein, packt sie mit einer Art Halbnelson und bedenkt sie mit einem Blick, wie ihn eine Ratte kriegt, wenn sie sich ein Stück Käse schnappt.

»Ich weiß, was für Tricks du auf Lager hast«, platze ich heraus. »Und du kannst sie dir wieder in den Ärmel stecken, Gallstein.«

»Was war das?« kreischt Mrs. Gorgonzola und springt auf.

»Hä?« Gallstein blickt sich um. »Diese Stimme – sie hat zu mir aus der leeren Luft gesprochen.«

Sie starren, aber sie sehen mich nicht, obwohl ich direkt vor ihnen stehe.

»Das mußt du dir einbilden«, sagt Gallstein mit einem verwunderten Gesichtsausdruck.

»Aua! *Das* hab ich mir nicht eingebildet«, faucht Mrs. Gorgonzola.

Ich habe nämlich gerade beschlossen, sie in eine geeignete Stelle zu zwicken, und tue es kräftig.

»Was?« fragt Gallstein.

»Das!« quiekt die Dame. »Da – du hast es wieder getan. Du ungezogener Junge. Du hast mich gezwickt.«

»Wo?«

»Da auf dem Sofa.«

»Wie kann ich dich zwicken, wenn du meine beiden Hände hältst?«

»Also jemand hat mich gezwickt.«

Ich beuge mein Gesicht nahe an sie herunter.

»Du wirst wieder gezwickt, wenn du weiter mit diesem struppigen Affen Händchen hältst«, murmle ich.

»Iih – wieder diese Stimme!« kreischt Mrs. Gorgonzola. »Sag bloß nicht, du hättest wieder nichts gehört, Oscar.«

Jetzt ist Gallstein auf Draht. Sofort fängt er an zu lächeln.

»Ach, *diese* Stimme«, sagt er. »Das ist bloß ein kleiner Trick von mir, den dein Gatte nicht fertigbringt. Es ist ein Geist. Ich bin übersinnlich begabt, weißt du. Ich kann aus der leeren Luft Geister herbeirufen.«

Sie schaut ihn an wie ein krankes Kalb.

»Oh, wie wunderbar du bist!« sagt sie. Sie gehen wieder in den Clinch. Ich bringe sie auseinander, indem ich Gallstein kräftig auf die Zehen trete. Dann lasse ich ein lautes Stöhnen ertönen. Sie springen rasch zur Seite.

»Laß den romantischen Kram, Goldlöckchen«, schnarre ich. »Oder du bist gleich selbst ein Geist.«

»Ich glaube nicht, daß ich gern mit solchen Geistern leben würde«, wimmert Mrs. Gorgonzola. »Oscar, laß diese Stimme verschwinden.«

Gallstein ist ganz schön verwirrt. Aber er steht auf und versucht ein Lächeln.

»Hör zu, Liebling – ein für allemal, laß uns das alles vergessen. Ich möchte, daß du mit mir weggehst und in meiner Nummer mitmachst. Das ist es, was ich dir sagen wollte. Wir beide können die neuen Tricks deines Mannes mitnehmen und ...«

Aha, das war's also! Er ist hinter den neuen Tricks her, ganz wie Gorgonzola mich gewarnt hat. Ich beobachte die beiden scharf.

»Ich weiß nicht recht.« Mrs. Gorgonzola blinzelt aufgeregt. »Du mußt mich das in Ruhe entscheiden lassen.«

»Keine Zeit. Ich werde dir beweisen, daß ich ein besserer Zauberer bin, als Gorgonzola jemals sein wird. Und dann mußt du mit mir kommen.«

»Also ...«

»Komm schon. Nenn einen Trick, den dein Mann nicht schafft, und ich mach ihn auf der Stelle für dich.«

»Mal sehen ... O ja, dieser Safe-Trick. Du kennst den großen eisernen Safe, den er hat. Er versucht rauszukommen, nachdem der Safe abgeschlossen ist, aber irgendwie kommt er mit der Kombination nicht zurecht.«

»Laß mich nur machen«, brüstet sich Gallstein. »Führ mich hin. Ich werd's dir zeigen.«

»Er steht im Keller«, sagt sie.

»Zeig ihn mir.«

Sie gehen die Treppe hinunter, und ich folge ihnen. Ich versuche, Gallstein auf der Treppe ein Bein zu stellen, schaff es aber nicht. Und dann sind wir im Keller. Die beiden stehen vor einem großen eisernen Safe und ich unsichtbar neben ihnen.

Der Safe ist wirklich ein beängstigender Kasten, groß und schwer, mit 'nem riesigen Schloß dran. Gallstein schaut ihn an und lacht.

»Also, da auszubrechen, das ist, wie aus einem Laufstall auszubrechen«, schnauft er. »Ich werde hineinsteigen und mich von dir einschließen lassen. In drei Minuten bin ich wieder draußen, und wir verschwinden zusammen. Abgemacht?«

Mrs. Gorgonzola errötet.

»Gut, Oscar«, sagt sie. »Ich bin einverstanden. Wenn du aus diesem Safe ausbrechen kannst, werde ich mit dir durchbrennen.«

»Küß mich, Liebling«, muht Gallstein. Sie umarmen sich, aber ich stecke den Kopf dazwischen, und Gallstein küßt mir das Genick. Er blinzelt ein bißchen, aber reißt sich los. Dann zieht er seine Jacke eng zusammen und öffnet den Safe.

»Also dann«, sagt er, während er hineinklettert und sich ein wenig krümmt, um Platz zu finden. »Mach die Tür zu, Liebling. Ich bin im Handumdrehen wieder draußen.«

Ich schaue nach unten und bemerke, als er die Füße hineinzieht, daß an einer Schuhsohle ein kleiner Stahlstachel befestigt ist. Aber Mrs. Gorgonzola sieht das nicht. Sie macht die Tür zu, haucht ihm einen Kuß hinterher und tritt dann zurück, um zu warten.

Nach etwa einer Minute höre ich, wie dieser Gallstein drinnen mit seinem Stachel herumfummelt, um auf die Kombination zu kommen. Ich warte einfach. Die Zuhaltung beginnt zu klicken.

Eine weitere Minute vergeht und noch eine. Immer noch kein Gallstein. Mrs. Gorgonzola bückt sich.

»Alles in Ordnung, Oscar?« ruft sie.

»Klar – bin in einem Momentchen draußen«, hechelt er.

Aber ein Momentchen vergeht, und dann noch fünf Minuten. Kein Gallstein.

Mrs. Gorgonzola verliert allmählich die Geduld.

»Kann ich dir helfen?« fragt sie.

»Nein ... ich ... komm gut voran ... nur noch eine Sekunde«, stöhnt er.

Weitere fünfzehn Minuten vergehen. Gallstein fingert herum, läßt das Zahlenschloß rasseln und schnappt nach Luft.

Mrs. Gorgonzola läuft immer mehr rot an. Alle Naselang schaut sie auf ihre Armbanduhr.

»Du bist da vor fünfundzwanzig Minuten reingegangen«, ruft sie. »Ich gebe dir noch fünf Minuten.«

Von drinnen ertönt ein Grunzen, dann eine Menge Gerassel. Aber fünf Minuten gehen vorüber, und Gallstein ist immer noch im Safe. Der Lärm hört auf. Gallstein gibt den Versuch auf herauszukommen. Mrs. Gorgonzola seufzt und schaut streng drein.

»Also schön, Oscar, du zeigst dein wahres Gesicht. Du bist nichts weiter als ein Schwindler. Du bist kein guter Zauberer. Du findest nicht mal aus einer Telefonzelle heraus, geschweige denn aus einem Safe. Ich werde niemals mit dir durchbrennen. Gute Nacht!«

Sie macht kehrt und marschiert die Treppe hoch. Ich folge ihr, denn weiter habe ich nichts mehr zu tun. Ich hab meinen Teil getan, indem ich das Zahlenschloß weitergedreht habe, sobald Gallstein die Zuhaltung ausgerichtet hatte.

Überaus zufrieden gehe ich schlafen. Gallstein wird den Schwanz einziehen und sich davonschleichen. Jetzt weiß ich, daß Mrs. Gorgonzola mit ihm fertig ist, und brauche mir um nichts mehr Sorgen zu machen. In ein, zwei Tagen wird Gorgonzola wieder da sein, und seine Tricks sind auch in Sicherheit.

Ich setze den Hut ab, ziehe die Jacke aus und bin gerade im Begriff, die Hose abzustreifen, als die Tür aufgeht. Futzi kommt rein.

»Ehrenwerter Feep, ich denke, Sie sind … o Erbarmen, was in Namen ist Ehrenwertes das?« schreit er.

Er starrt meine Hose an, oder genauer die Stelle, wo meine Hose sein müßte. Aber unterhalb meiner Taille ist nichts zu sehen.

»O was unglücklicher Unfall!« jammert er. »Sie können zerschnitten von Autowagen?«

»Nein, natürlich nicht«, sag ich.

»Oder vielleicht beim Rennen verloren?«

»Es gibt Dinge«, antworte ich würdevoll, »die ich niemals bei einer Wette setzen würde. Nein, ich habe gar nichts verloren.«

»Aber Sie haben kein Glieder im Erdgeschoß«, jammert Futzi. »Nur Kopf und Oberkörper.«

»Ich hab alles jedenfalls«, versichere ich ihm und steige aus der Hose. »Da, siehst du? Es ist weiter nichts passiert, Futzi, als daß ich diesen Anzug von Gorgonzola getragen hab. Es ist eine Art Zauberanzug, denn wenn ich ihn anhabe, bin ich unsichtbar.«

»So?« flüstert Futzi. »Das ist bemerkenswert, gleichfalls seltsam.«

»Klar«, sag ich. »Das muß einer von den neuen Tricks sein, die ich für Gorgonzola bewachen soll. Mir wäre es lieb, wenn du das nicht herumerzählst. Jetzt schließe ich den Anzug wieder weg, und das war's.«

Ich ziehe also die Truhe hervor und schließe den Smoking und den Zylinder weg. Futzi steht rum und starrt mich an.

»Wo ist ehrenwerter Gallstein?« fragt er.

»Im Keller auf Eis«, erzähle ich ihm. »Er hat sich im Safe eingeschlossen wie 'ne Kriegsanleihe.«

»Dann rennt er nicht mit Mrs. Gorgonzola durch?« fragt Futzi. »Ich denke, sie verziehen zusammen.« Seine Miene verfinstert sich.

»Kein Verziehen«, sag ich ihm. »Du solltest jetzt nach unten gehen, den Safe aufschließen und Gallstein nach Hause gehen lassen.«

Futzi hängt immer noch rum.

»Vielleicht ich soll bügeln ehrenwerten Anzug?« fragt er. »Ihn neu und frisch machen für Mr. Gorgonzola unsichtbar drin sein? Gorgonzola immer stolz gut auszusehen, sogar wenn unsichtbar, darauf können glückspielen.«

»Nein, geh jetzt«, sage ich scharf.

»Ich ganz schnell bügeln«, bettelt er. »Bitte, lassen mich bügeln hübschen unsichtbaren Anzug und Hose.«

»Ich werde dir die Hose mit meinem Fuß bügeln, wenn du dich nicht verziehst«, schlage ich vor.

Also verzieht sich Futzi.

Ich leg mich ins Bett. Die Schlüssel steck ich unter mein Kopfkissen, weil ich sie nicht verlieren möchte. Ein unsichtbarer Anzug ist ganz schön wertvoll, und ich will nichts riskieren. Ich überleg mir, ob ich nicht besser wachbleibe.

Aber ein paar Stunden später bin ich nicht mehr wach. Sondern ich schlafe schön tief und träume von Kaninchen mit großen Zähnen und struppigem Haar, die mich in einem Safe einschließen. Der Traum ist so wahrheitsgetreu, daß ich sogar das Zahlenschloß klicken höre.

Das Klicken wird lauter, und ich wache auf. Dann weiß ich, was das Geräusch macht. Die Schlüssel unter meinem Kopfkissen.

Sie gleiten davon, in eine Hand.

Es ist eine gelbe Hand. Futzis Hand.

Er steht im Dunkeln vor meinem Bett und grapscht nach diesen Schlüsseln.

»He!« schrei ich und spring auf.

»He!« schrei ich und fall wieder runter.

Denn Futzis Hand läßt die Schlüssel los und packt mein Handgelenk. Er reißt daran, und ich falle rückwärts auf den Kopf. Dann kriegt seine andere Hand meine Taille zu fassen. Ich drehe mich auf den Bauch. Er gebraucht sehr fleißig beide Hände, und wir sind ein Knäuel.

Nach einer Minute sitze ich auf dem Bett und betrachte ein Paar Beine, die um meinen Hals geschlungen sind.

Irgendwas an ihnen kommt mir ziemlich bekannt vor. Und dann merke ich plötzlich, daß das meine Beine sind. Um meinen Hals. Ich bin wie ein Weihnachtspaket verschnürt.

Futzi steht vor mir und grinst.

»Sehr leid zu stören«, sagt er.

»Was war das?« japse ich und versuche mich zu befreien.

»Jiu-jitsu«, erklärt er.

»Jiu-jitsu? Aber das ist ein japanischer Trick, oder? Dann bist du kein Filipino, du bist ein …«

Futzi verbeugt sich.

»Das ist durchaus zutreffend«, sagt er. »Ich bin kein Filipino, Mr. Feep. Ebensowenig brauche ich mit der Verstellung in diesem lächerlichen Akzent fortzufahren. Alles, was ich jetzt verlange, sind diese Ihre Schlüssel. Ich werde den Anzug an mich nehmen und fortgehen.«

»Aber ich verstehe nicht ...«, sage ich.

»Natürlich nicht.« Futzi lacht, sehr leise. »Warum sollte ich mich als Filipino-Hausbursche verkleiden, mir eine Anstellung im Hause eines Zauberers verschaffen und als Diener arbeiten?

Die Antwort ist offensichtlich. Gorgonzola ist ein kluger Mann, aber ich kenne sein Geheimnis. Er hat die Stadt nicht verlassen – er ist hier, im örtlichen Hauptquartier des Waffenamtes. Er wird ihnen sagen, daß er eine Chemikalie erfunden hat, die Kleidung unsichtbar macht, und sie der Armee als neue Waffe anbieten. Wie Dunningers Tarnarbeiten, die Schlachtschiffe unsichtbar machen. Der Anzug ist bloß ein Beispiel für den Stoff. Ein ziemlich wertvolles Geheimnis.

Jetzt bin ich im Besitz dieses Anzugs. Ich werde ihn anziehen, in die Stadt gehen und Gorgonzola ein für allemal aus dem Weg räumen. Ich habe Informationen, daß diese Besprechung mit Vertretern des Waffenamtes für heute nacht angesetzt ist.

Natürlich wäre ich bei solch einer Versammlung unter normalen Umständen nicht zugelassen.« Futzi deutet ein Grinsen an und verbeugt sich. »Aber mit dem Anzug als Passierschein, denke ich, werde ich leicht hineinkommen. Nachdem ich solcherart Ihre Neugier befriedigt habe, verlasse ich Sie nun.«

Ich sitze immer noch, meine Beine zu einem Pfadfinderknoten geschlungen, während Futzi zur Garderobe geht, die Truhe hervorzieht und sie öffnet. Er nimmt den Anzug, zieht ihn rasch an und setzt den Hut auf.

Er ist so klein, daß die Kleidung an ihm herabhängt, und nach ein paar Sekunden ist er verschwunden. Er löst sich in Luft auf. Ich sehe, wie die Tür aufgeht. Seine Stimme kichert.

»Gute Nacht, ehrenwerter Feep«, sagt er sarkastisch. »Wir müssen bei Gelegenheit wieder einmal über Harakiri sprechen. Vielleicht werden Sie vorziehen, es selbst zu begehen, wenn Sie daran denken, was Ihrem Freund Gorgonzola bevorsteht.«

Dann geht die Tür zu, und ich bleibe verschnürt zurück. Ich grunze und stöhne und ringe mit mir selbst, aber ich kann die Beine nicht freibekommen. Schließlich rolle ich vom Bett auf den Fußboden. Das hilft. Ich schlage mit dem Kopf auf, aber die Beine kommen frei.

Ich wanke runter zum Telefon und suche die Nummer des Waffenamtes heraus. Ich rufe an, doch niemand meldet sich. Dann beschließe ich, die Bullen zu rufen, doch da fällt mir ein, daß dieser unsichtbare Stoff ein militärisches Geheimnis ist. Außerdem wird es nicht so gut ankommen, wenn ich die Bullen bitte, um Mitternacht Jagd auf einen Unsichtbaren zu machen.

Es bleibt also nur eins zu tun. Ich sehe, daß Gallsteins Packard noch draußen steht. Den anderen Wagen hat natürlich Futzi.

Ich hab mit meinen wunden Beinen einige Mühe, mich reinzusetzen, aber gar keine, den Wagen auf neunzig Meilen zu bringen. Wenn ich daran denke, wie dieser unsichtbare kleine Japs herumschleicht und versucht, Gorgonzola wegzupusten und seine Pläne zu stehlen, dann weiß ich, daß keine Zeit zu verlieren ist.

Nach genau sieben Minuten bin ich am Ziel. Der Laden ist dunkel, aber offen, und rasch bin ich die Treppe in den ersten Stock hoch. In einem Zimmer ist Licht, und die Tür steht offen. Sie sind drin – und wegen der offenen Tür bin ich mir sicher, daß Futzi bei ihnen ist. Unsichtbar.

Ich schleich rein und spähe durch die Innentür. Da sitzen vier Typen um einen Tisch, und richtig, Gorgonzola ist dabei. Er hat eine Mappe vor sich aufgeschlagen und redet sehr schnell.

Ich bin aber der einzige, der sieht, was hinter ihm ist. Es schwebt sehr ruhig in der Luft, aber einsatzbereit. Ein großer schwarzer Revolver, in den Händen dieses unsichtbaren Japs.

Ich springe durch die offene Tür und packe den Revolver. Es gibt 'ne Menge Geschrei, doch ich krieg ihn in die Hände. Dann folgt ein richtig lauter Schrei.

Natürlich sehen alle diese Vögel mich, wie ich 'ne Pistole schwenke. Den unsichtbaren Futzi sehen sie nicht, und ich kann ihnen auch nicht zurufen, daß sie nach ihm Ausschau halten sollen. Er kann überall im Zimmer stehen, und niemand kann ihn ausmachen.

Also schwenke ich einfach meine Pistole herum, richte sie auf eine perfekte Zielscheibe und schieße Futzi nieder.

Und so hab ich ein militärisches Geheimnis gerettet.

Lefty Feep hörte auf, den Sellerie herumzuschwenken, und steckte ihn in den Mund.

»Ich verstehe jetzt, warum es dich aufgebracht hat, wenn ich gesagt habe, daß ich dich nicht sehe«, meinte ich. »Du mußt ganz schön was durchgemacht haben.«

»Klar. Aber jetzt ist es okay. Gorgonzola gibt dem Waffenamt die Formel für seine neue Unsichtbarkeitschemikalie, seine Frau gibt Gallstein den Laufpaß, und ich geb dem kleinen Japs-Spion 'ne Bleivergiftung, wo er sie am wenigsten gebrauchen kann.«

Ich räusperte mich.

»Was die Sache mit dem Schuß auf den Japs betrifft«, sagte ich. »Da ist bloß eine Frage, die mich beunruhigt.«

»Ja?«

»Also du sagst, er trug diesen unsichtbaren Anzug, und niemand konnte ihn sehen. Trotzdem hast du es fertiggebracht, ihn auf Anhieb zu treffen. Worauf hast du denn gezielt?«

Feep wurde rot.

»Ich möcht's eigentlich nicht sagen«, gestand er. »Aber ich will erwähnen, daß ich in der Nacht, als Futzi herumhing und unbedingt den Anzug in die Finger kriegen wollte, doch mißtrauisch geworden bin. Ich hab überlegt, ob ich den Anzug nicht besser ein bißchen weniger unsichtbar mache, falls jemand anders ihn trägt. Das tu ich, und als Futzi ihn anhat, bietet er mir ein Ziel, was er selbst in der Eile beim Anziehen nicht bemerkt hat.«

»Was für ein Ziel?« hakte ich nach.

»Verrate ich nicht.« Feep grinste. »Ich kann nur soviel sagen: Ehe ich den ehrenwerten Anzug über Nacht wegschließe, nehm ich 'ne Schere und schneide ein großes Loch in ehrenwerten Hosenboden.«

Ray Bradbury

Wenige zeitgenössische Kurzgeschichtenautoren haben aus-
gefallene und düstere Phantasien so gut und in so vielfältiger
Weise zu nutzen gewußt wie Ray Bradbury. Seine Romane
Die Mars-Chroniken *(The Martian Chronicles, 1950)* und*
Fahrenheit 451 *(1951) sowie sein Erzählungsband* Der illu-
strierte Mann *(The Illustrated Man, 1952) sind als Klas-*
siker anerkannt und alle verfilmt worden, wenngleich mit
unterschiedlichem Erfolg. In der Tat verbindet Bradbury mit
dem Filmgeschäft eine Haßliebe: Er hat eine Anzahl von
Drehbüchern geschrieben, darunter für zwei B-Filme der
fünfziger Jahre, Gefahr aus dem Weltall *(It Came from*
Outer Space, 1953) und Panik in New York *(The Beast*
from Twenty Thousand Fathoms, 1953), die mittlerweile
beide zu Kultfilmen geworden sind, und ist auch zur Arbeit
an etlichen geplanten Verfilmungen seiner Werke bestellt
worden, die jedoch nie auf die Leinwand kamen. Er hat einen
Großteil seines Lebens in der Nähe von Hollywood gewohnt,
und seine ironische Einstellung bezüglich der Art, wie Fil-
memacher vorgehen, wird nicht nur in einigen seiner Ge-
schichten deutlich, sondern auch in gelegentlichen Zeitschrif-
tenartikeln, wo er kein Blatt vor den Mund nimmt − zum
Beispiel ›Die Fahrenheit-Chroniken‹ (1964), ›Filme, die
fürchterlich sind‹ (1979) und ›Die Zukunft nach Disney‹
(1980).

Raymond Douglas Bradbury wurde 1920 in Waukegan,
Illinois, geboren, wo sein Vater als Elektromonteur arbeitete.
Als es der Familie während der Weltwirtschaftskrise der
dreißiger Jahre schlechter ging, zog sie nach Los Angeles, wo

---

* Eigentlich ein Zyklus eng zusammenhängender Erzählungen. −
Anm. d. Übers.

der junge Ray ein Filmfan wurde und sich nach der Schule stundenlang in der Nähe der Studios herumtrieb, um Stars wie W. C. Fields, Bing Crosby und Marlene Dietrich zu begegnen und von ihnen Autogramme zu bekommen. »Ich habe sogar aus den Mülltonnen der Studios Drehbücher gesammelt, um besser schreiben zu lernen«, gesteht er heute. Schon damals war Schreiben seine Lieblingsbeschäftigung. Nachdem ein paar seiner Geschichten in Amateur-Fanzines veröffentlicht wurden, fiel seine eigentümliche Mischung von Fantasy und SF dem Herausgeber von Weird Tales auf, und so wurden seine Erzählungen bald neben denen von Robert Bloch gedruckt, mit dem ihn später eine enge Freundschaft verband.

Im Bereich der Belletristik hat Bradbury seine Haltung gegenüber Hollywood wohl am deutlichsten in seinem Roman Friedhof für Verrückte (A Graveyard for Lunatics, 1990) demonstriert, wo eine sehr exzentrische Handvoll von Figuren sich mit wechselndem Erfolg im Umfeld der Showbusiness-Kreise der Stadt betätigt, sowie in der folgenden Geschichte, ›Das Jahr, als das Glop-Monster den Goldenen Löwen von Cannes gewann‹, die er für die Zeitschrift Cavalier vom Juli 1967 schrieb. Es ist mir eine besondere Freunde, diese Erzählung hier zum erstenmal in einem Buch zu präsentieren.

Das Jahr, als das Glop-Monster den Goldenen Löwen von Cannes gewann

Erinnert ihr euch an die Aaron-Stolittz-Witze? Wie man ihn den Revolver-Produzenten nannte, weil er seine Filme so schnell zusammenschoß? Erinnert ihr euch an seine beiden Studios? Eins ein Klavierkasten, das andere eine Keksdose? Ich habe in der Keksdose in der Nähe des Santa-Monica-Friedhofs gearbeitet. Großartig! Wenn man tot war, hatte man ganze neunzig Fuß weiter südlich eine gute Adresse.

Ich? Ich klaute Drehbücher, borgte Musik und machte den Schnitt bei *Schleimmonster, Das Geschöpf von jenseits der Diele* (meine Mutter mochte es, es erinnerte sie an *ihre* Mutter), *Das mobile Mammut* und all die anderen Riesenhefe-, Elefantenblattlaus- und Berserkerbazillus-Filme, die wir zwischen Sonnenuntergang und Sonnenaufgang drehten.

Doch dann wurde alles anders. Ich habe jene große und schreckliche Nacht miterlebt, in der Aaron Stolittz weltberühmt und reich wurde, und danach war nichts mehr wie zuvor.

Das Telefon klingelte früh an einem heißen Septemberabend. Aaron war vorn in seinem Studio. Das heißt, er versteckte sich in einem Zwei-mal-vier-Fuß-Büro und schlug Essigfliegen-Sheriffs von der Stofftür herunter. Ich war hinten und dröselte mit gestohlenen

Apparaten unser letztes Filmepos zusammen, als das Telefon surrte. Wir sprangen auf, voller Angst vor den Ehefrauen von Geldeintreibern, die sich aus längst entschwundenen Jahren per Ferngespräch meldeten.

Schließlich nahm ich den Hörer ab.

»He«, schrie eine Stimme, »hier ist Joe Samasaku vom Samasaku Samurai Theatre. Wir haben heute abend um 8.30 Uhr eine echte japanische Überraschungs-Studiovoraufführung im Programm. Aber der Film ist auf einem Filmfestival in Pacoima abgefangen worden, oder in San Luis Obispo – wer weiß? Paßt auf: Habt ihr neunzig Minuten Film, die irgendwie an einen Samurai-Breitwandfilm oder wenigstens an ein chinesisches Märchen erinnern? Da könnt ihr schnell fünfzig Dollar machen. Sagt mir die Titel von euren letzten Jemand-ist-auf-Junior-getreten-und-jetzt-sieht-er-besser-aus-als-je-zuvor-Streifen durch.«

»*Die Insel der Wahnsinnigen Affen?*« schlug ich vor.

Betretenes Schweigen.

»*Zwei Tonnen Terror?*«

Der Manager vom Samasaku Theatre setzte an, aufzulegen.

»*Der Drache tanzt um Mitternacht!*« schrie ich impulsiv.

»Yeah.« Die Stimme zog an einer Zigarette. »Diesen *Drachen*. Kriegt ihr Aufnahmen, Schnitt und Musik in … äh … einer Stunde und dreißig Minuten fertig?«

»Klar wie Kloßbrühe!« Ich legte auf.

»*Der Drache tanzt um Mitternacht?*« Aaron richtete sich bedrohlich auf. »So einen Film haben wir nicht!«

»Wart's ab«, ich schob ein paar Titelzeilen unter unserer Kamera zusammen, »wie aus *Die Insel der Wahnsinnigen Affen* im Handumdrehen *Der Drache tanzt* et cetera wird!«

Also machte ich neue Titel für den Film und die Musik fertig (alte Leonard-Bernstein-Aufnahmen, rückwärts gespielt) und packte 24 Filmrollen in unseren Volkswagen. Normalerweise hat ein Film neun Rollen, aber beim Schneiden behält man den Film auf Dutzenden von kurzen Spulen, damit man leichter damit umgehen kann. Es blieb keine Zeit, unser Epos umzuspulen. Das Samasaku würde mit zwei Dutzend Rollen zurechtkommen müssen.

Mit ächzenden Stoßdämpfern holperten wir zu dem Kino und brachten die Rollen rauf in der Vorführrraum. Ein Mann mit einem gräßlichen Piratenauge und einem Mundgeruch wie King Kong atmete Sherry aus, griff sich unsere Rollen, schlug die Metalltür zu und verriegelte sie.

»He!« schrie Aaron.

»Schnell«, sagte ich. »Nach der Vorführung kann es zu spät sein, laß uns die fünfzig Dollar schnappen und ...«

»Ich bin ruiniert, ruiniert!« sagte eine Stimme, als wir die Treppe hinuntergingen.

Da stand Joe Samasaku, der Direktor, und starrte auf die Menschenmenge, wie sie ins Kino strömte.

»Joe!« sagten wir beide beunruhigt.

»Seht nur«, ächzte er. »Ich hab Telegramme geschickt und abgesagt. Irgendwas ist schiefgelaufen. Und da kommen sie – *Variety*, die *Saturday Review*, *Sight and Sound*, der *Manchester Guardian*, die *Avant-Garde Cinema Review*. Reicht mir vergiftetes amerikanisches Essen, nur zu!«

»Gelassenheit, Joe«, sagte Aaron. »Gar so schlecht ist unser Film nicht.«

»*Nein?*« fragte ich. »Aaron, diese Supersnobs! Nach heute nacht heißen wir Harakiri Productions!«

»Gelassenheit«, sagte Aaron ruhig, »ist ein Getränk, das wir nebenan in der Bar kriegen. Kommt.«

Der Film begann mit einer großen Explosion von Dimitri-Tjomkin-Themen, umgedreht, rückwärts und über Kreuz.

Wir gingen eilig in die Bar. Wir hatten gerade ein doppeltes Glas Klarheit zur Hälfte geleert, als der Ozean ans Ufer brandete. Will sagen, das Publikum im Kino holte Luft und seufzte.

Aaron und ich rannten raus und machten die Kinotür auf, um einen Blick hinein auf den Drachen zu werfen, welcher auch immer heute nacht tanzen mochte.

Ich stieß ein kleines Blöken aus, wirbelte herum und sprang die Treppe hoch, um mit meinen winzigen Fäusten an die Tür des Vorführraums zu schlagen. »Du Trottel! Du Laus! Die Rollen sind vertauscht. Du hast Nr. 4 statt Nr. 2 eingelegt!«

Aaron gesellte sich nach Luft schnappend zu mir und lehnte sich gegen die verschlossene Tür.

»Hör!«

Hinter der Tür ein leises Klirren wie von Eis und etwas, was kein Wasser war.

»Er trinkt!«

»Er ist *betrunken!*«

»Paß auf«, sagte ich und schwitzte dabei, »die Rolle läuft jetzt seit fünf Minuten. Vielleicht hat's niemand gemerkt. Du da drin!« Ich stieß mit dem Fuß gegen die Tür. »Sieh dich ja vor! Sortier sie richtig! Aaron«, sagte ich und führte ihn mit zitternden Knien die Treppe hinunter, »laß uns noch etwas Gelassenheit besorgen.«

Wir waren gerade mit unserem zweiten Martini fertig, als wieder eine Gezeitenwoge gegen die Küstenlinie brandete.

Ich rannte ins Kino. Ich stürmte die Treppe hoch. Ich fummelte am Guckloch des Vorführraums. »Blödmann! Kaputtmacher! Nicht Rolle sechs. Rolle drei! Mach auf, daß ich dich mit bloßen Händen erwürgen kann!«

Er machte auf – eine neue Flasche hinter der Metalltür. Ich hörte, wie er über die Zinnbüchsen mit dem Film stolperte, die auf dem Betonboden verstreut lagen.

Ich raufte mir das Haar wie in einer Szene aus *Medea* und trottete zurück, wo ich Aaron tief in sein Glas blicken sah.

»Trinken alle Filmvorführer?«

»Schwimmen Wale unter Wasser?« erwiderte ich mit geschlossenen Augen. »Steigt der Leviathan hinab in die Tiefen des Meeres?«

»Dichter«, sagte Aaron achtungsvoll. »Red weiter.«

»Mein Schwager«, sprach ich, »war fünfzehn Jahre lang Filmvorführer bei den TriLux-Studios, das bedeutet fünfzehn Jahre, in denen er keinen nüchternen Atemzug getan hat.«

»Das muß man sich mal vorstellen.«

»Ich *stelle* es mir vor. Fünfzehn Jahre lang Tag für Tag die erste Kopie von *Sattel der Sünde* sehen, die Wieder-aufführung von *Liebesnest in der Sierra*, den neuen Schnitt von *Fallstricke der Leidenschaft*. Das allein kann einen Mann in den Wahnsinn treiben. Noch schlimmer in den Kinos, wo die Filme eine lange Laufzeit haben. Stell dir vor, das neunzigste Mal Carroll Baker in *Harlow* zu sehen. Stell es dir vor, Aaron! Wahnsinn, was? Angst-zustände, daß man die Wände hochgehen könnte! Schlaflose Nächte. Impotenz. Ein widerwärtiger Ge-schmack im Mund. Also? Also fängst du an zu trinken. Überall im nächtlichen Amerika zu dieser Stunde – ruf dir die kleinen Siedlungen vor Augen, die tapferen klei-nen Forts, die großen Neonstädte, und überall, Aaron – sind in diesem Augenblick alle Filmvorführer ohne Ausnahme voller als Strandhaubitzen. Besoffen, besof-fen, besoffen wie ein Mann.«

Wir grübelten darüber nach und nippten an unseren Drinks. Mir traten die Tränen in die Augen, als ich mir zehntausend Filmvorführer vorstellte, allein mit ihren Fil-men und Flaschen quer über den Kontinent der Prärien.

Das Kinopublikum regte sich.

»Geh nachsehen, was der Verrückte jetzt macht.«

»Ich hab Angst.«

Ein Gefühlsbeben ließ das Kino erzittern.

Wir gingen hinaus und starrten zum Fenster des Vorführraums hoch.

»Er hat vierundzwanzig Rollen Film da oben. Aaron, wieviel Kombinationen kann man daraus bilden? Rolle neun statt Rolle fünf. Rolle elf statt Rolle sechzehn. Rolle acht statt Rolle zwanzig. Rolle ...«

»Hör auf!« Aaron stöhnte und erschauderte.

Aaron und ich rannten eher, als daß wir um den Block gingen.

Wir brachten es auf sechs Runden. Jedesmal, wenn wir zurückkamen, waren das Schreien, Kreischen und unglaubliche Gebrüll des Publikums lauter.

»Mein Gott, sie reißen die Sitze auf!«

»So was machen sie nicht.«

»Sie bringen ihre Mütter um!«

»Filmkritiker? Hast du jemals deren Mütter *gesehen*, Aaron? Epauletten bis hier runter. Kampfspangen quer rüber bis da. Fünf Tage die Woche Training in der Turnhalle. In der Freizeit bauen sie Schlachtschiffe und lassen sie vom Stapel laufen. Nee, Aaron, die Hände können sie sich gegenseitig brechen, aber ihre *Mütter* umbringen ...?«

Ein lautes Luftholen, ein langes Zischen und ein aus tiefster Seele kommender Seufzer drangen aus dem mitternächtlichen Dunkel inmitten der kalifornischen Architektur. Von der großen Kuppel des Kinos rieselte Staub.

Ich ging hinein und starrte auf die Leinwand, bis die Rollen gewechselt wurden. Ich kam heraus.

»Rolle neunzehn statt Rolle zehn«, sagte ich.

... in welchem Augenblick der Kinodirektor herauswankte, Tränen in den Augen, das Gesicht käseweiß, vor Verzweiflung und Schock von Wand zu Wand taumelnd.

»Was habt ihr mir angetan? Was für ein Film ist das?« rief er außer sich. »So ein Undank! Das Joe Samasaku Theatre ist ein für allemal ruiniert!«

Er stürzte auf uns zu, und ich hielt ihn von mir. »Joe, Joe«, bat ich, »sag nicht so was!«

Die Musik schwoll an. Es war, als ob Film und Publikum sich zu einer großen, verzögerten Explosion aufbliesen, die die Seele vom Leib wie auch das Fleisch von den Knochen reißen könnte.

Joe Samasaku wich zurück, drückte mir einen Schlüssel in die Hand und sagte: »Ruft die Bullen, telefoniert nach dem Reinemachdienst, wenn der Aufruhr vorbei ist, schließt die Türen ab, wenn noch welche da sind, und ruft mich bloß nicht an; ich rufe *euch* an!«

Dann entfloh er.

Wir wären ihm auf dem Fuße aus diesem alten kalifornischen Innenhof und die Hauptstraßen entlang gefolgt, hätte nicht in diesem Augenblick ein großer gestohlener Brocken Berlioz und ein Beckenschlag von Beethoven den Film beendet.

Dann folgte verblüfftes Schweigen.

Aaron und ich wandten uns um und starrten wie irre auf die geschlossenen Kinotüren.

Sie schwangen weit auf. Laut schreiend platzte die Menschenmenge heraus. Es war eine Bestie mit vielen Augen, vielen Armen, vielen Beinen, vielen Schuhen und einem einzigen riesenhaften, sich ständig wandelnden Körper.

»Ich bin zu jung, um zu sterben«, bemerkte Aaron.

»Daran hättest du denken sollen, ehe du dich in Dinge einmischtest, die man lieber Gott überlassen sollte«, sagte ich.

Die Menge, die große Bestie, hielt kurz inne und wogte. Wir schauten sie an. Sie schaute uns an.

»Da sind sie!« rief schließlich jemand. »Der Produzent, der Regisseur!«

»Mach's gut, Aaron«, sagte ich.

»Ist großartig gewesen«, sagte Aaron.

Und die Bestie stürmte mit einem unartikulierten Schrei vorwärts, stürzte sich auf uns … hob uns auf die Schultern und trug uns, während sie glücklich schrie, sang und uns auf den Rücken klopfte, drei Runden durch den Innenhof, auf die Straße hinaus, dann wieder in den Hof.

»Aaron!«

Ich starrte geistesabwesend abwärts in ein brodelndes Meer von selig lächelnden Gesichtern. Hier hoppelte die Rezensentin des *Manchester Guardian*. Dort sprang der gemeine und gallige Kritiker von *Greenwich Village Avanti*. Dahinter in toller Ekstase die zweite Garnitur der Filmrezensenten von der *Saturday Review*, der *Nation* und der *New Republic*. Und weit draußen am Ufer dieses aufgewühlten Meeres das Herumtoben und Hüpfen, das Lachen und Winken der Kolumnisten von der *Partisan Review*, von *Sight and Sound*, von *Cinema*, ein unübersehbares Gewimmel.

»Unglaublich!« schrien sie. »Wunderbar! Übertrifft *Hiroshima mon amour!* Zehnmal besser als *Letztes Jahr in Marienbad!* Hundertmal großartiger als *Gier!* Klassisch! Genial! Dagegen sieht *Riese* aus wie'n Gartenzwerg! Mein Gott, die neue amerikanische Welle ist *da!* Wie habt ihr das *gemacht?*«

»*Was* gemacht?« schrie ich und schaute zu Aaron rüber, der zum viertenmal um die Eingangshalle getragen wurde.

»Sei still und halt dich hoch im Sattel!« Aaron segelte über den Ozean der Menschheit auf einem Meer des Lächelns.

Ich blinzelte aufwärts, die Augen voll von wilden, seltsamen Tränen. Und da oben im Fenster des Vorführraumes ragte ein Schatten auf, die Augen weit aufgerissen. Der Filmvorführer, eine Flasche in der Hand, schaute offenen Mundes auf unsere Fête herab, fuhr sich mit den Fingern der freien Hand übers Gesicht, als entdecke er sein Vorhandensein, starrte die Flasche an und verschwand, ehe ich rufen konnte.

Als endlich die hüpfenden tanzenden Zwerge und Gazellen erschöpft waren und lachend ihre letzten Komplimente hervorbrachten, wurden Aaron und ich wieder heruntergelassen. Dazu hieß es:

»Der gewaltigste Avantgarde-Film in der Geschichte!«

»Wir haben uns große Hoffnungen gemacht«, sagte ich.

»Der kühnste Einsatz von Kamera, Schnitt, Sprüngen und dem mehrfach umgekehrten Handlungsfaden, an den ich mich erinnern kann!« sagten alle auf einmal.

»Planung zahlt sich aus«, sagte Aaron bescheiden.

»Sie werden damit natürlich am Filmfestival in Edinburgh teilnehmen?«

»Nein«, sagte Aaron verdutzt, »wir …«

»… haben das erwogen, aber erst nachdem wir ihn auf den Filmfestspielen in Cannes gezeigt haben«, warf ich ein.

Ein Bataillon von Kamerablitzen ging los, und wie der Tornado, der Dorothy in Oz absetzte, wirbelte die Menge um sich selbst und verschwand; sie hinterließ einen Müllhaufen von versprochenen Cocktail-Partys, vereinbarten Interviews und Artikeln, die morgen, nächste Woche, nächsten Monat geschrieben werden mußten – nicht vergessen, nicht vergessen!

Im Innenhof war es still. Wasser tropfte vom halbtrockenen Mund eines Satyrs, der in einen alten Brunnen gegenüber der Kinowand gehauen war. Nachdem Aaron lange Zeit ins Leere gestarrt hatte, ging er hin und befeuchtete sich das Gesicht.

»Der Vorführer!« schrie er, als der ihm plötzlich einfiel.

Wir stürmten die Treppe hoch und blieben stehen. Diesmal kratzten wir an der Zinntür wie zwei kleine hungrige weiße Mäuse.

Nach langem Schweigen klagte eine schwache Stimme: »Gehen Sie weg. Es tut mir leid. Ich hab es nicht gewollt.«

»Nicht *gewollt?* Verdammt, mach auf! Es ist alles verziehen!« sagte Aaron.

»Sie sind verrückt«, erwiderte die Stimme schwach. »Gehen Sie weg.«

»Nicht ohne dich, Schätzchen. Wir lieben dich. Tun wir doch, Sam?«

Ich nickte. »Wir lieben dich.«

»Sie haben völlig den Verstand verloren.«

Füße scharrten über Zinndosen und knisternden Film.

Die Tür ging auf.

Der Vorführer, ein Mann Mitte Vierzig, die Augen blutunterlaufen, das Gesicht krebsrot, stand wankend vor uns, die Handflächen offen zur Seite, daß die Nägel dort einschlügen.

»Schlagt mich«, flüsterte er. »Bringt mich um.«

»Dich umbringen? Du bist das Großartigste, was Hundefleisch in Dosen je passieren konnte!«

Aaron stürmte hinein und drückte dem Mann einen Kuß auf die Wange. Er wich zurück, fuchtelte herum, als würden ihn Wespen angreifen, und prustete.

»Ich werd alles wieder machen, wie es war«, schrie er und bückte sich, um die verstreuten Filmschlangen am Boden aufzusammeln. »Ich werd die richtigen Stücke finden und ...«

»Nein!« sagte Aaron. Der Mann erstarrte. »Laß alles, wie es ist.« In ruhigerem Ton fuhr Aaron fort: »Sam, schreib das auf. Hast du 'nen Stift? Also, wie heißt du?«

»Willis Hornbeck.«

»Willis, Willie, sag uns die Reihenfolge. Welche Rolle

zuerst, als zweite, als dritte, welche seitenverkehrt, kopfstehend, rückwärts, alles.«

»Sie meinen ...?« Der Mann blinzelte, vor Erleichterung unfähig zu denken.

»Ich meine, wir brauchen das System, die Art, wie du heute nacht den größten Avantgardefilm der Geschichte hast laufen lassen.«

»Oh, um Gottes willen.« Willis ließ ein heiseres, ersticktes Gelächter ertönen, zwischen den durcheinandergeworfenen Rollen auf dem bedenklich vermüllten Fußboden hingehockt, wo seine ›Kunst‹ bereitlag.

»Willis, mein Bester«, sagte Aaron. »Weißt du, wie dein Titel von dieser Stunde in dieser phantastischen Nacht der Schöpfung an lauten wird?«

»Müll?« fragte Hornbeck, ein Auge geschlossen.

»Ko-Produzent von Hasurai Productions! Dramaturg, Schnittmeister, vielleicht sogar Regisseur! Ein Zehnjahresvertrag! Gehaltserhöhungen. Privilegien, Aktienbeteiligungen. Tantiemen. Also gut. Bleistift bereit, Sam? Willis. Was hast du *gemacht?*«

»Ich ...«, sagte Willis Hornbeck, »erinnere mich nicht.«

Aaron lachte leichthin. »*Klar* erinnerst du dich.«

»Ich war betrunken. Dann bin ich vor Angst nüchtern geworden. Jetzt bin ich nüchtern. Ich erinnere mich nicht.«

Aaron und ich tauschten Blicke voll purer animalischer Panik aus. Dann sah ich etwas auf dem Fußboden und hob es auf.

»Augenblick. Wartet«, sagte ich.

Wir alle schauten die halbleere Sherry-Flasche an.

»Willis«, sagte Aaron.

»Ja, Sir?«

»Willis, alter Freund ...«

»Ja, Sir?«

»Willis«, sagte Aaron. »Ich werde jetzt diesen Film-projektor starten.«

»Ja.«

»Und du, Willis, wirst austrinken, was immer in dieser Flasche ist.«

»Ja, Sir.«

»Und du, Sam?«

»Sir?« sagte ich und salutierte.

»Du, Sam«, sagte Aaron und warf den Apparat an, so daß ein heller Lichtstrahl in das stille nächtliche Kino schoß und die Leere berührte, die auf das Genie war-tete, daß es unglaubliche Bilder auf die weiße Lein-wand male. »Sam, mach bitte diese schwere Zinntür zu und schließe sie ab.«

Ich machte die schwere Zinntür zu und schloß sie ab.

Und der Drache tanzte um Mitternacht auf Filmfesti-vals in aller Welt.

Beim Filmfestival in Venedig zähmten wir den Löwen von Venedig, wir holten den Spitzenplatz bei der New Yorker Film-Fête und den Brasilia-Sonderpreis beim Welt-Filmwettbewerb. Und nicht bloß mit einem Film, nein, mit sechs! Nach *Der Drache tanzt* gab es den durchschlagenden internationalen Erfolg unseres Strei-fens *Die Schrecklichen*. Es gab *Mr. Mord und Totschlag,* gefolgt von *Der Name ist Horror* und *Flechtwerk.*

Damit kamen die Namen Aaron Stolittz und Willis Hornbeck den Rezensenten jeder Couleur honiggleich über die Lippen.

Wie machten wir fünf weitere Knaller in Folge?

Genauso wie den ersten.

Wenn wir mit jedem Film fertig waren, griffen wir uns Willis, mieteten das Samasuku Theatre um Mitter-nacht, schütteten Willis eine Flasche vom besten Sherry in die Gurgel, gaben ihm den Film, starteten den Pro-jektor und schlossen die Tür ab.

Bei Tagesanbruch war unser Epos kleingehackt, wie Monstersalat durchgemischt, zusammengeklaubt, neu verflochten, mit Hilfe von Willis Hornbecks Genie zusammengeklebt und fertig zur Aufführung in den wartenden Avantgardekinos von Kalkutta bis Hintertupfingen. Bis ans Ende meines unbedeutenden Lebens werde ich nie jene Nächte vergessen, als Willis zwischen seinen surrenden, flackernde Schatten werfenden Apparaten herumtorkelte und -kramte, bis die Morgenröte den Innenhof des Samasaku Theatre mit einem Gold füllte, das die reine Farbe von Geld hatte.

So ging es Film auf Film, Bestie auf Bestie, während die Pesos und die Rubel hereinrollten, und eines Nachts kriegten Aaron und Willis ihren Oscar für Experimentalfilm, und wir alle fuhren schnittige Jaguars und lebten glücklich bis zum Ende, ja?

Nein.

Es waren drei glorreiche, schöne, hinreißende Jahre auf der Höhe der Avantgarde-Chose. Aber ...

Eines Nachmittags, als Aaron glucksend über seinen Bankauszügen sitzt, kommt Willis Hornbeck rein und stellt sich vor das große Panorama-Fenster mit Blick auf das ausgedehnte Gelände von Hasurai Productions. Willis schließt die Augen und jammert leise, wobei er sich sacht an die Brust schlägt und ebenso behutsam an seinen Revers zerrt.

»Ich bin Alkoholiker. Ich trinke. Ich bin ein schrecklicher Säufer. Ich saufe. Alles mögliche. Reinigungsalkohol? Klar. Mentholversetzten Sprit? Warum nicht? Terpentin? Holzfirnis? Her damit. Nagellackentferner? Reines Gurgelwasser. Willis Hornbeck die Schnapsdrossel, der verrückte Narr, der tagelang kein Auge aufkriegt ... aber damit ist jetzt Schluß. Das Gelöbnis! Ich will das Gelöbnis!«

Aaron und ich liefen hin und um Willis herum und versuchten ihn zu bewegen, die Augen aufzumachen.

»Willis! Stimmt was nicht?«

»Alles stimmt.« Er öffnete die Augen. Tränen rannen ihm über die Wangen. Er nahm unsere Hände. »Es fällt mir schwer, euch netten Jungs das anzutun. Aber letzte Nacht ...«

»Letzte Nacht?« flüsterte Aaron angstvoll.

»Die Anonymen Alkoholiker. Ich hab mich ihnen angeschlossen.«

»Das kannst du mir nicht antun!« Aaron sprang auf und ab. »Weißt du nicht, daß du Herz und Seele, Lunge und Augen von Hasurai Productions bist?«

»Denkt nicht, daß ich mir so was nicht selber gesagt hab«, sagte Willis schlicht.

»Bist du nicht glücklich, ein Genie zu sein?« kreischte Aaron. »Auf Schritt und Tritt gefeiert? International berühmt? Das reicht nicht, du mußt auch noch *nüchtern* werden?«

»Wir sind jetzt alle so berühmt«, sagte Willis, »und beliebt und anerkannt, daß ich ganz voll davon bin. Ich bin so voll Ruhm, daß kein Platz mehr zum Trinken ist.«

»Dann mach Platz!« schrie Aaron. »*Mach* Platz!«

»Ironie des Schicksals, was?« sagte Willis. »Früher hab ich getrunken, weil ich das Gefühl hatte, ein Niemand zu sein. Jetzt höre ich damit auf, und das ganze Studio bricht zusammen. Tut mir leid.«

»Du kannst deinen Vertrag nicht brechen!« sagte ich.

Willis schaute mich an, als hätte ich ihm einen Dolchstoß versetzt.

»Ich denke nicht im Traum daran, mein Wort zu brechen. Aber wo steht in dem Vertrag schwarz auf weiß, daß ich mich betrinken muß, ehe ich mich für Sie an die Arbeit mache?«

Ich ließ meine schmalen Schultern hängen. Aaron ließ seine schmalen Schultern hängen.

»Ich werde weiter für Sie arbeiten. Aber Sie wissen,

und ich weiß es – nüchtern wird es nicht sein wie vorher.«

»Willis.« Aaron ließ sich in einen Sessel sinken und fuhr nach langem, mit sich selbst ausgefochtenem Kampf fort: »Bloß eine Nacht pro Jahr?«

»Das Gelöbnis, Mr. Stolittz. Keinen Tropfen, auch nicht einmal pro Jahr, auch nicht für liebe Freunde.«

»Heiliger Moses«, sagte Aaron.

»Tja«, sagte ich. »Wir sind auf halbem Weg durchs Rote Meer. Und da kommen die Wellen.«

Als wir wieder aufblickten, war Willis Hornbeck gegangen.

Es war in der Tat die Götterdämmerung. Wir waren in Mäuse zurückverwandelt worden. Eine Zeitlang saßen wir da und piepsten sacht. Dann stand Aaron auf und ging um die Hausbar herum. Er streckte die Hand aus, um sie zu berühren.

»Aaron«, sagte ich. »Du willst doch nicht …«

»Was?« sagte Aaron. »Unser nächstes Avantgarde-Epos, *Süße Betten der Rache,* schneiden und montieren?« Er griff nach einer Flasche und öffnete sie. Er nahm einen Schluck aus der Flasche. »Ganz allein? *Ja!*«

Nein.

Die ausgebrannte Rakete fiel vom Himmel. Die Götter durchlebten nicht nur die Dämmerung, sondern jene gräßliche Schlaflosigkeit früh um drei, wo der Tod die bessere Wahl ist.

Aaron versuchte es mit Trinken. Ich versuchte es mit Trinken. Aarons Schwager versuchte es mit Trinken.

Doch seht ihr, keiner von uns hatte die euphorische Muse, die einst Willis Hornbeck küßte. In keinem von uns regte sich der kleine Wurm der Intuition, wenn Alkohol auf unser Blut traf. Penner in nüchternem Zustand, waren wir auch betrunken Penner. Doch der betrunkene Willis_Hornbeck war fast alles, was die Kritiker behaupteten, ein Wilder, der in einer Schlangengrube blind mit der Schöpferkraft rang, der in einem Kristalltank gegen einen Alligator der Inspiration kämpfte, daß alle es sehen konnten, und grandiose Siege errang.

Gewiß, Aaron und ich quälten uns durch ein paar weitere Filmfestivals. Wir verschleuderten unseren ganzen Gewinn an drei weitere Epen, doch man spürte die Veränderung, sobald der Vorspann auf der Leinwand erschien. Hasurai Films ging ein. Wir verkauften unser ganzes Bündel ans Bildungsfernsehen.

Willis Hornbeck? Er lebt in einem Reihenhaus in Monterey Park, geht mit seinen Kindern in die Sonntagsschule und wird nur gelegentlich an die in ihm schlummernde Made des Genies erinnert, wenn ein Kritiker aus Glasgow oder Paris vorbeikommt, um eine Stunde zu plaudern, in Willis einen freundlichen, aber nüchternen Langweiler vorfindet und hastig wieder das Weite sucht.

Aaron und ich? Wir haben so ein winziges Schuhkarton-Studio dreißig Fuß näher an der Friedhofsmauer. Wir machen kleine Filme und kommen mit dem Gewinn gerade so durch, und wir spulen sie immer noch auf vierundzwanzig Rollen und gehen zu Voraufführungen in Kalifornien, Mexiko und Umgebung, was wir gerade kriegen können. In unserem Aktionsgebiet gibt es 300 Kinos. Macht 300 Filmvorführer. Bisher haben wir unsere Monster in 120 davon aufgeführt. Und in warmen Nächten wie heute sitzen wir immer noch da, schwitzen und warten und beten, daß so etwas geschieht:

Das Telefon klingelt. Aaron geht ran und schreit: »Schnell! Das Arcadia Barcelona Theatre braucht 'ne Voraufführung! Los!«

Und wir trotten die Treppe runter und an der Friedhofsmauer vorbei, in unseren dünnen Armen die Filmrollen, immer lachend, immer unterwegs in die Zukunft, wo irgendwo hinter der abgeschlossenen Tür zu einem Vorführraum ein neuer Filmvorführer sitzt, die Flasche in der Hand, den Blick des sich entfaltenden Genies in seinen roten Augen, in seiner Seele den großen blinden Wurm, der darauf wartet, wachgeküßt zu werden.

»Warte!« rufe ich, während unser Wagen die Straße entlangschießt. »Ich habe Rolle 7 vergessen!«

»Ab mit Schaden!« Aaron tritt aufs Gas. Über das Heulen hinweg schreit er: »Willis Hornbeck junior! Oh, Willis Hornbeck der Zweite, wo du auch sein magst! Paß auf! Sing es, Sam, sing es zur Melodie von *Eines Tages werd ich dich finden!*«

Peter S. Beagle

*Geschichten von mythischen Tieren und von Zauber-
sprüchen, die sowohl glaubwürdig wirken als auch den Leser
beeindrucken, sind nicht leicht zu schreiben, wenngleich viele
große Autoren sich daran versucht haben. Peter S. Beagle
ist einer der wenigen, denen es gelungen ist, größtenteils
wegen seines ungeheuren Sinns für Spaß, der seinem Werk
auf dem Gebiet der komischen Phantastik so hohe Wertschät-
zung eingebracht hat. Den einleuchtenden Vergleich mit
Lewis Carroll und J. R. R. Tolkien verdankt er dem, was als
sein unverwechselbares Markenzeichen des ›magischen Nonsens‹ bezeichnet worden ist. Beagle hat einen Friedhof in der
Bronx, unweit der Stelle, wo er aufgewachsen ist, als Hintergrund für seine erste Fantasy genutzt,* He! Rebeck!
*(A Fine and Private Place), 1960 erschienen. Acht Jahre
später sicherte er sich einen bleibenden Ruf mit* Das letzte
Einhorn *(The Last Unicorn), einer raffinierten und oft urkomischen Geschichte von der Suche eines einsamen Einhorns
nach anderen seiner Art.*

*Peter Soyer Beagle wurde 1939 in einem heruntergekom-
menen Gebiet von New York geboren, entzog sich seiner
trostlosen Umgebung aber, indem er die Werke der großen
Phantastikautoren las. Als er selbst zu schreiben begann,
fügte er dem von ihm so bewunderten Genre eine neue Di-
mension hinzu, denn er vereinte die Mythologie mit der Welt
der Gegenwart. Wie er erklärt hat: »Es ist nicht weniger absurd und anmaßend, einem Bankkassierer auf den Pelz zu
rücken als einem Bigfoot* oder einem Drachen.« Beagle ist
kein Vielschreiber, in seiner Laufbahn hat er bisher nur fünf*

---

* Der Bigfoot ist ein Fabelwesen, eine Art nordamerikanischer Yeti. –
Anm. d. Übers.

Romane veröffentlicht, zuletzt Es kamen drei Damen im Abendrot *(The Innkeeper's Song, 1993), eine meisterhafte und komplexe Fantasy, die traditionelle Motive auf höchst individuelle Art nutzt, und* Die Sonate des Einhorns *(The Unicorn Sonata, 1996), in der er zu dem mythologischen Tier zurückkehrt, das ihn berühmt gemacht hat. Seine jüngste Sammlung miteinander verknüpfter Novellen,* Riesenknochen *(Giant Bones, 1997), spielt in der Welt von* Es kamen drei Damen ... *1965 fuhr er mit dem Motorrad quer durch Amerika, woraus ein amüsanter Reisebericht entstand,* Ich sehe mit meinem Aufzug *(I See By My Outfit). Seit er sich in Kalifornien angesiedelt hat, hat er eine Anzahl von Drehbüchern und das Skript zu Ralph Bakshis Film* Der Herr der Ringe *verfaßt. ›Leila die Werwölfin‹, 1969 geschrieben, zeigt Beagle auf der Höhe seines Einfallsreichtums, wenn er die Geschichte von einem Mädchen aus der New Yorker Upper West Side erzählt, das sich allem Anschein nach nicht von jedem x-beliebigen anderen Mädchen im Big Apple unterscheidet. Sie lebt mit ihrem Freund zusammen, geht dreimal wöchentlich zu ihrem Psychoanalytiker und spielt zur Entspannung Gitarre. Der Unterschied ist, daß Leila eine* Werwölfin *ist – und als Joe nach drei Wochen Zusammenleben mit ihr diese Tatsache entdeckt, bedroht dies das bizarre Gleichgewicht ihrer Beziehung auf eine Weise, mit der keiner von beiden rechnet.*

Leila, die Werwölfin

Leila Braun lebte drei Wochen lang mit Farrell zusammen, bevor er herausfand, daß sie eine Werwölfin war. Sie hatten sich auf einer Party kennengelernt, die wenige Tage nach Vollmond stattfand, und als der Mond zur Form einer Zitrone zusammengeschrumpft war, zog Leila mit ihrem Koffer, ihrer Gitarre und ihren Ewan MacColl-Platten zwei Blocks weiter nach Norden und vier Blocks weiter nach Westen zu Farrell in die Wohnung in der 98. Straße. Mädchen fielen Farrell manchmal auf diese Weise zu.

Eines Abends war Leila nicht da, als Farrell von der Arbeit in der Buchhandlung nach Hause kam. Sie hatte ihm einen Zettel auf den Tisch gelegt, unter eine Dose Thunfisch. Auf dem Zettel stand, sie sei in die Bronx gefahren, um mit ihrer Mutter zu Abend zu essen, und wahrscheinlich werde sie dort übernachten. Der Krautsalat im Kühlschrank müsse gegessen werden, bevor er schlecht würde.

Farrell aß den Thunfisch und gab den Krautsalat Grunewald. Grunewald war ein noch nicht ganz ausgewachsener russischer Wolfshund, der die Farbe von Sauermilch hatte. Er sah aus wie ein Ziegenbock und hatte, von Schuhen abgesehen, keine besonderen Interessen. Farrell hütete ihn für ein Mädchen, das den Sommer in Europa verbrachte. Sie schickte Grunewald jede Woche eine Tonbandaufnahme von ihrer Stimme.

Farrell ging mit einem Freund ins Kino und danach

auf ein Bier ins West End. Dann ging er allein zu Fuß nach Hause, unter einem Vollmond, der rot und gelb schimmerte. Er wärmte den Kaffee vom Morgen auf, spielte eine Schallplatte, las die eine Woche alte ›News Of The Week In Review‹-Beilage der *Times* vom Sonntag durch und brachte schließlich Grunewald für die Nacht aufs Dach hinauf, wie er es immer tat. Der Hund war es gewohnt, mit seiner Herrin im gleichen Bett zu schlafen, und Farrell lehnte es ab, über diesen Punkt zu diskutieren. Grunewald muhte und scharrte und sperrte sich den ganzen Weg, aber Farrell schob ihn hinaus zwischen die aufragenden Schornsteine und Entlüftungsanlagen und schlug die Tür zu. Dann kehrte er nach unten zurück und ging zu Bett.

Er schlief sehr schlecht. Zweimal weckte Grunewalds Bellen ihn, und dann war da noch etwas anderes, was ihn fast aus dem Bett trieb, durstig und einsam und mit verstopften Nebenhöhlen, und die Nacht bewegte sich wie ein Vorhang, während die Figuren aus seinem Traum von der Bühne huschten. Grunewald schien sein Konzert beendet zu haben; vielleicht war es die Stille, die Farrell geweckt hatte. Was auch der Grund war – er konnte nicht wieder richtig einschlafen.

Er lag auf dem Rücken und sah zu, wie ein Stuhl, auf dem seine Kleider lagen, wieder zu einem Stuhl wurde, als der Wolf durch das offene Fenster hereinkam. Er landete leichtfüßig mitten im Zimmer und blieb dort einen Augenblick hechelnd, mit zurückgelegten Ohren, stehen. Es war Blut auf den Zähnen und der Zunge des Wolfs, Blut auf seiner Brust.

Farrell, der die Gabe hatte, die Dinge hinzunehmen, wie sie kamen, besonders am frühen Morgen, nahm es hin, daß sich ein Wolf in seinem Schlafzimmer befand. Er lag ganz still und schloß die Augen, als sich der grimmige Kopf mit den schwarzen Lefzen zu ihm wandte. Er hatte einmal in einem Zoo gearbeitet und war darum in der Lage, das Tier als eine mitteleuropäische Unterart einzuordnen: kleiner und von leichterem Knochenbau als der nordamerikanische Timberwolf, ohne die dicke, zottige Schultermähne und mit spitzerer Nase und spitzeren Ohren. Seine eigene Pedanterie entzückte Farrell jedesmal, auch in den schlimmsten Augenblicken.

Stumpfe Krallen, die über das Linoleum klickten, sich dann geräuschlos über den Bettvorleger bewegten. Etwas Warmes rann ihm langsam über die Schulter, aber er rührte sich nicht. Der strenge Wildgeruch des Wolfs hing über ihm, und das endlich machte ihm Angst – im selben Zimmer zu sein mit dem Geruch und mit den Miro-Drucken an den Wänden. Dann spürte er das Sonnenlicht auf den Lidern, gleichzeitig hörte er den Wolf leise und tief stöhnen. Das Geräusch wiederholte sich nicht, aber der Atem auf seinem Gesicht war plötzlich süß und rauchig, verwirrend vertraut nach dem anderen Geruch. Er öffnete die Augen und sah Leila. Sie saß nackt auf der Bettkante, lächelnd, mit offenem Haar.

»Hallo, Baby«, sagte sie. »Rück ein bißchen rüber, Baby. Ich bin wieder zu Hause.«

Farrell hatte die Gabe, die Dinge hinzunehmen. Er war vollkommen bereit zu glauben, daß er den Wolf nur geträumt hatte, bereit, Leila die Geschichte von gekochtem Huhn und heftigen Auseinandersetzungen und Schlaflosigkeit in der Tremont Avenue zu glauben, und zu vergessen, daß sie ihn als erste Liebkosung in die Schulter gebissen hatte, so heftig, daß das Blut, das dort verkrustete, als er aufstand und Frühstück machte, durchaus sein eigenes hätte sein können.

Aber dann ließ er den Kaffee durch den Filter laufen und ging auf das Dach hinauf, um Grunewald zu holen. Er fand den Hund ausgestreckt in einem Wald von Fernsehantennen liegen, mehr als je zuvor einem

Ziegenbock ähnlich, und mit herausgerissener Kehle. Farrell hatte noch nie ein Tier mit herausgerissener Kehle gesehen.

Die Kaffeekanne gluckste noch immer, als er in die Wohnung zurückkam, und das berührte ihn sehr seltsam. Man konnte entweder Werwölfe oder Pyrex-Neun-Tassen-Kaffeemaschinen haben auf dieser Welt, aber doch sicher nicht beides. Er erzählte es Leila und beobachtete ihr Gesicht. Sie war ein zierliches Mädchen, nicht wirklich hübsch, aber mit bemerkenswerten Augen und einem schönen Mund, und von einer merkwürdigen widerspenstigen Anmut, die Farrell bei der Party als erstes aufgefallen war. Als er ihr erzählte, wie Grunewald ausgesehen hatte, lief ein Schauder über ihren ganzen Körper, ein einziges Mal.

»Hu!« sagte sie, und ihre Lippen entblößten ihre regelmäßigen weißen Zähne. »O Baby, wie schrecklich. Armer Grunewald. Oh, arme Barbara.« Barbara war Grunewalds Besitzerin.

»Ja«, sagte Farrell. »Arme Barbara, die jetzt in Saint-Tropez ihre Tonbändchen bespricht.« Er konnte den Blick nicht von Leilas Gesicht wenden.

Sie sagte: »Verwilderte Hunde. Nicht wirklich verwildert, meine ich, sie haben schon Besitzer. Man hört manchmal davon, daß eine Meute von ihnen sich zusammenschließt und Kinder und alles mögliche angreift und die Straßen unsicher macht. Dann laufen sie nach Hause und fressen ihre Hunde-Delikatessen. Das Beunruhigende ist, daß sie wahrscheinlich genau hier in die Gegend gehören. Jeder im Block scheint einen Hund zu haben. Gott, das ist wirklich beunruhigend. Armer Grunewald.«

»Sie haben ihn nicht richtig zerfetzt«, sagte Farrell. »Es muß nur zum Spaß geschehen sein. Und wegen des Bluts. Ich habe nicht gewußt, daß Hunde aus Blutgier töten. Es war kein Blut mehr in seinem Körper.«

Die Spitze von Leilas Zunge erschien zwischen den Lippen, wie der unbewußte Reflex einer Katze, die gestreichelt wird. Als Beweis hätte es nicht einmal in Salem eine Chance gehabt, aber Farrell kannte jetzt die Wahrheit, jenseits von Trägheit und Vernunft, und bestrich weiter Toast mit Butter für Leila. Farrell hatte nichts gegen Werwölfe, und Grunewald hatte er nie leiden können.

Er erzählte seinem Freund Ben Kassoy die Sache mit Leila, als sie sich im Automaten-Restaurant zum Lunch trafen. Er mußte brüllen, um all das Klappern und Klirren um sie herum zu übertönen, aber die Leute, die nur fünfzehn Zentimeter rechts und links von ihnen saßen, blickten nicht ein einziges Mal auf. New Yorker lauschen nie. Sie hören nur, was sie einfach nicht überhören können.

Ben sagte: »Ich habe dir von den Mädchen aus der Bronx erzählt. Komm lieber für ein paar Tage zu mir.«

Farrell schüttelte den Kopf. »Nein, das wäre albern. Ich meine, es ist doch nur Leila. Wenn sie mich hätte verletzen wollen, hätte sie es letzte Nacht tun können. Außerdem wird es sich vor einem Monat nicht wiederholen. Es muß Vollmond sein.«

Sein Freund starrte ihn an. »Na und? Was hat das damit zu tun? Du willst nach Hause gehen, als wäre nichts geschehen?«

»Nicht als wäre nichts geschehen«, sagte Farrell ziemlich lahm. »Die Sache ist doch die, daß es noch immer nur Leila ist, nicht etwa Lon Chaney oder was weiß ich. Sieh mal, sie geht dreimal die Woche nachmittags zu ihrem Psychiater, sie hat einmal die Woche abends Gitarrenunterricht und einen Abend ihren Töpferkurs, und vielleicht zweimal die Woche kocht sie Auberginen. Jeden Freitagabend ruft sie ihre Mutter an, und einmal im Monat verwandelt sie sich in einen Wolf. Begreifst du, was ich meine? Es ist immer noch

Leila, was sie auch tut, und ich kann mich einfach nicht so furchtbar darüber aufregen. Ein wenig schon, sicher, weil ... was zum Teufel soll das. Aber ich weiß nicht. Es besteht jedenfalls keine Veranlassung, irgend etwas zu überstürzen. Ich werde mit ihr sprechen, wenn das Thema sich einmal von selbst ergibt. Es ist okay, sage ich dir.«

Ben sagte: »Verdammt noch mal. Siehst du jetzt, warum niemand mehr die Liberalen ernst nimmt? Ich kenne dich, Farrell. Du hast nur Angst, du könntest ihre Gefühle verletzen.«

»Na ja, das auch«, gab Farrell zu, etwas verlegen. »Ich verabscheue Konfrontationen. Wenn ich jetzt mit ihr Schluß mache, wird sie denken, ich tue es, weil sie eine Werwölfin ist. Es ist peinlich, es hat einen häßlichen Beigeschmack, einen Beigeschmack nach Mittelstand. Ich hätte mit ihr Schluß machen sollen, als ich ihre Mutter kennenlernte, oder als sie zum zweitenmal Auberginen auf den Tisch brachte. Ihre Mutter, Mann, das ist ein echter Werwolf, das ist eine Person, bei der würde ich einen Wolfszauber tragen, bei der Frau. Verdammt, ich wollte, ich hätte es nicht herausgefunden. Ich glaube, ich habe noch nie etwas über Leute herausgefunden, auf das ich nicht lieber verzichtet hätte.«

Ben begleitete ihn den ganzen Weg zur Buchhandlung und redete auf ihn ein. Es rührte Farrell, weil Ben es haßte, zu Fuß zu gehen. Bevor sie sich trennten, schlug Ben vor: »Du könntest es wenigstens mit dem Zeug versuchen, von dem du sprachst, dem Wolfszauber. Dann gibt es auch Knoblauch – man tut etwas davon in einen kleinen Beutel und trägt es um den Hals. Lach nicht, Mann. Wenn es so etwas wie Werwölfe gibt, muß es mit all dem Zeug auch seine Richtigkeit haben. Kaltes Eisen, Silber, Eiche, laufendes Wasser ...«

»Ich lache dich nicht aus«, sagte Farrell, aber er grinste immer noch. »Leilas Psychiater sagt, sie habe einen Ablehnungskomplex, ganz tief verwurzelt, wird uns Jahre kosten, das ganze Narbengewebe zu durchbrechen. Wenn ich jetzt auch noch Amulette trage und jedesmal auf lateinisch vor mich hin murmle, wenn sie mich ansieht – wer weiß, wie weit sie das zurückwerfen wird? Weißt du, ich habe schon einiges gedreht, auf das ich nicht gerade stolz bin, aber ich habe nicht die Absicht, jemandem in die Analyse zu pfuschen. Das wäre eine Versündigung.« Er seufzte und schlug Ben leicht auf den Arm. »Mach dir deswegen keine Gedanken. Wir werden einen Weg finden. Ich werde mit ihr sprechen.«

Aber zwischen jener Nacht und dem nächsten Vollmond gelang es ihm nicht, das Thema geschickt und beiläufig anzuschneiden. Zugegebenermaßen gab er sich keine so große Mühe, wie er es vielleicht hätte tun können: Es traf zu, daß seine Furcht vor einer Konfrontation größer war als die vor Werwölfen, und er hätte es fast ebenso schwierig gefunden, mit Leila über ihr Gitarrespielen oder über ihre Töpferei zu sprechen, oder über die politischen Diskussionen, in die sie auf Partys immer geriet. »Eigentlich«, sagte er zu Ben, »ist es nichts anderes als eine weitere kleine Schwäche, die man nicht ausnutzen sollte. In gewisser Weise.«

Sie schliefen in diesem Monat oft miteinander. Leilas Geruch blühte auf im Schlafzimmer, wo der Wolfsgeruch immer noch fast sichtbar in der Luft hing, und es waren beides wilde, strenge Zoo-Gerüche, warm und rauh und schrecklich, und süßer noch, weil sie so primitiv waren. Farrell hielt Leila in den Armen und wußte, was sie war, und er hatte immer Angst, aber er hätte sie nicht losgelassen, wenn sie sich in seinen Armen wieder in einen Wolf verwandelt hätte. Es war erleichternd, sie zu betrachten, wenn sie schlief, zu sehen, wie kurz und kindlich ihre Fingernägel waren, oder daß die Haut um ihren Mund herum einen leichten Ausschlag zeigte, weil sie Schokolade genascht hatte. Sie hatte eine Vorliebe für heimliches Naschen, aber die Süßigkeiten verrieten sie immer.

Es ist doch nur Leila, dachte er, während er schläfrig wurde. Ihre Mutter hat früher die Bonbons versteckt, aber Leila hat sie immer gefunden. Jetzt ist sie ein erwachsenes Mädchen, weder verheiratet noch Studentin, sondern mit einem irischen Musiker in wilder Ehe lebend, und sie kann so viele Bonbons haben, wie sie will. Eine merkwürdige Art von Werwolf. Arme Leila, die da *Who killed Davey Moore? Why did he die?* übt ...

Auf dem Zettel stand, daß es bei der Zeitschrift spät werden würde mit dem Layout und daß sie vielleicht die ganze Nacht arbeiten müsse. Farrell legte etwa 120 Zentimeter Telemann auf, mit etwas Django Reinhardt verbrämt, nahm sich *Der goldene Zweig* herunter und machte es sich in einem Sessel am Fenster bequem. Der Mond schien herein zu ihm, hell und dünn und scharf wie der Deckel einer Blechdose, und bewegte sich nicht von der Stelle, so kam es Farrell vor, während er abwechselnd einnickte und wieder aufwachte.

Leilas Mutter rief im Verlauf der Nacht mehrere Male an, was ihm interessant erschien. Leila holte sich ihre Post und andere Mitteilungen immer noch in ihrer alten Wohnung ab, und ihre beiden Zimmergenossinnen deckten sie, wenn es erforderlich war, aber Farrell war felsenfest überzeugt davon: ihre Mutter wußte, daß sie mit ihm lebte. Was Mütter betraf, war Farrell ein Experte. Mrs. Braun nannte ihn jedesmal Joe, und das überraschte ihn, denn er wußte, daß sie ihn haßte. Vermutet sie, daß wir ein Geheimnis miteinander teilen? Arme Leila!

Als das Telefon ihn zum letztenmal weckte, war es noch dunkel im Zimmer, aber die Verkehrsampeln funkelten nicht mehr durch Ringe von Dunst, und das

Geräusch der Autos auf dem sich erwärmenden Pflaster war anders. Ein Mann sagte unten auf der Straße deutlich vernehmbar: »Na, *ich* würd ihn erschießen. *Ich* würd ihn erschießen.« Farrell ließ das Telefon zehnmal klingeln, bevor er den Hörer abnahm.

»Lassen Sie mich mit Leila sprechen«, sagte Mrs. Braun.

»Sie ist nicht hier.« Und wenn nun die Sonne sie erwischt, wenn sie sich vor einem Polizisten zurückverwandelt, oder vor einem Busfahrer, oder vor ein paar Nonnen, die auf dem Weg zur Frühmesse sind? »Leila ist nicht hier, Mrs. Braun.«

»Ich habe Grund zu der Annahme, daß das nicht stimmt.« Die verdrießliche, muskulöse Stimme hatte jede Vortäuschung von Wärme fallenlassen. »Ich möchte mit Leila sprechen.«

Farrell hatte plötzlich einen trockenen Mund und zitterte vor Wut. Es war die Art, wie sie ihre Worte wählte. »Und ich habe Grund zur Annahme, daß Sie ein unterdrückerisches altes Weib und eine bourgeoise Stalinistin sind. Wie gefällt Ihnen das, Mrs. B.?« Als ob sein Zorn sie herbeigerufen hätte, stand plötzlich die Wölfin einen halben Meter vor ihm. Ihr Fell war dunkel und glatt vor Schweiß, und gelber Speichel mischte sich mit dem Blut, das in Fäden aus ihrem Rachen tropfte. Sie sah Farrell an und knurrte tief unten in der Kehle.

»Einen Moment«, sagte er. Er bedeckte den Hörer mit der Hand. »Es ist für dich«, sagte er zu der Wölfin. »Es ist deine Mutter.«

Die Wölfin gab einen kläglichen Ton von sich, fast unhörbar, und schlurfte über den Boden. Sie war offensichtlich erschöpft. Mrs. Braun schwirrte in Farrells Ohr wie ein Käfer gegen ein erleuchtetes Fenster. »Was, was? Hallo, was ist da los? Hören Sie, holen Sie Leila sofort ans Telefon! Hallo? Ich möchte mit Leila sprechen. Ich weiß, daß sie bei Ihnen ist.«

Farrell hängte in dem Augenblick auf, in dem die Sonne eine Ecke des Fensters erreichte. Die Wölfin wurde Leila. Wie vorher gab sie nur einen einzigen Ton von sich. Das Telefon klingelte wieder, und sie nahm den Hörer ab, ohne Farrell anzusehen. »Bernice?« Leila redete ihre Mutter immer mit dem Vornamen an. »Ja ... nein, nein ... ja, mir geht's prima. Mir geht's gut, ich hab nur vergessen anzurufen. Nein, mir geht's gut, würdest du bitte zuhören? Bernice, es gibt kein Gesetz, das dir vorschreibt, hysterisch zu werden. Ja, das bist du.« Sie ließ sich auf das Bett fallen und wühlte unter ihrem Kissen nach Zigaretten. Farrell erhob sich und begann, Kaffee zu machen.

»Na ja, ich hatte ein kleines Problem«, sagte Leila. »Weißt du, ich bin zum Zoo gegangen, weil ich keinen ... Bernice, ich weiß, ich *weiß*, aber das war vor, wie lange, vor drei Monaten. Die Sache ist, ich habe nicht erwartet, daß sie so schnell Hörner kriegen würden. Bernice, ich konnte nicht anders, so war es eben. Nur ein paar Katzen und ein ... ja, natürlich haben sie mich verfolgt, aber ich ... Momma, Bernice, was hätte ich denn tun sollen? Was eigentlich hätte ich tun sollen? Du dramatisierst immer gleich so ... warum ich brülle? Ich brülle, weil ich dich anders nicht dazu bringen kann, mir zuzuhören. Weißt du noch, was Dr. Schechtman gesagt hat ... wie bitte? Nein, ich habe dir doch gesagt, ich habe einfach vergessen anzurufen. Nein, das ist der Grund, der wahre und einzige Grund. Nun, und wessen Schuld ist es? Wie? Oh, Bernice, lieber Gott, Bernice. Also gut, und *wieso* ist es Dads Schuld?«

Sie wollte den Kaffee nicht und auch kein Frühstück, aber sie saß in seinem Bademantel am Tisch und trank gierig Milch. Es war das erste Mal, daß er sie Milch trinken sah. Ihr Gesicht war fahl wie Sand, und ihre Augen waren rot. Das Gespräch mit ihrer Mutter ließ sie aussehen, als hätten sie und die Frau in Wirklichkeit zehn Runden im Boxring hinter sich. Farrell fragte: »Wie lange geht das schon?«

»Neun Jahre«, sagte Leila. »Seitdem ich in die Pubertät kam. Am ersten Tag Krämpfe, am zweiten das. Mein Debüt als Frau.« Sie kicherte und vergoß ihre Milch. »Ich möchte noch etwas Milch«, sagte sie. »Ich muß den Geschmack loswerden.«

»Wer weiß davon?« fragte er. »Pat und Janet?« Das waren die beiden Mädchen, mit denen sie zusammen gewohnt hatte.

»Großer Gott, nein. Ich würde es ihnen nie erzählen. Ich habe es noch nie einem Mädchen erzählt. Bernice weiß es natürlich, und Dr. Schechtman – er ist mein Psychiater. Und jetzt du. Das sind alle.« Farrell wartete. Sie war eine schlechte Lügnerin und log nur, um die Wirkung der Wahrheit zu erhöhen. »Na ja, da ist noch Mickey«, sagte sie. »Der Junge, von dem ich dir die erste Nacht erzählte, erinnerst du dich? Es spielt keine Rolle. Er ist LSD-süchtig und lebt in Vancouver, ausgerechnet. Er wird es keinem erzählen.«

Er dachte: Ob über mich auch schon mal ein Mädchen mit solcher Stimme gesprochen hat? Auf Anhieb würde ich es bezweifeln. Leila sagte: »Es war nicht so schwer, es geheimzuhalten. Aber ich mußte auf vieles verzichten. Zum Beispiel konnte ich nie in ein Ferienlager gehen, wo man reiten kann. Das möchte ich noch immer. Und das Stück in der Oberstufe, als ich auf der High School war. Sie wollten mir die Rolle des Mädchens in *Liliom* geben, aber dann änderten sie den Termin, und ich mußte sagen, daß ich krank sei. Und im Winter ist es schlimm, weil die Sonne so früh untergeht. Aber tatsächlich hat es viel weniger Ärger gemacht als meine gottverdammten Allergien.« Sie lachte kurz auf, aber Farrell stimmte nicht mit ein.

»Dr. Schechtman hält es für eine sexuelle Sache«, erklärte sie. »Er sagt, es wird Jahre dauern, mich davon zu heilen. Bernice meint, ich sollte zu jemand anders gehen, aber ich möchte nicht zu den Frauen gehören, die ihre Psychiater ebensooft wechseln wie ihre Haarfarbe. Pat hat einmal in einem Monat fünf verschiedene ausprobiert. Joe, sag doch etwas. Oder geh einfach weg.«

»Sind es nur Hunde?« fragte er. Leilas Gesichtsausdruck veränderte sich nicht, aber ihr Stuhl klapperte, und die Milch schwappte wieder über. Farrell sagte: »Antworte mir. Tötest du nur Hunde und Katzen und Tiere im Zoo?«

Tränen stiegen ihr in die Augen, schwer und langsam und funkelnd wie Messer im Morgensonnenschein. Sie konnte ihn nicht ansehen, und als sie versuchte zu sprechen, konnte sie nur krächzende, knorplige Töne in der Kehle produzieren. »Du weißt es nicht«, flüsterte sie endlich. »Du hast ja keine Ahnung, wie das ist.«

»Das stimmt«, entgegnete er. In diesem Punkt war er immer sehr fair.

Er nahm ihre Hand, und da begann sie richtig zu weinen. Ihr Schluchzen war schrecklich anzuhören; es erschreckte Farrell viel mehr als irgendwelche Wolfstöne. Als er sie hielt, schlingerte sie in seinen Armen wie ein gestrandetes Schiff, gegen das die Wellen donnern. Ich kriege immer die Heulsusen, dachte er bekümmert. Meine Mädchen heulen immer, früher oder später, aber nie um mich.

»Verlaß mich nicht!« weinte sie. »Ich weiß nicht, warum ich zu dir gezogen bin – ich wußte, daß es nicht gutgehen würde –, aber verlaß mich nicht! Ich habe nur Bernice und Dr. Schechtman, und es ist so einsam. Ich brauche jemand anders, ich fühl mich so einsam. Verlaß mich nicht, Joe. Ich liebe dich, Joe. Ich liebe dich.«

Sie tastete sein Gesicht ab, als wäre sie blind. Farrell strich ihr über das Haar und knetete ihr den Nacken und wünschte, ihre Mutter würde wieder anrufen. Er fühlte sich erfahren und müde und ohne Verlangen. Jetzt tue ich es schon wieder, dachte er.

»Ich liebe dich«, sagte Leila. Und er antwortete ihr und dachte, jetzt tue ich es schon wieder. Das ist der große Vorteil, wenn man den gleichen Fehler viele Male macht. Man erkennt ihn, und man kann ihn studieren und in ihn eindringen und ihn sich ganz zu eigen machen. Es ist der gleiche nette alte Fehler, nur daß diesmal das Mädchen ein anderes Problem hat. Aber es ist das gleiche. Ich tue es schon wieder.

Der Hausverwalter war dreißig oder fünfzig: dunkel, mager, schnell und flattrig. Er war Litauer oder Lette und sprach sehr wenig Englisch. Er roch nach schwarzem Isolierband und abgestandenem Wasser, und er war kräftig auf die geschmeidige Art, in der ein kleines mageres Tier kräftig ist. Seine Augen waren fast purpurn, und sie quollen etwas hervor, angespannt – die schrecklichen Augen eines mit Stummheit geschlagenen Verkündigungsengels. Er hielt sich den ganzen Tag im Keller auf, wo er auf Rohren herumhämmerte und den Aufzug auseinandernahm.

Der Verwalter sah Leila nur wenige Stunden, nachdem Farrell sie kennengelernt hatte, in jener ersten Nacht, als sie mit ihm nach Hause kam. Bei ihrem Anblick sprang der kleine Mann zurück und ließ den zweibeinigen Stuhl, den er trug, fallen. Er fiel prompt · über den Stuhl, machte aber keine Anstalten aufzustehen, sondern kauerte auf dem Boden, glucksend und schluckend, und versuchte sich zu bekreuzigen und gleichzeitig das Abwehrzeichen der Hörner zu machen, mit abgespreiztem Zeigefinger und kleinem Finger. Farrell wollte ihm wieder auf die Beine helfen, aber er begann zu kreischen. Sie konnten das Geräusch nur mit Mühe ertragen.

Es wäre nur komisch und peinlich gewesen, wenn Leila sich nicht von dem Augenblick an genauso vor dem Verwalter gefürchtet hätte. Nichts konnte sie veranlassen, in den Keller zu gehen, und sie verließ oder betrat das Haus erst, wenn sie sich vergewissert hatte, daß er nicht in der Nähe war. Farrell hatte damals gedacht, daß sie den Verwalter für verrückt hielt.

»Ich weiß nicht, woher er es weiß«, sagte er zu Ben. »Ich nehme an, wenn man an Werwölfe und Vampire glaubt, erkennt man sie auf der Stelle. Ich glaube überhaupt nicht an sie, und ich lebe mit einem zusammen.«

Er lebte den ganzen Sommer und den Winter mit Leila zusammen. Sie gingen miteinander aus und kamen nach Hause, und Leilas Kochkünste verbesserten sich etwas, und sie gab das Gitarrespielen auf und besorgte ein Kätzchen, das Theodora hieß. Manchmal weinte sie, aber nicht oft. Es erwies sich, daß sie keine echte Heulsuse war.

Sie erzählte Dr. Schechtman von Farrell, und er sagte, diese Beziehung würde sich wahrscheinlich als sehr wohltuend für sie erweisen. Das war nicht der Fall, aber es war auch keine besonders schlechte Beziehung. Im Bett kamen sie gewöhnlich gut miteinander zurecht, obwohl Farrell der Verdacht störte, es sei das Gefühl und der Geruch des *Anderen,* was ihn erregte. Im übrigen waren sie nahe daran, Freunde zu werden. Farrell hatte gewußt, daß er Leila nicht liebte, bevor er feststellte, daß sie eine Werwölfin war, und das machte es ihm wesentlich leichter, sich einzugestehen, daß sie ihn langweilte.

»Im Frühjahr wird es sich von selbst auflösen«, sagte er, »wie das Eis.«

Ben fragte: »Und was ist, wenn das nicht geschieht?« Sie aßen wieder ihren Lunch im Automaten-Restaurant. »Was machst du, wenn es einfach weitergeht?«

»So einfach ist das nicht.« Farrell blickte von seinem

Freund weg und begann, die geheimnisvolle, matschige Füllung seiner Fleischpastete zu untersuchen. »Das Problem ist, daß ich sie kenne. Das war der wirkliche Fehler. Man sollte Leute nicht näher kennenlernen, wenn man weiß, daß man nicht mit ihnen zusammenbleibt, so oder so. Es ist okay, wenn man kommt und geht, ohne etwas über sie zu wissen, aber man sollte sie nicht kennen.«

Etwa eine Woche vor Vollmond begann sie, nervös und gereizt zu werden, und das ging dann so weiter bis zum Tag, der ihrer Verwandlung vorausging. An diesem Tag war sie ausnahmslos liebevoll, auf die zarte, verzweifelte Weise eines Menschen, der fortgeht, aber am nächsten Tag blieb sie stumm und sprach nur, wenn es sein mußte. Sie war immer erkältet am letzten Tag und sah grau und fleckig und krank aus, aber gewöhnlich ging sie trotzdem zur Arbeit.

Wenn sie auch nie darüber sprach, war Farrell doch überzeugt, daß die Verwandlung in Wolfsgestalt ihr tatsächlich Frieden brachte, wenn auch die Rückkehr weh tat. Kurz vor Mondaufgang zog sie ihre Kleider aus und nahm die Nadeln aus ihrem Haar und stand wartend da. Farrell schaffte es nie, einmal nicht die Augen zu schließen, wenn sie sich schwerfällig auf alle viere niederließ, aber es gab einen Moment kurz vorher, in dem ihr Gesicht einen Ausdruck annahm, den er zu keiner anderen Zeit sah, außer wenn sie sich liebten. Jedesmal wenn er diesen Ausdruck sah, schien er ihm eine erstaunte Freude darüber zu bekunden, daß sie nicht mehr Leila war.

»Siehst du, ich kenne sie«, versuchte er Ben zu erklären. »Sie geht nur ins Kino, wenn Farbfilme kommen, weil Wölfe Farben nicht sehen können. Sie kann das Modern Jazz Quartett nicht ausstehen, aber das ist das einzige, was sie in den ersten Tagen danach spielt. Sie trinkt auf Partys nie zuviel, weil sie

Angst hat, sie könnte anfangen zu reden. Es ist schwer fortzugehen, das ist alles. Und das, was ich weiß, mitzunehmen.«

Ben fragte: »Hat sie noch immer Angst vor dem Verwalter?«

»O großer Gott«, sagte Farrell. »Das letztemal hat sie seinen Hund erwischt. Es war ein Dalmatiner – ein hübsches Tier. Sie wußte nicht, daß er ihm gehörte. Er versteckt sich nicht mehr, wenn er sie jetzt sieht; er wirft ihr nur einen Blick zu, der wie ein Pfahl durch ihr Herz geht. Der Mann ist wirklich ein Klasse-Hasser, ein Naturtalent. Ich habe selber Angst vor ihm.« Er stand auf und zog seinen Mantel an. »Ich wollte, man könnte ihn auf ihre Mutter ansetzen. Einen praktischen Nutzen aus ihm ziehen. Habe ich dir erzählt, daß ich sie Bernice nennen soll?«

Ben sagte: »Farrell, an deiner Stelle würde ich das Land verlassen. Wirklich.«

Sie gingen hinaus in das Februar-Nieseln, das zwischen Schnee und Regen hin und her tröpfelte. Farrell sagte nichts, bis sie an die Ecke kamen, wo er zur Buchhandlung abbog. Dann sagte er sehr leise: »Verdammt, man muß so vorsichtig sein. Wer möchte schon wissen, in was Leute sich verwandeln?«

Es wurde Mai, und es kam eine Nacht, in der Leila wieder einmal nackt am Fenster stand und auf den Mond wartete. Farrell hantierte mit Schüsseln und Abfallbeuteln herum und fütterte die Katze. Diese Augenblicke waren immer unangenehm. Er hatte sie gerade gefragt: »Möchtest du aufheben, was vom Reis übriggeblieben ist?« als das Telefon klingelte.

Es war Leilas Mutter. Sie rief jetzt zwei- bis dreimal die Woche an. »Hier ist Bernice. Wie geht's meinem kleinen Iren heute abend?«

»Mir geht's gut, Bernice«, sagte Farrell. Leila warf plötzlich den Kopf zurück und atmete tief und winselnd ein. Die Katze fauchte tonlos und lief ins Badezimmer.

»Ich rufe an, um euch beide dazu zu verführen, am Freitag zu mir herauszukommen«, sagte Mrs. Braun. »Ein paar alte Freunde kommen, und ich weiß genau, wenn ich keine jungen Leute dabei habe, werden wir nur herumsitzen und darüber diskutieren, was damals bei der Fortschrittspartei falsch gelaufen ist. Die alte Linke. Wenn du also unser Mädchen dazu überreden könntest, einen Abend im Reich der Spießer zu verbringen ...«

»Ich muß Leila fragen.« Sie *schafft* es, dachte er, diese schreckliche Frau. Jedesmal wenn ich mit ihr rede, höre ich mich verheiratet an. Ich sehe, was sie tut, aber sie marschiert trotzdem weiter. Er sagte: »Ich werde morgen früh mit ihr sprechen.« Leila mühte sich im Mondschein ab, zwischen Tanzen und Ertrinken.

»Oh«, sagte Mrs. Braun. »Ja, natürlich. Sie soll mich wieder anrufen.« Sie seufzte. »Es ist für mich so beruhigend zu wissen, daß du da bist. Frage sie, ob ich ein Fondue vorbereiten soll.«

Leila war eine hübsche Wölfin: groß und breitschultrig für ein Weibchen, und sie bewegte sich so leicht wie Wasser, das über Steine läuft. Ihr Fell war dunkelbraun, rötlich im richtigen Licht, und auf ihrer Brust waren weiße Flecken. Sie hatte hellgrüne Augen, von der Farbe des Himmels, wenn ein Orkan im Anzug ist.

Gewöhnlich verschwand sie, sobald die Verwandlung vollzogen war, weil sie nie wollte, daß er sie in der Wolfsgestalt sah. Aber an diesem Abend kam sie langsam auf ihn zu; sie bewegte sich auf sonderbare Weise, indem sie das Hinterteil fast schleppend nachzog. Sie gab einen hohen, leisen Ton von sich, und ihre Augen waren nicht auf ihn gerichtet.

»Was ist?« fragte er töricht. Die Wölfin winselte und

verkroch sich unter dem Tisch, wobei sie sich am Tischbein rieb. Dann legte sie sich auf den Bauch und wälzte sich hin und her, dabei wuchs der Ton in ihrer Kehle an, bis er zu einem merkwürdigen, traurigen, dünnen Schrei wurde, kein Jagdgeheul, sondern ein zitterndes Verlangen, das zu Atem geworden war.

»O Gott, laß das!« sagte Forrell mit stockendem Atem. Aber sie setzte sich auf und heulte wieder, und von irgendwo in Flußnähe antwortete ihr ein Hund. Sie wedelte mit dem Schwanz und winselte.

Farrell sagte: »Der Verwalter wird in genau zwei Minuten hier sein. Was ist los mit dir?« Er hörte Schritte und leise verschreckte Stimmen in der Wohnung über ihnen. Ein zweiter Hund heulte, diesmal ganz in der Nähe, und die Wölfin schob sich auf den Hinterbacken etwas näher ans Fenster heran, wie ein Baby, das entwischen wollte. Sie blickte über die Schulter zu ihm zurück, heftig erschauernd. Einer plötzlichen Eingebung folgend, nahm er den Telefonhörer auf und rief ihre Mutter an.

Während er die Wölfin beobachtete, wie sie sich wiegte und rutschte und wimmerte, beschrieb er Mrs. Braun ihr Verhalten. »So habe ich sie noch nie erlebt«, sagte er. »Ich weiß nicht, was mit ihr los ist.«

»Oh, mein Gott«, flüsterte Mrs. Braun. Sie sagte es ihm.

Als er stumm blieb, begann sie sehr schnell zu sprechen. »Es ist schon so lange nicht mehr passiert. Schechtman gibt ihr Tabletten, aber wahrscheinlich hat sie keine mehr und hat es vergessen – so ist sie schon immer gewesen, seit sie ein kleines Mädchen war. All die Thermosflaschen, die sie im Schulbus liegenlassen hat, und jede Woche ihre Klaviernoten ...«

»Ich wollte, Sie hätten mir das vorher gesagt«, sagte er. Er schob sich sehr vorsichtig auf das offene Fenster zu. Die Pupillen in den Augen der Wölfin pulsierten im Takt mit ihren schnellen Atemzügen.

»Es ist nicht etwas, was man Leuten gern erzählt!« jammerte Leilas Mutter ihm in die Ohren. »Was glaubst du, habe ich empfunden, als sie ihren ersten kleinen Freund ...« Farrell ließ den Hörer fallen und rannte zum Fenster. Er hatte es näher und hätte es vielleicht geschafft, aber die Wölfin wandte den Kopf und fletschte die Zähne so wütend, daß er sich zurückzog. Als er das Fenster erreichte, war sie schon zwei Feuerleiter-Absätze tiefer, und auf der Straße erwartete sie begieriges Gejaul.

Mrs. Braun, die über dem Boden hin und her baumelte, hörte Farrells Schrei aus der Ferne, und unmittelbar darauf ein heftiges Hämmern an der Tür. Eine fremde Stimme übertönte in unverständlichen Fetzen das Klopfen. Schritte stürzten an dem Hörer vorbei, und die Tür wurde geöffnet. »Mein Hund, mein Hund!« klagte die fremde Stimme. »Mein Hund, mein Hund, mein Hund!«

»Die Sache mit Ihrem Hund tut mir leid«, sagte Farrell. »Aber hören Sie, gehen Sie bitte. Ich habe zu arbeiten.«

»Ich habe auch Arbeit«, sagte die Stimme. »Ich kenne meine Arbeit.« Die Stimme erhob sich und ergoß sich in eine andere Sprache, aus der englische Wörter wie gebrochene Knochen hervorragten. »Wo ist sie? Wo ist sie? Sie meinen Hund töten.«

»Sie ist nicht hier.« Farrells eigene Stimme veränderte sich bei dem letzten Wort. Es schien eine lange Zeit zu verstreichen, bevor er sagte: »Das stecken Sie wohl besser weg.«

Mrs. Braun hörte das Heulen so deutlich, als liefe die Wölfin unter ihrem eigenen Fenster vorbei: einsam und unersättlich, wie von einem stockenden Gelächter durchdrungen. Die andere Stimme begann zu kreischen. Mrs. Braun hörte den Ausdruck *silberne Kugel* mehrmals. Die Tür schlug zu, wurde wieder geöffnet und schlug ein zweites Mal zu.

Farrell war der einzige Mensch in seinem eigenen Bekanntenkreis, der die Fähigkeit besaß, seine Träume zurückzuspielen, während er sie hatte: sie in der Mitte anzuhalten, gleichgültig, wie schrecklich sie sein mochten – oder wie angenehm –, und sie wieder und wieder ablaufen zu lassen und sie im Schlaf zu studieren, bis auch die entsetzlichste Geschichte völlig harmlos und zugleich unerträglich vertraut erschien. Diese Nacht, die er damit verbrachte, hinter Leila herzulaufen, war von der gleichen Art.

Er fand sie unter der Markise eines Apartmenthauses versammelt, oder sie balgten sich in der Mondlandschaft eines Baugrundstücks: zehn oder fünfzehn Rüden aller Rassen, Konfessionen, Farben und früheren Abhängigkeitsverhältnisse, winselnd und kläffend, Autoreifen anpissend, ihren eigenen Duft und den des mageren, grinsenden Weibchens, das sie umringten, wahllos einatmend. Sie versetzte sie in Furcht, denn sie knurrte bösartig, als die Sprödigkeit es erforderte, und wo sie zuschnappte, wenn auch nur spielerisch, zeigten sich Knochen. Dennoch warfen sie sich auf und über sie, bissen sie ihrerseits in den Nacken und in die Ohren, und sie fletschte die Zähne, lief aber nicht davon.

Jedenfalls nie, bevor Farrell auf die Meute eindrang, schreiend wie jeder andere Hahnrei und Fußtritte an die schnüffelnden Anbeter verteilend. Dann drehte sie sich um und hetzte davon, und ihr dünnes, verschwommenes Heulen schwebte hinter ihr her wie die Schleppe eines rauchgrauen Gewandes. Die Hunde folgten ihr, und Farrell ebenfalls, rufend und fluchend. Sie ließen ihn immer schnell hinter sich, die jubilierenden Hochzeiter, an Orten, wo er verrostete Leitern hinunterstolperte und über Abfalleimer fiel. Doch genauso zwangsläufig stieß er irgendwann wieder auf sie, während sie den Broadway entlang galoppierten oder über die Columbus Avenue in den Park trabten; er hörte sie auf den Tennisplätzen in der Nähe des Flusses, wie sie über Leila und ihrem Ares des Augenblicks die Netze niederrissen. Es waren jetzt Dutzende; sie kamen aus allen Richtungen. Sie stanken vor Entzücken, und er warf mit Steinen nach ihnen und brüllte, und sie rannten davon.

Und die Wölfin rannte ihnen voran, auf Gehsteigen und auf nassem Gras. Ihr Schwanz wedelte zufrieden, aber ihre Augen waren noch immer hungrig, und ihr Heulen wurde immer mehr warnend statt sehnsüchtig. Farrell wußte, daß sie vor Sonnenaufgang Blut haben mußte und daß es sowohl sinnlos als auch gefährlich war, ihr zu folgen. Aber die Nacht verwirrte sich und entwirrte sich wieder, und die gleichen Dinge wurden ihm immer wieder klar, und er lief die gleichen Straßen hinunter und sah die gleichen Paare Abstand von ihm halten, weil sie dachten, er sei betrunken.

Mrs. Braun sprang immer wieder aus einem Taxi, das neben ihm hielt, gewöhnlich an Ecken, an denen die Hunde sich gerade zusammengeschart hatten, wobei sie die an den Eingängen von Lebensmittelgeschäften gestapelten Kisten umwarfen und die Zeitungen vor den U-Bahn-Kiosken auseinanderrissen. Auf verstreuten Broccoli stehend, in schwarzem Taft, mit einer Vorderfront wie ein Fährschiff – doch so schlank in den Hüften wie ihre Wolfstochter –, das pflaumenfarbige Haar völlig aufgelöst, einen Arm erhoben und den orangenen Mund zum Brüllen geschürzt, war sie nicht mehr Bernice, sondern eine Fruchtbarkeitsgöttin, der man ein Unrecht zugefügt hat und die im Begriff ist, die Ernte zu vernichten. »Wir müssen uns trennen!« rief sie Farrell mit dröhnender Stimme zu, und jedesmal hörte es sich wie ein guter Vorschlag an. Aber er hielt Ausschau nach ihr, wenn er Leilas Spur verlor, denn sie verlor sie nie.

Der Verwalter tauchte auch immer wieder auf. Er stürzte, aus Gassen oder Kellereingängen kommend, hinter Farrell her, oder er sprang plötzlich aus Zugängen zu Lastaufzügen, die durch den Gehweg führten. Farrell hörte seine zahllosen Hauptschlüssel gegen das flache Holzstück in seinem Gürtel schlagen.

»Sie sie gesehen? Sie sie gesehen, den Wolf, der meinen Hund töten?« Unter dem fetten, häßlichen Mond glitzerte und flatterte die 45er Armeepistole wie seine eigenen wahnsinnigen Augen.

»Mit Kreuz versehen.« Er tätschelte den Lauf der Pistole und schüttelte sie unter Farrells Augen wie eine Rumbakugel. »Versehen mit Kreuz, segnen von Priester. Drei silberne Kugeln. Sie meinen Hund töten.«

Dann kam Leilas Stimme zu ihnen herübergeweht, von oben aus Harlem oder von weiter weg, vom Lincoln Center her, und der kleine Mann wirbelte herum und stürzte sich hinab in die Erde, verschwand in der Spalte zwischen zwei Platten des Gehwegs. Es war Farrell völlig klar, daß der Verwalter Leila unter der Erde verfolgte und dazu die Schlüssel benutzte, die nur Hausverwalter haben, um Aufzüge bis zu den schwarzen Unterkeller-Kellern hinunterzuholen, tief unter die Fahrradkeller und die nassen, bebenden Waschküchen, und unter die Heizungskeller, unter die Gänge, deren Wände mit Stromzählern und deren Decken mit dicken Dampfheizungsrohren verkleidet sind; hinunter zu den Gefilden, wo die großen düsteren Hauptwasserrohre sich wie Wale dahinwälzen und die Gasleitungen sich krümmen und aufblähen, dahin, wo die Wurzeln der Häuser ineinander verschmelzen – daß er sie unter der Stadt verfolgte, mit seinen silbernen Kugeln durch Geheimwege krabbelnd, während seine Schlüssel gegen das Holzstück schlugen. Er sah Leila nie, war aber nie weit hinter ihr.

Er lief über Parkplätze, vollführte Stabhochsprünge über ineinander verkeilte Stoßstangen, schlängelte sich tänzelnd durch das schillernde Schnattern hochnäsiger Kinder, sprang hinauf in die oberen Stadtteile wie ein Lachs gegen den Strom der Theaterbesucher, lief rasch an den ziellos tötenden Gesichtern vorbei, die die Nachtgezeiten hinabschwebten wie nicht explodierte Minen, mied im besonderen die verrückten Gesichter, die ihm erklären wollten, wie es ist, wenn man verrückt ist – so verfolgte Farrell Leila Braun von der Tremont Avenue aus die ganze Nacht durch die Stadt. Niemand bot ihm seine Hilfe an oder versuchte, die gefährlich aussehende Hündin abzudrängen, die durch die Straßen dahinraste, verfolgt von einem bunten Gemisch völlig aus dem Häuschen geratener Bewunderer. Aber schließlich mußten die Hunde sich durch die gleichen zusammengepreßten Beine und rachsüchtigen Körper hindurchdrängen wie Farrell. Die Menschenmengen machten Leila langsamer, aber er war jedesmal erleichtert, wenn sie sich den leereren Straßen zuwandte. *Sie mußte bald Blut haben, irgendwo.*

Farrells Träume verloren gewöhnlich irgendwann ihre scharfen Konturen, wenn er sie mehrmals zurückgespielt hatte, und so war es auch mit dieser Nacht. Der Vollmond glitt den Himmel hinunter, dünner werdend wie ein Klacks Butter in einer Bratpfanne, und erinnerte Szenen schoben sich unordentlich ineinander. Der Lärm von Leila und den Hunden wurde leiser, welche Richtung er auch einschlug. Mrs. Braun tauchte in größeren Abständen auf und verschwand wieder, und in dunklen Torwegen und unter U-Bahn-Rosten leuchtete der Verwalter wie ein Elmsfeuer und ließ den Lauf seiner Pistole in allen Regenbogenfarben schillern.

Schließlich hatte er Leila endgültig aus den Augen verloren, und damit, so schien es, wachte er auf.

Es war noch Nacht, aber nicht dunkel, und er ging langsam über den Riverside Drive nach Hause, durch einen kühlen, körnigen Nebel. Der Mond war untergegangen, aber der Fluß war merkwürdig hell: grauglitzernd bis hin zur Brücke, wo Scheinwerfer schimmernde, nasse Spuren hinter sich ließen, wie Schnekken. Es war niemand sonst auf der Straße.

»Blöde Hure«, sagte er laut. »Zum Teufel mit ihr. Wenn sie herumludern will – soll sie doch.« Er fragte sich, ob Werwölfe Junge haben und wie die aussehen mochten. Inzwischen mußte Leila sich über die Hunde hergemacht haben, wegen des Bluts. Arme Hunde, dachte er. Sie waren alle so schmutzig und unschuldig und glücklich mit ihr.

»Eine Lehre für uns alle«, verkündete er salbungsvoll: »Laß dich nicht mit fremden, übereifrigen Damen ein; sie werden dich umbringen.« Er war ein wenig hysterisch. Dann sah er zwei Blocks vor sich im grauen Licht des Flusses die magere Gestalt; allein jetzt, und in Eile. Farrell rief sie nicht an, aber als er zu laufen begann, wandte die Wölfin sich rasch um und sah ihm ins Gesicht. Auch aus der Entfernung waren ihre Augen fleckig und streifig und wild. Sie zeigte alle Zähne auf einer Seite ihres Mauls und knurrte wutentbrannt.

Farrell näherte sich ihr mit ruhigen Schritten und rief dabei: »Geh nach Hause! Geh nach Hause! Leila, du Dummkopf, nach Hause mit dir, es ist Morgen!« Sie knurrte furchterregend, aber als Farrell nur noch weniger als einen Block von ihr entfernt war, drehte sie sich um und schoß über die Straße in Richtung West End Avenue. Farrell sagte: »Braves Mädchen, so ist's recht«, und humpelte hinter ihr her.

In den Stunden vor Sonnenaufgang führten auf der West End Avenue viele Leute ihre Hunde auf die

Straße. Farrell hatte es selbst mit dem armen Grunewald oft genug getan, um viele der Morgendämmerungs-Spaziergänger vom Sehen zu kennen, und mit einigen hatte er sich auch unterhalten. Eine beträchtliche Anzahl von ihnen waren Huren und Homosexuelle; beide scheinen in New York immer Hunde zu besitzen. Ruhig, fast immer allein, gingen sie in den 90er Straßen auf und ab, geführt von ihren kleinen, affektierten Vierbeinern, aber sie bewegten sich in einer Art flüchtigem Burgfrieden mit der Stadt und der zur Neige gehenden Nacht. Farrell bildete sich manchmal ein, daß sie alle schliefen und daß diese Stunde die einzige echte Ruhepause war, die sie je kriegten.

Er erkannte Robie an seinen beiden Hunden, Scone und Crumpet. Robie lebte in dem Apartment direkt unter Farrell, meistens unglücklich. Die beiden Hunde waren scheußliche, kleine, selbstgezüchtete Exemplare eines Chihuahua und eines Yorkshire Terriers, aber Robie liebte sie.

Crumpet, der Rüde, sah Leila zuerst. Er kläffte ein entzücktes Willkommen, das gleichzeitig ein Antrag war (laut Robie langweilte Scone ihn; er zog ohnehin größere Mädchen vor), entriß Robies nachlässiger Hand die Leine und sprang Leila entgegen. Die Wölfin hatte sich schon fast auf ihn gestürzt, bevor er sein fatales Mißverständnis erkannte und verzweifelt zu flüchten versuchte, jaulend vor Entsetzen.

Robie wimmerte, und Farrell rannte, so schnell er konnte, aber Leila überwältigte Crumpet und schlitzte ihm die Kehle auf, während er noch in der Luft war. Dann kauerte sie sich auf den Körper und wühlte in schrecklicher Weise mit der Schnauze in ihm herum.

Robie war nahe daran, sich auf Leila zu stürzen und zu versuchen, sie von seinem toten Hund wegzuzerren. Statt dessen wandte er sich gegen Farrell, als dieser angekeucht kam, und begann, ihn mit beträchtlicher Kraft

143

und Zielsicherheit zu verprügeln. »Zum Teufel mit Ihnen, zum Teufel mit Ihnen!« schluchzte er. Die kleine Scone lief um die Ecke davon, kreischend wie eine Alraune.

Farrell hob die Arme, um sich vor den Schlägen zu schützen, während er Leila ununterbrochen anschrie, bis seine Stimme versagte. Aber der Blutrausch hatte sie gepackt, und Farrell hatte sich nie vorgestellt, wie sie sich in solchen Augenblicken verhielt. Aus irgendeinem Grund hatte sie die Hunde, die ihr die ganze Nacht den Hof gemacht hatten, verschont, aber jetzt bestand sie nur noch aus Blutdurst. Sie schob und knetete Crumpets Körper, als ob sie eine Amme wäre.

Die ganze Avenue entlang bellten die Frühaufsteher unter den Hunden wie Trompeten. Farrell wich Robies weichen Fäusten aus und sah sie kommen; sie stolperten über ihre nachschleifenden Leinen und liefen zu schnell für ihre kurzen Beine. Es waren kleine, verwöhnte Tiere, die meisten von ihnen übergewichtig und kurzatmig, und viele von ihnen waren nicht mehr jung. Ihre Besitzer riefen sie mit unmännlichen Kosenamen zurück, aber sie watschelten tapfer ihrem Tod entgegen, machten bellend Versprechungen, die viel größer als sie selbst waren, und keiner von ihnen blickte zurück.

Sie sah auf, und ihre Schnauze war rot bis zu den Augen. Jetzt zögerten die Hunde, denn sie kannten Mord, wenn sie ihn rochen, und sogar ihre albernen kurzsichtigen Augen sahen vage, was für ein Wesen ihnen gegenüberstand. Aber sie kannten auch den Geruch der Liebe, und es waren alles Gentlemen.

Sie tötete die ersten beiden, die sie erreichten – einen Spitz und einen Cockerspaniel –, mit zweimaligem Zuschnappen ihrer Kiefer. Aber bevor sie sich an ihre Mahlzeit machen konnte, krabbelten drei Pekinesen auf sie hinauf, obwohl sie einander auf den Schultern stehen mußten. Leila wirbelte herum, ohne einen Ton von sich zu geben, und sie fielen auf den Boden, kullernd und jaulend, aber unverletzt. Sobald sie sich umgedreht hatte, machten die Pekinesen sich wieder heran, begleitet diesmal von zwei mutigen Pudeln. Leila erwischte einen der Pudel, als sie sich wieder umdrehte.

Robie schlug nicht mehr auf Farrell ein. Er lehnte sich an eine Verkehrsampel und übergab sich. Aber andere Leute kamen jetzt herbeigeeilt: ein Schwarzer in mittleren Jahren, der weinte, ein dicker Jugendlicher in einer Autojacke aus Plastik und Hauspantoffeln, der ununterbrochen wimmerte: »O Gott, sie frißt sie, seht doch nur, sie frißt sie wirklich!«, zwei magere alterslose Mädchen in Hosen, beide mit schaumigem, beigefarbenem Haar. Sie alle riefen wie besessen nach ihren sie nicht beachtenden Hunden, und sie alle packten Farrell und brüllten ihn an. Autos blieben stehen.

Der Himmel war dünn und kühl und wurde allmählich blaßgolden, aber Leila kümmerte sich nicht darum. Sie wütete unter dem Schwarm kleiner Hunde, bäumte sich auf und drehte sich um die eigene Achse, blutverschmierte Zähne fletschend. Die Hunde waren verwirrt und ängstlich, ließen aber keinen Moment von ihren Bemühungen ab. Der Geruch von Liebe sagte ihnen, daß sie willkommen seien, wie ungnädig sie sie auch zu empfangen schien. Leila schüttelte sich, und ein Paar winselnder Dackel, die in einem Doppelgeschirr aneinandergeschnallt waren, stolperten über den Gehsteig und blieben vor Farrells Füßen liegen. Sie rappelten sich auf und stürzten sich umgehend wieder in den Mahlstrom. Leila biß einen von ihnen fast in zwei Hälften, aber der andere Dackel versuchte weiter, sie von hinten zu besteigen, seinen aufgeschlitzten Kameraden mit sich zerrend. Farrell lachte plötzlich.

Der Schwarze fragte: »Sie finden das komisch?« und schlug ihn. Farrell setzte sich auf den Boden, noch immer lachend. Der Mann beugte sich über ihn und bot Farrell verlegen sein Taschentuch an. »Es tut mir leid, das hätte ich nicht tun sollen«, sagte er. »Aber Ihr Hund hat meinen Hund getötet.«

»Es ist nicht mein Hund«, sagte Farrell. Er rückte zur Seite, um einen Mann zwischen ihnen durchzulassen, und sah dann, daß es der Verwalter war, der seine Pistole mit beiden Händen hielt. Niemand bemerkte ihn, bis er schoß, aber Farrell gab einem der schaumhaarigen Mädchen einen Stoß, und sie stolperte gegen den Verwalter, als der Schuß losging. Die silberne Kugel zertrümmerte eine Scheibe eines geparkten Autos.

Der Verwalter schoß wieder, während das Echo des ersten Schusses noch zwischen den Häusern hallte und widerhallte. Diesmal heulte ein Spitz auf, und eine Frau schrie: »O mein Gott, er hat Borgy erschossen!« Aber die Menge bröckelte auseinander, löste sich in ihre einzelnen Bestandteile auf, wie Tabletten im Werbefernsehen. Die Autos der Neugierigen waren beim Anblick der Pistole davongerast, die Gesichter, die aus den Fenstern heruntergeschaut hatten, verschwanden. Mit Ausnahme von Farrell hatten die wenigen noch verbleibenden Leute sich über den halben Block zerstreut. Der Himmel wurde jetzt rasch hell.

»Um Gottes willen, laßt ihn nicht schießen!« rief die Frau von vorher aus dem Schutz eines Torwegs. Aber zwei Männer brachten sie mit Gesten zum Schweigen und sagten: »Es ist okay, er kann mit dem Ding umgehen. Nur weiter so, Kumpel.«

Die Schüsse hatten wenigstens die kleinen Hunde von Leila vertrieben. Sie hockte zwischen den zuckenden Fellhäufchen mit gefletschten Zähnen, und ihre Augen waren eher schwarz als grün. Farrell sah einen karierten Stoff-Fetzen, der eine Hundejacke gewesen war, unter ihrem Körper hervorschauen. Der Verwalter bückte sich, kniff die Augen über dem Pistolenlauf zusammen und zielte mit grotesker Sorgfalt, während die Männer ihn aufforderten zu schießen. Er war zu weit entfernt von der Werwölfin, als daß sie ihn erreichen könnte, bevor er seine letzte silberne Kugel verschoß, dachte aber, er würde mit Sicherheit vor ihr sterben. Seine Lippen bewegten sich, während er zielte.

Zwei lange Schritte hätten Farrell hinter den Verwalter gebracht. Später redete er sich ein, daß er Angst vor der Pistole gehabt hätte, weil das leichter war, als sich daran zu erinnern, was er empfunden hatte, als er zu Leila blickte. Ihre Zunge hörte keinen Moment auf, über ihre dunkle Schnauze zu fahren, und auch, als sie sich zum Sprung bereitmachte, hob sie noch eine blutige Pfote ans Maul. Farrell dachte daran, wie sie durch das Schlafzimmer getrottet war und ihm ins Gesicht geatmet hatte. Der Verwalter brummte, und Farrell schloß die Augen. Aber selbst dann noch erwartete er von sich, daß er etwas unternehmen würde.

Dann hörte er Mrs. Brauns unverkennbare Stimme. »*Wagen Sie es ja nicht!*« Sie stand zwischen Leila und dem Verwalter. Sie hatte einen Schuh verloren und den Absatz vom anderen, ihr Kleid war an der Schulter eingerissen, ihr Gesicht müde und schmutzig. Aber sie zeigte mit dem Finger auf den bestürzten Verwalter, und er trat rasch einen Schritt zurück, als ob auch sie eine Pistole hätte.

»Das ist ein Wolf, meine Dame«, protestierte er ängstlich. »Meine Dame, Sie bitte aus dem Weg gehen. Das ein Wolf, ich jetzt erschießen.«

»Ich möchte Ihre Lizenz für die Pistole sehen.« Mrs. Braun streckte die Hand aus. Der Verwalter rollte mit den Augen und murmelte verzweifelt vor sich hin. Sie sagte: »Wissen Sie, daß Sie in diesem Staat für unerlaubten Waffenbesitz zwanzig Jahre ins Gefängnis wandern können? Wissen Sie, was die Geldstrafe für Waffentragen ohne Lizenz ist? Die Geldstrafe beträgt fünftausend

Dollar.« Die Männer weiter unten auf der Straße brüllten sie an, aber sie drehte sich um zu dem knurrenden Wesen zwischen den kleinen toten Hunden.

»Komm, Leila«, sagte sie. »Komm nach Hause zu Bernice. Ich mache Tee, und wir werden miteinander sprechen. Es ist lange her, seit wir richtig miteinander gesprochen haben, weißt du das? Wir hatten lange hübsche Gespräche, als du noch klein warst, aber jetzt sprechen wir nicht mehr miteinander.« Die Wölfin knurrte nicht mehr, aber sie drückte sich noch dichter an den Boden, und ihre Ohren lagen immer noch dicht am Kopf. Mrs. Braun sagte: »Komm, Baby. Weißt du, ich mache dir einen Vorschlag. Du meldest dich im Büro krank und bleibst ein paar Tage zu Hause. Du ruhst dich mal richtig aus, und vielleicht sehen wir uns sogar nach einem anderen Arzt um, was meinst du? Schechtman hat nicht das geringste für dich getan, ich habe ihn noch nie gemocht. Komm mit nach Hause, Liebling. Momma ist da, Bernice weiß Bescheid.« Sie machte einen Schritt auf die stumme Wölfin zu und streckte die Hand aus.

Der Verwalter stieß einen verzweifelten, wortlosen Schrei aus und bewegte sich schweratmend vor, Mrs. Braun zur Seite schiebend. Er richtete die Pistole direkt auf Leila, während er jammerte: »Mein Hund, mein Hund!« Leila befand sich in der Luft, als der Schuß losging, und ihr Schatten folgte ihr, denn die Sonne war aufgegangen. Sie brach über zwei toten Pekinesen zusammen. Das Blut der Hunde benetzte Leilas Brüste und ihren weißen Hals.

Mrs. Braun heulte wie eine Mittagssirene. Sie stieß den Verwalter auf die Straße und warf sich über Leila, so daß Leilas Körper Farrells Blicken völlig entzogen war. »Leila, Leila«, wehklagte sie, »armes Kind, du hattest nie eine Chance. Er hat dich umgebracht, weil du anders warst, wie sie alles, was anders ist, umbringen.« Farrell trat zu ihr und beugte sich hinab, aber sie schob ihn gegen eine Mauer, ohne aufzublicken. »Leila, Leila, armes Kind, armer Liebling, vielleicht ist es besser so, vielleicht bist du jetzt glücklich. Du hattest nie eine Chance, arme Leila.«

Die Hundebesitzer schoben sich langsam zurück, und die überlebenden Hunde liefen zu ihnen. Der Verwalter hockte auf dem Randstein, den Kopf in den Armen. Eine müde, undeutliche Stimme sagte: »Würdest du um Gottes willen von mir runtergehen. Bernice? Du brauchst mit dem Heulen gar nicht aufzuhören, geh nur einfach runter.«

Als sie aufstand, blieben die Autos wieder auf der Straße stehen. Das machte für die Polizei das Durchkommen sehr schwierig.

Niemand stellte Forderungen, weil niemand da war, den man belangen konnte. Der Mörder – ob es nun ein Hund war oder ein Wolf, wie manche behaupteten – war verschwunden, und wenn es einen Besitzer gab, so konnte er nicht ermittelt werden. Und was die Leute betraf, die tatsächlich gesehen hatten, wie die Wölfin sich in ein junges Mädchen verwandelte, als das Sonnenlicht sie berührte: Die meisten brachten es fertig, es nicht gesehen zu haben, obwohl sie es nie ganz vergessen konnten. Ein paar wußten sehr gut, was sie gesehen hatten, und auch sie vergaßen es nie, doch sie sagten nie etwas darüber. Aber sie legten zusammen, um die Strafe des Verwalters für unerlaubten Handwaffenbesitz zu zahlen. Farrell gab, so viel er konnte.

Vor Sonnenuntergang verschwand Leila aus Farrells Leben. Sie zog nicht zu ihrer Mutter hinaus, sondern packte ihre Sachen und zog zu Freunden im Village. Später hörte er, daß sie in der Christopher Street wohnte, und noch später, daß sie nach Berkeley gezogen war und wieder studierte. Er sah sie nie wieder.

»Es mußte so sein«, sagte er einmal zu Ben. »Wir wußten zu viel voneinander. Weißt du, da gibt es noch eine andere Seite, wenn man zu viel weiß. Sie konnte mich nicht ansehen.«

»Du meinst, weil du sie mit all den Hunden gesehen hast? Oder weil sie wußte, daß du den kleinen Verrückten nicht daran gehindert hättest, sie zu erschießen?« Farrell schüttelte den Kopf.

»Das war es wohl auch, aber etwas anderes war es noch mehr, etwas, das ich wußte. Als sie sprang, gerade als er zum letztenmal schoß, stürzte sie sich nicht auf ihn. Sie ging direkt auf ihre Mutter los. Sie hätte sie auch erwischt, wenn die Sonne nicht aufgegangen wäre.«

Ben pfiff leise. »Meinst du, ihre alte Dame weiß es?«

»Bernice weiß alles über Leila«, sagte Farrell.

Fast zwei Jahre später rief Mrs. Braun ihn an, um ihm zu erzählen, daß Leila heiraten werde. Es mußte sie eine beträchtliche Menge Geld und Findigkeit gekostet haben, ihn aufzuspüren (wo Farrell zu der Zeit lebte, war das Telefon nur vier Stunden am Tag angeschlossen), aber er entnahm der Gehässigkeit ihres Tons, daß sie das Geld für gut verwendet hielt.

»Er ist in Stanford«, knatterte ihre Stimme. »Ein Psychologe, der wissenschaftlich arbeitet. Ihre Flitterwochen wollen sie in Japan verbringen.«

»Das ist wunderbar«, sagte Farrell. »Ich freue mich wirklich für sie, Bernice.« Er zögerte, bevor er fragte: »Weiß er Bescheid wegen Leila? Ich meine über das, was geschieht …?«

»Ob er Bescheid weiß«, rief sie. »Er ist stolz darauf, er findet es wundervoll! Es ist sein Gebiet!«

»Das ist großartig. Das ist wunderbar. Leben Sie wohl, Bernice. Ich bin wirklich froh.«

Und er war froh und ein bißchen wehmütig, als er darüber nachdachte. Das Mädchen, mit dem er hier gelebt hatte, hatte eine wirklich höchst ungewöhnliche Macke.

Philip K. Dick

Der Kontakt mit Außerirdischen und die Möglichkeit einer Invasion auf der Erde ist gegenwärtig sowohl in der Science Fiction als auch in der Sachliteratur eins der beliebtesten Themen. Die Idee ist natürlich in der traditionellen SF seit vielen Jahren verarbeitet worden, in der komischen Phantastik findet man sie aber nicht so häufig. Eine Ausnahme bildet die folgende Geschichte von Philip K. Dick. The Encyclopedia of Science Fiction *(1993) nennt ihn »den lustigsten SF-Autor seiner Zeit«, und in den Jahren seit seinem Tod ist um sein Werk geradezu ein Kult entstanden. Die Verfilmung einiger seiner stärksten Geschichten – insbesondere* Der Blade Runner *(Blade Runner, 1982) und* Total Recall – Die totale Erinnerung *(Total Recall, 1990) – hat viel dazu beigetragen, seinen Ruf zu festigen, und in den USA zollen seine eifrigsten Fans seinem literarischen Talent und seiner Vorliebe für Drogenkonsum Tribut, indem sie sich* ›Dickheads‹ *nennen.* *

Philip Kindred Dick (1928–1982) verbrachte die meiste Zeit seines Lebens in Kalifornien, wo er ein Schallplattengeschäft führte und dann als Diskjockey bei einem Radiosender arbeitete, ehe er Erzählungen und Romane zu veröffentlichen begann, mit denen er sich in den fünfziger und sechziger Jahren einen Namen machte. Bücher wie Der Mann, dessen Zähne alle exakt gleich waren *(The Man whose Teeth were All Exactly Alike, 1960),* Humpty Dumpty in Oakland *(1960) und* Nach dem Weltuntergang *(Dr Bloodmoney, or*

---

* ›Dopehead‹ oder ›acid head‹ sind Slangausdrücke für Drogenabhängige. Als Selbstbezeichnung spräche ›Dickhead‹ von wirklich unglaublicher Hingabe als Fans, denn im ganz gewöhnlichen Amerikanisch bedeutet das Wort auch sinngemäß ›Scheißkerl‹. – Anm. d. Übers.

How We Got Along After the Bomb, 1965) ließen seine humoristischen Neigungen deutlich erkennen, während spätere Werke eher sein Interesse an Drogen, Religion und Verfolgungswahn widerspiegelten. Trotz seiner Beliebtheit bei den Fans gewann er erst 1974 seinen ersten Preis, den John W. Campbell Memorial Award für den brillanten, halluzinatorischen Roman Eine andere Welt *(Flow My Tears, the Policeman Said).*

Nach Philip K. Dicks Tod hat man sich seinem Werk erneut zugewandt, und zwei seiner bekanntesten Fürsprecher, Terry Gilliam und Brian W. Aldiss, haben keine Mühe gescheut, um etliche religiös-psychologische Pauschalurteile über sein Werk zu entkräften – und darauf hinzuweisen, daß er tatsächlich ein sehr lustiger Autor war. Aldiss hat von ihm gesagt: »Wie so mancher gute Mensch ist Philip K. Dick durchgedreht. Dabei war er ein geistig sehr gesunder Mann, der sah, was auf ihn zukam.«

Unter den Dutzenden von komischen phantastischen Geschichten, die er veröffentlicht hat, ist nach wie vor eine der charakteristischsten ›Der Krieg mit den Fnools‹, 1964 für Galactic Outpost geschrieben, als viel von außerirdischen Invasionen die Rede war. Später hat Philip K. Dick über die Erzählung gesagt: »Mein Kollege Tim Powers war der Ansicht, die Marsianer könnten bei uns einfallen, indem sie einfach komische Hüte aufsetzten, und wir würden nie etwas merken. Nun, da kommt wieder eine Invasion – und zu unserer Schande von einer Lebensform, die absurd ist.« Ich glaube, diese Geschichte ist ein hübscher Abschluß für den ersten Teil dieses Buches – die ›Flüge der Phantasie‹.

Der Krieg mit den Fnools

»Verflucht, die Fnools haben wieder zugeschlagen, Major«, sagte Captain Edgar Lightfoot vom CIA. »Sie haben Provo, Utah, besetzt.«

Grunzend bedeutete Major Hauk seiner Sekretärin, das Fnool-Dossier aus den verschlossenen Archiven zu bringen. »In welcher Form treten sie dieses Mal auf?« fragte er barsch.

»Als kleine Händler«, sagte Lightfoot.

Beim letztenmal, reflektierte Major Hauk, waren es Tankwarte gewesen. Das war das Besondere an den Fnools. Wenn einer von ihnen eine bestimmte Gestalt annahm, dann nahmen die anderen sie ebenfalls an.

Das machte natürlich ihre Entlarvung für die CIA-Männer wesentlich einfacher. Aber es ließ die Fnools auch absurd aussehen, und Hauk kämpfte nicht gerne gegen einen absurd aussehenden Feind. Das war etwas, das beide Seiten verwirrte, sogar noch hier in seinem Büro.

»Glauben Sie, es wird zu Verhandlungen kommen?« fragte Hauk halb rhetorisch. »Wir könnten es uns leisten, Provo, Utah zu opfern, wenn sie sich auf dieses Gebiet beschränken wollen. Wir könnten sogar noch einige Teile von Salt Lake City dazugeben, jene, die mit diesen häßlichen roten Backsteinen erbaut wurden.«

»Fnools schließen niemals Kompromisse«, antwortete Lightfoot. »Ihr Ziel ist die Herrschaft über das Sonnensystem, Major. Für alle Zeiten.«

Miß Smith lehnte sich über Major Hauks Schulter. »Hier ist das Fnool-Dossier, Sir«, sagte sie. Mit der freien Hand drückte sie das Oberteil ihrer Bluse an den Körper, eine Geste, die entweder fortgeschrittene Tuberkulose oder übertriebenes Schamgefühl ausdrücken konnte. Gewisse Umstände sprachen allerdings dafür, daß letzteres der Fall war.

»Miß Smith«, beschwerte sich Major Hauk. »Die Fnools versuchen das Sonnensystem in ihre Gewalt zu bringen, und ich bekomme ihr Dossier von einer Frau mit einem Einhundertsechs-Zentimeter-Busen. Ist das nicht schizophren – für mich zumindest?« Er vermied es, sie anzusehen, da er an seine Frau und seine beiden Kinder dachte. »Tragen Sie in Zukunft etwas anderes«, befahl er. »Oder bedecken Sie sich. Ich meine, mein Gott, seien wir doch vernünftig. Seien wir realistisch.«

»Ja, Major«, sagte Miß Smith. »Aber vergessen Sie nicht, ich wurde zufällig vom CIA-Einstellungsbüro ausgewählt. Ich habe nicht darum *gebeten*, Ihre Sekretärin zu sein.«

Mit Captain Lightfoot an seiner Seite legte Hauk die Dokumente aus, die das Fnool-Dossier ausmachten.

Im Smithsonian stand ein ausgestopfter und künstlich präparierter Fnool, neunzig Zentimeter groß. Schulkinder konnten ihn schon jahrelang bestaunen; er stand da und hielt eine Pistole auf unschuldige Terraner gerichtet. Durch Drücken eines Knopfes konnten die Kinder die Terraner zur Flucht bewegen (die Terraner waren nicht ausgestopft, sondern Imitationen), worauf der Fnool mit seiner Waffe hinter ihnen herschoß ... Dann nahm das Ausstellungsstück wieder seine ursprüngliche Form an und war bereit, wieder von vorn zu beginnen.

Major Hauk hatte dieses Ausstellungsstück auch schon gesehen, und er fühlte sich bei seinem Anblick nicht wohl. Die Fnools, das hatte er schon wiederholt erklärt, waren kein Scherz. Zugegeben, die Fnools hatten etwas an sich … nun, ein Fnool war ein idiotisches Lebewesen. Das war die Basis von allem. Egal was er auch imitierte, diesen Aspekt behielt er bei; ein Fnool sah immer ein bißchen nach etwas aus, das in Supermärkten gratis ausgeteilt wird, zusammen mit Luftballons und Dauerlutschern. Zweifellos, darauf hatte der Major auch schon wiederholt hingewiesen, war das ein Überlebensfaktor. Er entwaffnete die Gegner der Fnools. Dazu noch dieser unmögliche Name. Es war einfach unmöglich, sie ernst zu nehmen, sogar in diesem Augenblick, da sie eine Invasion von Provo, Utah, in Form von Miniaturhändlern unternommen hatten.

»Fangen Sie einen Fnool in diesem Gebiet, Lightfoot«, befahl der Major, »und bringen Sie ihn her zu mir. Mir ist dieses Mal nach Kapitulation zumute. Ich bekämpfe die Fnools schon seit zwanzig Jahren. Ich bin es leid.«

»Wenn Sie einem von Angesicht zu Angesicht begegnen«, warnte Lightfoot, »dann könnte er Sie erfolgreich imitieren, und das wäre das Ende. Wir würden Sie beide töten müssen, um ganz sicherzugehen.«

»Ich werde also nun mit Ihnen eine Schlüsselwortsituation ausmachen«, sagte Hauk düster. »Das Schlüsselwort lautet ›durchbeißen‹. Ich werde es bei einer geeigneten Situation in einem Satz anwenden, zum Beispiel: ›Wir müssen uns sorgfältig durch diese Daten durchbeißen.‹ Der Fnool wird das nicht wissen. Korrekt?«

»Ja, Major«, seufzte Captain Lightfoot und verließ das CIA-Büro. Er eilte über die Straße zum Kopterlandeplatz, um sofort nach Provo, Utah, abzureisen.

Aber er hatte ein ungutes Gefühl.

Was würde herauskommen bei dieser Reise? Hatte sie überhaupt einen Sinn?

Als sein Kopter am Ende des Provo Cañons nahe der Stadtgrenze landete, wurde er sofort von einem sechzig

Zentimeter großen Mann in einem grauen Anzug und mit einer Aktentasche empfangen.

»Guten Morgen, Sir«, flötete der Fnool. »Darf ich Ihnen unser Sortiment an Bauland zeigen, ohne jede Verpflichtung? Das Land kann ...«

»Steigen Sie in den Kopter ein«, sagte Lightfoot und richtete seine Pistole, Kaliber 45, auf den Fnool.

»Hören Sie zu, mein Freund«, antwortete der Fnool mit freundschaftlichem Tonfall. »Wie ich sehe, haben Sie sich noch nie ernsthaft Gedanken über die Landung unserer Rasse auf Ihrem Planeten gemacht. Warum gehen wir nicht einen Augenblick in das Büro und setzen uns?« Der Fnool deutete zu einem nahe gelegenen, flachen Gebäude, in dem Lightfoot einen Tisch und Stühle erkennen konnte. Über dem Büro war ein Schild:

ZUGVOGEL
GRUNDSTÜCKSVERKAUF
AKTIENGESELLSCHAFT

»Der Zugvogel fängt den Wurm«, sagte der Fnool. »Und die Beute geht an den Sieger, Captain Lightfoot. Das ist ein Naturgesetz. Wir werden Ihren Planeten besetzen und Sie ablösen. Wir haben alle Vorteile der Evolution und der Biologie auf unserer Seite.« Der Fnool strahlte ihn an.

»In Washington D. C. wartet ein Major des CIA, der Sie sehen will«, sagte Lightfoot.

»Major Hauk hat uns bereits zweimal besiegt«, gab der Fnool zu. »Wir respektieren ihn. Aber er ist eine Stimme, der kein Gehör geschenkt wird. In diesem Land wenigstens nicht. Sie wissen sehr gut, Captain Lightfoot, daß der durchschnittliche Amerikaner, der Ihr Ausstellungsstück im Museum betrachtet, höchstens tolerierend lächelnd den Kopf schüttelt. Er wird uns nicht als *Bedrohung* betrachten.«

Inzwischen waren zwei weitere Fnools in Gestalt von

Grundstückshändlern mit grauen Anzügen und Aktentaschen herangekommen. »Sieh mal«, sagte der eine zum anderen. »Charley hat einen Terraner gefangen.«

»Nein«, widersprach sein Gefährte. »Der Terraner hat ihn geschnappt.«

»Ihr steigt jetzt sofort alle drei in den CIA-Kopter ein«, befahl Lightfoot und winkte mit der Pistole.

»Sie machen einen Fehler«, sagte der erste Fnool kopfschüttelnd. »Aber Sie sind ein junger Mann; im Laufe der Zeit werden auch Sie die nötige Reife erlangen.« Er ging zum Kopter. Dann, urplötzlich, fuhr er herum und brüllte. »*Tod allen Terranern!*«

Seine Aktentasche schnellte in die Höhe, und ein Strahl reiner Energie zischte an Lightfoots rechtem Ohr vorbei. Lightfoot ließ sich auf ein Knie fallen und drückte den Abzug der 45er; der Fnool am Eingang des Kopters kippte um und blieb neben seiner Aktentasche liegen. Die beiden anderen Fnools sahen zu, wie er die Tasche vorsichtig wegkickte.

»Jung«, sagte einer der verbliebenen Fnools, »aber mit ausgezeichneten Reflexen. Hast du gesehen, wie er sich auf das Knie hat fallen lassen?«

»Terraner sind keine Witzblattfiguren«, stimmte der andere zu. »Wir haben einen schweren Kampf vor uns.«

»Da Sie schon einmal hier sind«, sagte der erste der verbliebenen Fnools, »warum sehen Sie sich dann nicht gleich eines unserer unbebauten Grundstücke an, die wir verkaufen? Wir fahren gerne mit Ihnen hinaus, damit Sie sich ein wenig umsehen können. Wasser und Elektrizität sind gegen einen kleinen Aufpreis inbegriffen.«

»Steigen Sie in den Kopter ein«, antwortete Lightfoot, der noch immer mit der *Waffe* auf sie zielte.

In Berlin meldete sich ein Oberstleutnant vom MAD, dem Militärischen Abschirmdienst, mit einem zackigen

Salutieren bei seinem kommandierenden Offizier und sagte: »General, die Fnools sind wieder zurück. Was sollen wir jetzt tun?«

»Die Fnools sind zurück?« sagte Hochflieger entsetzt. »Schon? Aber wir haben doch erst vor drei Jahren ihren Ring zerschlagen und sie ausgelöscht.« General Hochflieger sprang auf und ging in seinem winzigem Büro im Keller des Bundestagsgebäudes auf und ab, die großen Hände hinter dem Rücken verschränkt. »In welcher Gestalt denn dieses Mal? Wieder als Staatssekretäre des Finanzministeriums?«

»Nein, Sir«, antwortete der Oberstleutnant. »Dieses Mal sind sie als Inspektoren des Volkswagenwerks gekommen. Braune Anzüge, Klemmbretter, dicke Brillengläser, Durchschnittsalter. Zerstreut. Aber sie sind wieder nur sechzig Zentimeter groß.«

»Was ich an den Fnools verabscheue«, sagte Hochflieger, »ist ihr ruchloser Einsatz von Wissenschaft und Technik im Dienste der Vernichtung. Sie haben uns damals fast besiegt mit dieser Virusinfektion, die sie mit Hilfe der gummierten Rückseite bunter Wohlfahrtsmarken verbreiteten, die jeder ablecken mußte.«

»Eine scheußliche Waffe«, stimmte sein Untergebener zu. »Aber wohl doch zu phantastisch, um letztendlich erfolgreich zu sein. Dieses Mal werden sie es wahrscheinlich mit einem zeitlich perfekt abgestimmten Großangriff versuchen.«

»Selbstverständlich«, stimmte Hochflieger zu. »Aber nichtsdestotrotz müssen wir zurückschlagen und sie besiegen. Informieren Sie Terpol.« Das war die weltweite Geheimdienstorganisation, die ihren Sitz auf dem Mond hatte. »Wo genau wurden sie denn aufgespürt?«

»Bisher nur in Schweinfurt.«

»Vielleicht sollten wir das Gebiet um Schweinfurt ausradieren.«

»Dann werden sie anderswo auftauchen.«

»Richtig.« Hochflieger brütete düster vor sich hin. »Was wir nun tun müssen ist, Operation *Hundefutter* zu einem erfolgreichen Abschluß zu bringen.« *Hundefutter* hatte für die westdeutsche Regierung eine Unterspezies von Terranern gezüchtet, die alle nur sechzig Zentimeter groß waren und verschiedene Gestalt annehmen konnten. Sie würden benützt werden, um in das Netz der Fnool-Aktivität einzudringen und es von innen her zu zerstören. *Hundefutter,* finanziert von der Familie Krupp, war nur für diesen Augenblick geschaffen worden.

»Ich werde sofort das Kommando Einsatztruppe II losschicken«, sagte sein Untergebener. »Sie können als Gegen-Fnools bereits hinter die feindlichen Linien bei Schweinfurt gebracht werden. Bei Einbruch der Nacht sollten wir die Situation wieder unter Kontrolle haben.«

»Das walte Gott«, meinte Hochflieger nickend. »Wir starten das Kommando, und wir halten Augen und Ohren offen und warten ab, wie die Situation sich entwickelt.«

Wenn es scheitert, überlegte er, dann mußten sie rasch zu drastischeren Verzweiflungsmaßnahmen greifen.

Das Überleben unserer Rasse hängt davon ab, dachte Hochflieger. Die nächsten viertausend Jahre der Geschichte werden determiniert durch das entschlossene Handeln eines Mitglieds des MAD zu dieser Stunde. Vielleicht sogar durch mein Handeln.

Er ging im Zimmer auf und ab und meditierte darüber.

In Warschau las der Chef des Volksamtes zum Schutz des Demokratischen Prozesses – NNBNDL – das kodierte Telegramm zum wiederholten Male durch, während er an seinem Schreibtisch saß und ein zweites Frühstück, bestehend aus Brötchen und polnischer

Gänseleberpastete, zu sich nahm. So, dieses Mal also als Schachspieler verkleidet, dachte Serge Nikow, und jeder Fnool begann mit der Eröffnung durch den Damenbauern, Qp nach Q3, eine schwache Eröffnung, besonders gegen Kp nach K4, selbst wenn sie Weiß zogen. Aber ...

Trotzdem eine potentiell gefährliche Situation.

Er schrieb etwas auf ein offizielles Formular: *Alle Schachspieler aussuchen, die mit der Eröffnung durch den Damenbauern beginnen.* Ich werde sie alle zur Wiederaufforstungsbrigade abkommandieren, dachte er. Fnools sind klein, aber sie können trotzdem Schonungen anlegen und Setzlinge pflanzen ... Wir müssen schließlich noch Nutzen aus ihnen ziehen. Oder sie können Sonnenblumenkerne für unsere Sonnenblumenölfabrik in der Tundra anpflanzen.

Ein Jahr harter physischer Arbeit, dann werden sie es sich zweimal überlegen, bevor sie wieder eine Invasion Terras planen.

Andererseits könnten wir ihnen einen Vorschlag machen. Wir könnten ihnen eine Alternative zum Wiederaufforstungstrupp bieten. Sie könnten der Armee als Spezialtruppe für den Einsatz in den zerklüfteten Bergen Chiles beitreten. Da sie nur sechzig Zentimeter groß sind, könnte man viele von ihnen in einem einzigen Atomunterseeboot transportieren ... aber konnte man den Fnools vertrauen?

Was er am meisten an den Fnools haßte – und er hatte sie bei ihren zurückliegenden Invasionen gut genug kennengelernt –, war ihre Arglist. Beim letztenmal hatten sie die physische Gestalt einer Gruppe von Ballettänzern angenommen ... und was für Tänzer sie gewesen waren. Sie hatten das Publikum in Leningrad getötet, bevor überhaupt jemand hatte einschreiten können; Männer, Frauen, Kinder – alle waren unverzüglich getötet worden, von Waffen, die brillant entworfen und geschickt – wenn auch monoton – als Saiteninstrumente getarnt worden waren.

Aber das konnte nicht mehr vorkommen, denn mittlerweile waren alle demokratischen Länder auf der Hut; spezielle Jugendgruppen waren gegründet worden, um Wache zu halten. Aber eine neue Taktik ihrerseits – wie etwa die Verkleidung als Schachspieler — konnte durchaus erfolgreich sein, besonders in den Kleinstädten in den östlichen Republiken, wo Schachspieler immer enthusiastisch empfangen wurden.

Aus einem Geheimfach seines Schreibtisches holte Serge Nikow ein spezielles Telefon ohne Wählscheibe hervor. »Fnools in der Region des nördlichen Kaukasus gesichtet«, sagte er in den Hörer. »Es könnte sich als vorteilhaft erweisen, so viele Panzer wie möglich dort zusammenzuziehen. Falls sie versuchen, sich auszubreiten, umzingeln und dann direkt in ihr Zentrum vordringen, bis sie zerschlagen sind und man sich in aller Ruhe um die kleinen Splittergruppen kümmern kann.«

»Jawohl, Politkommissar Nikow.«

Serge Nikow legte auf und wandte sich wieder seinem zweiten Frühstück zu.

Als Captain Lightfoot den Kopter zurück nach Washington D. C. steuerte, wandte einer der Fnools sich an ihn. »Wie kommt es, daß ihr Terraner uns immer identifzieren könnt, ganz egal, in welcher Verkleidung wir kommen? Wir sind auf diesem Planeten aufgetreten als Tankwarte, als Staatssekretäre, als Inspekteure von VW, als Schachspieler, als Volksmusiker, komplett mit originalgetreuen Instrumenten ausgerüstet, und nun als Grundstücksverkäufer …«

»Das liegt an eurer Größe«, sagte Lightfoot.

»Dieser Begriff sagt uns überhaupt nichts.«

»Ihr seid nur sechzig Zentimeter groß!«

Die beiden Fnools konferierten, und schließlich wandte einer sich wieder an ihn. »Aber die Größe ist relativ. Wir haben alle Qualitäten von Terranern, was unsere gegenwärtigen Körper anbelangt, und nach den Gesetzen der Logik ...«

»Schaut«, sagte Lightfoot. »Stellt euch hier neben mich.« Der Fnool in seinem grauen Anzug und mit der Aktentasche kam vorsichtig herüber und stellte sich neben ihn. »Sie reichen mir nur bis an die Kniekehle«, sagte Lightfoot. »Ich bin einhundertneunzig Zentimeter groß. Sie sind weniger als ein Drittel so groß wie ich. In einer Gruppe von Terranern fallt ihr Fnools auf wie Pferdeäpfel auf der Autobahn.«

»Ist das ein Sprichwort?« fragte der Fnool. »Das schreibe ich mir besser auf.« Er holte einen Kugelschreiber von der Größe eines Streichholzes aus seiner Jackentasche. »Pferdeäpfel auf der Autobahn. Ausgezeichnet. Ich hoffe, einige eurer ethnischen Gebräuche können in Museen bewahrt werden, wenn wir eure Zivilisation ausgelöscht haben.«

»Das hoffe ich auch«, sagte Lightfoot und zündete sich eine Zigarette an.

Nun meldete der andere Fnool sich nachdenklich zu Wort. »Ich frage mich, ob es eine Möglichkeit für uns gibt, größer zu werden. Ist das ein Geheimnis, das von Ihrer Rasse gehütet wird?« Als er die brennende Zigarette zwischen Lightfoots Lippen bemerkte, fuhr der Fnool fort: »Erreichen Sie dadurch diese unnatürliche Größe? Indem Sie diese getrockneten Pflanzenfasern verbrennen und den Rauch inhalieren?«

»Ja«, sagte Lightfoot und gab die Zigarette dem sechzig Zentimeter großen Fnool. »Das ist unser Geheimnis. Vom Zigarettenrauchen wird man größer. Wir lassen alle unsere Nachkommen, besonders die Teenager, rauchen. Alle Jugendlichen.«

»Ich werde es auch einmal versuchen«, sagte der

Fnool zu seinem Gefährten. Er steckte sich die Zigarette zwischen die Lippen und inhalierte tief.

Lightfoot blinzelte. Denn nun war der Fnool einen Meter zwanzig groß; sein Gefährte folgte augenblicklich seinem Beispiel. Beide Fnools waren nun doppelt so groß wie zuvor. Das Rauchen der Zigarette hatte sie um unglaubliche sechzig Zentimeter wachsen lassen.

»Vielen Dank«, sagte der nun einen Meter zwanzig große Grundstücksverkäufer zu Lightfoot; seine Stimme war wesentlich tiefer geworden. »Wir machen Fortschritte nicht wahr?«

»Geben Sie mir die Zigarette wieder«, sagte Lightfoot nervös.

In seinem Büro im CIA-Gebäude drückte Major Hauk einen Knopf auf seinem Schreibtisch, und sofort betrat Miß Smith dienstfrig den Raum, in der Hand den Diktierblock.

»Miß Smith«, sagte Major Hauk. »Captain Lightfoot ist weg. Nun kann ich offen mit Ihnen sprechen. Die Fnool werden dieses Mal gewinnen. Als dienstältester und damit kommandierender Offizier werde ich sie nicht mehr bekämpfen, sondern aufgeben. Ich werde in einen der bombensicheren Bunker gehen, die für einen solchen Notfall gebaut wurden.«

»Es tut mir leid, das zu hören«, sagte Miß Smith und klimperte mit ihren langen Wimpern. »Die Arbeit für Sie hat mir sehr viel Spaß gemacht.«

»Aber das betrifft auch Sie«, erklärte Hauk. »Alle Terraner werden ausgelöscht; unsere Niederlage ist planetenweit.« Er öffnete ein Fach seines Schreibtisches und holte eine ungeöffnete Flasche Bullock & Lade Scotch heraus, die er einmal als Geburtstagsgeschenk bekommen hatte. »Zuerst einmal werde ich diese Flasche B&L Scotch leeren«, informierte er Miß Smith. »Werden Sie mir dabei helfen?«

»Nein, vielen Dank, Sir«, sagte Miß Smith. »Es tut mir leid, aber ich trinke nicht, zumindest nicht tagsüber.«

Major Hauk trank zunächst eine Kaffeetasse leer, dann schenkte er sich nochmals aus der Flasche ein, wie um sicherzustellen, daß es auch wirklich bis zum Boden Scotch war. Schließlich trank er direkt aus der Flasche. Dann stellte er sie wieder ab. »Es ist kaum zu glauben«, sagte er, »aber unsere Zivilisation wird an die Wand gedrängt von Kreaturen, die kaum größer sind als Hauskatzen.« Er nickte Miß Smith zu. »Und nun werde ich mich in den unterirdischen Bunker begeben, und ich hoffe, es dort auch bis nach dem allgemeinen Zusammenbruch des Lebens, so wie wir es kennen, aushalten zu können.«

»Schön für Sie, Major Hauk«, sagte Miß Smith ein wenig unbehaglich. »Aber ... wollen Sie mich einfach hier so *zurücklassen*, damit ich in die Gefangenschaft der Fnools gerate? Ich meine ...« Ihre scharf abgegrenzten Brüste begannen unter der Bluse zu zittern. »Das ist nicht schön von Ihnen.«

»Sie haben von den Fnools nichts zu befürchten, Miß Smith«, sagte Major Hauk. »Schließlich, sechzig Zentimeter groß ...« Er gestikulierte. »Selbst eine neurotische junge Frau könnte sich kaum ...« Er lachte. »Also wirklich!«

»Aber es ist ein entsetzliches Gefühl«, sagte Miß Smith. »Zurückgelassen zu werden im Angesicht eines unnatürlichen Feindes von einem ganz anderen Planeten.«

»Ich werde Ihnen etwas sagen«, meinte Major Hauk nachdenklich. »Vielleicht breche ich einige der CIA-Bestimmungen und nehme Sie mit.«

Miß Smith ließ Block und Bleistift fallen und eilte zu ihm hinüber. »Oh, Major!« stieß sie atemlos hervor. »Wie kann ich Ihnen nur danken!«

»Kommen Sie einfach mit!« sagte Major Hauk und vergaß vor lauter Eifer sogar die Flasche Scotch.

Miß Smith klammerte sich fest an ihn, als er ungeschickt und schwankend den Korridor entlanglief und zum Fahrstuhl eilte.

»Zum Teufel mit diesem Scotch«, murmelte er. »Miß Smith, Sie taten gut daran, ihn nicht anzurühren. Angesichts der corticothalamischen Reaktion, unter der wir anläßlich der Bedrohung durch die Fnools alle stehen, hat Scotch wohl nicht die übliche anregende Wirkung.«

»Hier«, sagte seine Sekretärin und schlüpfte unter seinen Arm, um ihn zu stützen, während sie auf den Fahrstuhl warteten. »Halten Sie sich aufrecht, Major. Es wird nicht lange dauern.«

»Da haben Sie gar nicht so unrecht«, stimmte Major Hauk zu. »Meine liebe Vivian.«

Endlich kam der Aufzug. Es war einer vom Selbstbedienungs-Typ.

»Sie sind wirklich sehr freundlich zu mir«, sagte Miß Smith, nachdem der Major den richtigen Knopf gedrückt hatte und der Aufzug nach unten sank.

»Nun, es könnte Ihr Leben verlängern«, sagte Major Hauk zustimmend. »Aber natürlich, so weit unter Tage … Die Durchschnittstemperatur ist wesentlich höher als an der Oberfläche. Wie in einem tiefen Bergwerksschacht.«

»Aber wenigstens sind wir am Leben«, hielt Miß Smith dem entgegen.

Major Hauk legte Jacke und Krawatte ab. »Bereiten Sie sich auf die Hitze vor«, sagte er. »Hier, vielleicht würden Sie gerne Ihren Mantel ablegen.«

»Ja«, sagte Miß Smith und erlaubte ihm, ihr in seiner Gentlemanmanier den Mantel auszuziehen.

Der Fahrstuhl hatte sein Ziel erreicht. Niemand war

vor ihnen hier gewesen; glücklicherweise hatten sie einen Bunker ganz für sich allein.

»Es ist tatsächlich warm hier unten«, gestand Miß Smith. Major Hauk schaltete ein einziges, schwaches, gelbes Licht an. »O Gott.« Sie stolperte über etwas. »Man sieht auch kaum etwas.« Wieder stolperte sie, und dieses Mal fiel sie fast hin. »Könnten wir nicht etwas mehr Licht machen, Major?«

»Was – und die Aufmerksamkeit der Fnools auf uns lenken?« Major Hauk tastete im Dunkeln umher, bis er sie gefunden hatte. Miß Smith hatte sich auf eine der Liegen des Bunkers gesetzt und tastete nach ihrem Schuh.

»Ich glaube, ich habe den Absatz abgebrochen«, sagte sie.

»Nun, wenigstens sind Sie mit dem Leben davongekommen«, sagte Major Hauk. »Immerhin.« Er assistierte ihr beim Ausziehen des anderen Schuhs, der nun wertlos geworden war.

»Wie lange werden wir hier unten sein?« fragte Miß Smith.

»Solange die Fnools die Kontrolle haben«, informierte Major Hauk sie. »Sie ziehen besser strahlensichere Kleidung über, falls diese verkommenen Bastarde das Weiße Haus mit H-Bomben angreifen. Kommen Sie, ich halte Ihre Bluse und Ihren Rock, hier müssen irgendwo Overalls liegen.«

»Sie sind wirklich zu gütig«, keuchte Miß Smith, als sie ihm Bluse und Rock gab. »Ich weiß gar nicht, was ich sagen soll.«

»Ich glaube«, sagte Major Hauk, »ich werde doch den restlichen Scotch holen; wir werden länger als erwartet hier unten bleiben müssen, und wir brauchen etwas, um unsere Nerven zu beruhigen. Sie bleiben hier.« Er tastete sich zurück zum Fahrstuhl.

»Bleiben Sie nicht zu lange«, sagte Miß Smith ängstlich. »Ich fühle mich schrecklich entblößt und ungeschützt hier unten. Zumal ich diese Overalls, von denen Sie gesprochen haben, nirgends finden kann.«

»Komm gleich wieder«, versprach Major Hauk.

Captain Lightfoot landete den Kopter auf dem Feld gegenüber dem CIA-Gebäude.

»Los, bewegt euch«, fuhr er die beiden Fnools an und fuchtelte wild mit seiner Pistole herum.

»Das liegt nur daran, weil sie größer sind als wir«, sagte einer der Fnools zum anderen. »Wären wir genauso groß, dann würde er uns nicht so behandeln. Aber nun kennen wir ja – endlich – den Grund der terranischen Überlegenheit.«

»Ja«, antwortete der andere. »Ein seit zwanzig Jahren gehütetes Geheimnis wurde gelüftet.«

»Hundertzwanzig Zentimeter ist immer noch verdächtig«, sagte Captain Lightfoot, doch insgeheim dachte er: Wenn sie in einem Augenblick von sechzig auf hundertzwanzig Zentimeter wachsen können, indem sie einfach eine Zigarette rauchen – wie sollen wir dann verhindern, daß sie noch einmal um sechzig Zentimeter wachsen? Dann wären sie einen Meter achtzig groß und würden genauso aussehen wie wir.

Und das alles ist meine Schuld, dachte er niedergeschlagen.

Major Hauk wird mich vernichten, wennschon nicht körperlich, dann zumindest karrieremäßig.

Trotzdem erfüllte er weiterhin seine Pflicht so gut es ging, das verlangte schon die Tradition des CIA. »Ich werde Sie direkt zu Major Hauk bringen«, wandte er sich an einen der Fnools ... »Er wird wissen, was zu tun ist.«

Aber als sie im Büro des Majors ankamen war niemand zu sehen.

»Das ist seltsam«, sagte Captain Lightfoot.

»Vielleicht wurde Major Hauk zu einem raschen Rückzug gezwungen«, vermutete einer der Fnools. »Hat diese große bernsteinfarbene Flasche etwas damit zu tun?«

»Das ist nur eine Flasche Scotch«, sagte Captain Lightfoot und warf ihr einen flüchtigen Blick zu. »Und sie hat nichts damit tun. Trotzdem ...« – er öffnete den Verschluß – »... werde ich einmal kosten. Nur, um sicherzugehen.«

Als er die Flasche wieder absetzte, sah er, wie die beiden Fnools ihn intensiv anstarrten.

»Das ist etwas, das Terraner als trinkbar ansehen«, sagte Lightfoot. »Es wäre schädlich für euch.«

»Vielleicht«, antwortete einer der Fnools. »Aber während Sie tranken, habe ich Ihre 45er an mich gebracht. Hände hoch!«

Lightfoot hob widerwillig die Hände.

»Geben Sie uns die Flasche«, sagte der Fnool. »Und lassen Sie es uns selbst einmal versuchen; wir wollen uns nichts entgehen lassen. Denn die terranische Kultur liegt nun wie ein offenes Buch vor uns.«

»Wenn Sie das trinken, werden Sie elend sterben«, sagte Lightfoot verzweifelt.

»So wie bei diesem brennenden Stäbchen aus getrocknetem Gemüse?« fragte der nähere der beiden Fnools gehässig.

Er und sein Gefährte nahmen einen kräftigen Schluck aus der Flasche. Lightfoot sah interessiert zu.

Tatsächlich, nun waren sie einen Meter achtzig groß. Und er wußte, überall in der Welt waren alle Fnools nun ebenso groß. Durch seine Schuld würde die Invasion der Fnools dieses Mal erfolgreich enden. Er hatte die Erde dem Untergang preisgegeben.

»Prost«, sagte der erste Fnool.

»Und noch einen«, sagte der andere. »Ring-a-ding.« Sie studierten Lightfoot. »Sie sind zu unserer Größe geschrumpft.«

»Nein, Len«, sagte der andere. »Wir sind gewachsen.«

»Dann sind wir ihnen ja endlich ebenbürtig«, sagte Len. »Endlich hatten wir Erfolg. Die magische Verteidigung der Terraner – ihre unnatürliche Größe – ist hinfällig geworden.«

In diesem Augenblick sagte eine Stimme: »Lassen Sie die Waffe fallen!« Hinter den beiden betrunkenen Fnools kam Major Hauk in das Zimmer.

»Hol uns der Teufel«, murmelte der erste Fnool. »Schau, Len, das ist der Mann, der für unsere bisherigen Mißerfolge verantwortlich ist.«

»Und er ist klein«, sagte Len. »So klein wie wir. Wir sind nun alle klein. Ich meine, wir sind alle groß; ach was, das ist ja dasselbe. Auf jeden Fall sind wir gleich.« Er warf sich auf Major Hauk …

Major Hauk feuerte. Der Fnool namens Len stürzte zu Boden. Er war unwiderruflich tot. Nun blieb nur noch einer der gefangenen Fnools übrig.

»Edgar, sie sind gewachsen«, sagte Major Hauk. »Weshalb?«

»Daran bin ich schuld«, gestand Lightfoot. »Zuerst wegen der Zigarette, dann wegen des Scotchs – Ihres Scotchs, Major, den Ihre Frau Ihnen zu Ihrem letzten Geburtstag geschenkt hat. Ich gebe zu, nun sind sie so groß wie wir, und das macht sie ununterscheidbar von uns … aber überlegen Sie einmal, Sir: *Was wäre, wenn sie noch einmal wachsen würden?*«

»Ich verstehe, worauf Sie hinauswollen«, sagte Major Hauk nach einer Pause. »Mit einer Größe von zwei Meter vierzig wären die Fnools wieder außergewöhnlich, so wie …«

Der gefangene Fnool unternahm einen Fluchtversuch.

Major Hauk feuerte, aber es war zu spät. Der Fnool

war bereits draußen im Korridor und raste zu den Fahrstühlen.

»Haltet ihn!« brüllte Major Hauk.

Der Fnool erreichte den Fahrstuhl und drückte, ohne zu zögern, den richtigen Knopf; ein extraterrestrisches, fnoolsches Wissen führte seine Hand.

»Er entkommt!« jammerte Lightfoot.

Der Fahrstuhl war angekommen. »Er flüchtet in die bombensicheren Bunker!« gellte Major Hauk unbehaglich.

»Gut«, sagte Lightfoot grimmig. »Dort werden wir ihn ohne Schwierigkeiten fassen können.«

»Ja, aber …«, begann Major Hauk, schwieg dann aber wieder. »Sie haben recht, Lightfoot, wir müssen ihn fassen. Draußen auf der Straße würde er aussehen wie jeder andere Passant auch.«

»Wie kann man ihn dazu bringen, noch einmal zu wachsen?« fragte Lightfoot, als er und der Major über die Treppe in den Keller eindrangen. »Mit einer Zigarette fing es an, dann der Scotch – beides war neu für die Fnools. Was könnte ihr Wachstum noch einmal anregen und sie bizarre zwei Meter vierzig groß werden lassen?« Er zerbrach sich den Kopf, während sie hinabeilten; schließlich lag der Eingang zum Bunker vor ihnen.

Der Fnool war schon im Innern.

»Das ist … äh … ahem … Miß Smith, die Sie da hören«, gestand Major Hauk. »Sie hat … oder besser … wir haben – nun, wir haben hier unten Schutz vor der Invasion gesucht.«

Lightfoot warf sich mit aller Wucht gegen die Tür, die sofort nachgab.

Miß Smith sprang auf und rannte zu ihnen. Einen Augenblick später klammerte sie sich an die beiden Männer, nun in Sicherheit. »Gott sei Dank«, keuchte sie. »Ich erkannte nicht, wen ich vor mir hatte, bis …« Sie zitterte.

»Major«, sagte Captain Lightfoot. »Ich glaube, wir haben es geschafft.«

Major Hauks Antwort kam hastig. »Captain, Sie nehmen Miß Smiths Kleider, ich kümmere mich um den Fnool. Nun gibt es keine Probleme mehr.«

Der Fnool, nun zwei Meter vierzig groß, kam langsam, mit erhobenen Händen auf sie zu.

2

Anno dazumal

*Geschichten von
heroischen Zeiten*

Spike Milligan

Spike Milligan ist ›der Großvater des britischen Humors‹ genannt worden, und in letzter Zeit scheint er es zu seiner Spezialität gemacht zu haben, die Geschichte und die Klassiker der Literatur aus seiner persönlichen irrwitzigen Sicht umzuschreiben, so zum Beispiel Adolf Hitler – mein Anteil an seinem Sturz *(Adolf Hitler: My Part in His Downfall, 1971),* Monty – sein Anteil an meinem Sieg *(Monty: His Part in My Victory, 1976) und* D. H. Lawrence's ›John Thomas and Lady Jane‹ *(1995). Dieses Konzept kann bis zur* Goon Show *zurückverfolgt werden, dem umwerfend komischen Radioprogramm, zu dessen Entstehung 1951 er maßgeblich beigetragen hat und von dem, wie es heißt, die moderne britische Comedy stammt. Darin stellten er, Michael Bentine, Harry Secombe und Peter Sellers vier archetypische Witzfiguren dar – Eccles, Grytpype Thynne, Ned Seagoon und Bluebottle. Als er kürzlich wieder auf die Show zu sprechen kam, sagte Milligan:* »Peter Sellers und ich haben uns als Bolschewiken des Komischen betrachtet. Wir wollten alles Vorangegangene zerstören und etwas völlig Neues schaffen.« *Es erscheint daher nur gerecht, daß, wie Spike Milligan diesen der heroischen Fantasy gewidmeten Teil eröffnet, Peter Sellers ihn zum Abschluß bringt. Spike hat übrigens eine typische Erinnerung an seinen Komödiantenfreund:* »Kurz vor seinem Tode schickte mir Peter ein Band mit einem Posaunenbläser, der tiefe Töne spielte, wozu er seine eigenen verqueren Bemerkungen machte – wie könnte man so etwas jemals vergessen!«

Terence Alan Milligan wurde 1918 in Ahmadnagar in Indien geboren und erhielt seinen ersten Unterricht in einem Zelt in der Hyderabad-Sindh-Wüste*. Von Kind an ein gebo-

---

* Heute in Pakistan. – *Anm. d. Übers.*

rener Darsteller, hatte er seinen ersten Bühnenauftritt im Alter von acht Jahren in einem Krippenspiel an einer Klosterschule in Poona. Milligan vervollständigte seine Ausbildung in England am Lewisham Polytechnic und begann sein Arbeitsleben als Trompeter. Doch die Komödie war seine Triebkraft, und nach dem Erfolg der Goon Show gewann er mit seiner ersten Fernsehserie Eine Show namens Fred (A Show Called Fred) 1956 den Preis der Fernsehproduzenten und -regisseure. Später dehnte Milligan sein komisches Talent sowohl auf Film und Bühne aus als auch auf das Schreiben von Artikeln, Kurzgeschichten und einem umwerfenden Bestseller über das Leben in Irland aus, Puckoon (1963). Der Erfolg dieses Buches bewog ihn, fast fünfzig weitere Titel zu schreiben. ›Die Schöpfungsgeschichte nach Mike Spilligan‹ wurde im Februar 1989 für den Punch geschrieben und bildet eine ideale Eröffnung für den zweiten Teil dieser Anthologie mit seinen alternativen Sichtweisen historischer Begebenheiten.

Die Schöpfungsgeschichte nach Spike Milligan

1. Kapitel

1. Am Anfang schuf Gott Himmel und Erde, Maggie Thatcher schuf die Hölle auf Erden.

2. Und es war finster auf der Tiefe, und das war eine Folge des Kraftwerkausfalls an der Lots Road.

3. Und Gott sprach: Es werde Licht! und es ward Licht, aber die Elektrizitätsgesellschaft sprach, er würde bis Donnerstag auf den Anschluß warten müssen.

4. Und Gott sah, daß das Licht gut war, aber dann sah er die Stromrechnung für das laufende Quartal, und die war nicht gut.

5. Und Gott nannte das Licht Tag und die Finsternis Nacht. Das sicherte ihm das Abitur im naturwissenschaftlichen Zweig.

6. Und Gott sprach: Es werde eine Feste zwischen den Wassern, und nannte die Feste Himmel, gebührenfreie Nummer 999.

7. Und Gott sprach: Es sammle sich das Wasser unter dem Himmel an besondere Örter, daß man das Trockene sehe, und in London wurde es für siebentausend Pfund pro Quadratmeter angeboten.

8. Und Gott sprach: Es lasse die Erde aufgehen Gras und Kraut, und die Rastajünger setzten sich darauf und rauchten es.

9. Und Gott sprach: Es werden Lichter an der Feste

des Himmels, daß sie scheinen auf Erden. Und es geschah also, mit Ausnahme von England, wo es dichte Wolken gab und in höheren Lagen Schnee.

10. Und Gott sprach: Es errege sich das Wasser mit webenden und lebendigen Tieren, und so überflutete er den Markt mit Fischstäbchen, Fischburgern und drittklassigem Lachs.

11. Gott segnete sie und sprach: Seid fruchtbar und mehret euch und erfüllet das Wasser im Meer; und das Gefieder mehre sich auf Erden, wo Prinz Charles und Prinz Philip es abknallen würden.

12. Und Gott sprach: Die Erde bringe hervor lebendige Tiere, ein jegliches nach seiner Art: Vieh, Gewürm und Tiere auf Erden, und so entstanden die Kühe, der Verwaltungsrat der BBC und Derek Jameson.

13. Und Gott sprach: Lasset uns Menschen machen, ein Bild, das uns gleich sei, aber leider gerieten ihm allzu viele zum Spottbild.

14. Und Gott sprach zu ihnen: Herrschet über die Fische im Meer und über die Vögel unter dem Himmel und über alles Getier, das auf Erden kriecht, besonders die Sozialdemokratische Partei.

15. Und Gott schuf den Menschen ihm zum Bilde, alle bis auf drei von fünf homosexuellen Geistlichen.

16. Und Gott sprach: Sehet da, ich habe euch gegeben allerlei Kraut, das sich besamt, euch sollen sie Fleisch werden, aber für die EU wird es ein Fleischberg sein.

2. Kapitel

1. Und also vollendete Gott am siebten Tage seine Werke, die er machte, die Arbeiter von Datsun in Coventry arbeiteten jedoch fünfzig Prozent über der regulären Arbeitszeit, und Gott ruhte am siebten Tage von allen seinen Werken aus. Er hatte die volle Unterstützung Arthur Scargills und der Bergarbeiter.

2. Und Gott segnete den siebten Tag, nicht minder segneten ihn alle pakistanischen Eckläden.

3. Und allerlei Bäume auf dem Felde wuchsen noch nicht auf Erden, und allerlei Kraut auf dem Felde war noch nicht gewachsen; denn Gott der Herr hatte noch nicht regnen lassen auf Erden. Deswegen mußte Bob Geldof mit Hilfe von Band-Aid fünfzig Millionen Mäuse aufbringen.

4. Und Gott der Herr machte den Menschen aus einem Erdenkloß, und er blies ihm ein den lebendigen Odem in seine Nase. Das wurde privat erledigt und nicht vom nationalen Gesundheitsdienst.

5. Und Gott der Herr pflanzte einen Garten in Eden gegen Morgen, und setzte den Menschen hinein, den er gemacht hatte, und der den Einfall als ›Die Welt des Gärtners‹ an das BBC-Fernsehen verkaufte.

6. Und Gott der Herr ließ aufwachsen aus der Erde allerlei Bäume, lustig anzusehen und gut zu essen. Er hatte nicht mit der unzuverlässigen Wettervorhersage von Michael Fish gerechnet, und sie wurden alle vom Sturm davongetragen.

7. Und Gott der Herr nahm den Menschen und setzte ihn in den Garten Eden, daß er ihn baute und bewahrte, der Garten aber unterliegt der Zwangsenteignung durch das Brent Council.

8. Und Gott der Herr gebot dem Menschen und sprach: Du sollst essen von allen Bäumen im Garten; am Ausgang wurde er jedoch gefaßt und zum Bezahlen gezwungen.

9. Aber von dem Baum der Erkenntnis des Guten und Bösen darfst du nicht essen, denn welches Tages du davon ißt, wirst du des Todes sterben, eine Folge der Besprühung mit DDT.

10. Und Gott der Herr sprach: Es ist nicht gut, daß der Mensch allein sei, und ließ einen tiefen Schlaf fallen auf Adam. Der Werksaufseher bestrafte ihn dafür, daß das

während der Arbeit geschah, und zog ihm einen Tageslohn ab. Gott der Herr nahm eine von Adams Rippen, baute ein Weib aus der Rippe, und brachte sie zu dem Menschen, dem damit sofort der Absatzbetrag für Lebensgefährtinnen zustand.

11. Und sie waren beide nackt, der Mensch und sein Weib, und schämten sich nicht; sie wurden jedoch wegen unsittlichen Verhaltens vor Gericht gestellt, und der Richter war auf Adam in hohem Maß eifersüchtig.

3. Kapitel

1. Und die Schlange war listiger denn alle Tiere auf dem Felde, und sprach zu dem Weibe: Komm, iß von den Früchten dieses Baumes! Da sprach das Weib zu der Schlange: Von den Früchten des Baumes mitten im Garten hat Gott gesagt: Esset nicht davon, rühret's auch nicht an, daß ihr nicht sterbet. Da sprach die Schlange zum Weibe: Ihr werdet mitnichten des Todes sterben, sie sind nicht aus Südafrika. Und sie nahm von der Frucht und ab und gab ihrem Mann auch davon, und er aß.

2. Da wurden ihrer beider Augen aufgetan, und sie wurden gewahr, daß sie nackt waren. Und Adam sagte zu ihr: Tritt zurück, ich weiß nicht, wie groß dieses Ding noch wird. Und sie flochten Feigenblätter zusammen, eins für Eva und achtundsiebzig für Adam.

3. Da sprach Gott der Herr zu Adam: Verflucht sei der Acker um deinetwillen; mit Kummer sollst du dich darauf nähren dein Leben lang, aber nur während der offiziellen Teepausen.

4. Zu der Schlange sprach er: Du sollst verflucht sein. Auf deinem Bauche sollst du gehen und Erde essen dein Leben lang, und sollst in Programmen vom Leben in freier Wildbahn, kommentiert von David Attenborough, auftreten.

5. Und zum Weibe sprach er: Du sollst mit Schmerzen

Kinder gebären, die dich zum Bezug des Kindergeldes berechtigen; und dein Verlangen soll nach deinem Manne sein; und er soll dein Herr sein und zur Lastergrube werden.

6. Und Gott der Herr machte Adam und seinem Weibe Röcke von Fellen und kleidete sie, und siehe! Es kam zu Demonstrationen der Pelzgegner.

7. Gott der Herr wies ihn aus dem Garten Eden, daß er den Acker bestellte, davon er genommen ist, und er kam auf die Liste der Wohnungssuchenden des Camden Councils. Als er sein Grundstück bekam, war es bereits mit Föhren bepflanzt, ein Steuerschlupfloch von Terry Wogan und Cliff Richard.

4. Kapitel

1. Und Adam erkannte sein Weib Eva, und sie ward schwanger und gebar den Kain und sprach: Ich habe einen Mann gewonnen mit dem Herrn, und die Zeitung *The Sun* machte Gott als Beklagten in einem Vaterschaftsprozeß namhaft.

2. Und sie fuhr fort und gebar Abel, seinen Bruder, wodurch ihr das Kindergeld für ein weiteres Kind zustand. Und Abel ward ein Schäfer; Kain aber war ein Ackermann, aber war auf Abel eifersüchtig, weil dieser eine Entschädigung für die durch Tschernobyl radioaktiv gewordenen Schafe einstreifte, daher erschlug Kain Abel, nachdem er zuvor eine Lebensversicherung auf ihn abgeschlossen hatte.

3. Der Herr sprach: Was hast du getan? Das Blut deines Bruders schreit zu mir von der Erde. Und nun verflucht seist du auf der Erde. Wenn du den Acker bauen wirst, soll er dir hinfort seinen Ertrag nicht geben, und das kostete Kain ein Vermögen an Düngemitteln.

4. Also ging Kain fort und wohnte im Lande Nod, jenseits Eden, gegen Morgen, wo er polizeilich gemeldet war.

5. Kapitel

1. Aber die Menschen begannen sich zu mehren auf Erden, weil es noch keine Kondome gab.

2. Der Herr sah, daß der Menschen Schlechtigkeit groß war auf Erden, mit vielen Nackten auf Seite 3 und Cynthia Paynes und schwedischen Entspannungs-Massagesalons.

3. Und er sprach: Ich will die Menschen bis auf einen vertilgen: Noah, der vor den Augen des Herrn Gnade fand, weil er sich aufs Mauern verstand. Er war außerdem Schiffsbauer und hatte einen Meisterbrief als Zimmermann.

4. Da sah Gott auf die Erde, und siehe, sie war verderbt, sie war voller Gewalttat und *Rambo I, II* und *III*.

5. Da sprach Gott zu Noah: Mach dir eine Arche, von Tannenholz. Dreihundert Ellen sei die Länge, fünfzig Ellen die Breite und dreißig Ellen die Höhe. Und Noah begab sich in das nächste Immobilienmaklerbüro und bot das Haus über Hamptons zum Verkauf an.

6. Der Herr sprach: Du sollst in die Arche tun allerlei Tiere von allem Fleisch, je ein Paar, und Noah füllte die Arche mit Tieren, und er ging in die Arche mit seiner Familie, und sie standen knietief darin.

7. Und siehe, es kam ein Regen auf Erden vierzig Tage und vierzig Nächte, wogegen der Wetterfrosch der BBC Sonnenschein vorhergesagt hatte.

8. Und das Gewässer nahm überhand und wuchs sehr auf Erden, aber in England fiel niemandem der Unterschied auf, und in Newmarket gingen die Rennen weiter.

6. Kapitel

1. Und das Gewässer nahm ab nach hundertundfünfzig Tagen, und Noah tat das Fenster auf an der Arche und

lüftete ordentlich durch. Er ließ eine Taube fliegen, und siehe, ein Ölblatt hatte sie abgerissen und trugs in ihrem Munde. Auch Noah war ziemlich abgerissen, und er holte die Taube herein und bemerkte, daß sie vom Wildvogel-Verein Slimbridge beringt worden war.

2. Am siebzehnten Tage des siebenten Monats ließ sich die Arche nieder auf das Gebirge Ararat. Da redete Gott mit Noah und sprach: Gehe aus der Arche. Er tat es und stürzte tausend Meter tief ab.

7. Kapitel

1. Und Gott segnete Noah und seine Söhne und sprach: Seid fruchtbar und mehret euch; daher kam die Arbeit ein wenig zu kurz.

2. Noah aber ward ein Ackermann und pflanzte Weinberge.

3. Und da er von dem Wein trank, ward er trunken und lag in der Hütte aufgedeckt, und das Pusteröhrchen zeigte 100 Milliliter Alkohol pro Liter im Blut an.

4. Da nun Ham, Kanaans Vater, sah seines Vaters Blöße, erzählte er aus Neid den Nachbarn davon.

5. Da nahmen Sem und Japheth ein Kleid (sie waren vom Fach) und gingen rückwärts hinein und deckten ihres Vaters Blöße zu. Und ihr Angesicht war abgewandt, und sie bedurften dringend eines Osteopathen.

6. Und Noah erwachte von seinem Wein und erfuhr, was ihm sein jüngster Sohn getan hatte, er konnte die Spuren sehen, und Noah lebte nach der Sintflut dreihundertfünfzig Jahre.

Der erste amerikanische Schriftsteller, der die Möglichkeiten des Humors in der Science Fiction in vollem Maße genutzt hat, war Mark Twain – eine Tatsache, die heutzutage nicht in dem Maße gewürdigt wird, wie sie es verdient. Sein Einfluß ist in dem Werk einer Reihe von führenden Autoren des Genres nicht von der Hand zu weisen, darunter Philip José Farmer und Kurd Vonnegut jr. Gewiß, Bücher wie sein Zeitreiseabenteuer Ein Yankee aus Connecticut an König Artus' Hof *(A Connecticut Yankee at King Arthur's Court, 1889) werden noch immer gedruckt, und von* Kapitän Stormfields Besuch im Himmel *(Captain Stormfield's Visit to Heaven, 1909) ist erst vor wenigen Jahren eine Neuausgabe erschienen. Doch wieviel Leser haben von Twains utopischem Roman* Die merkwürdige Republik von Gondor *(The Curious Republic of Gondour, 1875) gehört, wo als intelligent eingestufte Menschen mehr Wählerstimmen als die übrigen erhalten, oder von seinen Erzählungen ›Die geheime Geschichte von Eddypus, dem Weltreich‹ (1901), ›Dreitausend Jahre unter den Mikroben‹ (1905) und von der wunderbaren Lügengeschichte ›Der versteinerte Mensch‹? Wahrscheinlich ebensowenig bekannt ist ›Eine mittelalterliche Romanze‹, eine komische Phantasie über die nicht ganz so heldenhafte Vergangenheit, die er 1871 schrieb und mit dem Untertitel ›Eine Geschichte, die dem schroffesten Gesicht ein Lächeln abringen wird‹ versah.*

Mark Twain war das Pseudonym von Samuel Langhorne Clemens (1835–1910). Berühmt wurde er als der Autor zweier unvergänglicher Meisterwerke, Tom Sawyer *(1876) und* Huckleberry Finn *(1884), die er beide aus seinen eigenen Kindheitserlebnissen in Florida, Missouri, schöpfte. Clemens war Drucker, Mississippi-Lotse und glückloser Gold-*

gräber, ehe er Zeitungsjournalist in Virginia City wurde, wo er unter dem Namen Mark Twain seine ersten komischen Geschichten schrieb. Die Arglosen im Ausland (*The Innocents Abroad*), 1869 veröffentlicht, begründete seinen Ruf als Humorist, und für den Rest seines Lebens gab sein Interesse an der Geschichte den Anstoß zu gelegentlichen Ausflügen in die komische Fantasy. Es ist höchste Zeit, daß diese Erzählungen gesammelt und in einem eigenen Band publiziert werden.

In vielen seiner Erzählungen machte sich Mark Twain mit Vergnügen über fest etablierte Einrichtungen und Traditionen lustig, und ›Eine mittelalterliche Romanze‹ ist just solch eine Geschichte, darin der Herr eines alten Feudalschlosses beschließt, die Erbrechte seiner Familie zu erhalten, indem er das Geschlecht seines Kindes verbirgt. Doch wenngleich er jedermann davon überzeugen kann, seine Tochter sei sein Sohn, beginnen die wirklichen Probleme, als wieder ein Erbe benötigt wird ...

Eine mittelalterliche Romanze

1

Das enthüllte Geheimnis

Es war Nacht. In der großen, alten feudalen Burg Klugenstein herrschte Stille. Das Jahr 1222 ging zur Neige. Hoch oben im Bergfried der Burg schimmerte ein einzelnes Licht. Dort fand eine geheime Beratung statt. Der gestrenge alte Herr von Klugenstein saß in einem Herrscherstuhl und sann nach. Schließlich sagte er in sanftem Ton: »Meine Tochter!«

Ein junger Mann von edler Haltung, vom Kopf bis Fuß in eine Ritterrüstung gehüllt, anwortete: »Sprecht, Vater!«

»Meine Tochter, die Zeit ist gekommen, das Geheimnis zu lüften, das dir dein ganzes junges Leben lang Rätsel aufgegeben hat. So wisse denn, daß es seinen Ursprung in den Angelegenheiten hatte, die ich dir jetzt enthüllen werde. Mein Bruder Ulrich ist der Großherzog von Brandenburg. Unser Vater bestimmte auf dem Totenbett, daß die Erbfolge auf mein Haus übergehen sollte, falls Ulrich kein Sohn geboren werden sollte, vorausgesetzt, mir würde ein *Sohn* geboren. Und fernerhin, wenn keinem von uns ein Sohn geboren werden würde, sollte die Erbfolge auf Ulrichs Tochter übergehen, so sie unbefleckt war; wenn nicht, sollte meine Tochter erben, so sie sich einen makellosen Namen bewahrte. Also beteten meine Gemahlin und ich inbrünstig um das Gna-

dengeschenk eines Sohnes, aber unser Gebet war vergebens. Du wurdest uns geboren. Ich war verzweifelt. Ich
mußte sehen, wie der gewaltige Preis meinem Zugriff
entglitt und der glanzvolle Traum sich in Nichts auflö-
ste. Und ich war so voller Hoffnung gewesen! Fünf
Jahre schon war Ulrich vermählt, und dennoch hatte
ihm seine Frau kein Kind geboren, weder einen Knaben
noch ein Mädchen.

›Doch harre aus‹, sagte ich, ›noch ist nicht alles verloren.‹ Ein rettender Einfall war mir gekommen. Du wurdest um Mitternacht geboren. Nur der Arzt, die Pflege-
rin und sechs Dienerinnen kannten dein Geschlecht.
Ehe eine Stunde verstrichen war, hatte ich sie allesamt
hängen lassen. Am nächsten Morgen war die ganze Baronie außer sich vor Freude über die Kunde, daß Klugenstein ein *Sohn* geboren war, ein Erbe für das mächtige Brandenburg! Und wahrlich, das Geheimnis ward
gut gewahrt. Deiner Mutter eigene Schwester behütete
deine Kindheit, und von Stund an hatten wir nichts zu
fürchten.

Als du zehn Jahre alt warst, ward Ulrich eine Tochter geboren. Wir waren voll Trauer, hofften aber auf
die wohltätigen Folgen von Masern, Ärzten oder anderen natürlichen Feinden der Kindheit, wurden jedoch
immer enttäuscht. Sie lebte, sie gedieh – der Fluch des
Himmels treffe sie! Aber das macht nichts. Wir sind sicher. Denn, ha! ha! haben wir nicht einen Sohn? Und ist
unser Sohn nicht der zukünftige Herzog? Unser vielge-
liebter Konrad, nicht wahr? – denn, Frau von achtund-
zwanzig Jahren, die du bist, mein Kind, kein anderer
Name als dieser ward *dir* je zuteil!

Nun hat es sich begeben, daß das Alter seine Hand
auf meinen Bruder gelegt hat; er ist völlig siech geworden. Die Regierungsgeschäfte lasten schwer auf ihm.
Darum ist es sein Wille, daß du zu ihm kommst und das
Amt des Herzogs ausübst, wenngleich du noch nicht

den Titel führen kannst. Deine Diener stehen bereit – du reisest noch in dieser Nacht ab.

Nun lausche aufmerksam. Vergiß keines meiner Worte. Es gibt ein Gesetz, so alt wie Deutschland, daß eine Frau, wenn sie auch nur für einen einzigen Augenblick auf dem Thron des Herzogs sitzt, ehe sie im Beisein des Volkes feierlich gekrönt ward, *sterben muß!* Achte daher auf meine Worte. Gib dich bescheiden. Verkünde deine Urteile vom Stuhle des Kanzlers, der zu *Füßen* des Thrones steht. Halte dich daran, bis du gekrönt und sicher bist. Es ist wenig Gefahr, daß dein Geschlecht je entdeckt wird, aber dennoch gebietet es die Klugheit, in diesem trügerischen Erdenleben alles so gut wie möglich abzusichern.«

»O mein Vater, war mein Leben aus diesem Grund eine Lüge? Sollte ich meine unschuldige Base ihrer Rechte berauben? Verschont mich, Vater, verschont Euer Kind!«

»Was, Unbotmäßige! Ist das der Lohn für das erhabene Glück, das mein Kopf dir erwirkt hat? Bei den Gebeinen meines Vaters, dieses dein Wimmern widerstrebt meiner Stimmung. Begib dich auf der Stelle zum Herzog! Und hüte dich, meinen Absichten nicht zu willfahren!«

Damit genug von dieser Unterredung. Es reicht, wenn wir wissen, daß die Gebete, die Bitten und die Tränen des sanftmütigen Mädchens vergeblich waren. Weder sie noch sonst etwas konnten den Entschluß des starrsinnigen alten Herrn von Klugenstein beeinflussen. Und so sah schließlich das Mädchen schweren Herzens, wie sich die Burgtore hinter ihr schlossen. Sie ritt in der Dunkelheit davon, umgeben von einer ritterlichen Schar gewappneter Vasallen und einem tapferen Gefolge von Dienern.

Der alte Baron saß viele Minuten nach der Abreise seiner Tochter schweigend da, dann wandte er sich an seine bekümmerte Frau und sagte: »Meine Liebe, unsere Angelegenheiten kommen geschwind voran. Es sind volle drei Monate verstrichen, seit ich den schlauen und verführerischen Grafen Detzin auf seine teuflische Mission zu Konstanze, meines Bruders Tochter, sandte. Versagt er, so sind wir nicht völlig sicher, hat er aber Erfolg, so kann keine Macht unsere Tochter daran hindern, Herzogin zu werden, und sollte gleich das Unglück es wollen, daß sie niemals Herzog wird!«

»Mein Herz ist voller Vorahnungen, aber noch kann sich alles zum Guten wenden.«

»Schweigt, Weib! Überlaß das Krächzen den Eulen. Zu Bett mit Euch, und träumt von Brandenburg und seinem Glanz!«

2

Festlichkeiten und Tränen

Sechs Tage nach den Ereignissen, die in vorstehendem Kapitel erzählt worden sind, glänzte die prächtige Hauptstadt des Herzogtums Brandenburg mit militärischen Gepränge und hallte wider von den Jubelrufen der ergebenen Menge, denn Konrad, der junge Erbe der Krone, war gekommen. Des alten Herzogs Herz war voller Glück, denn Konrads wohlgeratene Person und anmutige Haltung hatten auf der Stelle seine Zuneigung gewonnen. Die großen Säle des Palasts wimmelten von Adligen, die Konrad willkommen hießen; alles wirkte so strahlend und glücklich, daß er spürte, wie seine Ängste und Sorgen dahinschwanden und einer tröstlichen Zufriedenheit Platz machten.

In einem abgelegenen Gemach des Palasts trug sich jedoch eine Szene von ganz anderer Natur zu. Am Fenster stand des Herzogs einziges Kind, die edle Konstanze. Ihre Augen waren vom Weinen rot und verschwollen. Sie war allein. Schließlich brach sie erneut in Tränen aus und sagte laut: »Dieser Schurke Detzin ist verschwunden – aus dem Herzogtum geflohen! Ich konnte es zuerst nicht glauben, aber es ist leider nur allzu wahr! Und ich habe ihn so geliebt! Ich wagte es, ihn zu lieben, obgleich ich doch wußte, daß der Herzog, mein Vater, mir nie erlauben würde, mit ihm den Bund der Ehe zu schließen. Ich habe ihn geliebt – aber jetzt hasse ich ihn! Aus ganzer Seele hasse ich ihn! Oh, was soll nur aus mir werden? Ich bin verloren, verloren! Ich werde wahnsinnig!«

3

Die Geschichte spitzt sich zu

Einige Monate gingen ins Land. Alles Volk war des Lobes voll ob der Herrschaft des jungen Herzogs und pries die Weisheit seiner Entscheidungen, die Barmherzigkeit seiner Urteile und die Bescheidenheit, die er in seinem hohen Amt zur Schau trug. Der alte Herzog legte bald alles in seine Hände, setzte sich zurück und lauschte mit stolzer Befriedigung, während sein Erbe die Erlässe der Krone vom Kanzlerstuhl aus verkündete. Es schien auf der Hand zu liegen, daß jemand, der so geliebt, gepriesen und geehrt ward wie Konrad, unweigerlich glücklich sein mußte. Aber seltsamerweise war er es nicht. Denn er erkannte mit Bestürzung, daß die Prinzessin Konstanze sich in ihn verliebt hatte! Die Liebe der übrigen Welt war ihm ein wohlgemuter Glücksfall, diese Liebe jedoch steckte voller Gefahren! Und er erkannte auch, daß dem hocherfreuten Herzog die Leidenschaft seiner Tochter ebenfalls nicht verborgen geblieben war und daß er bereits von Heirat träumte. Mit jedem Tage schwand etwas von dem schweren Kummer, der der Prinzessin Antlitz geprägt hatte, mit jedem Tage strahlten mehr Hoffnung und Seelenfreude aus ihren Augen; und ab und zu huschte wohl ein flüchtiges Lächeln über das Gesicht, das so betrübt gewesen war.

Konrad wußte vor Schrecken nicht aus noch ein. Er verfluchte sich bitter, daß er seinem Instinkt nachgegeben hatte, der ihn die Gesellschaft einer Vertreterin seines eigenen Geschlechts hatte suchen lassen, als er im Palast neu und ein Fremder war – als er voll Sorge war und sich nach dem Mitgefühl sehnte, das einzig und allein eine Frau geben oder empfinden kann. Er begann seiner Base aus dem Weg zu gehen. Aber das verschlimmerte die Sache noch, denn es war nur natürlich, daß sie seinen Weg umso stärker zu kreuzen suchte, je mehr er sie mied. Zuerst wunderte er sich darüber, und dann erstaunte es ihn. Die junge Frau folgte ihm, ja sie verfolgte ihn; sie traf mit ihm zu jeder Zeit und an allen Orten zusammen, bei Tage und bei Nacht. Sie schien außergewöhnlich besorgt zu sein. Dahinter war gewiß ein Geheimnis verborgen.

Das konnte nicht auf ewig so weitergehen. Die ganze Welt sprach darüber. Der Herzog war bestürzt. Der arme Konrad magerte angstgepeinigt und von Qualen erfüllt zum Gespenst ab. Eines Tages, als er aus einem verborgenen Vorraum kam, der mit der Ahnengalerie verbunden war, stellte ihn Konstanze, ergriff seine Hände und rief: »Ach, warum meidet Ihr mich? Was habe ich getan – was habe ich gesagt, daß Ihr Eure gute Meinung von mir verloren habt – denn gewiß hattet Ihr sie früher? Konrad, verachtet mich nicht, sondern habet Mitleid mit einem gequälten Herzen. Ich kann die Worte nicht länger unausgesprochen lassen, oder sie töten mich – ICH LIEBE EUCH, KONRAD. Nun ist es heraußen, verachtet mich, wenn Ihr nicht anders könnt, aber sie *mußten* gesagt werden!«

Konrad war sprachlos. Konstanze zögerte einen Augenblick, dann flammte in ihren Augen eine ungezügelte Fröhlichkeit auf, weil sie sein Schweigen falsch verstand. Sie legte die Arme um seinen Hals und sagte: »Ihr lasset Euch erweichen! Ihr lasset Euch erweichen! Ihr *könnt* mich lieben – Ihr *werdet* mich lieben! Ach, saget, daß Ihr mich lieben werdet, mein einziger, mein angebeteter Konrad!«

Konrad stöhnte auf. Eine krankhafte Blässe überzog sein Angesicht, er zitterte wie Espenlaub. Endlich stieß er das arme Mädchen verzweifelt von sich und rief: »Ihr wißt nicht, was Ihr von mir verlangt! Es ist auf immer und ewig unmöglich!«

Und dann stürzte er davon wie ein Verbrecher und ließ die Prinzessin vor Erstaunen gelähmt zurück. Eine Minute später weinte und seufzte sie daselbst, und Konrad weinte und seufzte in seiner Kammer. Beide waren verzweifelt. Beide hatten den Untergang vor Augen.

Allmählich erhob sich Konstanze langsam und ging, wobei sie sprach: »Sich vorzustellen, daß er meine Liebe in dem Augenblick verächtlich zurückgewiesen hat, als ich glaubte, sie würde sein grausames Herz zum Schmelzen bringen! Ich hasse ihn! Er hat mich verschmäht – dieser Mann – er hat mich von sich gewiesen wie einen Hund!«

4

Schreckliche Enthüllungen

Die Zeit verging. Eine tiefe Melancholie lag wieder auf dem Antlitz der Tochter des guten Herzogs. Man sah sie und Konrad jetzt nicht mehr zusammen. Der Herzog war darüber unglücklich. Aber als die Wochen verstrichen, kehrte die Farbe in Konrads Wangen und die frühere Lebhaftigkeit in seinen Blick zurück, und er erledigte die Regierungsgeschäfte mit entschiedener und ständig reifender Weisheit.

Schließlich ging im Palast ein seltsames Gerücht um. Es tat sich lauter kund; es verbreitete sich. Die Klatschmäuler der Stadt bemächtigen sich seiner. Und das ist es, was das Gerücht besagte: »Die Jungfrau Konstanze hat einem Kind das Leben geschenkt!«

Als das der Herr von Klugenstein hörte, schwang er seinen Helm mit dem Federbusch dreimal um den Kopf und rief: »Lang lebe Herzog Konrad! Denn siehe, seine Krone ist von diesem Tag an sicher! Detzin hat seinen Auftrag tüchtig ausgeführt, und der brave Schurke soll seinen Lohn bekommen!«

Und er verbreitete die Nachricht immer weiter, und achtundvierzig Stunden lang tat keine Seele in der Baronie etwas anderes, als bei festlicher Beleuchtung zu tanzen, zu singen und zu zechen, um das große Ereignis zu feiern, und das alles auf Kosten des stolzen und glücklichen alten Klugenstein.

5

Die entsetzliche Katastrophe

Die Verhandlung stand unmittelbar bevor. All die hohen Herren und Barone von Brandenburg hatte sich im Gerichtssaal des Herzogspalasts versammelt. Kein Platz blieb leer, wo immer es ein Stelle gab, da ein Zuschauer stehen oder sitzen konnte. Konrad, in Purpur und Hermelin gekleidet, saß im Stuhle des Kanzlers, und rechts und links von ihm saßen die hohen Richter des Landes. Der alte Herzog hatte strikt befohlen, die Gerichtsverhandlung gegen seine Tochter sollte sonder Ansehen der Person geführt werden, und lag mit gebrochenem Herzen zu Bett. Seine Tage waren gezählt. Der arme Konrad hatte gebettelt, als ginge es um sein Leben, daß es ihm erspart bleiben möge, über das Verbrechen seiner Base zu Gericht zu sitzen, aber es hatte nichts geholfen.

Das traurigste Herz in der ganzen gewaltigen Versammlung schlug in Konrads Brust.

Das zufriedenste schlug in seines Vaters Brust, denn ohne Wissen seiner Tochter ›Konrad‹ hatte sich der alte Baron Klugenstein eingestellt und befand sich in der Menge der Edelleute, von Frohlocken über das wachsende Glück seines Hauses erfüllt.

Nachdem die Herolde die Proklamation geziemend kundgetan hatten und die anderen Präliminarien erfolgt waren, sagte der verehrungswürdige Oberste Richter: »Gefangene, erhebt Euch.«

Die unglückliche Prinzessin erhob sich und stand schleierlos vor der riesigen Menge. Der Oberste Richter fuhr fort: »Alleredelste Dame, vor den Hohen Richtern dieses Reiches ist die Anklage erhoben und bewiesen worden, daß Euer Gnaden außerhalb des Bundes der Heiligen Ehe einem Kind das Leben geschenkt haben. Kraft Gesetzes von alters her ist die Strafe dafür, mit Ausnahme eines einzigen Falles, wovon Seine Gnaden, der das Amt versehende Herzog, Euch jetzt in ernster Rede unterrichten wird, der Tod. Also gebet acht!«

Konrad streckte unwillig das Zepter aus, und im gleichen Augenblick sehnte sich das weibliche Herz unter seiner Robe mitleidsvoll nach der verlorenen Gefangenen, und Tränen traten ihm in die Augen. Er öffnete die Lippen, um zu sprechen anzuheben, doch ungesäumt unterbrach ihn der Oberste Richter: »Nicht dort, Euer Gnaden, nicht dort! Es ist gegen das Gesetz, einem Angehörigen des herzoglichen Geschlechts das Urteil zu sprechen, *es sei denn vom Herzogsthron aus!*«

Ein Schauder durchfuhr das Herz des armen Konrad, und ein Zittern erschütterte ebenso den stählernen Leib seines alten Vaters. *Konrad war noch nicht gekrönt worden* – durfte er es wagen, den alten Thron zu entweihen? Konrad zögerte und ward bleich vor Angst. Aber es blieb ihm nichts anderes übrig. Alle Augen waren bereits fragend auf ihn gerichtet. Sie würden mißtrauisch werden, wenn er länger zögerte. Er bestieg den Thron. Schließlich streckte er erneut das Zepter aus und verkündete: »Gefangene, im Namen unseres souveränen Herrn Ulrich, Herzog von Brandenburg, fahre ich fort in der solennen Pflicht, die mir zugefallen ist. Gebet acht auf meine Worte. Kraft des uralten Gesetzes dieses Landes müsset Ihr sterben, außer Ihr nennet Euren Mitschuldigen und liefert ihn dem Scharfrichter aus. Ergreifet diese Gelegenheit – rettet Euch, solange noch Zeit ist. Nennet den Vater Eures Kindes!«

Ein ehrfürchtiges Schweigen senkte sich über den großen Gerichtshof – ein Schweigen so tief, daß die Menschen ihr eigenes Herz schlagen hören konnten. Dann wandte sich die Prinzessin langsam um, mit vor Haß sprühenden Augen deutete sie mit dem Finger auf Konrad und sagte: »Du bist der Mann!«

Die entsetzliche Erkenntnis seiner Lage sonder Hoffnung noch Hilfe fuhr mit eisigem Schaudern in Konrads Herz wie das Schaudern des Todes selbst. Welche Macht auf Erden konnte ihn retten? Um die Anschuldigung zu widerlegen, mußte er enthüllen, daß er eine Frau war, und auf dem Thron des Herzogs zu sitzen, bedeutete für eine ungekrönte Frau den Tod! In ein und demselben Augenblick fielen er und der grimmige alte Vater in Ohnmacht und stürzten zu Boden.

Den restlichen Teil dieser spannenden und ereignisreichen Geschichte findet man weder in dieser noch einer anderen Publikation, nicht jetzt und auch nicht in Zukunft.

Die Wahrheit ist, ich habe meinen Helden (oder die Heldin) in eine so extrem brenzlige Situation gebracht, daß ich keinen Ausweg sehe, wie ich ihn (oder sie) je wieder herausbringen könnte, und darum wasche ich meine Hände in Unschuld ob der ganzen Sache. Mag jene Person zusehen, wie sie am besten wieder herauskommt – oder dort bleiben. Ich hatte geglaubt, es wäre nicht allzu schwer, dieses kleine Problem wieder aus der Welt zu schaffen, aber jetzt sehe ich die Sache anders.

Auch den englischen Dramatiker Ben Travers, der sich am eindrucksvollsten mit seinen im Aldwych Theatre in London aufgeführten Farcen dem Publikum eingeprägt hat, drängte es, die Geschichte mit komischer Wirkung umzuschreiben. Neben seinen äußerst erfolgreichen Stücken wie Ein Kuckuck im Nest *(A Cuckoo in the Nest, 1925),* Rookery Nook *(1926) und* Plünderung *(Plunder, 1928) schrieb er eine Anzahl urkomischer Kurzgeschichten, die auf historische und mythologische Gestalten Bezug nahmen und unter dem Obertitel ›Verpfuschte Biographien‹ standen. Travers schrieb diese Geschichten in den zwanziger Jahren für die Zeitschrift* The Passing Show *und ging davon aus, daß Kinder nicht länger moralische Lehren aus dem Leben von bösen Menschen ziehen könnten, denn »in der Geschichte hatten die Bösen letzten Endes für gewöhnlich Erfolg«. Statt dessen meinte er, die warnenden Beispiele sollten »den Reihen der Schwachen, der Spinner und der Witzfiguren« entnommen werden. All diese Geschichten, merkwürdigerweise mit Ausnahme von ›Ethelred der Unredliche‹, wurden später in sein Buch* Die Sammlung heute *(The Collection Today, 1929) aufgenommen.*

Ben Travers (1886–1980) gilt immer noch als einer der wichtigsten komischen Theaterautoren des zwanzigsten Jahrhunderts. Seine letzte und typischerweise ziemlich gewagte Komödie Spät zu Bett *(The Bed Before Yesterday) wurde im Dezember 1975 uraufgeführt und von einem Kritiker so begrüßt: »Abgesehen von Rip Van Winkle, der als alternativer Komödiant mit einem Ring durch die Augenbraue sein Comeback hat, wird man schwerlich einen Vergleich zu der Premiere von Ben Travers' neuem Lustspiel finden.« Der Autor erklärte, er sei aus dem Ruhestand zurückgekehrt, um*

das Stück aufführen zu lassen, weil er die Idee seit Jahren ge-
hegt, doch bis zu diesem Zeitpunkt den Eindruck gehabt habe,
daß die Geschichte von einer frigiden Fleischkonserven-Erbin,
die in mittleren Jahren die Freuden des Sex entdeckt, »das-
selbe gewesen wäre, als hätte ich ›Hintern‹ an die Wand des
Kinderzimmers geschrieben, und der Lordkämmerer hätte es
garantiert abgewürgt«. Dank dem Ende der britischen Büh-
nenzensur erwies sich das Stück als einer der größten Erfolge
in seiner Laufbahn.

Travers, der in Hendon geboren wurde und mit dem
Schreiben begann, als er Verlagslektor in London war, konnte
die Bühnenrechte an seinem ersten Roman The Dipper
(1920) verkaufen, und damit stand sein beruflicher Werde-
gang fest. Die wunderbaren Farcen, die er für das Aldwych
Theatre schuf, brachten ihm und dem Theater Weltruhm.
Später wurden diese Stücke bei Repertoire- und Amateur-
ensembles sehr beliebt, was Travers Gelegenheit gab, seinem
anderen Interesse nachzugehen, dem Schreiben von komi-
schen Kurzgeschichten, die zu Unrecht heute wenig beachtet
werden. Obwohl es Ben Travers nicht mochte, wenn man ihn
mit seinem Zeitgenossen P. G. Wodehouse verglich – wie es
mehr als einmal geschah –, zeigt die folgende Geschichte, daß
er an Stil und Witz jenem anderen großen Autor von Farcen
durchaus ebenbürtig war.

Ethelred der Unredliche

Wenn mit dem Wort ›unredlich‹, auf diesen alten Strick an-
gewandt, gemeint gewesen wäre, daß er ein bißchen mo-
gelte, hätte ich ihm für meinen Teil nichts voraus gehabt.
Bedeutet es aber nicht. Es kommt von dem alten Wort
›rade‹ oder ›rede‹ und bedeutet, ohne Rat, ohne Vernunft
und Verstand zu sein.* In jenen Tagen hatten manche Wörter eine andere Bedeutung. Heribert der Harmlose wurde
so genannt, weil er nie Harm hatte, d. h. er machte sich
um nichts einen Kopf; Adalbert der Abenteurer hieß so,
weil seine Abende immer teurer wurden. Einhart der
Einfallsreiche verdankte den Namen seiner ausgedehn-
ten, aber kaum dauerhaft zu nennenden Bautätigkeit.

Es war ein Segen, daß Ethelred nie zu raten bekam,
was einige unserer schulmeisterlichen Historiker über
ihn so reden.

Hier sind einige Beispiele: »streitsüchtig, neidisch,
mißtrauisch, feig, müßig, faul, verschlagen, selbstsüch-
tig, bequem und schwach«. In diesen Punkten übertrifft
er also mein preiswürdiges Schulzeugnis und gehört
fraglos auf jede Liste armer Würstchen.

Wie auch immer, hier ist die Geschichte, wie dem
Ethelred die dänischen Nachbarn auf der Nase herum-
tanzten und wie er nicht mit heiler Haut davonkam. So
können Sie sich selbst ein Urteil bilden.

---

* Im Englischen wurde so aus Ethelred dem Unberatenen Ethelred der
Unbereite, the Unready. – *Anm. d. Übers.*

Eines Morgens erhielt Ethelred Besuch vom Erzbischof von Canterbury, einem gewissen Ælf-hueh; ein Name, der bis heute in Ehren gehalten wird, weil ihn Pferdekutscher häufig auf widerspenstige Pferde anwenden.

»O König«, spricht Ælf-hueh, »der gewaltige Däne brandschatzet Dein Reich. Er ist zu einer echten Landplage geworden. Er fällt an der Küste mit Kind und Kegel, mit Wind und Segel ein. Rechts und links ist nichts vor ihm sicher. Deine bedauernswerten Untertanen wissen sich nicht zu raten noch zu helfen bei all den ausgeraubten Häusern und entweihten Grenzen.«

»Nun, man sollte ihn gar nicht ins Haus lassen«, erwidert Ethelred der Unredliche. »Kann man ihn nicht im Hof oder sonstwo gebunden liegenlassen? Sie brauchen nicht zu glauben, daß ich mich aufmache, um ihnen für entweihte Gänse oder was immer Ersatz zu ersetzen. Sie sollen selber sehen, wo sie bleiben.«

(War das für einen König nicht sehr unbedacht? Schlimmer noch, es war entschieden niederträchtig. Aber Ethelred war notorisch schwach von Begriff, und vielleicht hatte er Ælf-hueh nicht ganz richtig verstanden.)

»Nein, aber reden wir lieber von den ausländischen Invasoren, den Dänen«, sagt der Erzbischof von Canterbury. »Es treibt sich ein ganzer Haufen von diesem Pack herum, müßt Ihr wissen.«

»Oh, *diese* Investoren?« sagt Ethelred. »Befiehl ihnen, sich an die Börse von Kopenhagen zu scheren.«

»Habe ich, aber sie wollen nicht«, sagt Ælf-hueh. »Sie sind eine Gottesplage, und einer ist so schlimm wie der andere. Was ist der Unterschied zwischen beliebigen zwei von denen? Einer läßt sich's gutgehen wie im Speck die Made, drückt sich von der Arbeit und waddelt in die nächste Schenke; und der andere beißt den nächsten in die Wade, rückt an der Wahrheit und paddelt um Werbegeschenke. Ich sage Euch, es ist höchste Zeit, daß wir diese Kesselflicker loswerden.«

»Nun denn, bietet ihnen Geld, damit sie aufhören«, sagt Ethelred. »Glaubt Ihr, daß sie sich dann davonmachen?«

Ælf-hueh schüttelt nachdenklich den Kopf.

»Das ist ein schwieriges Rätsel«, sagt er. »Aber ich werde sehen, ob ich eine Lösung finden kann. Sowas wie – auf Pinke bauen, auf die Pauke hauen, die Kerle verzollen, damit sie sich trollen, sich auf die Socken machen und fortrocken in ihren Trachten. Wir blasen ihnen den Marsch und versohlen ihnen den Arsch. Wir werden jedenfalls nichts unversucht lassen.«

War das die richtige Antwort, was glauben Sie? Also, die Dänen, die bereits hier waren, tingelten einfach durchs Land und ließen sich dafür bezahlen, daß sie jedes Städtchen, eines nach dem anderen, verließen; und die Dänen, die in Dänemark zurückgeblieben waren, stürzten sich auf England, wie man auf einem deutschen Dampfer zum Mittagstisch stürzt. Nur diejenigen mit hehren Prinzipien verließen diese Küsten überhaupt wieder, und alle hatten Rückfahrkarten. Selbst ihr König fand sich ein – Swaine hieß er, ein bekannter Photograph.

»Was machen wir jetzt?« fragt Ethelred nach einer Weile.

»Nun, es gibt offensichtlich zwei Möglichkeiten«, sagt Ælf-hueh. »Entweder Ihr knöpft den Untertanen mehr Geld ab, oder Ihr geht diesen verfluchten Dänen ans Leder. Soviel ich sehen kann, gibt's da nicht viel Auswahl. Wo liegt der Unterschied? Entweder Ihr votiert für Steuern, balbiert die Euern und riskiert einen jeden; oder Ihr probiert die Macht, zieht in die Schlacht, und frikassiert die Schweden.«

»Ich probier zuerst, gegen sie zu kämpfen«, sagt

Ethelred. »Ich organisier eine Schlägerei und gewinne Brithnoth den Alten dafür, unsere Jungs anzuführen.«

(War das ein weiser Entschluß? Nein, verdammt unklug. Was für eine Vorstellung, einen Führer zu wählen, dessen Namen schon darauf hinwies, daß er seine besten Jahre längst hinter sich hatte und schwer an Wucherungen im Nasenrachenraum litt. Das hieß, das Schicksal herauszufordern. Und das Schicksal zeigte es ihm.)

»Nun also, was rätst du mir jetzt?« fragt Ethelred, als er und Ælf-hueh sich nach der Beerdigung von Brithnoth dem Alten auf den Heimweg machten.

Ælf-hueh neigt seine Mitra und kratzt sich am Kopf.

»Es wird schon ziemlich eng«, sagt er. »Aber es scheinen eben noch ein paar Hoffnungen zu bleiben. Wir könnten die Normannen einladen, uns zu Hilfe zu kommen. Richard von der Normandie hat eine Schwester namens Emma. Es wäre ihm so an die sechs Armeekorps wert, sie loszuwerden. Sie hat ein Gesicht, das genauso aussieht wie Lon Chaney in *Der Glöckner von Notre Dame*. Ihr könntet sie heiraten.«

»Und die andere Möglichkeit?« sagt Ethelred schnell.

»Die andere Möglichkeit liegt darin, über diese Dänen herzufallen, wenn sie nicht auf der Hut sind und von Sieg und Met trunken sind, und sie zu massakrieren, bis sie aussehen wie der erste Preis im Streikbrecher-Wochenwettbewerb des *Daily Mirror*«, sagt Ælf-hueh.

»Das scheint mir am klügsten zu sein«, sagt Ethelred.

Ælf-hueh zuckt die Achseln. »Worin liegt schließlich der Unterschied?« fragt er. »Das eine heißt, sich mit dem Pöbel gemein zu machen und sich in eine dreckige Schande, eine lahme, verwickeln zu lassen; das andere heißt, über Möbel und Wein zu lachen und sich scheckige Bande mit einer Dame vernickeln zu lassen.«

»Zum Teufel, ich tue beides«, sagt Ethelred. »Ich halte

das Massaker am Donnerstag ab und heirate Emma am Freitag.«

(War das ein vorausblickender und staatsmännischer Entschluß? Halt's Maul. Jeder Mensch mit ein bißchen Erfahrung hätte die Hochzeit am Donnerstag und das Massaker am Freitag abgehalten.)

Unglücklicherweise kam es zu mehreren Pannen. Zum ersten waren zu diesem Zeitpunkt mehrere Millionen mehr Dänen im Land, als es Briten gab, um sie zu massakrieren. Als Folge davon ging das Massaker voll daneben.

Tatsächlich war es so, daß die Dänen die Gelegenheit benutzten, um rasch die Verwandten ihrer Frauen, die in Dänemark zurückgeblieben waren, nachkommen zu lassen, damit sie rechtzeitig ankamen, während das Massaker noch im Gange war. Inzwischen hatte Richard von der Normandie Emma wirklich expediert, aber dafür Sorge getragen, daß er nichts mehr von ihr zu sehen bekommen würde; als Gegenleistung sandte er nicht einmal einen Fliegerhauptmann vom Dentisten-Korps, um England im Kampf beizustehen.

»Was soll ich jetzt bloß machen?« fragt Ethelred.

»Ich schätze, Ihr habt keinen Pfeil mehr im Köcher«, sagt Ælf-hueh. »Ihr tätet gut daran, in die Niederlande zu fliehen.«

»Gibt es Länder, die noch niedriger sind?« erkundigt sich Ethelred.

»Ach«, sagt Ælf-hueh. »Ihr könntet es auch mit einigen dieser französischen Hafenstädte versuchen. Junge, Junge!«

»Ich wünschte, du hättest mir früher davon erzählt«, sagt Ethelred, als er seine Reisetasche packt.

Daher konnte Swaine, der königliche Photograph, ungehindert weitermachen. Er nahm beinahe das ganze Land in Besitz und entwickelte es. Für ihn war es ein gefundenes Fressen. Eines Tages aber häufte er mehr auf seinen Teller, als er verdauen konnte, und das war sein Ende.

Als er das hörte, kam Ethelred, der alles gesehen hatte, was es in den Niederlanden zu sehen gab, zurückgeschlichen, um sich zu überzeugen, was vor sich ging. Aber das nützte ihm gar nichts, denn an Swaines Stelle regierte jener Liebling der jungen Männer, König Knut oder Canute, der gefeierte Erfinder des Paddelns. Und als es Knut zu Ohren kam, daß Ethelred zurück war, dauerte es nicht lange, bis Emma mit einem Trauerflor herumging.

Das also ist Ethelred. Wir brauchen ihm nicht noch mehr zuzusetzen, besonders nach dem, was die Historiker gesagt haben. In der Tat stimme ich in einem Punkt eher mit ihm als mit den Historikern überein.

Tout sagt: »Der König war ein kleiner Junge«; und Warner unterstreicht das durch die Aussage: »Er wurde das Opfer seiner schlimmen Favoritenwirtschaft.« Nun, zum Teufel, ich muß zugeben, Kinder, wenn ich die Chance hätte, einigen der Favoritinnen zum Opfer zu fallen, die man im Theater sieht, würde ich nicht zögern, selbst ein bißchen zum kleinen Jungen zu werden, besonders wenn die Favoritin schlimm wäre. Die einzige Favoritin, die ich je gut kennenlernte, erwies sich als ziemlich gut – was ziemliches Pech war, nicht wahr?

Dennoch, im großen und ganzen war Ethelred unzweifelhaft ein völliger Dussel. Und ich hoffe, wir alle lernen aus dieser Geschichte, wie dankbar wir sein sollten, daß wir heutzutage einen so guten und weisen Monarchen haben und einen so großartigen Erzbischof von Canterbury.

Der Drache ist eines der legendenumwobensten Geschöpfe aus alter Zeit. Zuerst in der chinesischen Mythologie beschrieben, ist er Gegenstand von Erzählungen so unterschiedlicher Schriftsteller wie Kenneth Grahame, L. Frank Baum, Lord Dunsany, Robert Bloch und natürlich J. R. R. Tolkien gewesen. Wohl kaum jemand rechnet damit, Evan Hunter in dieser Gesellschaft zu finden, denkt man bei ihm doch allgemein an Mainstream-Romane und an die erfolgreichen Polizeiromane über das 87. Revier, die er unter dem Namen Ed McBain schreibt. Als junger Autor war aber phantastische Literatur eines seiner Hauptinteressen, und seine ersten drei veröffentlichten Romane, Finde die gefiederte Schlange *(Find the Feathered Serpent, 1952),* Rakete nach Luna *(Rocket to Luna, 1953) und* Gefahr: Dinosaurier! *(Danger: Dinosaurs!, 1953), handelten alle von Zeitreisen und Weltraumforschung. In den fünfziger Jahren schrieb er auch Erzählungen für etliche Fantasy-Zeitschriften, wobei sich sein Interesse für Geschichte offenbarte – eins der Fächer, die er als Lehrer in New York unterrichtete. ›Die Traum-Maid‹ erschien zuerst 1954 in* Fantastic Universe *und handelt von einem liebeskranken Ritter, der für die Dame seines Herzens Drachen tötet – eine geistreiche Satire auf eine Epoche, die viele Schriftsteller fasziniert hat.*

Evan Hunter ist der angenommene Name von Salvatore Lombino (geb. 1926), der die Evander Childs High School und das Hunter College in New York besucht, aber immer bestritten hat, daß ein Zusammenhang zwischen den Namen besteht. Seine Erfahrungen als Lehrer lieferten den Hintergrund für Der Klassentafel-Dschungel *(The Blackboard Jungle, 1954), eine dramatische Geschichte von Rassenkonflikten und Gewalt in einer Oberschule; das Buch wurde ein*

Bestseller, der danach gedrehte Film setzte Maßstäbe und kam durch die Unruhen ins Gerede, die angeblich unter Halb-wüchsigen von seiner Rock'n'Roll-Filmmusik ausgelöst wur-den. Hunter baute seinen Erfolg mit der langen Folge von Romanen aus dem 87. Revier aus, die auch fürs Fernsehen eingerichtet wurden. Trotz den harten Themen vieler seiner Geschichten ist in seinem Werk oft ein Anflug von Humor zu finden, freilich selten so stark wie in der folgenden Reise in die Vergangenheit – ein Umstand, den viele Leser der ›Traum-Maid‹ gewiß bedauern werden.

Die Traum-Maid

Ich begab mich zuerst zur Lady Eloise, weil ich ihr Minnedienst leistete, und es gebührte sich und war nur ritterliche Art, daß sie es als erste erfuhr.

An jenem Tag war ein klarer Himmel, Wolken jagten jenseits der fahnengeschmückten Türme von Camelot über den Himmel, und unter ihren mächtigen Wällen verlief die satte grüne Kurve nach oben und traf auf das Eierschalenblau des Himmels. Wir saßen in dem gepflasterten Hof, während ein Diener die Laute spielte, sanft an den Saiten zupfend, und ich gebot ihm nicht aufzuhören, denn die Musik schien irgendwie zu dem betrüblichen Anlaß zu passen. Die erwähnte Eloise saß mit keusch im Schoß gefalteten Händen da und wartete ab, was mir beliebte. Ich hob das Visier meines Helmes und sagte: »Elly ...«

Sie schlug unglaublich lange Wimpern auf und richtete ihre bernsteinfarbenen Augen auf mich. Das Mieder ihres Kleides hob und senkte sich mit ihrem sanften Atmen. »Ja, mein Lord Larimar«, sagte sie.

»Mir liegt etwas auf der Seele«, sagte ich zu ihr, »und es gebührt sich, daß ich ihm Ausdruck gebe.«

»Dann gebt ihm Ausdruck«, sagte Eloise. »Frischweg, ich bitte Euch.«

Ich erhob mich und ging im Hof auf und ab. Ich hatte mich kürzlich mit Sir Mordred im Turnier gemessen, und einige Scharniere meiner Rüstung waren locker, und ich fürchtete, beim Herumgehen ein wenig Lärm zu machen. Ich übertönte die Geräusche mit meiner Stimme und sagte: »Wie Ihr wißt, leiste ich Euch schon seit gar etlichen Monaten Minnedienst.«

»Ja, mein Lord«, sagte sie.

»So manchen Drachen habe ich für Sie getötet«, sagte ich. Ich hatte mich von der Lautenmusik ablenken lassen und korrigierte es, »für Euch«, denn ich drückte mich dem Anlaß entsprechend blumig aus.

»Das stimmt«, sagte Heloise. »Ganz gewiß, Larry.«

»Ja.« Ich nickte mit schepperndem Helm. »Und so manchen Menschenfresser habe ich in einen unehrenhaften Tod geschickt, so manchen eklen Dämon habe ich in Eurem Namen enthauptet. Ich habe Eure Farben getragen und bin auf meinem tapferen Streitroß in den Kampf gezogen, bin über Berg und Tal gestürmt, die Hügel abwärts, über den Strom ...«

»Ja, mein Lord«, sagte Eloise.

»Ja. Und alles um Eurer Liebe, um Eurer unsterblichen Liebe willen.«

»Ja, Larry?« fragte sie erstaunt.

»Artus selbst hat es für angemessen gehalten, mich für meinen unverzagten Mut, meine unermüdliche Tapferkeit zu ehren. Ich bin jetzt Träger, unter anderem, der Medaille des Heiligen Drachentöters, des *Croix de Tête de Dragon* und sogar ...«

»Ja?« wollte Eloise aufgeregt wissen.

»Sogar«, sagte ich bescheiden, »des heißbegehrten Büschels von Heidelbeer-Zweigen.«

»Ihr seid sehr tapfer«, sagte Eloise und senkte ihre Wimpern, »und ein wahrer Ritter, mein Herr.«

»Pfui«, schrie ich, die Musik der Laute übertönend. »Ich bin nicht gekommen, um von Tapferkeit zu sprechen. Denn was ist schon Tapferkeit?« Ich ließ meine behandschuhten Finger knacken. »Tapferkeit ist nichts!«

»Nichts, mein Herr?«

»Nichts. Ich komme, weil ich meine Seele erleichtern

muß, sonst kann ich nicht in Ehre und Frieden mit meinem eigenen Ich leben.«

»Eurem eigenen Ich? So sprecht denn, mein Lord«, sagte Eloise, »und frischweg, ich bitte Euch.«

»Es ist mein Wunsch«, sagte ich, »es aufzugeben.«

»Herr?«

»Aufgeben, Finis. *Pffft*.«

»*Pffft*, mein Herr?«

»Pffft, Elly.«

»Ich verstehe.«

»Es ist nicht so, daß ich Euch nicht liebte, Elly«, sagte ich. »Der Gedanke liegt mir fern.«

»Fern«, sagte sie.

»Denn Ihr seid lieblich und hübsch und treu und beständig und eine seltene Perle unter den Frauen. Und im Vergleich zu Euch bin ich wahrlich ein Nichts.«

»Wie wahr«, sagte Eloise und nickte. »Das stimmt.«

»Es ist also nicht so, daß ich Euch nicht liebte. Es ist vielmehr, daß ...«

Ich hielt inne, weil mir das Visier über das Gesicht fiel.

»Ja?«

Ich hob das Visier. »Es ist so, daß ich eine andere mehr liebe als Euch.«

»Oh.«

»Ja.«

»Guinevere?« fragte sie. »Hat dieses Weibsstück ...?«

»Nein, nicht Guinevere, unsere geliebte Königin.«

»Elaine also? Elaine die Schöne, Elaine die ...«

»Nein, es ist auch nicht Elaine.«

»Wer dann, ich bitte Euch?«

»Die Lady Agatha.«

»Die Lady wer?«

»Agatha.«

»Ich kenne keine Jungfrau namens Agatha. Erlaubt Ihr Euch einen Scherz mit mir, mein Lord Larimar?

Wollt Ihr mich an der jungfräulichen Nase herumführen?«

»Nein. Es gibt eine Agatha, Elly, und ich liebe sie, und sie liebt mich, und wir haben vor, unser trauriges Dasein im Zustand der heiligen Ehe zu vereinen.«

»Ich verstehe«, sagte Eloise.

»Ich habe darum an Artus eine Petition gerichtet, mich von meinen Eiden, Euch, Eloise, betreffend, zu entbinden. Ich sage Euch das jetzt, denn es wäre nicht geziemend, weiterhin als Euer Ritter zu gelten, wenn mein Herz einer anderen gehörte und ich Agatha heiraten würde, wozu ich fest entschlossen bin.«

»Ich verstehe«, sagte Eloise wieder.

»Ich hoffe, Ihr versteht es, Elly. Ich hoffe, wir bleiben Freunde.«

»Natürlich«, sagte Eloise und lächelte gezwungen. »Und ich nehme an, Ihr werdet Eure Ansteckmadel von Alpha Beta Tau zurückhaben wollen.«

»Behaltet sie«, sagte ich großherzig. Und dann, um zu zeigen, wie großmütig ich wirklich war, griff ich in meinen Umhang und sagte: »He, Lautenspieler! Hier sind ein paar Drachenohren für dich, für dein hervorragendes Spiel!«

Der Lautenspieler ließ sich auf die Steine nieder und küßte mir beide Füße, und ich lächelte gnädig.

Ich tötete an jenem Tag zwei junge Drachen, den zweiten erwischte ich mit meiner Keule, ehe er noch dazu kam, Feuer auf mich zu speien. Ich schnitt ihnen die Köpfe ab, warf sie über meinen juwelenbesetzten Sattel und ritt zurück zu den leuchtenden Turmspitzen von Camelot. Lancelot und Guinevere gingen gerade zum Abendgebet, daher winkte ich ihnen zu und führte mein tapferes Streitroß zu den Ställen, wo ich es meinem Knappen überließ, einem jungen Burschen namens Gawain.

Ich wanderte ein bißchen umher, sah Merlin zu,

der mit einigen unbedarften Ritteranwärtern Binokel spielte, und blieb dann stehen, um den restlichen Tag mit Galahad zu verbringen, einem Burschen, mit dem ich mich nie gern unterhalten habe, weil seine weiße Rüstung und sein weißer Helm einen in der Sonne blenden. Außerdem neigt er zur Prahlerei. Ich wurde seiner Konversation bald müde und nahm ein kleines Abendessen, bestehend aus gebratenem Fasan, Lamm, Schaffleisch, Käse, Brot, Wein, Nüssen, Äpfeln und Weintrauben, zu mir und krönte es mit einer von Artus' besten Zigarren.

Nach dem Abendessen kehrte ich in die Stallungen zurück, um mein tapferes Streitroß zu holen, und ritt dann Turnierübungen, schlug Mordred im Kampf um eine Reihe von Bierfässern und wurde meinerseits von Lancelot, dem der Ausritt mit Guinevere gut getan zu haben schien, Kopf voran um Teetassen geschlagen.

Ich sammelte nachher meine Knochen wieder ein und führte mein Pferd zu den Ställen zurück, als mir Artus nachkam.

»Larry!« rief er. »He da, Larry! Warte!«

Ich blieb stehen und wartete darauf, daß Artus mich einholte, dann sagte ich: »Was gibt's, geliebter König?«

»Was ich dich fragen wollte, Larry«, sagte er und stieß eine ungeheure Wolke von Zigarrenrauch aus. »Was *soll* dieser ganze Unsinn?«

»Welcher Unsinn, mein Lehensherr?«

»Daß du deinen Eid als Minnediener brechen willst. Also, zum Teufel, Larry, sowas macht man einfach nicht, das weißt du ganz genau.«

»Aber es ist das einzig Ehrenhafte, das einem übrigbleibt, Art«, sagte ich.

»Ehre, Schmähre«, antwortete Artus. »Ich denke an den ganzen Papierkrieg. Diese Dispensierungen gehen einem auf die Nerven, Larry. Schließlich hättest du daran denken sollen, als du den Eid abgelegt hast. Jeder Ritter …«

»Tut mir leid, Art«, sagte ich. »Aber es ist der einzige Ausweg. Ich habe mir ganz schön den Kopf zerbrochen, das kannst du mir glauben.«

»Aber ich verstehe nicht«, sagte Artus und blies mir noch mehr Rauch ins Gesicht. »Was stimmt denn nicht zwischen dir und Elly? Sie ist wirklich ein verdammt nettes Mädchen, Larry, und ich hoffe …«

»Sie ist ein verdammt nettes Mädchen«, stimmte ich zu, »aber es ist aus zwischen uns.«

»Warum?«

»Ich habe eine andere Jungfrau gefunden.«

»Diese Agatha? Hör mal, Larry, das ist der alte Artie, mit dem du redest, und nicht irgendein Kind, das noch nicht trocken hinter den Ohren ist. Du weißt so gut wie ich, daß es an meinem Hof keine Agatha gibt, also …«

»Das weiß ich, Art. Ich habe nie behauptet, sie sei an deinem Hof.«

»Aber du nennst sie die Lady Agatha!« sagte Artus.

»Weiß ich.«

»Ein ausländisches Frauenzimmer?« fragte Artus.

»Nein. Eine Traum-Maid.«

»Eine *was?*«

»Eine Traum-Maid. Ich träume sie.«

»Also, wie war das gleich, Larry?«

»Ich träume sie. Ich träume die Lady Agatha.«

»Das, habe ich geglaubt, hättest du … Sag mal Larry, hat dir Lancelot heute während des Turniers zu sehr zugesetzt? Er ist manchmal grob, dieser Kerl, und ich wollte ihn schon immer …«

»Nein, er hat mir überhaupt nicht zugesetzt. Ein paar Rippen, aber nichts Ernstes. Ich träume wirklich meine Dame, Art.«

»Du meinst des Nachts? Wenn du schläfst?«

»Jawohl.«

211

»Du meinst, du denkst sie dir bloß aus?«

»Jawohl.«

»Dann ist sie nicht wirklich?« fragte Artus.

»Ach, sie ist schon wirklich. Natürlich nicht tagsüber, aber wenn ich sie des Nachts erträume, dann ist sie so wirklich wie nur möglich.«

»Pfui«, sagte Artus. »Das ist alles Unsinn. Jetzt kehrst du zu Elly zurück und sagst ihr ...«

»Nein, mein Lehensherr«, sagte ich. »Ich bin fest entschlossen, die Lady Agatha zu heiraten.«

»Aber sie ist nur ein Traum«, protestierte Artus.

»Nicht bloß ein Traum, edler König. Für mich ist sie weit mehr als ein Traum. Eine Frau aus Fleisch und Blut. Eine Frau, die mich wirklich liebt, und die ich wirklich liebe.«

»Pfui«, sagte Artus. »Du bist absurd. Ich werde Merlin zu dir senden, damit er ein paar Zauberformeln über dich spricht. Du bist möglicherweise verhext.«

»Nein, mein Lord, ich bin nicht verhext. Ich habe die Lady Agatha aus freien Stücken geträumt. Damit ist keinerlei Verzauberung verbunden.«

»Keine Verzauberung, eh? Vielleicht hast du also dem Rebensaft zugesprochen? Vielleicht liegt der Zauber ganz im Becher?«

»Nein, auch das nicht. Ich sage dir doch, ich träume sie aus freien Stücken.«

Artus paffte wieder an seiner Zigarre.

»Wie um aller Welt machst du das?«

»Es ist wirklich ganz einfach«, sagte ich. »Ich setze mich auf die Couch, schließe die Augen, und stelle mir eine Jungfrau mit blondem Haar und blauen Augen, Lippen wie eine halb geöffnete Rosenknospe und Haut wie orientalisches Elfenbein vor. Rote Nägel wie zugespitzte Blutstropfen, und eine Taille wie die Sanduhr. Eine Stimme wie Samt, Flanken wie ein gutes Pferd im Turnier, ein Witz so scharf wie ein Spieß, ein Zauber so mächtig wie der Merlins. Das ist meine Lady Agatha, Art. Ich stelle sie mir vor, schlafe ein, und dann materialisiert sie sich.«

»Sie ... materialisiert sich«, wiederholte Artus und strich sich den Bart.

»Jawohl. Und sie liebt mich.«

»Dich?« fragte Artus und musterte mich eingehend.

»Ja, mich.« Ich hielt inne. »Was soll daran nicht richtig sein?«

»Nichts, nichts«, sagte Artus hastig. »Aber verrate mir, Larry, wie planst du, sie zu heiraten? Ich meine, ein Traum, schließlich ...«

»Betrachte es einmal so, Art«, sagte ich. »Tagsüber gehe ich ohnedies meiner Arbeit nach. Es gibt immer noch einen Drachen zu töten, oder ein Riese muß gefällt werden, und Dutzende von Menschenfressern, ganz zu schweigen von diversen anderen Ungeheuern aller möglichen Form und Größe, und Jungfrauen in Bedrängnis, und Seeschlangen und ... ach, du weißt schon. Du bist ja viel länger im Geschäft als ich.«

»Also?«

»Also, wozu braucht ein Mann tagsüber eine Frau? Er würde sie ohnedies nie zu Gesicht bekommen. Kannst du mir folgen?«

»Ja«, sagte Artus, »aber ...«

»Daher heirate ich die Lady Agatha und sehe sie des Nachts, wenn die meisten Ritter ohnedies ihre Frauen sehen. Ich wäre gar nicht überrascht, wenn sie deswegen in der englischen Sprache *knights* heißen, Art.«

»Aber wie hast du vor, sie zu heiraten? Wer wird ...«

»Ich werde mir einen Mönch erträumen, und er wird uns trauen.«

»Ich fürchte fast, du hast zu viele Drachen getötet, mein Lord Larimar«, sagte Artus. »Schließlich scheint deine Traumfrau – ehrlich gesagt – bei all ihrer Schönheit nicht lieblicher zu sein als die schöne Eloise.«

Ich stieß den König in die Rippen und sagte: »Art, du wirst bloß alt, das ist alles.«

»Mag sein, mein Junge«, gestand er zu, »aber ich glaube, ich werde auf jeden Fall Merlin vorbeischicken. Ein paar Zaubersprüche haben noch niemandem geschadet.«

»Art, bitte …«

»Dafür wird er schließlich bezahlt«, sagte Artus, und damit gab ich mich geschlagen …

Merlin und Eloise kamen gemeinsam zu mir. In seinem spitzen Hut und den fließenden Gewändern sah er sehr weise und sehr magisch aus; sie sah sehr traurig und sehr lieblich aus, wenngleich nicht so lieblich wie meine Lady Agatha.

»Berichte mir«, sagte Merlin, »alles von deiner Traum-Maid.«

»Was gibt es da schon zu berichten?«

»Nun, wie sieht sie aus?«

»Sie ist blond …«

»Um-huh, dann benötigen wir ein paar Kondorlebern«, sagte Merlin.

»Und blauäugig«, fuhr ich fort.

»Dann brauchen wir ein paar Dracheneier, pastellfarben.«

»Und … ach, sie ist so lieblich.«

»Ich verstehe«, sagte Merlin weise. »Und liebst du sie?«

»In der Tat.«

»Und sie dich?« fragte er mit hochgezogenen Augenbrauen.

»Wahrhaftig.«

»Sie liebt dich wahrhaftig?«

»Natürlich.«

»Sie ist lieblich, behauptest du, und sie liebt – verzeih mir – *dich?*«

»Ja doch«, sagte ich.

»Sie liebt *dich?*«

»Sie hat mich bereits dreimal geliebt, und noch immer hörst du nicht? Stell dein Hörgerät lauter, Zauberer«, sagte ich.

»Verzeih mir«, sagte Merlin und schüttelte den Kopf. »Ich dachte nur ...«

»Sie hat mir bei vielen Gelegenheiten gesagt, daß ich genau das bin, worauf sie gewartet hat«, sagte ich. »Groß, männlich, verwegen, mutig und hübsch anzusehen!«

»Sie hat diese Dinge über *dich* gesagt?« wollte Merlin wissen.

»Ja, natürlich.«

»Daß du der Mann seist, auf den sie gewartet hat? Daß du ... groß seist?«

»Ja.«

»Und ... männlich?«

»Ja.«

Merlin mußte husten, vielleicht, weil ihm zum ersten Mal klar wurde, wie groß und männlich ich wirklich war. »Und ... und ...«, er hustete wieder, »... hübsch anzusehen?«

»Das alles«, sagte ich.

Merlin konnte nicht aufhören zu husten, bis ich glaubte, er würde ersticken. »Und auf all das hat sie gewartet, und all das hat sie in ...«, er hustete erneut, »... *dir* gefunden?«

»Und warum auch nicht, Zauberer?« fragte ich.

»Ihr seid in der Tat verhext, Lord Larimar«, sagte er, »in der Tat«.

Er zog den Ärmel seines Mantels hinauf, breitete die Finger weit aus und sagte dann: »*Alla-bah-ru-muh-dschig-bah-ru, sing, satsch, sutsch!*«

Ich hörte der Beschwörung zu und mußte gähnen. Aber anscheinend nahm sich Eloise diesen ganzen Unsinn zu Herzen, denn sie starrte Merlin mit weitaufgerissenen Augen an. Sie sah lieblich aus, aber nicht so lieblich wie meine Lady Agatha, und dann blickte sie mich an, und ihre Augen wurden größer und größer und immer größer ...

Ach, es waren so viele Vorbereitungen zu treffen. Meine Dispensierung von Artus langte nächste Woche ein, und ich war vollauf damit beschäftigt, Pläne für meine Heirat mit Agatha zu schmieden. Ich wollte mir etwas ganz Besonderes herbeiträumen, etwas, was man nicht vergessen würde, solange England eine Geschichte hatte. Ich wollte eine große Hochzeit, und darum mußte ich alles im voraus planen, damit ich es in einer einzigen Nacht herbeiträumen konnte, was keine leichte Aufgabe war.

Ich wollte den ganzen Hof auf weißen Hengsten herbeiträumen, die Schilde blitzend, die Schwerter emporgereckt, um die glänzenden Sonnenstrahlen einzufangen, die Galerie voller Jungfrauen in Blaßrot und Weiß und dem blassesten Blau. Ich wollte träumen, daß die Flaggen von Camelot in Grün und Gelb und Orange über den Türmen flatterten, darüber ein heller Himmel, und daß ein lindes Lüftchen wehte. Ich wollte einen Mönch träumen, der drollig und doch ernsthaft, fröhlich korpulent, aber fromm und religiös war.

Und vor allem wollte ich die Lady Agatha in ihrem Hochzeitskleid träumen, einen Traum aus Spitzen und Perlen, mit einem tief ausgeschnittenem Mieder und einer Taille, an die sich die Hüften schmiegten. All das wollte ich träumen, und das alles mußte im voraus geplant werden. Als junger Ritter hatte ich mit dem Töten von Drachen und Menschenfressern und den Hochzeitsvorbereitungen alle Hände voll zu tun, und so kam ich erst am Abend vor der Hochzeit dazu, Eloise wieder zu besuchen.

Ihre Kammerzofe war ausgesprochen freundlich.

»Meine Herrin schläft«, sagte sie.

»Schläft?« Ich blickte auf meine Sanduhr. »Wieso, es ist doch erst vier Minuten nach sechs.«

»Sie ist in letzter Zeit immer früh zu Bett gegangen«, sagte die Frau.

»Armes Kind«, sagte ich und schüttelte den Kopf. »Zweifellos bricht ihr das Herz. Nun ja, *c'est la guerre.*«

»*C'est*«, sagte die Kammerfrau.

»Wenn Sie am Morgen erwacht, richten Sie ihr bitte aus, daß ich ihr für die Hochzeit einen Ehrenplatz erträumen werde. Richten Sie ihr das aus. Sie wird sich freuen.«

»Sir?«

»Richten Sie es nur aus. Sie wird es verstehen.«

»Ja, Sir.«

»Ich gehe am besten selber schlafen«, sagte ich. »Möchte noch etwas üben. Morgen nacht muß ich eine Menge träumen.«

»Sir?«

»Macht nichts«, sagte ich. Ich griff in meinen Umhang und sagte: »Hier ist ein Drachenzahn, weil Sie mir ein freundliches Ohr geliehen haben.«

Ich riß den Zahn aus meiner Sanduhrtasche und legte ihn ihr in die überwältigte, zitternde, dankbare Hand.

Dann ging ich nach Hause, zu Bett, um von meiner Lady Agatha zu träumen.

Ich suchte am Morgen zuerst die Lady Eloise auf, da es nur geziemend ritterlich war, daß sie die erste war, die es erfuhr. Ich hob mein Visier nicht, da ich nicht wollte, daß Lady Eloise mein Gesicht sah.

»Elly«, sagte ich, »mir liegt etwas auf der Seele, und es geziemt sich, ihm Ausdruck zu verleihen.«

»Dann gebt ihm Ausdruck«, sagt Eloise, »und frischweg, ich bitte Euch.«

»Es ist alles abgeblasen«, sagte ich. »Die Lady Agatha und ich. Wir sind fertig miteinander. Sie hat mich versetzt.«

»Versetzt?« fragte Eloise. »Finis? *Pffft?*«

»Genau das«, sagte ich.

»Was Ihr nicht sagt«, meinte Eloise lächelnd.

»Es gibt einen anderen, Elly. Meine Lady Agatha hat einen anderen. Jemand, der größer, männlicher, hübscher ist. Ich weiß, es fällt schwer zu glauben. Aber es gibt einen anderen, jemanden, den sie einfach kennenlernte ... plötzlich.«

»Wie schrecklich für Euch«, sagte Eloise glücklich.

»Ja. Ich kann es nicht verstehen. Er ist einfach aufgetaucht, ganz einfach so, an ihrer Seite. Ich ... ich sah ihn, Elly, ein großer, gutaussehender Ritter auf einem weißen Pferd. Geradewegs in meinem Traum habe ich ihn gesehen.«

»Ihr habt ihn wirklich gesehen?« fragte Eloise betrübt und klatschte in die Hände.

»Ja«, sagte ich. »Sie möchte also ihn und nicht mich. Darum dachte ich, wenn du mich noch immer willst, Elly, wenn du mich noch immer als deinen Minnediener annehmen willst ...«

»Hmmm ...«

»... und vielleicht eines Tages auch als deinen Mann, dann ...«

Eloise trat vor, und in ihrem Blick war ein Glitzern, als sie mein Visier anhob.

»Du bist für mich groß und männlich und gutaussehend genug, du Dummerchen«, sagte sie.

Ich blickte sie an, und plötzlich fiel mir ein, daß sie in letzter Zeit entsetzlich viel geschlafen hatte, und ich setzte zu sprechen an: »He!«

Aber sie schlang ihre Arme um meine Rüstung und küßte mich fest auf den Mund, und mir blieb nichts anderes übrig, als sie staunend anzusehen und zu murmeln: »Eloise! Ich habe mir niemals träumen lassen ...!«

Eloise lächelte süß und sagte: »*Ich* habe geträumt.«

John Kendrick Bangs

Mehr als zweihundert Jahre nach ihrer Niederschrift zählen Die unvergleichlichen Reisen, Feldzüge und lustigen Abenteuer des Barons Münchhausen *(The Singular Travels, Campaigns, Voyages and Sporting Adventures of Baron Münchhausen) von Rudolf Erich Raspe noch immer zu den beliebtesten aller phantastischen Lügengeschichten.* Die Berichte von den Heldentaten des Barons – darunter das Losschießen eines Pferdes von einem Kirchturm, Reitkunststücke auf dem Teetisch, ein Sieg über die türkische Armee und eine Kletterpartie zum Mond und zurück – wurden bei den Lesern im achtzehnten Jahrhundert so populär, daß diese Gestalt heute ebenso berühmt ist wie die anderen großen Helden der Literatur, Don Quijote, Falstaff und Gulliver. Abgesehen von endlosen Nachauflagen, ist Raspes Buch mehrmals für Funk, Fernsehen und Film eingerichtet worden; zu nennen wäre vor allem Terry Gilliams spektakuläre Version von 1989 mit John Neville in der Hauptrolle. Dieser Film, der größte in Europa im Zeitraum von über 25 Jahren, war von Problemen bei den Aufnahmen und der Besetzung geplagt – erhebliche Kostenüberschreitung, Hunde mit Leberbeschwerden und Schauspieler, die mit allen möglichen Spezialeffekten zurechtkommen mußten, von bizarrem Make-up bis zu einer Ballonfahrt in aufblasbarer Seidenunterwäsche.*

Die Begebenheiten waren fast ebenso ausgefallen wie die Lebensweise des Buchautors Raspe, den man »eine von diesen zwielichtigen Gestalten« genannt hat, »die aus den Schatten

---

* Die in Deutschland besser bekannte Fassung von Gottfried August Bürger stammt teils von diesem selbst, teils hat Bürger Raspe übersetzt, der sich seinerseits auf ältere deutsche Vorlagen stützte. – *Anm. d. Übers.*

der Geschichte des achtzehnten Jahrhunderts heraustreten und wieder darin untertauchen«. Als ein deutscher Gelehrter, der zum Gauner geworden war, floh Raspe nach England, wo er von verschiedenen Gönnern aufgenommen und fallengelassen wurde. Obgleich ihn der Erfolg des erstmals 1785 veröffentlichten Buches für kurze Zeit reich machte, vergeudete er seinen Wohlstand und starb 1794 in Armut und Elend. Sein Werk wurde danach Gegenstand einer ganzen Batterie von Fortsetzungen, Parodien und Nachahmungen, die alle dazu beigetragen haben, den Stand des legendären Barons zu festigen.

John Kendrick Bangs (1862–1922) war einer der Schriftsteller, die von Raspes ursprünglichem Roman gefesselt und inspiriert wurden. Er war auch einer der führenden Autoren humorvoller Phantastik im Amerika zu Beginn des zwanzigsten Jahrhunderts. In New York geboren, gehörte er mehrere Jahre lang zum Mitarbeiterstab bei den führenden Zeitschriften der Stadt, darunter Harper's Magazine und Puck, wo ihm seine Fähigkeit, wohlbekannte Persönlichkeiten satirisch darzustellen, bald eine große Leserschar einbrachte. Berühmt wurde er mit Ein Hausboot auf der Styx (A House-Boat on the Styx, 1895), worin eine Anzahl vertrauter historischer Gestalten wie Noah, Shakespeare und Napoleon einen Klub bilden, von dem Frauen ausgeschlossen sind, und sich schließlich der Rebellion einer Gruppe von Frauen unter der Führung Kleopatras gegenübersehen. In der Fortsetzung, Die Jagd nach dem Hausboot (The Pursuit of the House-Boat, 1897), zählte Sherlock Holmes zu den handelnden Figuren, während in Olympische Nächte (Olympian Nights, 1902) ein Quartett von griechischen Göttern auftrat, deren Lieblingsvergnügen darin bestand, den Planeten Mars als riesigen Golfplatz zu nutzen.

Bangs' Einfluß sollte sich als weitreichend erweisen, und seine Ideen sind in den Werken anderer Autoren komischer Phantastik, wie Thorne Smith und Philip José Farmer, zu finden. Es war unvermeidlich, daß ihn die Münchhausen-

Legende anzog, und 1901 veröffentlichte er Mr. Münchhausen *mit dem Untertitel »als da ist ein wahrer Bericht von
etlichen Abenteuern des seligen Baron Münchhausen jenseits
der Styx«. Der Baron erzählt diese Geschichten seinen beiden Neffen, die als* ›Teufel‹ *oder* ›Himmlische Zwillinge‹ *bezeichnet werden, und sie werden von Mr. Ananias von der*
Gehenna Gazette *aufgezeichnet. In der Geschichte* ›Drei
Monate im Ballon‹ *kommt Münchhausen dem belagerten
Napoleon zu Hilfe und erinnert an die Versuche moderner
Ballonfahrer, die Erde zu umfahren. Vielleicht könnten sie von
dem bemerkenswerten Baron etwas lernen?*

Drei Monate im Ballon

Herr Münchhausen war nicht gutaussehend, aber die
Rangen hatten ihn sehr gern; er steckte voller wunder-
barer Erinnerungen, und er war immer bereit, jedem,
der zuhören wollte, alles über sich zu erzählen. Für die
Himmlischen Zwillinge war er der größte Held, der je
gelebt hatte. Napoleon Bonaparte war, nach Herrn
Münchhausens eigener Bekundung, nicht halb der Krieger, der der verstorbene Baron gewesen war, und auch
Caesar war an seinen siegreichsten Tagen nicht ein Vier-
tel so weise oder so tapfer. Wie alt der Baron war, erfuhr
nie jemand, aber er hatte gewiß lang genug gelebt, um
in der ganzen Welt herumzureisen und jeder Art von
Tod ohne zu zucken ins Auge zu blicken. Er hatte mit
Zulus, Indianern, Tigern und Elefanten gekämpft –
wahrhaftig, der Baron war allem begegnet, was kämpft,
und aus jedem Kräftemessen war er als Sieger hervor-
gegangen. Er war der einzige Mensch, den die Kinder je
getroffen hatten, der in der Schlacht drei Beine verloren
hatte und sie sich dann, als der Kampf vorbei war,
zurückholte; er war der einzige Besucher in ihrem Haus,
der sich im afrikanischen Dschungel verirrt hatte und
drei Monate lang ohne Nahrung und ohne ein Dach
über dem Kopf umhergewandert war; und, am besten
von allen, er war, nach eigenem Eingeständnis, der
wahrhaftigste Erzähler außerordentlicher Geschichten
auf Gottes Erde. Die jungen Leute brauchten dem Baron
nur eine einzige Frage zu stellen, gleich welcher Art, es

spielte keine Rolle, welche es war – und schon antwortete er mit einer Abenteuergeschichte, und da er den Vater der Zwillinge regelmäßig alle Monate besuchte, dauerte es nicht lange, bis die Kinder eine Sammlung von Geschichten zusammengetragen hatten, neben denen die aufregendsten Episoden der Geschichte zu bedeutungslosen Gemeinplätzen verblaßten.

»Onkel Münch«, sagten die Zwillinge eines Tages, als sie dem Besucher auf den Schoß kletterten und sein Halstuch in Unordnung brachten, »bist du je in einem Ballon aufgestiegen?«

»Nur einmal«, sagte der Baron ruhig. »Aber ich hatte dieses eine Mal alle Hände voll zu tun, so daß es mir fürs Leben reichte.«

»Warst du lange im Ballon?« erkundigten sich die Zwillinge und holten die Uhr des Barons aus seiner Tasche und warfen sie nach Zerberus, der vor dem Fenster kläffte.

»Nun, es kam mir lang genug vor«, antwortete der Baron und steckte die Brieftasche in die Innentasche der Weste, wo sie die Zwillinge nicht erreichen konnten. »Drei Monate auf dem Land unterwegs kommen einem kurz vor, wenn man den ganzen Tag schläft und des Nachts Karten spielt, aber drei Monate im Ballon sind zu lang, um erträglich zu sein, wenn man von allen möglichen Seiten angegriffen wird.«

»Du bist drei Monate lang in der Luft gewesen?« fragten die Zwillinge, die Augen vor Staunen weit aufgerissen.

»Die ganze Zeit bis auf zwei Tage«, sagte der Baron. »Diese beiden Tage haben wir im Wipfel eines Baumes in Indien geruht. Und das kam so: Wie Ihr wißt, hat Napoleon, der Kaiser von Frankreich, immer große Stücke auf mich gehalten, und als er mit ganz Europa im Krieg lag, antwortete er einem seiner Höflinge, der ihn warnte, daß seine Armee dafür nicht gerüstet war:

›Jede Armee ist für den Krieg gerüstet, deren Oberbefehlshaber den Baron Münchhausen zu seinen Ratgebern zählt. Mit Münchhausen zur Seite nehme ich es mit der ganzen Welt auf.‹ Daher ließen sie mich holen, und da ich nicht sehr beschäftigt war, beschloß ich, aufzubrechen und den Franzosen beizustehen, obwohl auch die Verbündeten und ich auf gutem Fuß standen. Ich ließ mich von folgender Überlegung leiten: In diesem Kampf sind die Verbündeten stärker. Sie brauchen mich nicht. Napoleon aber schon. Steh den Schwachen bei, Münchhausen, habe ich zu mir selbst gesagt, und daher bin ich diesem Ruf gefolgt. Als ich Paris erreichte, habe ich mich natürlich gleich zum Palast des Kaisers begeben und bin an seiner Seite geblieben, bis er ins Feld aufgebrochen ist. Nachher bin ich ein paar Tage zurückgeblieben, um für die kaiserliche Familie alles zu ordnen. Zum Unglück für die Franzosen hat der König von Preußen gehört, daß sich mein Eintreffen an der Front verzögerte, und hat seinen Streitkräften den Befehl gegeben, mich auf dem Weg zu Napoleon unter allen Umständen abzufangen, und das haben sie auch versucht. Als ich bis auf zehn Meilen an das Hauptquartier des Kaisers herangekommen war, bin ich von den Preußen gestellt worden, und hätte ich mich nicht für einen derartigen Notfall mit einem Ballon ausgerüstet, hätte man mich gewiß gefangen und im Palast des Königs in Berlin bis Kriegsende festgehalten.

Da ich das alles vorhergesehen, hatte ich einen großen Ballon mitgebracht, der in einem Geheimfach meines Reisekoffers verstaut war. Während mein Leibwächter mit den preußischen Soldaten gekämpft hat, die ausgesandt worden waren, um mich gefangenzunehmen, haben ich und mein Diener den Ballon aufgeblasen, sind in die Gondel gesprungen und waren bald hoch oben, außer Reichweite des Gegners. Man hat mehrere Schüsse auf uns abgefeuert, und einer von ihnen hätte den Ballon durchbohrt, wenn ich nicht mit einem seltenen guten Schuß mein eigenes Gewehr auf die Kugel abgefeuert und sie genau in der Mitte getroffen hätte, wie ich es zu tun pflege, wodurch sie aus ihrer Bahn abgelenkt wurde. Auf diese Weise habe ich uns das Leben gerettet.

Es war meine Absicht gewesen, direkt über die Köpfe der Angreifer zu segeln und am nächsten Morgen in Napoleons Lager niederzugehen, aber zum Unglück für meine Berechnungen ist in der Nacht ein heftiger Wind aufgekommen, und mein Ballon ist von einer Nordströmung erfaßt und nach Afrika verblasen worden, wo wir, in der Luft direkt über der Wüste Sahara schwebend, einer völligen Windstille ausgesetzt gewesen sind, die uns unglückselige zwei Wochen lang aufgehalten hat.«

»Warum bist du nicht heruntergekommen?« fragten die Zwillinge. »War der Aufzug nicht in Betrieb?«

»Wir wagten es nicht«, erklärte der Baron, der den letzten Teil der Frage nicht gehört haben wollte. »Wenn wir es getan hätten, hätten wir eine ganze Menge von unserem Gas verschwendet, und unsere Lage wäre schlimmer als je zuvor gewesen. Wie schon gesagt, wir haben uns direkt über dem Mittelpunkt der Wüste befunden. Es hat keinen anderen Weg gegeben, hinauszukommen, als durch einen langen und ermüdenden Fußmarsch über den brennendheißen Sand, wobei die große Wahrscheinlichkeit bestand, daß wir sie niemals lebend verlassen würden. Uns blieb nichts anderes übrig, als einfach auszuharren, wo wir waren, und auf eine günstige Brise zu hoffen. Das haben wir auch getan und mußten nicht weniger als vier sterbenslangweilige Wochen warten, bis sich ein Lüftchen regte.«

»Du hast vor einer Minute zwei Wochen gesagt, Onkel Münch«, merkten die Zwillinge kritisch an.

»Zwei? Hmm! Nun ja, es sind zwei gewesen, wenn

ich es recht überlege. Das ist ein verzeihlicher Irrtum«, sagte der Baron und strich sich ein bißchen nervös über den Bart. »Ihr müßt wissen, zwei Wochen im Ballon über einer ungeheuren Sandwüste, mit nichts zu tun, außer nach einer Brise zu pfeifen, kommt vier Wochen irgendwo anders gleich. Zumindest scheint es so. Wie auch immer, zwei Wochen oder vier, die Brise hat schließlich eingesetzt, und gegen Mitternacht waren wir direkt über einem arabischen Lager nahe dem Wadi Halfa gestrandet. Das war wirklich eine gefährlichere Lage als die erste, denn sobald die Araber uns erblickt hatten, machten sie heftige Anstrengungen, uns herunterzuholen. Zunächst haben wir sie einfach höhnisch verlacht und Grimassen geschnitten, denn soviel wir sehen konnten, befanden wir uns in sicherer Entfernung außerhalb ihrer Reichweite. Das hat ihre Wut erregt, und anscheinend haben sie beschlossen, uns umzubringen, wenn das möglich war. Zuerst hatten sie vorgehabt, uns lebend herunterzuholen und uns als Sklaven zu verkaufen, aber unser Spott hat das alles geändert. Sie haben eine große Anzahl von Gewehren hervorgeholt und losgeballert.

›Ich werde ihnen das gleich austreiben‹, sagte ich zu mir und machte mich daran, meine eigene Flinte zu laden. Würdet ihr mir glauben, daß meine letzte Kugel die war, mit der ich den Ballon vor dem preußischen Schuß gerettet hatte?«

»O weh, wie unaufmerksam von dir, Onkel Münch!« sagte einer der Zwillinge. »Was hast du gemacht?«

»Ich habe einen Sandsack Ballast abgeworfen, damit der Ballon über die Reichweite ihrer Flinten aufstieg, und dann, als die Kugeln den höchsten Punkt erreichten und zurückgefallen sind, habe ich die Hand ausgestreckt und sie in einer Schöpfkelle aufgefangen. Ziemlich schlauer Einfall, was? Mit diesen Kugeln habe ich meine eigene Flinte geladen und jeden einzelnen der feindlichen Gruppe mit seiner eigenen Munition erschossen, und als der letzte der angreifenden Araber zusammengebrochen war, habe ich festgestellt, daß genug Kugeln übriggeblieben waren, um den leeren Sandsack damit zu füllen, so daß der fehlende Ballast nicht abging. In der Tat, ihr Gewicht hat ausgereicht, um den Ballon so nahe zur Erde hinabzubringen, daß unser Ankerseil direkt über ihrem Lager hinabhing, so daß mein Diener und ich, ohne etwas von unserem Gas zu verschwenden, hinunterklettern und all die gewaltigen Schätze an Teppichen und Seide und seltenen Kostbarkeiten sicherstellen konnten, welche diese Wüstenräuber im Verlauf ihrer Raubzüge hatten zusammenraffen können. Als wir sie in den Korb geholt hatten, hat sich eine weitere Brise erhoben, und die übrige Zeit sind wir müßig am Himmel geschwebt und haben auf einen geeigneten Landeplatz gewartet. Auf diese Weise sind wir drei Monate lang über Land und Meer hin und her getrieben worden, und schließlich sind wir auf einem hohen Baum in Indien gestrandet, von dem wir mit Hilfe eines Elefanten entkommen sind, der glücklicherweise des Weges gekommen ist und auf dem wir im Triumph in Kalkutta eingeritten sind. Die Schätze, die wir von den Arabern sichergestellt hatten, haben wir unglückseligerweise oben im Baum zurücklassen müssen, wo sie noch immer sind, vermute ich. Ich hoffe eines Tages zurückzukommen und sie zu bergen.«

Hier hielt Herr Münchhausen einen Augenblick inne, um Luft zu holen. Dann fügte er mit einem Seufzer hinzu: »Natürlich bin ich sofort nach Frankreich zurückgekehrt, aber bis ich Paris erreicht hatte, war der Krieg vorbei, und der Kaiser war in der Verbannung. Ich bin zu spät gekommen, um ihn zu retten – aber ich bin der Überzeugung, daß ich, wenn er sechzig bis siebzig Jahre länger gelebt hätte, imstande gewesen wäre, ihm seinen

Thron wiederzugeben und den kaiserlichen Glanz wiederherzustellen.«

Die Zwillinge starrten ein, zwei Minuten schweigend ins Feuer. Dann fragte einer von ihnen: »Aber wovon hast du die ganze Zeit über gelebt, Onkel Münch?«

»Eier«, anwortete der Baron. »Eier und gelegentlich Fisch. Mein Diener war, als er den Ballon vorbereitete, so vorausblickend gewesen, unter den Sachen, die in der Gondel mitgeführt werden sollten, einen kleinen Hühnerkäfig aufzunehmen, in dem sich sechs zahme Hühner befanden, die mir gehörten und die ich überall mit mir mitgenommen habe. Diese haben jeden Tag genug Eier gelegt, um uns am Leben zu erhalten. Die Fische haben wir gefangen, wenn sich der Ballon über dem Meer befand und wenn wir an unserem Anker Stücke des Gasschlauchs aus Gummi anbrachten, den wir zum Aufblasen des Ballons benutzten, und die Würmern täuschend ähnlich sahen.«

»Aber die Hühner?« fragten die Zwillinge. »Wovon haben die Hühner gelebt?«

Der Baron wurde rot.

»Es tut mir leid, daß ihr diese Frage gestellt habt«, sagte er mit leicht zitternder Stimme. »Ich beantworte sie jedoch, wenn ihr mir versprecht, es nie jemandem weiterzuerzählen. Es war das einzige Mal in meinem Leben, daß ich mir eine vorsätzliche Täuschung einem Lebewesen gegenüber zuschulden kommen ließ, und ich habe es immer bedauert, obwohl unser Leben davon abhing.«

»Was war es, Onkel Münch?« fragten die Zwillinge, tief beeindruckt, daß der alte Krieger jemals jemanden getäuscht hatte.

»Ich habe die Eierschalen gesammelt, zu Pulver zermahlen und an die Hühner verfüttert. Die armen Wesen haben es für Weizenmehl gehalten«, gestand der Baron. »Ich weiß, es war gemein, aber was konnte ich tun?«

»Nichts«, sagten die Zwillinge leise. »Und wir glauben auch nicht, daß es von dir wirklich so schlecht war. Viele andere hätten sie Eier legen lassen, bis sie verhungerten, und sie dann umgebracht und aufgegessen. Du hast sie am Leben gelassen.«

»Das mag schon sein«, sagte der Baron mit einem Lächeln, das zeigte, wie erleichtert sein Gewissen über den Einfall der Zwillinge war. »Zu so etwas war ich jedoch nicht imstande, denn sie waren zahme Tiere. Ich war von Kindheit an mit diesen Hühnchen aufgewachsen.«

Die Zwillinge kletterten, nachdem sie ihm den Hut über die Augen gezogen hatten, von seinem Schoß und gingen ihrem Spiel nach, in der festen Überzeugung, daß der Baron, wenn er auch ein kühner Krieger war, ein besonders gütiges, weiches Herz hatte.

Gene Wolfe

›Alternativwelten‹ – ein Begriff für Geschichten, in denen eine Änderung der historischen Begebenheiten sich auf die Lebenswege der Menschen auswirkt – haben viele Verfasser komischer Phantastik angezogen, darunter G. K. Chesterton, Philip K. Dick, Spike Milligan und auch den Autor des folgenden Beitrags, Gene Wolfe. Sie handeln üblicherweise davon, ›wenn es anders gekommen wäre‹, und als beliebteste Gestalten haben sich fast unausweichlich Napoleon und Hitler erwiesen. Es ist nicht allgemein bekannt, daß auch Winston Churchill eine solche Erzählung geschrieben hat, ›Wenn Lee die Schlacht von Gettysburg nicht gewonnen hätte‹ (1932), was Wolfes Geschichte – die im Jahre 1938 spielt, als der große Staatsmann noch nicht im Zentrum des Weltgeschehens stand – eine zusätzliche pikante Note verleiht. Das Thema von ›Alternativwelten‹ ist zudem in Romanbestsellern verwendet worden, wie Königin Victorias Bombe (*Queen Victoria's Bomb*, 1967) von Ronald W. Clark, wo die Atombombe vorzeitig entwickelt wird, Der andere Sieger (*The Indians Won*, 1970) von Martin Cruz Smith und Len Deightons SS-GB (1978), ebenso in Kevin Brownlows bemerkenswertem Film von einer erfolgreichen deutschen Invasion in Großbritannien, Es geschah hier (*It Happened Here*, 1966) mit Pauline Murray und Sebastian Shaw.

Gene Wolfe ist von L'Express in Paris »un Proust de l'espace« genannt worden und gilt allgemein als einer der raffiniertesten modernen SF-Autoren. 1931 in New York geboren, aber in Texas aufgewachsen, diente er im Koreakrieg, was ihm ein Infanteriekampfabzeichen einbrachte, aber sein Denken nachhaltig beeinflußte. Nachdem er sein Studium in Ingenieursmechanik abgeschlossen hatte, arbeitete er eine Zeitlang als Herausgeber einer Fachzeitschrift, ehe er sein wahres

*Talent als Schriftsteller entdeckte. Seine Geschichte ›Der Dok-
tor der Todesinsel‹ signalisierte 1978 das Auftauchen eines
bemerkenswerten neuen Talents, und seine spätere Sammlung
von ›Archipel‹-Geschichten* sowie die Romanserie* Das Buch
der Neuen Sonne *(The Book of the New Sun) bestätigte
seine Reputation ebenso wie der Gewinn des ersten von vielen
Preisen, darunter der World Fantasy Award und der angese-
hene Nebula Award.*

  *Wolfe hat sich in letzter Zeit in seinen Büchern histori-
schen Themen zugewandt, so in* Es gibt Türen *(There Are
Doors, 1988), angesiedelt in einer Parallelwelt ähnlich den
Vereinigten Staaten während der Weltwirtschaftskrise,* Burg-
blick *(Castleview, 1990), wo König Artus im zeitgenössi-
schen Illinois eine neue Aufgabe übernimmt, und* Soldat von
Arete *(Soldier of Arete, 1989) über das antike Griechenland.
Das parodistische Element in allen drei Büchern war Anlaß
zu Vergleichen mit G. K. Chesterton, und die folgende Erzählung, geschrieben für* Analog *vom Mai 1973, enthält ähnliche Passagen. Sie kommt auf ganz unwiderstehlich komische
Weise zu dem Schluß, daß nicht alle Kriege mit Kanonen und
Bomben geführt werden und daß die entscheidende Waffe
immer der Geist des Menschen ist.*

---

* ›The Wolfe Archipelago‹ (1983) enthält vier Insel-Geschichten, deren
Titel durch Permutation der Wörter ›death‹, ›doctor‹ und ›island‹ ent-
stehen. Deutsch erschienen sind ›Der Tod des Dr. Island‹ und ›Die
Insel von Dr. Death‹; die vierte heißt ›Death of the Island Doctor‹. –
Anm. d. Übers.

GENE WOLFE

Wie ich den Zweiten Weltkrieg verlor und mithalf, die deutschen Invasoren zurückzuwerfen

1. April 1938

Sehr geehrter Herr Chefredakteur!

Als langjähriger Abbonent Ihrer Publikation – welche ich beziehe, seit ich meinen Wohnsitz nach Großbritannien verlegt habe – bemerke ich des öfteren mit Freude, daß Sie sich nicht nur mit den Details der unterschiedlichsten strategischen Brettspiele beschäftigen, welche Ihre Leser entwerfen sondern darüber hinaus gelegentlich auch Anekdoten aus dem städtischen und ländlichen Leben in den Unterhaltungsteil aufnehmen – ganz besonders solche, welche in irgendeiner Form mit Spielen zu tun haben. Aus diesem Grund hoffe ich, daß der Bericht über ein Erlebnis, welches mir vor kurzem widerfuhr, Sie interessieren wird, noch dazu, wo es mich in die Lage versetzte, sowohl mit Mister W. L. S. Churchill in nähere Berührung zu kommen – dem Mann, der, wie Sie zweifelsohne wissen, im Großen Krieg wegen seiner Befürwortung der unheilvollen Dardanellenexpedition von seinem Posten als Erster Lord der Admiralität abberufen wurde, und der daher für all jene von besonderem Interesse ist, die sich, wie ich, mit militärischen Brettspielen beschäftigen –, als auch mit keinem Geringeren als dem gegenwärtigen Reichskanzler von Deutschland, Herrn Adolf Hitler.

Wie Sie sicherlich bereits erraten haben, fand all dies im Dunstkreis der großen internationalen Ausstellung statt, welche in Bath über die Bühne ging; bevor ich jedoch meine Erzählung von den außergewöhnlichen Geschehnissen dort (Geschehnisse, welche, so schmeichle ich mir, nur wenige aus einer so vorteilhaften Position wie ich verfolgen konnten) beginne, muß ich – zumindest in groben Umrissen (denn die Details sind äußerst komplexer Natur) – das Spiel *Weltkrieg* erläutern, welches von meinem Freund Lansbury und meiner Wenigkeit entworfen wurde. Wie so viele andere verwenden wir als Spielbrett eine große Weltkarte, die wir mit Hilfe von Tapetenkleister auf ein vier mal sechs Fuß großes Fichtenbrett geklebt und daraufhin mit farblosem Lack überzogen haben; flach auf meinem Schreibtisch gelegt leistet uns diese Karte ausgezeichnete Dienste. Die Alliierten der gegeneinander kämpfenden Länder werden durch das Los bestimmt, und die Kampfverbände zur See, zur Luft und zu Lande werden symbolisch von Stecknadeln in den verschiedensten Farben dargestellt; um jedoch die *Art* dieser Einheiten zu bestimmen, haben wir ein neues Prinzip eingeführt – welches unseres Wissens nach in keinem anderen Spiel zur Verwendung gelangt. Es enthält die Bestimmung, daß jeder der beiden Gegner jederzeit eine neue Art Schiff, Feuerwaffe oder andere Waffe vorschlagen kann. Wenn er in der Lage ist, seinem Gegner die Funktion dieser Neuerung einleuchtend und überzeugend darzustellen (nicht jedoch, bitte dies zu beachten, ihre Nützlichkeit! Denn wenn sie sich nicht als wirksam erweist, so ist der Nachteil nur jener des Erfinders!), ist es ihm gestattet, so viele seiner Einheiten auf die Neuerung umzustellen, wie ihm beliebt. Er hat dann drei Monate lang das Exklusivrecht auf ihre Verwendung, wonach auch der Gegner umrüsten kann, wenn er dies will. Auf diese Art und Weise muß ein Spieler bei *Weltkrieg* nicht nur hervorragende strategische Fähigkeiten besitzen, sondern dazu noch ein überragendes Erfindungs- und Argumentiertalent.

Und so ergab es sich, daß Lansbury und ich den größten Teil des Winters damit verbrachten, das Spiel zu montieren und die Regeln für die Bewegung der Einheiten aufzustellen. Wir hatten beide bereits beträchtliche Erfahrung mit Brettspielen dieser Art und kannten daher die Verwirrung und das böse Blut, welche durch Regelbücher hervorgerufen werden, die sich nur unzureichend mit kaum bedachten Eventualitäten befassen; wir schrieben aus diesem Grund das unsere mit größter Sorgfalt. Am 17. Februar (Lansbury und ich treffen uns einmal die Woche) fand die Auslosung statt. Dabei fielen Deutschland, Italien, Österreich, Bulgarien und Japan mir zu, und Lansbury erhielt Großbritannien, Frankreich, China und die Niederlande. Ich gebe zu, daß eine solche Gruppierung nicht sehr wahrscheinlich ist – ein Pedant könnte sehr wohl einwenden, daß Japan und Italien, die im Großen Krieg an Großbritanniens Seite gekämpft haben, in einem neuen Konflikt wohl kaum die Fronten wechseln würden. Doch bei näherer Betrachtung der menschlichen Geschichte wird man auf noch weniger vorstellbare Sinnesänderungen stoßen, wie zum Beispiel im sechzehnten Jahrhundert, als sich Frankreich in einer, wie man es nannte, ›Unheiligen Allianz‹ mit der Türkei verband. So beschlossen Lansbury und ich, uns dennoch der Entscheidung des Loses zu unterwerfen. Am Vierundzwanzigsten, so hatten wir vor, wollten wir unsere ersten Züge tun.

Ich begann also, mir meine Strategie zurechtzulegen, als am Zwanzigsten, während ich flüchtig den *Guardian* durchblätterte, mein Auge auf die Ankündigung der Eröffnung der Ausstellung fiel; augenblicklich kam mir der Gedanke, daß sich unter den Repräsentanten der vielen ausstellenden Nationen jemand befinden mochte, dessen Ideen mir zum Vorteil gereichen konnten. Jedenfalls hatte ich nichts Besseres vor, und so steckte ich ein kleines Notizbuch in meine Tasche und machte mich auf den Weg zur Ausstellung – ohne zu wissen, daß ich soeben daranging, zu einem Augenzeugen der Geschichte zu werden.

Ich nehme an, daß ich den Lesern dieser Zeitschrift das weitläufige Ausstellungsgelände nicht zu beschreiben brauche. Es soll genügen, darauf hinzuweisen, daß es von einer ovalen Rennbahn umgeben war, deren Länge fast sieben Meilen betrug, und überragt wurde von einem turmartigen Haltemast, der ein höchst eindrucksvoller Teil des deutschen Ausstellungspavillons war, und von der riesigen silbernen Form des Luftschiffes *Graf Spee,* welches nun, nachdem es den höchsten Funktionär des Deutschen Reiches nach Großbritannien gebracht hatte, darauf wartete, ihn wieder davonzutragen. Es war genau jener Tag, an dem Reichskanzler Hitler – für den sich die Tore der Ausstellung bereits früher geöffnet hatten – das Ausstellungsstück ›Volks-Wagen‹ enthüllen sollte. Transparente erstreckten sich von Mast zu Mast, und selbst über dem Haupteingang prangten Sprüche wie:

WELCHES VOLK
SOLL EINEN VOLKS-WAGEN HABEN
?????
DAS ENGLISCHE!!!

und

DEUTSCHE HANDWERKSKUNST
BRITISCHE LIEBE
ZU PERFEKTEN MOTOREN

und selbst

IN IHRER ART SIND SIE
SO BRITISCH WIE
DIE KÖNIGLICHE FAMILIE!!!

Ich erinnere mich daran, daß Deutschland die mächtigste jener Nationen ist, die das Los mir zugeeignet hatte, und so wandte ich meine Schritte in Richtung deutscher Pavillon.

Dort gab es ein arges Menschengewühl; alles in allem eine Art Ferienatmosphäre, wobei jedoch ein deutlicher Einschlag nüchterner Kalkulation zu verspüren war – man hörte Arbeiter die mechanischen Vorzüge (tatsächliche oder angebliche) der deutschen Motoren diskutieren, den extrem niedrigen Preis des Wagens und die zinsenfreien Kredite, die von der Reichshauptkasse zu bekommen waren. Straßenverkäufer boten Brezeln feil, Lebkuchen und bayrische Sahnebonbons in Papiertäßchen, wobei sie ihre Waren mit heiseren Cockneystimmen anpriesen. Rund um den großen Ausstellungsraum, wo in weniger als einer Stunde der Reichskanzler persönlich die Invasion Großbritanniens durch ein Heer von ›Volks-Wagen‹ starten würde, indem er das Fahrzeug einem ausgewählten Kreis hochgestellter Persönlichkeiten vorführte, war das Gedränge am ärgsten; das Gebäude war – wie ich später erfuhr – bereits seit langer Zeit voll, und es wurden keine weiteren Zuseher mehr eingelassen.

Die Deutschen hatten jedoch das Feld nicht für sich allein. Durch die Menschenmenge flitzten fahrerlose Modellautos, die nur unwesentlich kleiner waren als die deutschen ›Volks-Wagen‹ – so schien es zumindest. Diese ›Spielzeuge‹ – wenn ich etwas so sorgfältig Ausgearbeitetes und dennoch Wert- und Nutzloses so bezeichnen darf – trugen die Flagge des japanischen Kaiserreiches an ihren Antennen, und aus ihren Lautsprechern erklang unter feierlichem Gezische ein Lobgesang auf die Produkte dieser arbeitsamen Nation, unter dem besonderen Hinweis auf die Grammophone, Radioapparate und so weiter, welche diese erst kürzlich erfundenen kleinen Wunder namens ›Transistoren‹ enthielten.

Wie alle anderen verbrachte auch ich ein paar Minuten damit, mich ein wenig umzusehen – oder, wie ich besser sagen sollte, damit, mich auf die Zehenspitzen zu stellen und den Hals zu verrenken, in dem Versuch, mich umzusehen. Aber mein Interesse galt weder dem ›Volks-Wagen‹ und dem deutschen Reichskanzler, noch den japanischen Marionettenautos, und so wandte ich denn auch bald mein Streben der Suche nach einer Person zu, welche mir in dem kommenden Kampf gegen Lansbury eine Hilfe sein konnte. Und darin hatte ich großes Glück, denn kaum hatte ich mein Auge in die Runde schweifen lassen, als ich einen stämmigen Mann in der Uniform der Flugzeugmeisterei erblickte, der soeben von einem Straßenhändler eine Handvoll deutsches Konfekt kaufte. Ich lenkte meine Schritte augenblicklich zu ihm hin, verbeugte mich und nahm mir die Freiheit, ihm zu dem großartigen Luftschiff zu gratulieren, welches über uns schwebte, nachdem ich mich dafür entschuldigt hatte, ihn angesprochen zu haben, ohne ihm vorgestellt worden zu sein.

»Ah!« sagte er. »Der Dicke da oben gefällt Ihnen, was? Jawohl, es ist wirklich ein prächtiges Luftschiff, kein Zweifel.« Er blies sich in dieser typisch deutschen, gutmütigen Art etwas auf, während er sprach, und steckte ein Bonbon in den Mund. Ich konnte deutlich sehen, wie angetan er war von meinen Worten. Gerade wollte ich ihn fragen, ob er die militärischen Aspekte der Luftfahrt je in Betracht gezogen habe, als ich die Orden und Ehrenzeichen auf seiner Uniformjacke bemerkte; er sah, in welche Richtung meine Augen blickten, und fragte: »Sie wissen, was das ist?«

»Natürlich«, erwiderte ich. »Ich war zwar nicht im Krieg, aber ich hätte alles dafür gegeben, Flieger zu sein. Ich wollte Sie soeben fragen, Herr ...«

»Göring.«

»Herr Göring, wie würde sich, Ihrer Ansicht nach, der Einsatz von Flugzeugen abspielen, wenn – ich weiß, dies klingt absurd – der Große Krieg heute stattfände?«

Aus dem Strahlen seiner Augen schloß ich, daß ich auf eine verwandte Seele getroffen war. »Eine gute Frage«, sagte er. Einen Augenblick lang stand er schweigend da, musterte mich und sah bei Gott aus wie ein holländischer Schulmeister, der der Frage seines Musterschülers all jene Aufmerksamkeit zuwandte, welche ihr gebührte. »Und ich werde Ihnen etwas verraten: Was wir damals hatten, war gar nichts. Papierdrachen hatten wir, mit MGs darauf. Wenn jetzt ein Krieg käme ...« Er hielt inne.

»Das ist natürlich undenkbar.«

»Ja. Mein Vaterland, das heute in einem solchen Krieg Europa nicht mit Bajonetten erobern könnte, erobert die ganze Welt mit Geld und unseren kleinen Autos. Damit hat der Führer die Feinde des Volkes bezwungen, und die Industrie von Polen und Österreich ist in unserer Hand. Die Völker sagen: ›Unsere Fabrik, unsere Bank‹, aber die Aktien liegen in Berlin.«

Das alles wußte ich selbstverständlich, so wie es jeder gutinformierte Mensch weiß. So wollte ich die Konversation wieder auf das Thema der neuen militärischen Techniken zurückführen, doch es war nicht notwendig. »Aber Sie und ich«, sagte er, und seine Stimmung erhellte sich wieder, »was geht uns das an? Das ist etwas für die Finanzexperten. Wissen Sie, was ich ...« – er klopfte sich mit dem Daumen auf die Brust – »tun würde, wenn ein Krieg käme? Ich würde *Sturzkampfbomber* bauen!«

»Sturzkampfbomber?«

»Jawohl. Jeder mit nur einer Bombe an Bord. Nur einer, aber einer großen! Schnelle Flugzeuge ...« Er beugte sich vor und machte mit seiner Rechten eine Art Tauchbewegung, wobei er im letzten Moment wieder ›hochzog‹ und im selben Moment ein bayrisches Sahnebonbon derart fallen ließ, daß es an meinem Schuh kleben blieb. »Schnelle Flugzeuge. Ich würde meine Panzer – Sie wissen, was Panzer sind?«

Ich nickte und sagte: »Ja, mehr oder weniger.«

»Ich würde meine Panzer in Kolonnen ordnen. Die Sturzkampfbomber vornewegschicken, die Sturmtruppen dahinter. Auch die Panzer schnell – weniger Panzerung, dafür große Geschütze. Schnelle Panzer.«

»Brillant«, erwiderte ich. »Ein Blitzkrieg.«

»Hören Sie zu, mein Freund. Ich muß jetzt gehen und mich um die Wünsche meines Führers kümmern, aber es ist jemand hier, den Sie kennenlernen sollten. Wenn Sie Panzer mögen – dieser Mann ist sozusagen ihr Vater, er war im Krieg in Ihrer Navy, und als die Armee von einem Panzer nichts wissen wollte, baute er ihn für die Marine, wobei es hieß, es handle sich um Wassertanks. Ihr verwendet diesen dummen Namen – ›Tanks‹ – immer noch. Er ist da drinnen.« Er deutete mit dem Daumen auf den riesigen Pavillon, wo in Kürze der Reichskanzler der entzückten britischen Öffentlichkeit den ›Volks-Wagen‹ vorführen würde.

Ich machte ihn darauf aufmerksam, daß ich unmöglich da hineinkommen könne – das Gebäude platzte bereits aus allen Nähten, und die Menschenmenge davor war etwa doppelt so groß wie vorher.

»Passen Sie auf: Hermann bringt Sie da hinein! Sie bleiben dicht neben mir und machen ein Gesicht, als wären Sie von der Zeitung.«

Fügsam folgte ich dem großen blonden Deutschen, als er sich mit Gewalt einen Weg durch die Menschenmassen bahnte – mindestens ebensosehr kraft seiner imposanten Uniform wie kraft seiner massigen Gestalt. An der Tür salutierte die Wache (in Lederhosen) und machte keine Anstalten, mein Eintreten zu verhindern.

Kurz darauf befand ich mich in einer riesigen Halle – dem Werk der gleichen technischen Fähigkeiten der Deutschen, welche die Welt bereits mit der Autobahn in Erstaunen versetzt hatte. Eine gewölbte Decke aus Metall, so glänzend wie ein Spiegel, reflektierte verzerrt jedes Detail von unten. Darin erblickte man den fliesenbedeckten Boden, wobei die Fliesen – jede davon fast einen Fuß im Quadrat – ein gigantisches Bild des kleinen Wagens formten, der der deutschen Industrie die Vorherrschaft auf der halben Welt gesichert hatte. Eine Kunstfertigkeit, die kaum weniger eindrucksvoll war als der Reichtum und die Macht, welche dafür gesorgt hatten, daß dieses Gebäude in nur wenigen Wochen auf dem Ausstellungsgelände errichtet werden konnte, hatte es fertiggebracht, daß selbst das Gesicht des Fahrers dieses Wagens durch die Windschutzscheibe erkennbar war – nicht sehr deutlich, eher verschwommen, wie man eben die Gesichtszüge eines Fahrzeuglenkers sieht, der soeben dabei ist, den Betrachter zu überfahren; es war natürlich das Gesicht von Herrn Hitler.

An einer Seite dieses Gebäudes, auf einer Art Podium, saßen die ›Kunden‹, jene sorgfältig ausgewählten Persönlichkeiten aus Gesellschaft und Politik, deren glückliches Geschick es erlaubte, daß sie der Vorführung des ›Volks-Wagens‹ durch den Führer der deutschen Nation persönlich beiwohnen durften. Rechts von ihnen, auf einem viel niedrigeren Podium, saßen die Vertreter der Presse, leicht zu erkennen an ihren Kameras und Notizblöcken, sowie an ihrer flotten, gelegentlich leicht schäbigen Kleidung. Und diese Gruppe war es, zu der Herr Göring mich kühn hinführte, und sehr bald schon – man könnte sagen, noch ehe wir uns ihr auf halbem Wege genähert hatten – erkannte ich den Mann, den er draußen, vor dem Gebäude, erwähnt hatte.

Er saß in der letzten Reihe, und irgendwie schien er höher zu sitzen als alle anderen; er hatte das Kinn auf seine Hände gestützt, und diese wiederum auf den Griff eines Spazierstocks. Sein bemerkenswertes Gesicht, breit und rund, erinnerte mich gleichzeitig an Babies und Bulldoggen. Man erahnte bei seinem Anblick eine Unschuld, eine unverdorbene Lebensfreude, gepaart mit jener Art von Courage, für welche Kapitulation nicht nur im gewöhnlichen, sprachlichen Sinn ›undenkbar‹ ist, sondern an sich als Gedanke nicht existiert. Seine Kleider waren teuer und abgetragen, so daß ich ihn für einen Kammerdiener gehalten hätte, wäre da nicht ihre perfekte Paßform gewesen und der Umstand, daß irgend etwas an ihm die Vorstellung ausschloß, er sei irgendwann irgend jemandes Diener gewesen – außer vielleicht der Diener seines Königs.

»Herr Churchill«, sagte Göring. »Ich habe einen Freund mitgebracht.«

Sein Kopf hob sich, und er betrachtete mich mit kühnen, blauen Augen. »Ein Freund von Ihnen«, fragte er, »oder einer von mir?«

»Er ist groß genug, daß wir ihn uns teilen können«, antwortete Göring leichthin. »Aber für den Augenblick überlasse ich ihn Ihnen.«

Der Mann zu Churchills Linken rückte zur Seite, und ich setzte mich.

»Sie sind weder Journalist noch Zuhälter«, polterte Churchill. »Journalist deshalb nicht, weil ich sie alle kenne, und die Zuhälter scheinen alle mich zu kennen – zumindest sagen sie das. Doch da ich noch nie gesehen habe, daß dieser Mann jemanden mochte, der nicht der zweiten Kategorie angehörte, oder auch nur irgendjemandem gesittetes Benehmen entgegenbrachte, der nicht der ersten angehörte, muß ich Sie fragen, wie Sie das angestellt haben.«

Ich begann, ihm unser Spiel zu beschreiben, wurde aber nach etwa fünf Minuten von dem Mann vor mir unterbrochen, der mich, ohne sich umzusehen, mit seinem Ellbogen anstieß und sagte: »Da kommt er!«

Der Reichskanzler hatte das Gebäude betreten und bewegte sich zwischen Reihen von Sachbearbeitungssturmleuten – wie die Elite des Verkaufspersonals genannt wurde – steif und zackig auf das Zentrum des Raumes zu; auf einer Empore fünfzig Fuß über unseren Köpfen stürzte sich eine Musikkapelle mit genug Temperament in die Melodie ›Deutschland, Deutschland, über alles‹, um das ganze Gebäude zum Einsturz zu bringen, während ein amerikanischer Radioreporter zu meiner Linken seinen Landsleuten auf der anderen Seite des Atlantiks zuschrie, daß Herr Hitler *hier* sei, daß er sich gerade in diesem Moment mit löblicher deutscher Pünktlichkeit dorthin begab, wo man ihn bereits ungeduldig erwartete.

Unvermutet schnitt ein dünner, heulender Ton durch die Musik; die Instrumente schwiegen so plötzlich, als hätte man eine Käseglocke darübergestülpt. Das Heulen erklang wiederum, und die Masse der Neugierigen teilte sich wie hohes Gras, durch das sich ein noch nicht sichtbares Tier seinen Weg bahnte. Ein letztes Heulen, und die vorderste der dichten Reihen, jene glücklichen Leute, die direkt an der Absperrung zu jener Fläche standen, auf der der Reichskanzler seine Vorführung in Szene setzen würde, teilte sich, und wir konnten sehen, daß das ›Tier‹ ein kleiner, kanariengelber ›Volks-Wagen‹ war; so wie der Reichskanzler sich von der einen Seite dem Ziel näherte, tat es der Wagen von der anderen, wobei das langsame, stetige Tempo und die helle Farbe dem Zuseher den Eindruck einer zugleich fügsamen, wie auch kecken kleinen Persönlichkeit vermittelten, einer angenehmen und im Grunde genommen gehorsamen Unbekümmertheit.

Direkt vor dem Podium, auf dem sich die hochgestellten Herren befanden, trafen die beiden aufeinander und blieben stehen. Der ›Volks-Wagen‹ hupte noch einmal – drei wohlabgemessene Töne –, und der Reichskanzler beugte sich vor, lächelte (ein fast charmantes Lächeln, denn es kam so unerwartet), und tätschelte den Kotflügel. Der Wagenschlag öffnete sich, und ein blondes, deutsches Mädchen in hübscher Bauerntracht stieg aus; sie war ziemlich groß, dennoch hatte sie – wie jedermann sich überzeugen konnte – eine Sekunde zuvor recht bequem hinter dem Lenkrad gesessen. Sie warf den hohen Herrschaften eine Kußhand zu, knickste vor Hitler und trat ab; die eigentliche Schau sollte beginnen.

Ich will die Leser dieses Magazins nicht mit dem Wiederholen all jener Details langweilen, die sie so oft schon zu lesen bekommen haben, nicht nur in den Gesellschaftsspalten der *Times* und anderer Tageszeitungen, sondern auch in etlichen Zeitschriften dieses Landes. Daß Lady Woolberry für die Geschicklichkeit großen Applaus erntete, mit der sie den Wagen im Rückwärtsgang rund um die Vorführfläche lenkte, ist nur allzu gut bekannt. Die Entdeckung, daß Sir Henry Braithewaite überhaupt nicht fahren kann – gemacht, nachdem er bereits den Fahrersitz eingenommen hatte –, ist eine Tatsache, welche kaum weniger bekannt ist. Es mag die Bemerkung genügen, daß für Deutschland alles recht gut lief; die hohen Herrschaften waren gebührend beeindruckt, Presse und Zuseherschaft hingerissen. Und ganz gewiß ist keinem der Anwesenden zu Bewußtsein gekommen, daß nach der letzten der geplanten Vorführungen ein neues Blatt der Geschichte geschrieben werden würde. Da wandte sich Herr Hitler in einem seiner unerwarteten und ganz und gar nicht vorhersehbaren intuitiven Entschlüsse, für welche er berühmt ist (der Befehl aus Berchtesgaden zu einem Zeitpunkt, als nichts derartiges auch nur im entferntesten erwartet wurde, ja, als jeder Radiokommentator der Meinung war, daß Deutschland sich zumindest eine Zeitlang damit zufriedengeben würde, die wirtschaftliche Oberherrschaft auszunützen, die es in Osteuropa und auch anderswo bereits errungen hatte – der Befehl also, jeden ›Volks-Wagen‹, welcher in den Monaten Mai, Juni und Juli verkauft würde, ohne Mehrkosten mit luxuriöser Innentapezierung auszustatten, kommt einem augenblicklich in den Sinn!), zur Pressetribüne und bot jedem Journalisten, der Lust dazu hatte, an, den Wagen selbst auszuprobieren, denn offenbar hatte er die Zahl – wenn auch nicht das Interesse – der Herren der besseren Gesellschaft bereits erschöpft.

Das Angebot galt, wie ich soeben sagte, allen, die auf der Tribüne saßen. Aber es gab keinen Zweifel – es konnte keinen Zweifel geben –, an wen es sich tatsächlich richtete. Diese Augen, hell und voll fanatischer Energie und dem Stolz, der wohl jedem Manne innewohnen muß, der über eine mächtige Industrienation gebietet, waren starr auf ein einziges, friedvolles Gesicht gerichtet. Dieser Mann erhob sich und akzeptierte ohne ein Wort zu sagen die Herausforderung, bis er dem mächtigsten Mann Europas Auge in Auge gegenüberstand. Ich werde mich stets daran erinnern, wie er den Rauch seiner Zigarre ausblies, ehe er sagte: »Das, nehme ich an, ist ein Automobil?«

Herr Hitler nickte. »Und Sie«, sagte er, »denke ich, hatten einst das Oberkommando über dieses Land. Sie sind doch Herr Churchill?«

Churchill nickte. »Während des Großen Krieges«, sagte er leise, »hatte ich die Ehre, eine Zeitlang ein Amt in der Admiralität zu bekleiden.«

»Zu dieser Zeit«, entgegnete der deutsche Führer,

»war ich Gefreiter in der Armee des Kaisers. Ich hätte nie erwartet, daß Sie jetzt für eine Zeitung arbeiten.«

»Noch bevor ich Politiker wurde, war ich bereits Journalist«, informierte Churchill ihn ruhig. »Ich war im Burenkrieg als Frontberichterstatter. Und jetzt bin ich zu meinem alten Beruf zurückgekehrt, so wie das jeder Politiker tun sollte, der sein Amt verloren hat.«

»Aber mein Automobil gefällt Ihnen nicht?«

»Ich fürchte«, sagte Churchill unerschütterlich, »daß ich demokratisch hergestellte Produkte vorziehe – zumindest für die Menschen, die in Demokratien leben. Wir Engländer stellen selbst einen Kleinwagen her, wußten Sie das? Den Centurion.«

»Ich habe davon gehört. Man verwendet ihn zum Wasserschöpfen.«

Zu diesem Zeitpunkt waren die Tribünen bereits leer. Wir standen bis zum letzten Mann – nicht nur die Journalisten, sondern auch die Herrschaften aus der besseren Gesellschaft – dichtgedrängt um die beiden großen Männer herum – und ich sage absichtlich ›die beiden‹, denn Größe bleibt Größe, auch wenn man sie der Macht entkleidet. Es war ein Augenblick der Nervosität, und diese Nervosität hätte sich noch steigern können, wäre die gespannte Atmosphäre nicht von einer unerwarteten Unterbrechung aufgelockert worden. Bevor Churchill etwas erwidern konnte, hörten wir die lispelnden Laute einer japanischen Stimme, und eines der Spielzeugautos aus dem Kaiserreich Nippon kam über den Boden geflitzt, tat so, als wolle es unter dem gelben ›Volks-Wagen‹ hindurchfahren (doch dazu war es viel zu groß), schwenkte dann nach links und verschwand wieder in der Menge der Neugierigen. Ob es nun der helle Wahnsinn war, der mich angesichts des flinken Autos übermannte, oder einfach eine Eingebung des Augenblicks, kann ich nicht sagen – aber ich rief: »Warum veranstalten wir kein Rennen?«

Und Churchill stellte sich, ohne eine Sekunde zu überlegen, an meine Seite. »Ja, was hören wir nicht alles über diesen deutschen Wagen? Nennt ihr ihn nicht den ›Rennmeister‹?«

Hitler nickte. »Jawohl, er ist sehr schnell für ein so kleines und wirtschaftliches Auto. Ja, wir werden im Rennen gegen euch antreten, wenn Sie das wünschen.« Er sprach mit, wie es schien, vollendeter Gelassenheit; doch ich bemerkte, wie so viele andere auch, denke ich, daß er fast in den harten, deutschen Akzent zurückgefallen war.

Ein aufgeregtes Gemurmel folgte der Antwort des Reichskanzlers, aber Churchill brachte es zum Ersterben, indem er nichts weiter tat, als seine Zigarre zu heben. »Mir kommt da ein Gedanke«, sagte er. »Schließlich wurden unsere Autos nicht konstruiert, um Rennen damit zu fahren.«

»Ah, Sie machen einen Rückzieher?« fragte Hitler. Er lächelte, und ich begann ihn zutiefst zu hassen.

»Was ich sagen wollte, war«, fuhr Churchill fort, »daß Fahrzeuge dieser Art nichts weiter sein wollen als praktische Transportmittel für den großstädtischen Raum. Damit meine ich das Fahren im dichten Verkehr und das Parken in verbautem Gebiet – mit einem Wort, die tapfere, unbesungene Leistung, welche für den durchschnittlichen Engländer unerläßlich ist, wenn er sein Brot verdienen will. Ich schlage vor, wir errichten auf der Rundstrecke, welche dieses Ausstellungsgelände umgibt, einen Rennkurs, welcher die tatsächlichen Fahrbedingungen simuliert, unter welchen sich der britische Bürger fortbewegen muß, weiters, daß im Rennen die teilnehmenden Fahrer dazu verpflichtet werden, ihre Wagen alle hundert Yards oder so zu parken. Die halbe Rennstrecke könnte dem normalen Verkehrschaos der Londoner Innenstadt entsprechen, die andere Hälfte ein Wohngebiet simulieren. Ich nehme an, wir könnten die

Japaner dazu bringen, uns den entsprechenden dichten Verkehr mit ihren ferngesteuerten Autos zu liefern.«

»Einverstanden!« rief Hitler augenblicklich. »Aber bis jetzt haben Sie allein die Regeln aufgestellt. Nun werden wir Deutschen eine verlangen: Gefahren wird im Rennen auf der rechten Straßenseite!«

»Hier in Großbritannien«, entgegnete Churchill stoisch, »fahren wir links. Das ist Ihnen sicher bekannt.«

»Meine Deutschen fahren rechts und wären im Nachteil, müßten sie links fahren.«

»Um ehrlich zu sein«, sagte Churchill langsam, »hatte ich diesem Dilemma bereits ein, zwei Gedanken gewidmet, ehe ich sprach. Also, ich schlage folgendes vor: An einer Seite der Rennstrecke muß es der Echtheit wegen Geschäfte, geparkte Lkws und Autobusse geben. Die andere überlassen wir den Neugierigen. Ihr Deutschen fahrt im Uhrzeigersinn rechts, während die Briten links …«

»In die andere Richtung fahren!« rief Hitler. »Und in der Mitte – das unbeschreibliche Tohuwabohu!«

»Ein Verkehrschaos«, nickte Churchill kühl. »Sie haben doch keine Angst?«

Über das Datum, an dem das Ereignis stattfinden sollte, war man sich bald einig: genau zwei Wochen nach dem Tag, an dem die Herausforderung ausgesprochen und akzeptiert worden war. Die Japaner erklärten sich bereit, mit ihren ferngesteuerten Autos für den dichten Verkehr zu sorgen, und die für die Organisation der Ausstellung zuständigen Herren wollten das Ihre dazu beitragen, aus dem Rundkurs um das Gelände eine künstliche Verkehrsader zu machen. Überflüssig zu erwähnen, daß die Aufregung groß war, eine amerikanische Firma, Movietown News, sandte nicht weniger als drei Teams, um das Rennen zu filmen, und auch etliche britische Nachrichtenbüros hatten sich eingefunden.

Am festgesetzten Tag erreichte die Spannung ihren Höhepunkt, und es wurde geschätzt, daß bei den Buchmachern mehr als drei Millionen Pfund eingingen, wobei die Wetten drei zu zwei für die Deutschen lagen.

Da die Spielregeln (verfaßt größtenteils von Herrn Churchill), die für das Rennen und den Einsatz der fahrerlosen japanischen Autos gelten sollten, von großer Bedeutung waren und – in jedem Fall – für jene von Interesse sein werden, die sich mit strategischen Spielen beschäftigen, erlauben Sie mir, kurz darauf einzugehen, ehe ich zu den Ereignissen komme. Den Japanern wurde erklärt, daß es ihre Aufgabe sein würde, ein reales Verkehrsaufkommen zu simulieren. Zehn funkgesteuerte Wagen wurden (anfangs) dem ›Wohnviertel‹ der Strecke (wo die Deutschen starteten, und welches die Zielgerade für das britische Team darstellte) zugeteilt, während fünfzig Stück die ›Innenstadt‹ bevölkern sollten. Entlang der Rennstrecke wurden weiters achtzig Parkpositionen bestimmt, und das Bedienungspersonal der ferngesteuerten Wagen – welches von dem Aussichtsturm aus die gesamte Rennstrecke überblicken konnte – wurde angewiesen, dort die Fahrzeuge fünfzehn Sekunden lang zu parken, sich dann wieder auf die Strecke und zum nächsten freien Parkplatz zu begeben, wobei man folgende Formel benutzte: Einem Parkplatz im ›innerstädtischen‹ wurde ein ›Entfernungswert‹ verliehen, welcher der tatsächlichen Entfernung zum jeweiligen Wagen entsprach – die man anhand der grünen ›Entfernungslinien‹ leicht bestimmen konnte, mit denen die Strecke in Fünfzig-Yard-Intervallen markiert war; befand sich ein Parkplatz jedoch in der ›Wohngegend‹ der Strecke, errechnete sich der Entfernungswert aus Entfernung plus zwei. Auf diese Art wurde der Verkehr – wenn ich so sagen darf – auf den innerstädtischen Sektor hingelenkt. Die teilnehmenden deutschen und englischen Fahrer mußten – im Gegensatz zu den Japanern – in jedem Parkplatz der Strecke auch wirklich parken, konnten diesen jedoch sofort wieder verlassen. Die Zwischenräume zwischen den Parkplätzen wurden mit dortselbst abgestellten Fahrzeugen gefüllt, welche man von Händlern und von der Öffentlichkeit geliehen hatte; außerdem waren von einer Anzahl Londoner Firmen leere Gebäudefronten in der Art von Filmkulissen entlang der Parkplatzseite der Rennstrecke aufgestellt worden.

Ich fürchte, ich muß Ihnen gestehen, daß ich keinerlei Skrupel hatte, am Tage des Rennens meine flüchtige Bekanntschaft mit Mister Churchill dahingehend zu mißbrauchen, um mir Zutritt zu den Boxen zu verschaffen. Es war ein strahlend schöner Tag, einer jener herrlichen Frühlingstage, auf welche Westengland zu recht stolz ist, und ich fühlte mich bemerkenswert gut und zufrieden mit mir selbst. Tatsächlich machte das Spiel mit Lansbury äußerst erfreuliche Fortschritte; indem ich die Ratschläge Herrn Görings in die Tat umgesetzt hatte, war es mir gelungen, in eine von Lansburys wichtigsten Domänen, nämlich Frankreich, in nicht mehr als vier Zügen einzufallen, und ich hatte den Eindruck, daß nur Dickköpfigkeit ihn davon abhielt, sich geschlagen zu geben. Es mag daher verständlich erscheinen, daß ich, als ich Mister Churchill, die Zigarre zwischen die Zähne geklemmt, auf mich zueilen sah, ein breites Lächeln aufsetzte.

Er trat vor mich hin und sagte: »Sie sind doch der Freund von diesem Göring, oder? Ich sehe, Sie haben die Sache mit unseren Fahrern bereits vernommen.«

Ich erklärte ihm, daß ich nichts vernommen hätte.

»Ich habe fünf Fahrer mitgebracht – Rennfahrer, die sich freiwillig zur Verfügung gestellt hatten. Aber die Deutschen haben protestiert. Sie sagten, ihre eigenen Fahrer seien nichts weiter als Sachbearbeitungssturmleute, und es sei unsportlich von uns, Profis gegen sie einsetzen zu wollen. Dabei sind diese verdammten SS-Leute von beinahe professionellem Kaliber. Das Komitee der Ausstellung hat ihnen Rückendeckung gegeben; nun muß ich irgendein zusammengewürfeltes Team auf die Beine stellen, das für England fahren soll; ich habe drei Mann, aber es fehlt mir immer noch einer, auch wenn ich selbst mitfahre ...«

Einen Moment lang sahen wir einander an; dann sagte ich: »Ich habe noch nie ein Rennen bestritten, aber meine Freunde erklären mir andauernd, ich würde zu schnell fahren, und ich habe schon eine ganze Reihe von Unfällen überlebt. Ich hoffe nicht, daß Sie der Meinung sind, meine Bekanntschaft mit Herrn Göring würde mich dazu verleiten, die Gebote der Fairneß zu mißachten, falls ich für Großbritannien antrete.«

»Natürlich nicht.« Churchill blies die Wangen auf. »Sie können also Auto fahren. Darf ich fragen, welche Marke?«

Ich sagte, ich besäße einen Centurion, genau jenes Modell, welches das britische Team verwenden würde. Doch irgend etwas an seinem Gesichtsausdruck und an der Art, wie er an seiner Zigarre zog, verriet mir, daß er wußte, daß ich log – und daß er dies akzeptierte.

Ich wünschte, meine stolpernde Feder könnte dem Rennverlauf Genüge tun, sie kann es aber nicht. Zusammen mit vier weiteren – von denen einer Mister Churchill selbst war – wartete ich mit brummendem Motor ungeduldig auf der Startlinie der Engländer. Hinter uns, das Heck uns zugewendet, standen die fünf ›Volks-Wagen‹ mit den Sachbearbeitungssturmleuten hinter dem Lenkrad. Vor unseren Augen jedoch lag die unheimlich genaue Nachbildung einer Londoner Innenstadtstraße, in der die japanischen Miniaturautos bereits in wachsendem Durcheinander vorwärts und rückwärts flitzten.

Der Startschuß ertönte, und alle Wagen fuhren los wie der Teufel. Als ich mein kleines Fahrzeug in den ersten Parkplatz manövrierte, wurde mir schmerzlich bewußt, daß die Deutschen, welche mit der vorstädtischen Wohngegend der Rennstrecke – wenn man so sagen kann – begonnen hatten, es auf drei Parkpositionen brachten, wenn wir gerade eine schafften. Kotflügel knitterten und krachten, und Wutanfälle loderten auf, und ich – wir alle – fuhren und parkten, bis es schien, als hätten wir dies bereits seit einer Ewigkeit getan. Der Schweiß floß mir in Strömen in den Hemdkragen, und ich spürte, wie meine Hände Blasen bekamen; dann plötzlich sah ich, keine dreißig Yards vor mir, einen Baum, der aus einer Blechtonne wuchs – und eine Kulisse, die so bemalt war, daß sie nicht einen Innenstadtladen sondern eine Vorstadtvilla darstellen sollte. Da dämmerte es mir – und ich fühlte mich, als hätte mir jemand ein Glas eiskalten Champagners gereicht –, *daß wir immer noch nicht den Deutschen begegnet waren!* Wir waren noch nicht auf sie gestoßen, und die Grenzlinie, welche die halbe Strecke markierte, lag geradewegs vor uns. Da wußte ich, daß wir bereits gewonnen hatten.

Was ist nun vom Rest des Rennens zu berichten? Wir waren schon zweihundert Yards in den Vorort-Sektor eingedrungen, als wir die schräg abfallende Schnauze des ersten ›Volks-Wagens‹ erblickten. Ich wurde Letzter – des britischen Teams –, aber Fünfter des gesamten Starterfeldes, was nur zeigt, daß die britischen Teilnehmer die Siegesbeute ganz allein davontragen durften. Wir waren die Helden des Tages (selbst ich); und als Reichskanzler Hitler persönlich hinauslief auf die Rennbahn, um einen seiner Fahrer auszuschelten, und dabei von einem der japanischen Spielzeugautos angefahren wurde, da war es um die deutschen ›Volks-Wagen‹ in der englischsprachigen Welt geschehen. Personen, die ihr Interesse an einem dieser deutschen Autos bereits durch eine Anzahlung bekundet hatten, wollten, nötigenfalls mit gerichtlicher Hilfe, ihr Geld zurück, und die ersten mit ›Volks-Wagen‹ beladenen Schiffe, die in London einliefen (Hitler hatte sie schon lange vor dem Rennen auf die Reise geschickt, denn er hoffte, mit einer solchen offen gezeigten Zuversicht ihren Erfolg zu untermauern), wurden einfach nicht entladen. (Ich habe gehört, daß ihre Fracht später in Marokko billig verramscht wurde.)

All dies, denke ich, ist der Öffentlichkeit wohl bestens bekannt; aber ich glaube, ich bin in der Lage, ein Postskriptum hinzuzufügen, das besonders für jene von großem Interesse sein wird, die sich mit strategischen Brettspielen beschäftigen.

Wie bereits erwähnt, hatte ich Mister Churchill, während wir darauf warteten, daß die Vorführung des ›Volks-Wagens‹ begann, das Spiel erklärt, welches Lansbury und ich entwickelt hatten, und ihm sogar versprochen, ihm zu zeigen, wie es gespielt wurde, falls er sich einmal in meine Wohnung bemühte. Und er kam tatsächlich, wenn auch einige Wochen nach dem Rennen. Ich zeigte ihm unser Spielbrett (die farblos lackierte Landkarte) und bedauerte, daß ich ihm nicht auch ein im Gange befindliches Spiel selbst vorführen konnte, denn wir hatten soeben unsere erste Auseinandersetzung beendet, welcher wir die Bezeichnung ›Zweiter Weltkrieg‹ gegeben hatten (wir bezeichneten den Großen Krieg als ›Ersten Weltkrieg‹).

»Ich nehme an, Sie haben gewonnen«, sagte er.

»Nein, verloren – aber da ich Deutschland repräsentierte, wird Ihnen das nicht viel ausmachen, und in jedem Fall ist es mir lieber, dieses Rennen gegen die Deutschen gewonnen zu haben, als alle Spiele, die Lansbury und ich jemals zusammen spielen könnten!«

»Ja.« Er nickte.

Irgend etwas an seinem Lächeln machte mich

mißtrauisch. Ich erinnerte mich daran, diesen Ausdruck auf Lansburys Gesicht wahrgenommen zu haben (was mir aber erst hinterher zu Bewußtsein gekommen war), als er mich davon zu überzeugen trachtete, daß er vorhatte, seine Invasion von Europa über Griechenland durchzuführen. Daher platzte ich schließlich heraus: »War dieses Rennen wirklich fair? Was ich damit sagen will, ist – wir haben überraschend gut abgeschnitten.«

»Selbst Ihnen gegenüber«, sagte Churchill, »mußten sich die besten deutschen Fahrer geschlagen geben.«

»Ich weiß«, antwortete ich, »das ist es ja gerade, was mich so stutzig macht.«

Er ließ sich in meinem bequemsten Lehnstuhl nieder und zündete sich eine frische Zigarre an. »Die Idee kam mir«, sagte er, »als dieses teuflische japanische Wägelchen hervorschoß, während ich mit Hitler sprach. Erinnern Sie sich daran?«

»Gewiß. Sie meinen, die Idee, die japanischen Autos zur Darstellung des Verkehrsgewühls zu verwenden?«

»Nicht nur das. Eine neue Erfindung, der Transistor, macht solche Sachen möglich. Ist Ihnen zufällig die Funktionsweise des Transistors geläufig?«

Ich antwortete, daß ich gelesen hätte, Transistoren in ihrer einfachsten Form seien nichts weiter als Metallsplitter oder -blättchen, welche nur in einer Richtung leitfähig seien.

»Exakt.« Churchill paffte vor sich hin. »Was nichts anderes heißt, als daß sich in diesem bestimmten Material Elektronen rascher in eine Richtung bewegen können als in die andere. Ist das nicht bemerkenswert? Wissen Sie, wie dies bewerkstelligt wird?«

Ich gab zu, daß ich es nicht wußte.

»Nun, ich wußte es auch nicht, bevor ich darüber einen Artikel in *Nature* las, eine oder zwei Wochen, ehe ich Herrn Hitler kennenlernte. Die klugen Köpfe, die diese Dinger herstellen, nehmen ein Material mit dem

Namen Germanium – Silizium ist genauso geeignet, obwohl der Transistor sich in diesem Fall etwas anders verhält – in sehr reinem Zustand und fügen einige Verunreinigungen hinzu. Natürlich sind sie sehr sorgsam in ihrer Auswahl dieser Verunreinigungen. Wenn sie, zum Beispiel, etwas Antimon hinzufügen, so besitzt das Endprodukt, das sie erhalten, mehr Elektronen, als Platz für diese da ist. Also wandern einige von ihnen die ganze Zeit frei herum. Dann gibt es noch ein gewisses Zeug namens Bor, welches dem Material die Eigenschaft verleiht, mehr freie Plätze für Elektronen zu besitzen als Elektronen vorhanden sind. Die Experten nennen diese Plätze ›Löcher‹, aber ich würde sie Parkplätze nennen; der Transistor jedenfalls wird hergestellt, indem man die beiden Materialien aneinandersetzt.«

»Sie meinen, daß unser Rundkurs ...«

Churchill nickte. »Ja, das meine ich. Er war ein großer Transistor – primitiv, wenn Sie so wollen, aber groß. Nehmen wir jetzt einen echten Transistor. Was passiert an der Stelle, wo die beiden Materialien aneinanderstoßen? Nun, eine große Anzahl von Elektronen der einen Seite, die sie im Überfluß besitzt, wandert auf jene Seite, die sie nicht hat – dort gibt es ja so viel Platz für sie, nicht wahr?«

»Sie meinen, wenn ein Wagen – ich will sagen, ein Elektron – versucht, von jener Seite, wo es viele, viele Parkplätze gibt, auf die andere überzuwechseln ...«

»Dann wird es Schwierigkeiten haben. Fragen Sie mich nicht, weshalb, ich bin kein Elektroniktechniker, aber gewisse Aspekte an der Sache können einem ganz einfach nicht verborgen bleiben, auch wenn man ein einfacher politischer Journalist ist wie ich. Einer davon ist, daß das Elektron, welches Sie soeben erwähnt haben, so, wie die Sache liegt, stromaufwärts schwimmen muß.«

»Und wir schwammen stromabwärts«, sagte ich.

»Falls es Ihnen nichts ausmacht, wenn ich nicht länger mehr von Elektronen spreche.«

»Es macht mir ganz und gar nichts aus. Mit Erleichterung steige ich aus der tosenden See von Ursachen und Theorien und betrete den festen Boden von Fakten und Resultaten. Jawohl, wir fuhren mit dem Strom, wenn man so sagen will. Vielleicht ist Ihnen auch aufgefallen, daß wir eine Art Welle vor uns herschoben, als wir von jenem Ende der Strecke ins Rennen gingen, welches das Stadtzentrum darstellen sollte, und wo die meisten der japanischen Wagen waren. Wir belegten die Parkplätze, und so wurden sie auf die Deutschen zugedrängt, als sie ihrerseits versuchten, Parkplätze zu finden. Natürlich wandert eine Welle dieser Art viel schneller als die Individuen, aus denen sie besteht. Ich nehme an, ein Transistorfachmann würde sagen, dadurch, daß wir die gleiche Ladung hatten, haben wir sie abgestoßen.«

»Aber schließlich stauten sie sich zwischen den beiden Teams. Ich erinnere mich, daß das Verkehrsgewühl ganz grauenhaft wurde, als wir durch das deutsche Team hindurchfuhren.«

»Richtig. Und als das geschah, gab es keinen Grund mehr für die Japse, vor uns herzufahren – zu diesem Zeitpunkt haben auch unsere germanischen Freunde sie zurückgedrängt, wenn man so sagen will – und dann zogen die Regeln (meine famose Distanzregel, wenn Sie sich erinnern) sie zurück in den innerstädtischen Abschnitt, wo die armen Deutschen sich noch weiter mit ihnen herumschlagen mußten, während wir flott dem Ziel entgegenstrebten.«

Eine Zeitlang saßen wir schweigend da; dann sagte ich: »Ich glaube nicht, daß das besonders fair war; aber ich bin froh, daß Sie es so gemacht haben.«

»Unfair wäre man dann«, entgegnete Churchill leichthin, »wenn man Regeln übertritt, mit denen man sich – zumindest stillschweigend – einverstanden erklärt hat.

255

Ich hingegen habe einfach nur Regeln vorgeschlagen, von denen ich das Gefühl hatte, sie seien von Vorteil für uns – und das ist Diplomatie. Haben Sie das nicht getan, als Sie Ihr Spiel erfanden?«

Er blickte hinunter auf die Weltkarte auf dem Tisch. »Übrigens – Sie haben einen Brandfleck auf Ihrem Spielbrett.«

»Ach das«, sagte ich, »da fiel gegen Ende des Spieles Glut aus Lansburys Pfeife – kostete uns zwei Städte in Japan, fürchte ich.«

»Sie sollten besser achtgeben, sonst verbrennen Sie das nächste Mal noch das ganze Brett! Aber, um bei den Japanern zu bleiben: Haben Sie gehört, daß sie demnächst ein eigenes Automobil herausbringen wollen? Sie haben bei dem Rennen hier soviel Aufsehen erregt, daß sie dem Wagen einen Namen geben wollen, den die Öffentlichkeit mit den Spielzeugautos hier assoziieren wird.«

Ich fragte ihn, ob das heißen solle, daß Großbritannien früher oder später eine japanische Autoinvasion abzuwehren haben würde, und er antwortete, ja, er glaube, das heiße es wohl, daß aber die Amerikaner sich zuerst mit den Japsen auseinandersetzen müßten – er habe gehört, die ersten japanischen Autos würden bereits in Pearl Harbor entladen. Kurz darauf ging er, und ich zweifle, daß ich je wieder das Vergnügen seiner Gesellschaft haben werde, obwohl mich das etwas traurig stimmt.

Aber meine Geschichte ist noch nicht zu Ende. Die Leser dieser Zeitschrift werden sich freuen zu hören, daß Lansbury und ich soeben darangehen, ein neues Spiel zu beginnen, welches gezwungenermaßen auf dem Briefwege stattfinden wird, denn ich werde England demnächst verlassen. In unserer neuen Auseinandersetzung werden sich die Vereinigten Staaten, Großbritannien und China gegen die Union der Sozialistischen Sowjetrepubliken, Polen, Rumänien und eine Anzahl weiterer osteuropäischer Staaten stellen. Da Deutschland an jedem ordentlichen Krieg teilnehmen sollte und Lansbury nicht damit einverstanden war, es wieder mir zu überlassen, sind wir übereingekommen, es zwischen uns zu teilen. Ich werde versuchen, mir Mister Churchills Warnung stets vor Augen zu halten, aber sowohl mein Gegner als auch ich sind starke Raucher.

Mit vorzüglicher Hochachtung
›Der unbekannte Soldat‹

Anmerkung des Herausgebers:

Obwohl wir keinesfalls den Wunsch hegen, den Schleier des Geheimnisses von dem Pseudonym zu ziehen, mit welchem der ›Unbekannte Soldat‹ seine aufschlußreichen Mitteilungen unterzeichnet hat, glauben wir doch, verraten zu dürfen, daß es sich um einen amerikanischen Offizier deutscher Herkunft handelt, der nicht mehr (ganz) jung ist, aber dennoch zu jung, um die Kämpfe des Großen Krieges mitgemacht zu haben, ihnen jedoch nur um Haaresbreite entgangen ist. Gegenwärtig ist ›der unbekannte Soldat‹ Angehöriger der amerikanischen Botschaft in London, aber da er, wie wir hören, der Ansicht ist, es sei unwahrscheinlich, daß sein Land vor seinem Tode noch gezwungen sein könnte, zu den Waffen zu greifen, hat er vor, seine Stellung aufzugeben und in seine Heimat zurückzukehren, wo er eine Verkaufsvertretung für Buick-Automobile übernehmen wird. Dafür die allerbesten Wünsche, Dwight!

Dies ist die Geschichte von einer Krise, die sich zu einem Weltkrieg hätte aufschaukeln können, hätte es nicht einen unerwarteten Eingriff gegeben. Der Autor war eins der größten Multitalente dieses Jahrhunderts, der auf jedem Gebiet, dem er sich zuwandte, Triumphe feierte – beim Rundfunk, als Schauspieler, Filmautor, Produzent … die Liste ist fast endlos. Sogar als Kind scheint Orson Welles als Dichter, Maler, Karikaturist, Klavierspieler und Zauberkünstler Außergewöhnliches geleistet zu haben. Was Wunder, daß er auch als Verfasser von Kurzgeschichten Erfolg hatte, wie diese historische Episode, mit seiner eigentümlichen Art von Witz und Ironie geschrieben, deutlich zeigt. Zu bedauern ist nur, daß der Autor nicht mehr davon geschrieben hat.

Orson Welles (1915–1985) wurde in Kenosha, Wisconsin, als zweiter Sohn eines wohlhabenden Erfinders und einer schönen Konzertpianistin geboren und zeigte von klein auf unterschiedliche Begabungen. Theaterspielen zog ihn besonders an, und nach dem Abschluß seines Studium 1931 reiste er nach Irland, wo er den Direktor des berühmten Gate Theatre in Dublin überzeugte, er sei ein Star der New Yorker Bühnen, und infolgedessen eine Hauptrolle in einer wichtigen Inszenierung von Jud Süß *bekam. Nachdem er den Start seiner Laufbahn geschafft hatte, blickte er nicht mehr zurück, wenngleich es sein erster Film war,* Citizen Kane (1941), *der seinen dauerhaften Ruhm begründete. Als er sich nach etlichen aus finanzieller Sicht mißlungenen Filmen von Hollywood trennte und nach Europa zog, trat er weiterhin in Filmen auf – darunter in dem Klassiker* Der dritte Mann (The Third Man, 1949) *– und war auch Produzent. 1955 begann er in Paris an einer humoristischen Adaption von* Don Quijote *zu arbeiten, die leider nie vollendet wurde.*

1975, nach fast drei Jahrzehnten des freiwilligen Exils, kehrte er nach Amerika zurück, wo er den Life Achievement Award des Amerikanischen Filminstituts erhielt. Danach genoß er die restlichen Jahre seines Lebens als allgemein bewunderter verlorener Sohn. ›Fifi und die chilenische Trüffel‹ wurde 1956 geschrieben und erstmals im Ellery Queen's Mystery Magazine veröffentlicht, wo sie, wie von Orson Welles nicht anders zu erwarten, als die beste komische Geschichte des Jahres gepriesen wurde.

Fifi und die chilenische Trüffel

Es gab einst einen Trüffel, der beinahe einen Weltkrieg auslöste. Kein ›Rüffel‹ – *Trüffel. Tuber Melanosporum* – die schwarzen Dinger, die man in Gänseleber steckt, schriftsprachlich ›die‹, umgangssprachlich ›der‹. Die Schweine graben nach ihnen, kommen aber beinahe nie dazu, sie zu fressen. Jedes Schwein, das man vielleicht unter einer Eiche in der französischen Provinz Perigord wühlen sieht, wird unweigerlich und unerbittlich von einem aufmerksamen Bauern mit einer Handvoll Getreide beaufsichtigt. Die Schweine bekommen das Getreide, und der Bauer bekommt für die Trüffel einen schönen Batzen (oder ›*joli sou*‹).

Brillat-Savarin, der Shakespeare unter den Küchenchefs, nannte die Trüffel »den schwarzen Diamanten der Küche« – und die kleinen Wurzeln kosten auch dementsprechend.

In den Herbstmonaten fördern optimistische Schweinehalter in Norditalien eine außerordentlich saftige ›weiße‹ Trüffel zutage – in Wahrheit ist sie von einem lieblichen, gewölkten Weiß. Diese Trüffeln werden zu seidigen, papierdünnen Flocken geraspelt und auf die flaumigen *risotti* von Mailand gehäuft. Aber zum Glück sind diese superben Köstlichkeiten an die Jahreszeit gebunden und lassen sich schlecht transportieren – und darauf baut meine Erzählung.

Es geschah in Paris, und der tragische Held war ein Minister im französischen Kabinett.

Der Schurke war eine Trüffel.

Diese Trüffel war weder schwarz noch weiß.

»Sie tut so«, sagte Henri, der Küchenchef des Ministers, »als wäre sie grau. Aber in Wahrheit handelt es sich um das abscheulichste Grün.«

Die Trüffel war überdies ungeheuer groß. Sie hatte die Größe einer Rippenmelone und kam aus Chile, wo der Vater der Frau des Ministers einst *en poste* gewesen war.

Die Kindheitserinnerungen der Dame an chilenische Trüffeln waren so glänzend, daß sie ihre Beziehungen hatte spielen lassen, und das auffällige Musterexemplar, das jetzt unter dem mißtrauischen Auge ihres Küchenchefs lag, war die ganze Strecke von Santiago nach Paris im Diplomatengepäck geflogen.

Seine Exzellenz der Minister hatte sie zunächst irrtümlich mit einem exotischen meteorologischen Musterexemplar verwechselt, während der Erste Staatssekretär, mit einer netten feinen Nase fürs Melodrama, die Vorsichtsmaßnahme ergriff, die Trüffel in einer Badewanne zu versenken, weil er den Eindruck hatte, es handle sich um eine Bombe.

Madame, die Ehefrau des Ministers, verlor keine Zeit, um alles aufzuklären. Wie sie genau wußte, gab es an diesem Abend ein offizielles Dinner von allergrößter Bedeutung.

»Es ist Juli«, erklärte sie. »Die weißen Trüffeln Italiens findet man jetzt nicht, und die Leute essen jeden Tag schwarze Trüffeln.«

Diese letzte Bemerkung stimmte natürlich nicht ganz, aber ihr Mann begnügte sich mit der Andeutung, daß seine geehrten Gäste, da sie Würdenträger aus der Sowjetunion waren, während ihres Aufenthaltes in Paris der französischen Trüffel noch nicht überdrüssig geworden seien.

»Die Trüffel aus Chile«, sagte Madame fest, »ist eine

erfreuliche Neuheit. Sagen Sie dem Küchenchef, er soll sie mit der Seezunge servieren.« Und verläßt damit unsere Geschichte, denn das Dinner war eine reine Herrengesellschaft.

»Es wäre nicht klug«, sagte der Minister mit typischer Untertreibung, »die Wünsche meiner Frau zu übergehen. Und außerdem werden die Russen keinen Unterschied erkennen.«

Aber der Küchenchef, ein Mann von lebhaftem Temperament, wollte sich nicht besänftigen lassen. »Denken Sie an die Verantwortung!« rief er und hielt die moosig aussehende Trüffel auf Armeslänge von sich. »Sechzehn hochrangige Würdenträger der Sowjetunion. Angenommen, sie sterben?«

»Nun, nun, Henri, machen Sie kein Drama daraus.«

»Drama?« – nachdem er die Trüffel vorsichtig auf dem Boden abgelegt hatte. Er begann mit den Armen herumzuwedeln – »Drama? Seien Eure Exzellenz versichert, solch ein pflanzliches Gewächs mit einer Fischsauce zusammenzubringen und sie einer Gruppe von Männern vorzusetzen, die in den direktesten Methoden politischen Handelns geschult sind – das bedeutet nicht, ein Drama zu inszenieren, sondern eine Tragödie herauszufordern!«

»Er denkt«, sagte der Erste Staatssekretär in diskretem, gedämpftem Ton, »an Vergeltungsmaßnahmen.«

»Also, nun, Henri, vergessen Sie nicht, daß das Ministerium hinter Ihnen steht.«

»Eure Exzellenz vergessen, wem meine Loyalität zu allererst gebührt.«

»Natürlich, Ihr Berufsstolz …«

»Keineswegs. Ich beziehe mich auf meine Position als Mitglied der kommunistischen Partei.«

Der Kabinettminister hatte ganz vergessen, daß sein Küchenchef Kommunist war. »Das verschlimmert die Sache, nicht wahr?«

»Ich werde bereits des Abweichlertums verdächtigt«, sagte Henri. »Stellen Sie sich mein Schicksal vor, wenn es auch nur zu einer leichten Magenverstimmung kommt ...«

»Henri, meine Frau steht hinter diesen Trüffeln.«

»Sie ist eine tapfere Frau, Eure Exzellenz.«

»Wenn sich also einer von euch«, sagte der Minister, »freundlicherweise als Versuchskaninchen zur Verfügung stellen würde ...«

Es folgte ein unbehagliches Schweigen, das nur vom asthmatischen Schnaufen Fifis, einer alten Pekinesen-Hündin, unterbrochen wurde.

»Es läuft darauf hinaus«, fuhr der Minister fort und starrte düster zum Fenster hinaus, »daß wir die Wahl haben, entweder die ganze sowjetische Delegation zu vergiften oder uns über die ausdrücklichen Wünsche meiner Frau hinwegzusetzen. Jeder dieser Fälle ist undenkbar. Fifi! Komm zurück mit dem Zeug!«

Der Pekinese hatte sich auf die Trüffel gestürzt und schleifte sie mühsam über den Parkettboden. Der Erste Staatssekretär sprang vor, als Fifi ihre Zähne in das grünliche Fleisch der Pflanze versenkte; aber plötzlich hielt er inne – der Hund kaute, mit offensichtlichem Behagen, an einem ordentlichen Stück der chilenischen Delikatesse. Ein schrecklicher Ausdruck hatte sich in das Auge des Ministers gestohlen.

»Schon vor langer Zeit«, sagte er in einem Tonfall, den er im allgemeinen für Begräbnisse von höchstem Pomp reservierte, »hätte man dieses ältliche und kränkliche Untier vertilgen sollen. Gebt ihm noch ein Stück Trüffel. Sollte es bis zum Dinner überleben, dann können wir in Sicherheit mit dem Menü fortfahren, wie von meiner Frau geplant. Sollte Fifi aber eingehen – so geschieht es zu einem guten Zweck: der Sicherheit der Republik Frankreich.«

Bis zur Dinnerzeit atmete jeder leichter. Fifi war vielleicht die einzige Ausnahme. Nicht, daß ihr die Trüffel nicht bekommen wäre, das war sie; aber in den Abendstunden machte ihr das Asthma immer ein wenig zu schaffen. Der Minister ließ sie in den Garten hinaus, damit sie etwas Auslauf hatte, und ging leichten Herzens zurück, um sich seinen Gästen zu widmen.

Kaum eine Stunde später erhob sich der Genosse Vizekommissar des Sowjetischen Fischereiwesens, um einen Trinkspruch auf den Frieden auszubringen. Henri hatte die verhaßte Trüffel in einen seiner raffiniertesten Erfolge verwandelt, hatte sie mit gehackten Schalotten und Pilzen in eine Sauce aus Weißwein eingebracht, die mit Butter und Eidotter gebunden war.

Wie ein Mann hatten die Russen ihre Teller mit Brot aufgetunkt und noch einen Nachschlag verlangt, und jetzt, beim zweiten Glas eines hervorragenden Champagners, gratulierte sich der Minister selbst zu dem diplomatischen Erfolg, als ihm der Erste Staatssekretär eine Bleistiftnotiz in die Hand drückte. Die Mitteilung besagte einfach:

»FIFI IST TOT.«

Der Minister murmelte seine Entschuldigung und stürzte in die Küche.

»Ruft einen Rettungswagen!« rief er. »Wenn die Russen hier im Ministerium sterben, bedeutet das den Sturz der Regierung.«

Seine Hand erstarrte auf dem Telefon. Ein Wagen würde kaum reichen, die Delegation umfaßte sechzehn Mann. Die Vision von sechzehn Rettungswagen, von denen jeder einen sowjetischen Diplomaten enthielt, wie sie mit heulenden Sirenen aus dem Quai d'Orsay brausten, wurde rasch durch ein mentales Tableau von sechzehn würdigen Leichen in sechzehn Leichenwagen, die in endloser Folge über die Champs Elysées fuhren, abgelöst. Das würde gewiß das bestbesuchte Begräbnis in der Geschichte sein. Jeder Kommunist in Europa würde in der Prozession mitmarschieren; es käme zu einem Generalstreik, und dann ...

Im Speisesaal ließ sich ein anderer Genosse Kommissar vernehmen, der einen weiteren Trinkspruch ausbrachte. »Auf die Französische Revolution«, sagte er.

»Das«, dachte der Minister, »ist genau das, was wir bekommen werden.« Wenn sechzehn Ehrengäste der Republik bei einem offiziellen Essen kalten Blutes gefällt wurden, war die Revolution nur der Anfang – das bedeutete Krieg!

Das Dessert wurde gerade serviert, als ein vertrauenswürdiger Arzt, unter dem striktesten Siegel der Verschwiegenheit, in das Ministerium geschmuggelt wurde und sich mit Henri in der Küche an die Arbeit machte. Es gibt, scheint es, nur zwei wirkungsvolle Gegenmittel für Trüffelvergiftung, und man war der Meinung, daß keines der beiden genügend geschmacklos war, als daß man es hätte riskieren können, sie der ›Bombe Surprise‹ beizumengen. Offenkundig mußten die Gegenmittel verstohlen eingegeben werden, und wenn der Weltfrieden bewahrt werden konnte, so nur mit dem Kaffee.

»Türkischer Kaffee«, drängte der Erste Sekretär. »Café Diable – mit schwerem Alkohol versetzt. Henri muß sich darum kümmern.«

Der Küchenchef, seiner eigenen Verantwortung als guter Kommunist eingedenk, strengte sich gewaltig an.

»Versuchen Sie es mit etwas Tabasco«, schlug der Minister vor, »oder einer Prise Curry«.

»Eure Exzellenz«, sagte Henri und spuckte einen Löffel voll von dem Gebräu aus, »an einem gewissen Punkt der Besatzungszeit war ich mit einer *pâté* von sehr jungen Kätzchen konfrontiert. Man weiß sich zu helfen, aber jetzt ist alles ausgeschöpft: der Krankenhausgeruch will nicht weichen. Senden Sie nach den Magenpumpen und den Priestern – ich kenne meine Grenzen!« Und an dieser Stelle brach der gute Mann in Tränen der Verzweiflung aus.

In diesem schwarzen Augenblick trat der Dritte Staatssekretär ein. Er hatte keine Ahnung von den gegenwärtigen diplomatischen Kalamitäten, denn sein Rang war nicht so hoch, daß er ihm Zugang zum Bankett verschafft hätte. »Ich habe mit Madame am Telefon gesprochen«, sagte er. »Die Nachricht über Fifi hat sie ganz aus der Fassung gebracht …«

Der Minister schnitt ihm mit einer Geste der Ungeduld das Wort ab. »Wir sind alle aus der Fassung«, sagte er. »In der Tat, uns alle hat dieser Verlust schwer getroffen.«

»Madame bittet mich, Ihnen den Wunsch zu übermitteln, daß Sie den Hilfsgärtner entlassen.«

»Das ist kaum der Augenblick für häuslichen Kleinkram. Mein Gott, Mann, wir stehen am Rande einer …«

»Aber der Gärtner hat es verabsäumt, die Gartentür zu schließen, und Sie wissen, wie Fifi *immer* den Autos nachrannte …«

Der Minister ergriff den Dritten Staatssekretär am Rockaufschlag, einem Aufschlag, den in Kürze die Rosette der Ehrenlegion zieren sollte.

»Sie wollen sagen …?« fragte der Minister.

»Ja, das arme alte Ding hat sein Schicksal einmal zu oft herausgefordert. Ein großer Lieferwagen. Sie ist auf der Stelle tot gewesen. Ein zutiefst bedauerliches Ereignis.«

Peter Sellers

Auch Peter Sellers war ein großes Talent des Showgeschäfts und schrieb gelegentlich die eine oder andere humorvolle Kurzgeschichte, die nun in den Zeitungen und Zeitschriften ihrer Zeit begraben ist. Eine Geschichte, die er immer wieder gern erzählte, war, wie er seine erste Bühnenrolle bekam – indem er einen Produzenten anrief und sich selbst mit den Stimmen zweier bekannter Schauspieler empfahl! Seine Geschichte ›Der Verschwender‹, die ursprünglich 1958 in den Londoner Evening News *erschien, ist auch eine Art Parodie: auf den altbekannten Typ des hochnäsig-verkniffenen Engländers – im vorliegenden Fall auf einen alten Militär-Kauz mit einem Taugenichts von Sohn. Es ist eine Perle der Komik, voll von der Absurdität und dem Wortwitz, die Sellers als Schauspieler auszeichneten.*

Richard Henry Sellers, alias Peter Sellers (1925–1980), wurde in Southsea geboren und bekam den ersten Geschmack von der Welt der Unterhaltung, als seine Eltern ihn in ihrer Comedy-Nummer auftreten ließen. Mit dreizehn gewann er mit Witzeerzählen einen Talentwettbewerb, und während seines Militärdienstes in der Royal Air Force trat er oft als Truppenunterhalter auf. Landesweit bekannt wurde er beim BBC-Rundfunkprogramm in der Goon Show, *wo er zusammen mit Mike Spilligan, Michael Bentine und Harry Secombe auftrat. Hier begann er die verschiedenen Persönlichkeiten und Stimmen zu entwickeln, die erst recht aufblühten, als er in den frühen fünfziger Jahren die Welt des Films betrat. Brillante Auftritte in Komödien wie* Ladykillers (The Lady Killers, *1955),* Alles in Ordnung Jack (I'm All Right Jack, *1959) und* Der rosarote Panther (The Pink Panther, *1963), in dem er den von unvorhergesehenen Zwischenfällen gejagten Inspektor Jacques Clouseau in eine Ikone der Gegen-*

wart verwandelte, machten ihn zu einem Weltstar. Später arbeitete Sellers in Hollywood, wo er in Doktor Seltsam *(Doctor Strangelove, 1963) eine denkwürdige Leistung erbrachte, und verschwand dank seiner diversen Romanzen und der langen Folge von Filmen über den rosaroten Panther, die nach seinem Tode fortgesetzt wurde, kaum aus den Zeitungen. Fast kann man sehen und hören, wie er den ›Verschwender‹ darstellt, während er uns zur letzten Wendung dieser urkomischen Parodie lockt.*

Der Verschwender

An einem heißen und regnerischen Juli-Nachmittag im Jahr 1901 saß General Sir Charles Hanley-Adamant gedankenversunken, die langen, dünnen Beine des Jägers von sich gestreckt, im langen, eichengetäfelten Speisesaal von Coplands, dem Landsitz der Hanley-Adamants seit nahezu vier Jahrhunderten.

In jedem seiner eckigen Gesichtszüge zeigte sich die Charakteristik eines englischen Landedelmannes, der Stolz vieler aufeinanderfolgender Generationen. Aber im fraglichen Augenblick war seine Physiognomie bewölkt.

Mit einem schweren Seufzer fuhr er sich mit den Händen durch das rasch schütter werdende Haar und erhob sich dabei ruckartig aus seinem Lehnstuhl, bis er beinahe aufrecht stand. Nach ein, zwei Augenblicken schlurfte er – seine wunderhübsch beschuhten, nach auswärts gebogenen Füße verursachten auf dem dicken Teppichboden kein wahrnehmbares Geräusch – zum Fenster und blickte sehnsüchtig hinaus. Er schien knapp davor zu sein, eine folgenschwere Entscheidung zu treffen.

Der Regen draußen trommelte eine unaufhörliche Melodie auf den gebeugten Rücken des alten Gärtners, der, mit der irreführenden Leichtigkeit, die die Folge langer Übung ist, eifrig damit beschäftigt war, sowohl die Rosen wie sich selbst mit einem Mittel geheimer Zusammensetzung zu besprühen, das seit undenklichen Zeiten auf ihn überkommen war.

Plötzlich entwich den Lippen des Generals unwillkürlich eine Art unterdrückten Weinens, und seine Frau, Lady Cicely, die bis dahin und in den letzten drei Stunden emsig, aber ohne praktischen Zweck, die Nadel gehandhabt hatte, blickte besorgt von dem Klavierhocker hoch, auf dem sie saß.

»Hast du etwas gesagt, Charles?« erkundigte sie sich nicht ohne Fürsorge.

»Nein, nein, es war nichts – überhaupt nichts, das schwöre ich. Ich bitte dich, dir die ganze Sache aus dem Kopf zu schlagen. Sie ist von keiner wie immer gearteten Bedeutung.«

Mit der unbeholfenen Anmut, die unweigerlich fast alle ihre Bewegungen auszeichnete, legte Lady Cicely Hanley-Adamant ihre Stickerei beiseite und eilte mit einem Rascheln von Seide, Chiffon und Bombasin an die Seite ihres Gatten.

»Etwas bedrückt dich, Charles«, drängte sie und ergriff ihren Gemahl an einem seiner mageren Oberarme. »Ich fühle es. Sage es mir, wenn du willst. War ich nicht immer diejenige, die deine Geheimnisse geteilt und sie dadurch, in welch geringem Maß auch immer, leichter gemacht hat?«

»Es ist dein Sohn«, rang er sich endlich mit dumpfer Stimme ab.

»Lance?« stammelte Lady Cicely.

»Wer sonst?« gab der General mechanisch zurück.

»Ich war nur erstaunt, das ist alles«, beteuerte seine bessere Hälfte etwas schüchtern. »Wie, hat er etwas getan, um dir Kummer zu bereiten, Charles?«

Der General machte eine ungeduldige Geste, durch die eine Schale aus geschliffenem Glas mit Löwenzahn durch das Schiebefenster hinausflog.

»Es hat keinen Zweck«, stöhnte er. »Ich ertrage es nicht mehr. Ich will keinen Verschwender und kein Muttersöhnchen zum Sohn haben. Als letzter eines großen und stolzen Geschlechts hat er eine gewisse Verantwortung – aber was hat er getan, seitdem man ihn von Cambridge verwiesen hat? Nichts! Nichts als sich in seinem Zimmer zu verstecken, Gedichte zu schreiben und herumzuschleichen wie ein Taschendieb!«

Sofort machte sich Lady Cicely an die Verteidigung ihres einzigen Kindes. »Aber gewiß, Charles«, improvisierte sie verzweifelt in schmeichelndem Tonfall, »du weißt genauso gut wie jeder andere, daß Lance – nun – empfindsam und nicht so wie andere Jungen ist.«

Ein Beobachter in der Nähe hätte gesehen, wie eine Ader in der linken Schläfe des würdigen Kriegers zu pochen begann.

»Mein Entschluß steht fest«, war die bündige Antwort. »Wie du weißt, war sein Onkel freundlicherweise bereit, ihm eine bezahlte Anstellung in der City anzubieten, und ich habe entschieden, daß er entweder diese Gelegenheit ergreift, oder ich verstoße ihn. Das ist die letzte Chance deines Sohnes!«

Lady Cicely tat einen pathetischen kleinen Aufschrei und schwankte leicht, bevor sie sorgsam ohnmächtig zu Boden sank. Da seine Geduld über Gebühr auf die Probe gestellt worden war, riß der General wild an der Glockenschnur und wankte aus dem Raum.

Nach dem Tee stand an jenem Tag, in demselben Zimmer, noch immer halb betäubt durch die Information, die ihm erst Sekunden zuvor mitgeteilt worden war, Lance Hanley-Adamant, ein gutaussehender, wohlgebauter Jüngling mit faltenlosem Gesicht, das wenig bis gar nichts dazu beitrug, die neununddreißig Sommer Lügen zu strafen, die er so locker auf seinen hängenden Schultern trug, in einem leger geschnittenen grau gesprenkelten Knickerbocker-Anzug vor dem strengblickenden Urheber seines Daseins.

»Ich sage, wirklich, sehen Sie mal, zum Teufel damit, Pater, es trifft einen Burschen ein bißchen schwer und diese ganze Art von Mumpitz. Ich will sagen ...«, stieß er lahm hervor.

»Schweigen Sie, Sir!« explodierte der General. »Wie wagen Sie es, mir gegenüber diesen Ton anzuschlagen! Sie haben die Bedingungen meines Ultimatums vernommen. Entweder Sie tun, was ich gesagt habe, oder ich will nichts mehr mit Ihnen zu tun haben, und dieses Haus wird Ihnen für immer verschlossen bleiben. Jedes weitere Wort ist nutzlos.«

Eine Sekunde oder zwei stand der junge Bursche da wie angenagelt. Sein spitzes Kinn bewegte sich nervös auf und ab, und in seinen Augen war ein Blick, der nicht leicht zu verstehen war.

»Sie meinen das wirklich, Pater?« keuchte er.

»Ich habe, soviel ich weiß, nicht die Gewohnheit, etwas zu sagen, das ich nicht meine«, lautete die sardonische Antwort.

Es gab eine kurze, aber bedeutungsschwere Stille, gebrochen nur vom Geräusch einer gedämpften Explosion aus dem Weinkeller. Lance Hanley-Adamant schien die volle Bedeutung der Worte seines Vaters erfassen zu wollen. Er trug überdies offensichtlich einen inneren Kampf aus.

Plötzlich taumelte er und wurde kalkweiß.

»Aber was ist mit Ethel?« rief er heiser. Die Lippen spitzend, lehnte sich General Sir Charles Hanley-Adamant im Stuhl zurück. Sein Gesicht nahm einen noch ernsteren Ausdruck an, und nachdem er einen oder zwei vergebliche Versuche gemacht hatte, die Fingerspitzen zusammenzulegen, entschied er sich dafür, das Vorhaben aufzugeben.

»Ach«, bemerkte er mit so viel Munterkeit, wie er aufbrachte, um seine augenblickliche Verwirrung zu überspielen. »Ich bin froh, daß Sie die Angelegenheit Ihrer Verlobten zur Sprache gebracht haben.«

An dieser Stelle folgte ein weiteres kurzes, wenn auch

vieldeutiges Schweigen, diesmal nur durch das Geräusch von jemandem unterbrochen, der die Stiegen herabstürzte.

»Ihnen ist zweifellos bekannt«, fuhr der alte Mann fort, »daß ich mehr als erfreut war, als Sie Ethel Edgbaston Ihre Aufmerksamkeit zuwandten. Das war etwas, was sowohl ihr Vater als auch ich seit langem erhofft hatten. Aber George Edgbaston muß natürlich an die Zukunft seiner Tochter denken. Ich erhielt mit der Morgenpost einen Brief von ihm.«

Neue Hoffnung glomm in den Augen des jungen Burschen auf.

»Was besagt er?« erkundigte er sich heiser, eifrig, ängstlich.

Eine volle Minute lang, vielleicht etwas weniger, sahen Vater und Sohn einander mißtrauisch an.

»Er schreibt«, entgegnete der General eisig, »daß er keinen müßigen, faulen, teilnahmslosen, nutzlosen, mondsüchtigen, müßiggehenden, herumlungernden, albernen, herumstümpernden, flunkernden, furzen-fiedelnden Tropf zum Mann für seine Tochter haben will. Außerdem erklärt er, daß Ihnen seine Türen verschlossen sind, bis Sie ein neues Leben beginnen.«

»Das behauptet er?«

»Ja.«

»Aber Ethel wird zu mir halten. Das weiß ich!« stotterte der verzweifelte Jüngling. »Ich muß sofort zu ihr!«

Ein merkwürdiges Lächeln huschte über die grimmigen Züge seines Erzeugers.

»Es ist ein bißchen spät dafür«, versicherte der ehrenwerte Herr trocken. »Ethel Edgbaston ist bereits auf unbeschränkte Zeit zu Verwandten auf dem Land verfrachtet worden.«

Wiederum taumelte Lance und wurde noch blasser als zuvor. Dann erlangte er durch äußerste Willensanstrengung etwas von seiner Fassung zurück.

»Ich kann noch immer nicht tun, was Sie verlangen.«
Die Worte schienen aus ihm herausgepreßt zu werden.

»Ihr kennt die Alternative?« beharrte der andere.

»Ja, auf Wiedersehen, Pater«, war die einzige Antwort.

Mit gebeugtem Kopf und bleiernem Gang stolperte
Lance Hanley-Adamant blindlings durch die Tür.

Es besteht keine Notwendigkeit, lange bei der dramatischen Szene zu verharren, die sich in jener Nacht
in Copland zwischen den Eltern von Lance Hanley-Adamant abspielte. In der Tat, es besteht keine Notwendigkeit, sich überhaupt mit ihr zu beschäftigen.

Monate schleppten sich hin, und vom verlorenen
Sohn war nichts zu hören.

Während dieser ganzen unglückseligen Zeit wütete
weit weg in Südafrika der Burenkrieg.

Dann ging plötzlich in Gesellschaftskreisen das Gerücht um, daß jemand, der Lance ähnelte, gesehen worden war, wie er in der Uniform eines gewöhnlichen
Rekruten mit einem beinahe unheimlichen Mangel an
Präzision in der Wellington-Kaserne ausgebildet wurde.

Und Lady Cicely, die viel zu aufgeregt war, daß sie
die Neuigkeit bei sich behalten hätte, war unvorsichtig
genug, sie ihrem Mann nicht zu verheimlichen.

»Ich dachte, ich hätte es völlig klar gemacht«, erklärte
Sir Charles, »daß ich seinen Namen nie mehr erwähnt
hören möchte.«

»Ja, ja, ich weiß, Charles«, bettelte die Mutter des jungen Mannes, »aber ich kann mir nicht helfen. Außerdem, wenn es wahr ist, so hat er etwas Edles getan. Er
hat sein Leben für eine Sache zur Verfügung gestellt, die
er für richtig hält.«

»Was das angeht«, erwiderte der Vater schroff, »sind
viele der größten Lumpen im Land in die Armee eingetreten. Junge Narren, die keine Ahnung haben, was
Krieg bedeutet, und sich als Helden gebärden. Und

überleg dir! Ein Sohn von mir gewöhnlicher Rekrut! Der Freund eines jeden Stallknechts, Schuhputzers, Bierstubenkellners, Straßenkehrers und Ladenschwengels in seinem Regiment. Aber das sieht ihm ähnlich.«

In Wirklichkeit stellte sich dann heraus, daß es nicht Lance Hanley-Adamant gewesen war, den man in der Uniform eines Rekruten in der Wellington-Kaserne beim Drill gesehen hatte.

Wir werden deshalb nie die Identität des unglücklichen Soldaten erfahren, den man beim Drill *gesehen* hatte usw. usf. und, selbst angenommen, wir erführen sie, so ist es äußerst zweifelhaft, ob wir deshalb auch nur um einen Groschen klüger wären.

Ich vermute, Sie warten darauf, was mit unserem Helden schließlich geschehen ist. Aber das ist eine völlig andere Geschichte, und, so gern ich es täte, ich fühle mich nicht kräftig genug, um hier und jetzt darauf einzugehen.

3
Humord muß sein

Kriminalfälle

Tom Sharpe

Tom Sharpe ist gewiß der populärste Verfasser komischer Romane seiner Zeit. Niemand schreibt bessere Farcen, vollgestopft mit bizarren Gestalten von den Schlappen Rechten bis zu den Irren Linken. Und auch kaum ein anderer ist wie er imstande, Verbrechen amüsant und Mord spaßig zu machen. Mit Zwischenfällen wie in Feine Familie (Ancestral Vices, 1980), wo Walden Yapp im Kofferraum seines Wagens einen toten Zwerg findet, zeigt er, daß Krimis nicht immer todernst sein müssen – wenn das Wortspiel gestattet ist. Dieser Ansicht stimme ich von ganzem Herzen zu, und die Geschichten im letzten Abschnitt dieses Buches beweisen es zur Genüge. Sharpe hat jedoch immer darauf bestanden, daß nichts in seinen Geschichten allzu weit hergeholt ist. So erinnert er sich, wie er als Fotograf in Südafrika das Opfer eines magischen Ritualmordes aufnehmen sollte und zwei Männer vorfand, die sich völlig ungerührt von der Entdeckung eines gehäuteten Torsos ohne Kopf, Arme und Beine weiter ihrer Arbeit widmeten, einen Otter auszustopfen. Und bei der Erinnerung grinsend, erzählt er, daß gegen Mittag einer der beiden Männer zu dem Schluß kam, der ausgestopfte Otter sei nicht gut genug, und ihn mit nach Hause nahm, daß seine Frau ihn kochte!

Tom Sharpe ist ›ein Wodehouse in Säure‹ genannt worden, und er freut sich über den Vergleich mit dem von ihm am meisten bewunderten Schriftsteller. 1928 in Südafrika geboren, absolvierte er seine Ausbildung am Lancing College und an der Cambridge University, diente bei der Königlichen Marineinfanterie und kehrte dann in sein Heimatland zurück, wo er abwechselnd als Sozialarbeiter, Lehrer und Pressefotograf in Pietermaritzburg arbeitete. 1961 schließlich führte eine Indiskretion zuviel dazu, daß er ausgewiesen wurde. Er *hatte bereits zu schreiben begonnen, doch erst, als er sich 1971 in Bridport niederließ, entdeckte er sein Talent für die Farce und schrieb in nur drei Wochen* Tohuwabohu *(Riotous Assembly). Diesem Roman folgten elf weitere, die zu den komischsten gehören, die in unseren Tagen verfaßt wurden. ›Gut aufrühren‹, eine von Tom Sharpes wenigen Kurzgeschichten, wurde 1994 für den* Daily Telegraph *geschrieben, und abgesehen von der üblichen Auswahl von Grotesken, bringt sie möglicherweise die seltsamste und unter Umständen bedrohlichste Zeitungsreklame, die je in einer Erzählung aus der Welt des Verbrechens vorkam.*

Gut aufrühren

Das Inserat war ungewöhnlich: TAUBSTUMMER FÜR ARBEIT MIT DER KETTENSÄGE GESUCHT. GEISTIG BEHINDERTE HALBWÜCHSIGE WERDEN BEVORZUGT.

»Ich will verdammt sein, wenn ich das bringe«, murmelte Mr. Potter, der Anzeigenleiter der *Lexham Gazette*, als er es zu Gesicht bekam. »Schon wieder Major Gral, nehme ich an?«

Miss Bleyne nickte. »Kommt von seinem Einsiedlerleben. Er hat den Kontakt mit der Gegenwart verloren.«

»Da hat er aber was verloren. Wenn er das nächste Mal herkommt, bitten Sie ihn, auf mich zu warten.«

»Ich werde mich bemühen, Mr. Potter, aber er ist immer ganz schwierig. Er behauptet, er sei wie die Zeit.«

»Die Zeit? Was um aller Welt meint er damit?«

»Ich glaube, er will sagen, er wartet auf keinen Menschen.«

Mr. Potter blickte sie mißtrauisch an. Es gab Augenblicke, und in letzter Zeit häuften sie sich, da hatte er den Eindruck, daß Miss Bleyne zu tief ins Glas guckte. Er ging nach oben, um den Herausgeber zu konsultieren.

»Der Unheilige Gral hat schon wieder zugeschlagen«, sagte er und schob den anstößigen Text über den Schreibtisch.

Mr. Wellstead ignorierte ihn. »Was, zum Teufel, bedeutet banausisch?« fragte er.

»Banausisch? Das steht nicht in der Anzeige.«

»Es steht in dem Brief von Miss Roach über die Greuel der Jagd«, erklärte er und sah sich die Anzeige an.

»Ziemlich anstößig«, sagte er. »Trotzdem könnte es eine zugkräftige Schlagzeile abgeben. MAJOR RISKIERT DAS LEBEN EINES HALBWÜCHSIGEN SCHWACHKOPFS sollte die Auflage ganz schön in die Höhe treiben.«

Mr. Potter schauderte es.

»In den Händen eines halbwüchsigen Trottels könnte sie noch viel mehr anrichten. Man könnte uns als Anstifter in einer äußerst schlimmen Sache betrachten.«

Mr. Wellstead erwog dieses geringfügige Problem.

»In Ordnung, klären Sie zuerst mit Ponson die Haftung ab«, sagte er. »Wenn er keine Einwände erhebt, drucken wir es.«

Potter ging hinaus und begab sich, ohne das Anwaltsbüro zu beachten, zur Gaststube des ›Widders‹. Mr. Ponson befand sich mit einem Brandy und Wasser an seinem Stammplatz und studierte die Rennseiten des *Telegraph*. Potter setzte sich zu ihm.

»Und was kann ich an diesem strahlenden und freundlichen Morgen für die *Lexham Gazette* tun?« wollte Mr. Ponson wissen.

»Wellstead möchte Ihre Meinung zu Major Grals letztem Streich hören.«

»Kommt mir ein bißchen merkwürdig vor«, sagte Mr. Ponson, nachdem er das Inserat gelesen hatte. »Der verrückte Major muß vorhaben, den Bannwald abzuholzen.«

»Wozu er sich eines schwachsinnigen Taubstummen mit einer Kettensäge bedient?« fragte Potter.

»Er muß einen finden, der es tut.«

»Das ist mir schon klar, aber warum ein Taubstummer?«

Mr. Ponson widmete sich dem Problem.

»Ich verstehe, was Sie meinen«, sagte er schließlich. »Der arme Teufel wäre kaum imstande, um Hilfe zu schreien, wenn er sich verletzt, nicht wahr?«

»Hören Sie auf«, sagte Potter und stellte sich eine Szene sprachlosen Gemetzels vor.

»Ich bemühe mich nur, das Für und Wider abzuwägen«, sagte Mr. Ponson und gab Zeichen, ihm noch einen Brandy zu bringen.

»Können Sie sich nicht für die Seite des Für entscheiden?«

»Es ist trotzdem ein ziemlich interessanter gesetzlicher Streitpunkt. Wellstead macht sich Sorgen wegen der Haftungsfrage, nicht wahr?«

»Wegen der Auflage«, sagte Potter. »Bildet sich ein, wir lägen im Wettstreit mit der verdammten *Sun*. Alles, um die Verkaufsziffern in die Höhe zu treiben. Wenn die Lady Bartrey nicht wäre, hätten wir auf Seite drei Vorderansichten von Nackten. Sie und der Vikar.«

»Nackte Vorderansichten von der Bartrey und dem Vikar? Was für ein entsetzlicher Gedanke. Das würde gewiß zu einem Gerichtsverfahren nach den Pornographiegesetzen führen. Ich würde Wellstead raten, darauf zu verzichten.«

»Ja«, sagte Potter, dankte Gott, daß der Herausgeber bislang noch nicht daran gedacht hatte, und fragte sich gleichzeitig, ob Mr. Ponson seinem Frühstückstee etwa Brandy beifügte. »Kann ich ihm auch sagen, er soll auf das Kettensägenmassaker ebenfalls verzichten?«

»Das was?« fragte Mr. Ponson, noch immer von der entsetzlichen Vision der nackten Vorderansicht Lady Bartreys gefangen.

»Das Inserat des Majors«, sagte Potter und unterdrückte ein ›Um Himmels willen‹.

»Ach das. Ich muß sagen, ich kann rechtlich nichts Bedenkliches daran finden. Ganz harmlos. Es steht zu vermuten, daß niemand darauf antworten wird. Wenn sie bildungsmäßig unter der Norm sind, können sie es auch nicht. Können es erstens nicht lesen und wären nicht imstande, einen Brief zu schreiben, wenn sie es lesen könnten.«

Mr. Potter kehrte verzagt in sein Büro zurück. »Der alte Säufer sagt, wir können es bringen«, teilte er Miss Bleyne mit. »Trotzdem sollten wir es unter den landwirtschaftlichen Geräten verstecken, um auf Nummer Sicher zu gehen. Niemand, der eine Stelle sucht, wird es dort bemerken.«

»Ganz wie Sie meinen, Mr. Potter.«

Das war am Dienstag. Am Donnerstag kam er vom Mittagessen zurück und hörte, wie Mr. Wellstead im Stockwerk über ihm ins Telefon brüllte.

»Mr. Wellstead ist ganz aus dem Häuschen«, sagte Miss Bleyne.

»Das höre ich«, bemerkte Potter, als der Herausgeber zu jemandem sagte, er lasse sich nicht ein gefühlloses Schwein nennen.

»Ich kann mir nicht vorstellen, worum es geht«, sagte Miss Bleyne. Potter schon.

Zwei Minuten später stürzte Mr. Wellstead zur Tür herein.

»Vermutlich hat es Ihnen Spaß gemacht, sich das anzuhören?« brüllte er. »Ich nehme an, Sie halten es für witzig, wenn ich mir anhören muß, ich sei ein …« Er riß sich zusammen und warf Miss Bleyne einen Blick zu. »In Ordnung, Potter, wir unterhalten uns in meinem Büro darüber.«

Potter folgte ihm als Häufchen Elend nach oben.

»Nun also, Sie wohlgemuter Trottel, wissen Sie, was Sie gerade angerichtet haben?«

Potter mußte schlucken. »Nicht genau.«

»Ich soll es Ihnen also sagen?« fragte Mr. Wellstead.

»Vermutlich hat sich Major Gral ein bißchen aufgeregt?« fragte Potter in der Hoffnung, die Explosion hinauszuzögern. Der Herausgeber trat näher an ihn heran.

»Major Gral? Zum Teufel mit Major Gral. Das war die RSPCA*. Man erhielt dort eine Flut von Beschwerden über dieses wahnwitzige Inserat. Mein Telefon wollte nicht zu läuten aufhören.«

»Die RSPCA? Gewiß meinen Sie die NSPCC**?« setzte Potter an, aber der Herausgeber gebot ihm zu schweigen.

»Nein, gewiß nicht. Wenn Sie halbwüchsige Trottel mit Kettensägen unter Schoß- und Haustiere einrücken, erhalten Sie ...«

»Schoß- und Haustiere?«

»Hunde, Katzen, Kaninchen und diverse andere Lieblinge«, brüllte Mr. Wellstead. »Also warum in Gottes Namen ...«

»Aber ich dachte ...«

Mr. Wellstead hatte jedoch genug davon. »Dachte? Dachte?« plärrte er los. »Sie haben nicht gedacht. Sie sind nicht fähig zu denken. Sie würden einen Gedanken nicht einmal erkennen, wenn man ihn Ihnen auf einem verdammten Teller unter den Rüssel schieben würde.«

Potter spielte mit dem Gedanken, seine Kündigung einzureichen. Mr. Wellstead kam ihm zuvor.

»Lassen Sie mich Ihnen klarmachen, Potter, falls Sie Ihre Stellung behalten wollen, werden Sie nicht einmal versuchen zu denken. Sie tun genau das, was kläffende Verrückte wie der beschissene Major Gral und ich ... Sie tun genau das, was ich anordne. Ist das klar?«

---

* Königliche Gesellschaft für die Verhinderung von Grausamkeiten gegen Tiere. – *Anm. d. Übers.*
** Nationale Gesellschaft für die Verhinderung von Grausamkeiten gegen Kinder. – *Anm. d. Übers.*

»Jawohl«, sagte Potter und blickte sehnsüchtig zur Tür. Aber Mr. Wellstead war noch nicht fertig. »Irgend so eine verdammte Beamtin vom Erziehungsministerium ruft mich an und kanzelt mich ab, als ob ich ein sadistisches Ungeheuer sein würde«, fuhr er fort, ehe er sich korrigierte. »Als wäre ich es. Sie brachte mich sogar dazu, wie ein Ignorant zu stammeln. Sagte, wir hätten ein schreckliches Beispiel von Gefühllosigkeit gegenüber den bildungsmäßig Geforderten gesetzt.« Er hielt inne und blickte Potter beinahe mitleidheischend an. »Warum ausgerechnet in der Spalte »Schoß- & Haustiere«?«

»Warten Sie einen Augenblick«, sagte Potter und ging nach unten.

Miss Bleyne war mit ihrer Nagelfeile beschäftigt. Wie gewöhnlich hatte sie nichts zu tun. »Ich war bloß der Meinung, das würde sich besser machen, dort unter den Häschen und Hamstern, statt bei den Rübenmessern und dem Düngerstreuer, den der alte Mr. Foulless anzubringen versucht.«

Mr. Potter kehrte nach oben zurück und erklärte das dem Herausgeber.

»Vielleicht hat sie damit sogar recht«, räumte Mr. Wellstead ein. »Ich kann mir gar nicht vorstellen, was diese Erziehungs-Kuh gesagt hätte, wenn wir einen geistig behinderten Tölpel unter den landwirtschaftlichen Geräten eingereiht hätten.«

Das war am Donnerstag. Am Montag war der Herausgeber noch viel niedergeschlagener.

»Sie sehen gräßlich aus«, sagte Potter ganz bewußt, als er Mr. Wellstead auf dem Parkplatz traf.

»Sie würden sich auch gräßlich fühlen, wenn Sie die Morgenstunden damit verbracht hätten, von einem Irren in New York angebrüllt zu werden.«

»Guter Gott«, sagte Potter, dem seine Unfreundlichkeit leid tat.

»Genau. Gott«, sagte Wellstead. »Der Allmächtige nimmt ein persönliches Interesse. Und wir alle wissen, was das bedeutet, nicht wahr, Potter?«

Potter nickte gebrochen. Mr. Wellstead fuhr fort: »Wollte wissen, was zum Teufel ich angestellt hätte, um all diese Beschwerden an das Zentralbüro zu provozieren. Nahezu tausend Faxe, Briefe sonder Zahl, Anrufe. Soviel man nur will. Die ganze Scheiße.«

»Tausend Faxe? Das glaube ich nicht. Nicht tausend …«

»Natürlich ist es nicht wahr«, sagte Mr. Wellstead. »Aber seit wann hat die Wahrheit für den Gottöbersten eine Rolle gespielt?«

»Man hätte glauben sollen, er würde sich über einen Aufschrei freuen. Darauf ist er in seinen nationalen Tageszeitungen immer aus gewesen.«

»Konsequenz ist nicht die Stärke des Eigentümers. Auch nicht der gute Geschmack. Erinnern Sie sich an seine Weihnachtsbotschaft vom letzten Jahr: ›Rührt den Dreck um die jungfräuliche Geburt herum auf‹?«

»Guter Gott«, sagte Potter. »Kein Wunder, daß man ihn den Aufrührer nennt.«

»Dreck aufzurühren macht sich bezahlt«, sagte Mr. Wellstead. »Jetzt aber hinaus mit Ihnen. Ich möchte nachdenken.«

Unten griff Potter nach der *Times*. Es gab selbst jetzt noch Tage, an denen er davon träumte, eine Stellung bei einer angesehenen Zeitung zu erhalten. Alles, um aus Lexham fortzukommen. Gelangweilt wandte er sich den Stellenangeboten zu und geriet statt dessen an die Seite mit den Nachrufen. Ihm gegenüber tat Miss Bleyne weiterhin so, als schriebe sie auf der Maschine. Dann bemerkte er die winzige Anzeige. Er las sie mehrmals durch.

»Miss Bleyne …«, setzte er an und hielt wieder inne. Es hatte keinen Zweck, sie direkt zu fragen.

»Ja, Mr. Potter?«

»Leiden Sie je unter Langeweile, Miss Bleyne? Ich meine unter verzweifelter, nahezu tödlicher Langeweile?« fragte er. Sie blickte ihn neugierig an und antwortete nichts. »Ich frage nur, weil Major Gral gerade nach einem langen, tapfer ertragenen Leiden in der Schweiz gestorben ist.«

L. Frank Baum

Diese Geschichte bildet einen überraschenden Kontrast zu Tom Sharpes Erzählung. Es ist ein todernster Kriminalfall von der Art der ›Closed room story‹, geschrieben von einem Mann, dessen Name für immer mit einem Trio der fabelhaftesten komischen Gestalten der Literatur verknüpft ist: mit dem Zauberer von Oz, dem Eisernen Holzfäller und dem Feigen Löwen. L. Frank Baums Der Zauberer von Oz *(The Wonderful Wizard of Oz, 1900, deutsch auch unter mehreren anderen Titeln) ist einer der bekanntesten Fantasy-Romane aller Zeiten. Mit seinen verschiedenen Fortsetzungen hat er den Autor und seine Welt ›irgendwo überm Regenbogen‹ unsterblich gemacht. Baum hat auch eine Anzahl phantastischer Geschichten unter Pseudonymen wie Floyd Akers, Schuyler Staunton und Edith Van Dyne geschrieben, die noch ihrer Wiederentdeckung harren, aber ›Der Selbstmord des Kiaros‹, im September 1897 in einer längst vergessenen Zeitschrift namens* The White Elephant *erschienen, gleicht mit dem Portrait eines kalten und berechnenden Bankkassierers keinem anderen Werk aus seiner Feder. Die Geschichte enthält jedoch einen kräftigen Schuß Ironie, was mir erlaubte, sie in diese Anthologie aufzunehmen und sie zum erstenmal seit mehr als einem halben Jahrhundert wieder im Druck erscheinen zu lassen.*

Lyman Frank Baum (1856–1919) wurde in New York geboren und mühte sich damit ab, seinen Lebensunterhalt als Journalist zu verdienen, bis er 1899 ein Buch mit dem Titel Vater Gans *(Father Goose) schrieb, das ein Bestseller wurde; in den ersten drei Monaten nach der Veröffentlichung scheinen täglich tausend Exemplare verkauft worden zu sein. Im Jahr darauf begründete* Der Zauberer von Oz *seinen Ruf über jeden Zweifel hinaus, als einer der führenden amerikani-*

schen Kritiker, Edward Wagenknecht, es als »den ersten deut-
lichen Versuch« pries, »ein Märchenland aus amerikanischem
Stoff zu erschaffen«. Das Bühnenmusical 1901 mit David
Montgomery und Fred Stone sowie die Filmversion 1939 mit
Judy Garland, Ray Bolger, Bert Lahr, Jack Haley und Frank
Morgan als Zauberer bekräftigten die Bedeutung der Ge-
schichte' als moderner Fantasy-Klassiker. Auch Baums Ozma
von Oz *(Ozma of Oz, 1907) kann als Meilenstein des Genres*
gelten, denn darin tritt der intelligente mechanische Mann
Tiktok auf, einer der ersten Roboter in der Literatur. An ›Der
Selbstmord des Kiaros‹ ist vielleicht nichts Neues, soweit es
Gedanken und Absichten des kaltherzigen Felix Marston be-
trifft, doch die Geschichte selbst ist zweifellos einmalig im
Werk eines der Meister der Fantasy-Literatur.

Der Selbstmord des Kiaros

Mr. Felix Marston, der Kassierer des großen Handelshauses Van Alsteyne & Graynor, saß, das hübsche Gesicht gerunzelt, in seinem kleinen Privatkontor, vor sich einen Rechnungsabschluß. Zuweilen fuhr er mit seinen schlanken Fingern durch den Schopf dunklen Haares, der ihm in die Stirn hing, und die Anzeichen von Ärger auf seinen Zügen waren ein Hinweis auf seine wachsende Unruhe.

Die Welt kannte und bewunderte Mr. Marston, und ein unvoreingenommener Beobachter wäre gewiß zu dem Schluß gekommen, daß mit den Finanzgeschäften der Firma etwas schiefgelaufen sei; Mr. Marston kannte sich jedoch besser als die Welt ihn, und er erkannte mit Ingrimm, daß nichts im besonderen schiefgelaufen war, daß ihn die Sache aber doch auf eine unangenehm persönliche Art und Weise berührte.

Das Wissen der Welt von dem beliebten jungen Kassier umfaßte folgende Punkte: Er war vor Jahren in einer untergeordneten Stellung in den Dienst der Firma getreten und hatte sich durch Energie, Intelligenz und Geschäftstüchtigkeit den Weg gebahnt, bis er den Posten erreichte, den er jetzt bekleidete, und zu dem Angestellten geworden war, der das höchste Vertrauen seines Arbeitgebers genoß. Sein Verhalten war gemessen, ernsthaft und würdig; sein Urteilsvermögen in geschäftlichen Angelegenheiten sicher und scharfsinnig. Er hatte keine engen Freunde, war aber zu allen, mit denen er zu tun hatte, höflich und umgänglich, und sein Privatleben, soweit bekannt, war über jeden Tadel erhaben. Mr. Van Alsteyne, der Direktor der Firma, empfand eine warme Zuneigung für Mr. Marston und lud ihn schließlich zum Abendessen in sein Haus. Dort traf der junge Mann zum ersten Mal Gertrude Van Alsteyne, das einzige Kind seines Arbeitgebers, ein bildschönes Mädchen und eine anerkannt führende Dame der Gesellschaft. Von dem hübschen Gesicht und dem gentlemanliken Verhalten des Mannes gefesselt, ermutigte ihn die Erbin, seinen Besuch zu wiederholen, und Marston nutzte diese Gunst so geschickt, daß sie sich, es war noch kein Jahr vergangen, bereit erklärt hatte, seine Frau zu werden. Mr. Van Alsteyne hatte gegen die Verbindung nichts einzuwenden. Seine Bewunderung für den jungen Mann vertiefte sich noch, und er schwor sich, daß er am Hochzeitstag die Hälfte seines Anteils an der Firma auf den Schwiegersohn übertragen würde.

Daher hielt alle Welt, der diese Umstände bekannt waren, Mr. Marston für einen Glückspilz und sagte ihm eine große Zukunft voraus. Aber wie schon erwähnt, Mr. Marston kannte sich selbst besser als die Welt ihn, und jetzt, als er auf den fatalen Versuch eines Rechnungsabschlusses starrte, murmelte er verhalten: »Ach, du Narr – du Narr!«

So sehr er ein klar denkender, intelligenter Mann von Welt war, ein Laster hielt ihn in den Klauen. In einigen der geheimsten und gefährlichsten Spielhöllen war sein Antlitz nur zu gut bekannt. Sein Ehrgeiz war grenzenlos, und ehe er auch nur zu träumen gewagt hatte, Miss Van Alsteyne als seine Braut heimzuführen, hatte er sich mehrere raffinierte Methoden ausgedacht, wie er am grünen Tisch ein Vermögen gewinnen könnte. Vor zwei Jahren hatte er es für notwendig befunden, von der Firma eine Geldsumme ›auszuborgen‹, um diese klugen Methoden auszuprobieren. Nachdem er das Geld durch ein unvorhergesehenes Unglück verloren hatte, sah er sich gezwungen, eine weitere Summe abzuzweigen, die es ihm erlaubte, genug zurückzugewinnen, um die Bücher auszugleichen. Andere haben dies schon vor ihm versucht, und ihre Erfahrungen sind gewöhnlich die gleichen. Durch ein penibles Jonglieren mit Zahlen waren die Bücher der Firma bislang so frisiert worden, daß die Unterschlagungen verborgen blieben, aber jetzt sah es so aus, als ob das Glück, indem es ihn nach vorne schob, dabei wäre, ihn in den Abgrund zu stürzen.

Seine Heirat mit Gertrude Van Alsteyne sollte in zwei Wochen stattfinden, und da Mr. Van Alsteyne darauf bestand, seine Zusicherung einzuhalten und Mr. Marston einen Anteil am Unternehmen einzuräumen, würde die Veränderung in der Firma eine gründliche Überprüfung der Konten notwendig machen, was für den Mann, der dabei war, ein Vermögen und eine hohe gesellschaftliche Stellung zu erwerben – alles, was sein höchster Ehrgeiz sich je erträumt hatte – Entdeckung und Ruin bedeuten mußte.

Es ist kein Wunder, daß Mr. Marston, mit seiner kritischen Lage konfrontiert, sich für seinen früheren Leichtsinn verwünschte und seine Ohnmacht erkannte, die Katastrophe abzuwenden, die ihn demnächst zerschmettern würde.

Eine Stimme von draußen unterbrach sein Nachdenken.

»Ich möchte Mr. Marston sprechen.«

Der Kassierer schob die Buchhaltungsunterlagen in eine Schreibtischlade, faßte sich und öffnete die Glastür neben sich.

»Führen Sie Mr. Kiaros herein«, rief er nach einem Blick auf seinen Besucher. Er hatte die Person, die jetzt sein Kontor betrat, häufig getroffen, aber er konnte sich einen neugierigen Blick nicht verkneifen, als sich der Besucher auf einem Stuhl niederließ und die Hände über den Knien verschränkte. Er war von Gestalt klein und untersetzt und ebenso seltsam wie nachlässig gekleidet, aber Kopf und Gesicht waren von verehrungswürdigem Aussehen. Wallende Locken von reinem Weiß zierten eine Stirn, deren Höhe und Regelmäßigkeit ungewöhnliche Intelligenz verrieten, und ein Vollbart von derselben Reinheit reichte ihm beinahe bis zur Taille. Die Augen waren groß und dunkel, aber nicht durchdringend und vermittelten in ihrem offenen Blick Güte und Freundlichkeit. Auf dem Kopf trug er eine runde Kappe aus dunklem Stoff, und diese nahm er höflich ab, als er sich setzte und sagte: »Sie haben für mich ein Wertpaket in Verwahrung genommen, wenn ich nicht irre?«

Marston nickte ernst. »Mr. Williamson hat es mir übergeben.«

»Ich hole es ab«, verkündete der Grieche ruhig. »Es enthält zwölftausend Dollar.«

Marston zuckte zusammen. »Ich habe gewußt, daß es sich um Geld handelt«, sagte er, »aber ich habe den Betrag nicht gekannt. Das ist es, glaube ich.«

Er holte aus dem riesigen Tresor ein verschnürtes und versiegeltes Paket und reichte es seinem Besucher. Kiaros holte ein Taschenmesser aus der Tasche, durchschnitt die Schnur und entfernte die Verpackung. Dann begann er, den Inhalt zu zählen.

Marston beobachtete ihn regungslos. Zwölftausend Dollar. Das wäre mehr als genug, um ihn vor dem Ruin zu retten, wenn es nur ihm gehörte anstatt diesem griechischen Geldverleiher.

»Der Betrag, er stimmt«, erklärte der alte Mann und wickelte das Päckchen Banknoten wieder ein. »Sie haben meinen Dank, Sir. Guten Abend«, und er erhob sich, um zu gehen.

»Verzeihen Sie, Sir«, sagte Marston, einem plötzlichen Einfall gehorchend. »Die Bankstunden sind schon vorbei. Ist es sicher, wenn Sie dieses Geld bis morgen mit sich herumtragen?«

»Ganz und gar«, sagte Kiaros. »Man belästigt mich nie, denn ich bin alt, und nur wenige kennen meinen Broterwerb. In meinem Safe daheim sind oft große Beträge. Das Geld ich lieber bei mir habe, aus Entgegenkommen gegenüber meinen Kunden.«

Er knöpfte den Mantel fest über dem Paket zu und hielt dann seinerseits inne, um den Kassierer anzublicken.

»In letzter Zeit haben Sie meine Dienste nicht in Anspruch genommen«, sagte er.

»Nein«, erwiderte Marston und erwachte aus seiner leichten Versunkenheit. »Ich habe nichts gebraucht. Aber vielleicht werde ich gezwungen sein, Sie bald wieder aufzusuchen.«

»Ihnen zu Diensten zu sein, eine Freude mir wird sein«, meinte Kiaros mit einem Lächeln, drehte sich dann plötzlich um und verließ das Büro.

Marston blickte auf seine Uhr. Er war an diesem Tag mit seiner Verlobten zum Abendessen verabredet, und es war an der Zeit, zu seiner Unterkunft zurückzukehren, um sich umzukleiden. Er erledigte in seiner gewohnt methodischen Art eine oder zwei Angelegenheiten, dann verließ er für diesen Tag das Büro und übergab alle weiteren Agenden seinem Assistenten. Auf dem Weg durch die verschiedenen Büroräume nach draußen wurde er von den anderen Angestellten, die ihn bereits als Teilhaber der Firma betrachteten, respektvoll gegrüßt.

Beinahe zum ersten Mal, seit er ihr den Hof machte, war Miss Van Alsteyne an diesem Abend betont anschmiegsam und schien ihn nur ungern gehen zu lassen, als er von einer geschäftlichen Besprechung sprach und sich erhob, um aufzubrechen. Sie war eine stattliche Schönheit mit einer Neigung zu Gefühlsüberschwang, weshalb ihn ihre neue Stimmung in höchstem Maße berührte, und als er sich entfernte, erkannte er mit einem Seufzen, wie groß sein Verlust sein würde, wenn er eine so empfindsame und charmante Braut verlöre.

An der ersten Straßenecke hielt er inne und blickte im Licht der Straßenlaterne auf seine Uhr. Es war neun. Er hielt das nächste vorbeifahrende Taxi an und ließ sich vom Fahrer an das untere Ende der Stadt bringen. In die Kissen zurückgelehnt, versank er tief in ernsten Gedanken.

Das Rütteln des Taxis auf dem groben Pflaster weckte ihn schließlich auf, und als er hinausblickte, gab er dem Fahrer ein Zeichen, stehenzubleiben.

»Soll ich warten, Sir?« fragte der Mann, als Marston ausstieg und den Fuhrlohn beglich.

»Nein.«

Das Taxi ratterte fort, und der Kassierer ging ein paar Häuserblocks zurück und bog dann in ein Seitengäßchen ein, das völlig verlassen zu sein schien, soviel er in dem trüben Licht erkennen konnte. Er achtete auf die Hausnummern, die häufig fehlten und oft nahezu verblichen waren, und blieb schließlich vor einem hohen Ziegelbau stehen, dessen untere Stockwerke als Lagerräume benutzt wurden.

»Zweihundertsechsundachtzig«, murmelte er. »Wenn ich mich richtig erinnere, sollte es zur Linken eine Treppe geben – ah, da ist sie schon.«

Der Eingang war nicht beleuchtet, aber da er diesen Ort schon früher unter ähnlichen Umständen aufgesucht hatte, zögerte Marston nicht, sondern schritt die Stufen hinauf und tastete sich in der Dunkelheit weiter, indem er eine Hand auf dem schmalen Geländer ruhen ließ. Ein Stockwerk ... zwei ... drei ... vier ...

»Sein Zimmer müßte genau vor mir sein«, dachte er

und blieb stehen, um wieder zu Atem zu kommen. »Ja, ich glaube, da fällt Licht unter der Tür durch.«

Er näherte sich leise, klopfte und horchte dann. Von innen war ein leises Geräusch zu hören, und dann wurde ein Schiebetürchen im oberen Türpaneel beiseite geschoben, und der starke Lichtstrahl einer Lampe traf Marston voll ins Gesicht.

»Oho!« sagte eine ruhige Stimme. »Mr. Marston gibt mir die Ehre. Treten Sie ein, ich ersuche Sie.«

Die Tür ging auf und Kiaros stand vor ihm, ein Lächeln auf dem Gesicht, und bedeutete ihm freundlich, weiterzugehen. Marston erwiderte die höfliche Verbeugung des alten Mannes, und nachdem er das Zimmer betreten hatte, ließ er sich auf einem Stuhl am Tisch nieder, während er seine Umgebung musterte.

Das Zimmer war einfach, aber ausreichend möbliert. In der Ecke zu seiner Rechten stand ein kleiner Tresor und in seiner Nähe der lange Tisch, der Kiaros als Schreibtisch diente. Er war mit Papieren und Schreibzeug übersät, und dahinter befand sich ein hoher gepolsterter Lehnstuhl, offenbar der Lieblingsplatz des Griechen, denn nachdem er die Tür geschlossen hatte, ging er um den Tisch herum und setzte sich in den großen Sessel, seinem Besucher gegenüber.

Das andere Ende des Zimmers enthielt einen Kamin mit einem altmodischen Sims, auf dem eine Sammlung von Kuriositäten stand. Darüber befand sich eine große Uhr, und auf einer Seite stand ein kleiner Bücherschrank, der eine Anzahl von Bänden in griechischer Sprache enthielt. Eine kleine Nische, in der eine Couch stand, nahm die verbleibende Seite des kleinen Apartments ein, und es war offensichtlich, daß dieses enge Quartier Kiaros' Büro und Wohnraum in einem darstellte.

»So bald habe ich Sie nicht erwartet«, sagte der alte Mann mit seiner tiefen Stimme.

»Ich brauche Geld«, sagte Marston schroff, »und mein Gespräch mit Ihnen am heutigen Nachmittag hat mich daran erinnert, daß Sie mir gelegentlich Geld geliehen haben. Ich bin daher gekommen, um mit Ihnen darüber zu sprechen.«

Kiaros nickte und musterte mit seinen dunklen Augen die gefaßten Züge des Kassierers.

»Sie haben sich immer als zuverlässiger Schuldner erwiesen«, sagte er, »und mich prompt zu bezahlen, Sie haben nie versäumt. Wieviel brauchen Sie?«

»Zwölftausend Dollar.«

Trotz seiner Selbstbeherrschung fuhr Kiaros zusammen, als der junge Mann ungerührt diese Summe nannte.

»Unmöglich!« stieß er hervor.

»Warum ist es unmöglich?« wollte Marston wissen. »Ich weiß, daß Sie das Geld haben.«

»Stimmt; ich es nicht leugne«, sagte Kiaros. »Auch ist es mein Gewerbe, Geld zu verleihen. Aber sehen Sie – ich will mit Ihnen offen reden, Mr. Marston –, ich kann das Risiko nicht eingehen. Sie sind ein angestellter Kassierer; Sie haben keinen Besitz; Sicherheit für eine so große Summe Sie nicht können geben. Zwölftausend Dollar! Unmöglich!«

»Sie haben Williamson zwölftausend geliehen«, beharrte Marston.

»Mr. Williamson hat mir Sicherheiten geboten.«

Marston erhob sich von seinem Stuhl und begann vor dem Tisch langsam auf und ab zu gehen, die Hände fest hinter dem Rücken verschränkt, während sich seine Stirn ungeduldig runzelte. Der Grieche sah ihn ruhig an.

»Vielleicht haben Sie nicht gehört, Mr. Kiaros«, sagte Marston schließlich, »daß ich mich in zwei Wochen mit Mr. Van Alsteynes Tochter vermählen werde.«

»Das wußte ich nicht.«

»Und zur gleichen Zeit werde ich als Hochzeitsge-schenk von meinem Schwiegervater einen großen Anteil an seiner Firma erhalten.«

»Meine Glückwünsche gebühren Ihnen gewiß.«

»Deshalb ist mein Geldbedarf auch nur temporär. Ich werde imstande sein, das Geld innerhalb von dreißig Tagen zurückzuzahlen, und ich bin bereit, Sie für Ihr Entgegenkommen großzügig zu entschädigen.«

»Ein so großes Risiko kann ich nicht auf mich neh-men«, erwiderte Kiaros mit einem leichten Achsel-zucken. »Sie sind noch nicht verheiratet, noch kein Teil-haber in der Firma. Wenn Sie stürben, mit der Dame sich zerstritten, Mr. Van Alsteynes Vertrauen verlören, würde mir das es völlig unmöglich machen, die Summe einzutreiben. Ich könnte einen kleinen Betrag riskieren – die große Summe ist unmöglich.«

Marston wurde plötzlich ganz ruhig und ließ sich, zu Kiaros unverkennbarer Befriedigung, still auf seinem Stuhl nieder.

»Sie haben gespielt?« fragte der Grieche nach einer Weile.

»In letzter Zeit nicht. Ich werde nie mehr spielen. Ich habe keine Spielschulden – ich benötige das Geld für einen anderen Zweck.«

»Können Sie nicht mit weniger das Auslangen fin-den?« fragte Kiaros. »Einen Vorschuß von tausend Dol-lar will ich Ihnen geben; mehr nicht. Diese Summe stellt ebenfalls ein Risiko dar, aber Sie sind ein Mann von Dis-kretion, in Ihre Fähigkeiten ich habe Vertrauen.«

Marston reagierte nicht gleich. Er lehnte sich in sei-nem Stuhl zurück und schien sich das Angebot des Geldverleihers durch den Kopf gehen zu lassen. In Wahrheit zog vor seinem geistigen Auge das Schicksal vorüber, das ihm bevorstand, die Szene, in der er sich als überführter Verbrecher zeigte; er sah den Zusam-menbruch seines großen Ehrgeizes, das Scheitern all jener Pläne, die er beinahe bis zur Reife entwickelt hatte. Er fühlte bereits die Vorwürfe des Mannes, den er beraubt hatte, die Verachtung der stolzen Frau, die bereit gewesen war, ihm ihre Hand zu geben, den kalten Hohn derjenigen, die sich an seinem Sturz weideten. Und dann dachte er an sich selbst, und ihm fielen andere Dinge ein.

Kiaros ließ seinen Ellbogen auf dem Tisch ruhen und spielte mit dem seltsam geformten Papiermesser. Es bestand aus reinem Silber und hatte die Form eines Dolches. Die Klinge war auserlesen ziseliert und trug ein griechisches Motto. Nach einiger Zeit sah Kiaros hin und bemerkte, daß sein Gast das Papiermesser betrachtete.

»Es ist ein höchst merkwürdiges Erinnerungsstück«, sagte er, »gerettet aus den Ruinen von Missolonghi und von einem Freund mir gesandt. Alles, was griechisch ist, ich liebe. Bald in mein Land ich werde zurückkehren, und das ist der Grund, warum ich kann nicht riskieren das Geld, das ich im ganzen Leben verdient habe.«

Noch immer sagte Marston nichts, sondern saß da und blickte nachdenklich auf den Tisch. Kiaros war nicht ungeduldig. Er spielte weiter mit dem silbernen Dolch und ließ ihn auf einem Finger tanzen, während er auf den Entschluß des jungen Mannes wartete.

»Ich glaube, ich werde mit den tausend Dollar das Auslangen finden«, sagte Marston schließlich. Sein Ton zeigte keine Spur jener Enttäuschung, die Kiaros erwartet hatte. »Können Sie es mir jetzt geben?«

»Ja. Wie Sie wissen, das Geld ist in meinem Safe. Ich fertige die Quittung aus.«

Er legte ruhig das Papiermesser nieder und zog aus einer Tischlade ein Quittungsbuch. Er tauchte die Feder in das Tintenfaß und füllte die Quittung sehr rasch aus und reichte sie dann über den Tisch.

»Unterschreiben Sie?« bat er mit seinem gewohnten Lächeln.

Marston ergriff die Feder, setzte eilig seinen Namen unter das Stück Papier und warf es Kiaros zu. Der Grieche prüfte es sorgfältig, erhob sich dann aus seinem Stuhl, ging zu dem Safe hinüber und öffnete die schwere Tür. Er legte die Quittung in eine Lade, und aus einer anderen Lade holte er ein längliches Etui, das er zum Tisch mitnahm. Er setzte sich wieder, öffnete das Kästchen und holte einen hohen Stapel Banknoten hervor.

Marston sah ihm reglos zu, wie er sorgfältig tausend Dollar abzählte.

»Die Summe müßte stimmen«, sagte Kiaros, nachdem er sie zum zweiten Mal nachgezählt hätte. »Wenn Sie so freundlich wären, es zu überprüfen.«

Marston erhob sich und streckte die Hand aus. Aber er nahm das Geld nicht. Statt dessen schlossen sich seine Finger um den Griff des silbernen Dolchs, und mit einem raschen, treffsicher geführten Stoß versenkte er ihn bis zum Griff in der Brust des Griechen. Der alte Mann sank mit einem leisen Seufzen in seinem Stuhl zurück, seine Gestalt zitterte ein- oder zweimal und regte sich dann nicht mehr, während eine Stille, die plötzlich niederdrückend zu sein schien, das kleine Zimmer erfüllte.

Felix Marston setzte sich in seinen Stuhl und starrte auf die Gestalt des Kiaros. Die gewöhnlich wohlwollenden Züge des Griechen waren schrecklich verzerrt, und in den dunklen Augen war der plötzliche Ausdruck des Grauens eingefangen. Seine rechte Hand, die auf der Tischplatte ruhte, hielt noch immer das Banknotenbündel umklammert. Der Griff des silbernen Dolchs glitzerte im Schein der Lampe oberhalb des Herzens, und eine dunkelfarbige Flüssigkeit sickerte langsam nach außen und verfärbte die Kleidung und die Spitze des schneeweißen Bartes des alten Mannes.

Marston zog sein Taschentuch und wischte sich die Feuchtigkeit von der Stirn. Dann stand er auf, ging zu seinem Opfer, öffnete behutsam die tote Hand und entfernte das Geld. In dem Blechetui war das übrige Geld von den zwölftausend Dollar, die der Grieche an diesem Tag erhalten hatte. Marston wickelte alles in Papier und verstaute es in seiner Brusttasche. Dann ging er zu dem Safe, stellte das Kästchen in die Lade zurück und fand die Quittung, die er eben unterzeichnet hatte. Er faltete sie und verstaute sie sorgsam in seiner Brieftasche. Er kehrte zum Tisch zurück und blieb, auf den Toten hinabblickend, stehen.

»Er war ein sehr guter Kerl, der alte Kiaros«, murmelte er. »Es tut mir leid, daß ich ihn töten mußte. Aber jetzt ist keine Zeit zum Bedauern; ich muß mich bemühen, alle Spuren meines Verbrechens zu verwischen. Der Grund, warum die meisten Mörder entdeckt werden, liegt darin, daß sie sich zu fürchten beginnen und ängstlich darauf bedacht sind, zu fliehen – und darum Spuren zurücklassen. Ich habe jede Menge Zeit. Vermutlich weiß niemand von meinem Besuch heute nacht hier, und da der alte Mann allein lebt, wird vermutlich vor dem Morgen niemand herkommen.«

Er blickte auf die Uhr. Es war ein paar Minuten nach zehn.

»Das sollte ein Fall von Selbstmord werden«, fuhr er fort, »und ich werde mich bemühen, daß es danach aussieht ...«

Der Ausdruck auf dem Gesicht von Kiaros erregte zuerst seine Aufmerksamkeit. Dieser Ausdruck des Erschreckens war mit einem Selbstmord unvereinbar. Er schob einen Stuhl neben den alten Mann und fuhr mit seinen Händen über das tote Gesicht, um die zusammengepreßten Falten zu glätten. Die Leiche war noch immer warm, und mit ein wenig Ausdauer gelang es Marston, die verkrampften Muskeln zu entspannen, bis das Gesicht allmählich seinen gewohnt ruhigen und freundlichen Anblick annahm.

Die Augen waren jedoch schwieriger zu beeinflussen, und erst nach wiederholten Anstrengungen gelang es Marston, die Lider über sie zu ziehen und ihren erstaunten und erschrockenen Blick zu verbergen. Sobald dies vollbracht war, sah Kiaros so friedlich aus, als schliefe er, und der Kassierer war mit dem erzielten Fortschritt zufrieden. Er hob jetzt die rechte Hand des Griechen an und versuchte, die Finger dazu zu bringen, den Dolchgriff zu umfassen, aber sie fielen kraftlos hinab.

»Die Totenstarre hat noch nicht eingesetzt«, überlegte Marston, »und ich muß die Hand in ihrer Position festmachen, bis sie einsetzt. Wenn der Mann selbst den Stoß geführt hätte, hätte die Muskelanspannung seines Arms die Finger wohl dazu gezwungen, den Griff auf der Waffe beizubehalten.« Er nahm das Taschentuch und band die Finger am Griff des Dolches fest, gleichzeitig veränderte er die Lage von Kopf und Körper, damit sie eher dem Anschein von Selbstmord entsprach.

»Ich muß einige Zeit warten, bis der Körper abgekühlt ist«, sagte er bei sich, und dann überlegte er, was in der Zwischenzeit zu tun sei.

Auf dem Kaminsims stand ein Zigarrenkistchen. Marston wählte eine Zigarre aus und entzündete sie. Dann kehrte er zum Tisch zurück, drehte die Lampe etwas höher und begann in den Schubladen nach Beispielen für die Handschrift des Griechen zu suchen. Nachdem er mehrere gefunden hatte, setzte er sich und studierte sie ein paar Minuten lang, während er ruhig rauchte und darauf achtete, die Asche in dem kleinen Aschenbecher abzustreifen, den Kiaros für diesen Zweck verwendet hatte. Schließlich zog er einen Bogen Papier zu sich heran und schrieb, sorgsam die Handschrift des Griechen nachahmend, das Folgende:

»Mein Geld, ich habe es verloren. Länger zu leben, ich bin nicht imstande. Zu sterben ich deswegen bin entschlossen.«

KIAROS

»Ich denke, das wird einer Untersuchung standhalten«, murmelte er, blickte zustimmend auf das Stück Papier und verglich es neuerlich mit der Handschrift des Toten. Er legte den Bogen auf die Tischplatte vor die Leiche des Griechen und ordnete die Papiere wieder so an, wie er sie vorgefunden hatte.

Langsam verstrichen die Stunden. Marston stand von Zeit zu Zeit auf und untersuchte die Leiche. Gegen ein Uhr nachts begann die Totenstarre einzusetzen, und eine halbe Stunde später entfernte Marston das Taschentuch und stellte erfreut fest, daß die Hand den Griff um den Dolch beibehalten hatte. Die Lage des Leichnams wirkte jetzt wirklich ganz natürlich, und der Kassierer beglückwünschte sich zu seinem Erfolg.

Es verblieb ihm nur noch eines. Man mußte die Tür von innen versperrt vorfinden. Marston suchte, bis er ein Stück Bindfaden fand. Das eine Ende des Bindfadens machte er flüchtig oben auf der Tischplatte fest, links neben dem Tintenfaß. Mit dem anderen Ende des Bindfadens ging er zur Tür und führte es durch die Schiebetür im Türpaneel. Er zog den Schlüssel aus dem Schloß und kehrte noch einmal zum Tisch zurück, warf einen letzten Blick auf die Leiche und legte den Zigarrenstummel in den Aschenbecher. Die Vortäuschung des Selbstmordes war ihm hervorragend gelungen; wenn nun noch der Schlüssel entsprechend placiert werden könnte, wäre sein Werk vollendet. Er blies die Lampe aus.

Es war sehr dunkel, aber er hatte die Entfernung vorher sorgfältig abgeschätzt, und im Nu hatte er die Eingangshalle erreicht und die Tür hinter sich geschlossen und versperrt. Dann zog er den Schlüssel ab, fand das Ende des Bindfadens, der durch das offene Schiebetürchen im Türpaneel ragte, führte es durch den Schlüsselring, dann schob er den Schlüssel auf die Innenseite des Paneels und ließ ihn die Schnur hinabgleiten, bis ihm ein scharfes Klicken verriet, daß er auf dem Tisch drinnen zur Ruhe gekommen war. Ein jäher Ruck an dem Bindfaden löste jetzt das Ende, das er leicht an den Tisch geheftet hatte. Er zog ihn heraus und verstaute ihn sorgfältig in seiner Tasche. Ehe Marston den Schieber in der Tür schloß, entzündete er ein Streichholz, spähte durch die Öffnung und überzeugte sich davon, daß der Schlüssel so dortlag, wie er es beabsichtigt hatte. Dann atmete er befreit auf und schloß den Schieber.

Einige Minuten später war er auf der Straße, und nach einem Blick rechts und links schritt er kühn aus der Einfahrt und entfernte sich.

Zu seiner Überraschung spürte er jetzt, daß er vor Aufregung zitterte, und trotz aller Anstrengung, sich zu beherrschen, dauerte es den ganzen vier Meilen langen Heimweg, bis er seine normale Gelassenheit wiedergefunden hatte.

Er öffnete die Haustür mit seinem Schlüssel und begab sich geräuschlos in sein Zimmer. Da er ein Zimmerherr von regelmäßigen Gewohnheiten war, blieb die Vermieterin nie bis zu seiner Rückkehr auf.

Mr. Marston erschien am nächsten Morgen in ungewöhnlich strahlender Laune im Büro und widmete sich sofort der regelmäßigen Routine seiner Bankobliegenheiten.

So bald wie möglich zog er sich in seine privaten

Kontorräumlichkeiten zurück, überarbeitete die Bücher und erstellte einen neuen Rechnungsabschluß. Exakt der Betrag, den er in der Firma unterschlagen hatte, kam in den Safe, die falschen Zahlen wurden durch die richtigen ersetzt, und bis Mittag bewies die neue Bilanz, daß Mr. Marstons Konten in schönster Ordnung waren.

Kurz bevor er zum Mittagessen aufbrach, brachte ihm ein Angestellter die Nachmittagszeitung.

»Was sagen Sie dazu, Mr. Marston?« fragte er. »Der alte Kiaros hat Selbstmord verübt.«

»Tatsächlich! Meinen Sie den Kiaros, der gestern hier gewesen ist?« erkundigte sich Marston, als er den Mantel anzog.

»Genau der. Es sieht aus, als hätte der alte Mann sein Geld bei einer unglücklichen Spekulation eingebüßt und sich das Leben genommen. Die Polizei fand ihn am Morgen in seinem Zimmer, ins Herz gestochen. Hier ist die Zeitung, wenn Sie es lesen wollen.«

»Danke«, erwiderte der Kassierer in seiner gewohnt ruhigen Art. »Ich kaufe mir eine, wenn ich gehe.« Und begab sich ohne noch etwas zu sagen zum Mittagessen.

Er kaufte eine Zeitung, und während des Essens las er aufmerksam die Meldung über den Selbstmord des Kiaros. Der Bericht war beruhigend: niemand schien sich träumen zu lassen, daß der Grieche Opfer eines Verbrechens geworden war.

Das Ergebnis der Totenbeschau machte seine Zufriedenheit vollständig. Es wurde festgestellt, daß Kiaros in einem Anfall von Verzweiflung seinem Leben ein Ende gemacht hatte. Der Grieche wurde begraben und vergessen, und bald waren die Zeitungen voll von der sensationellen Schilderung der glänzenden Hochzeit des schätzenswerten Gentlemans Mr. Felix Marston mit der gefeierten Society-Schönheit Miss Gertrude Van Alsteyne. Die Hochzeitsreise führte das glückliche Paar nach Europa, und nach seiner Rückkehr wurde

Mr. Marston als aktiver Teilhaber in die bedeutende Firma Van Alsteyne, Traynor & Marston aufgenommen.

Das war vor zwanzig Jahren. Mr. Marston hat heute einen beneidenswerten Ruf als ehrenwerter und höchst angesehener Geschäftsmann, auch wenn ihn manche für etwas zu sehr auf den eigenen Vorteil bedacht halten.

Seine Frau hat feststellen können – obwohl sie sehr früh den Umstand entdeckte, daß er sie geheiratet hatte, um seine Karriere zu fördern –, daß er zwar kalt und ohne Leidenschaft, aber immer höflich und sowohl ihr wie den Kindern gegenüber immer nachsichtig war.

Er trägt den Kopf hoch und sieht jedermann offen ins Gesicht. Er wird allgemein beneidet, da alles zu gedeihen scheint, was er mit seinen fähigen Händen anfaßt.

Kiaros und sein Selbstmord sind von der Polizei und der Öffentlichkeit längst vergessen worden. Mag sein, daß sich Marston zuweilen an den Griechen erinnert.

Er erzählte mir diese Geschichte, als er, wie er glaubte, auf dem Totenbett lag ...

A. A. Milne

Sherlock Holmes ist wahrscheinlich öfter als jede andere Gestalt der Kriminalliteratur Gegenstand von Parodien, Satiren und komischen Mißgeschicken gewesen. Binnen weniger Jahre nach seinem ersten Auftreten in Studie in Scharlachrot *(A Study in Scarlet) in* Beeton's Christmas Annual *(Beetons Weihnachts-Almanach) für 1887 wurden seine Fälle in humoristischem Stil mit Titeln wie* Shylock Homes: Seine posthumen Memoiren *(Shylock Homes: His Posthumous Memoirs) von John Kendrick Bangs in Amerika und ›Die Abenteuer des Herlock Sholmes‹ des britischen Autors Peter Todd aufpoliert. Diese Satiren sind derart zahlreich geworden, daß ein amerikanischer Sherlockianer vor ein paar Jahren eine Broschüre herausgebracht hat, in der sämtliche Titel aufgeführt sind, soweit der Herausgeber sie ausfindig machen konnte. Einer, der fehlte, war jedoch ›Der Raub des Sherlocks‹ von A. A. Milne, dem Schöpfer von Pu dem Bären. Milne hat in seiner Autobiographie* Nun ist es zu spät *(It's Too Late Now, 1939) sogar auf die Existenz dieser Geschichte hingewiesen, als er schrieb: »Unterdessen war meine erste freiberufliche Arbeit angenommen worden. Sherlock Holmes war nach seinem Zweikampf mit Moriarty gerade ins* Strand Magazine *›zurückgekehrt‹. Ich schrieb darüber eine Burleske, die ich an den* Punch *schickte. Man lehnte sie ab, also schickte ich sie an* Vanity Fair, *die mir fünfzehn Shilling für meine ›erste Geschichte‹ bezahlte.« Das war am 15. Oktober 1903, und obwohl Milne es nicht wissen konnte, hielt die Zukunft für ihn die Erschaffung einer Gestalt bereit, die mittlerweile keinen Deut weniger bekannt ist als der Spürhund aus der Baker Street.*

Alan Alexander Milne (1882–1956) wurde in London geboren und begann nach einem Studium in Cambridge eine journalistische Laufbahn, in der er es zum Redakteur des Punch brachte. Es waren die Geschichten und Gedichte, die er für und über seinen Sohn Christopher Robin schrieb, insbesondere Pu der Bär (Winnie-the-Pooh, 1926) und Pu baut ein Haus (The House at Pooh Corner, 1928), die ihn schließlich berühmt machen sollten, und weniger die Theaterstücke und Essays, die er selbst weitaus höher schätzte. Milne hegte auch eine gewisse Zuneigung zur Kriminalliteratur und veröffentlichte 1922 Das Geheimnis des roten Hauses (The Red House Mystery), das man eins der wichtigsten Bücher der zwanziger Jahre genannt hat. Es führte in der Person des abgedrehten Amateurdetektivs Anthony Gillingham, genannt der Irre, eine muntere ›Na so was!‹-Haltung gegenüber dem Verbrechen ein, und Alexander Woollcott ging sogar so weit, das Buch »einen der drei besten Krimis aller Zeiten« zu nennen. Davon zweifellos ermutigt, schrieb Milne drei weitere Romane dieser Art: Die vierte Wand (The Fourth Wall, 1928), Vier Tage Trubel (Four Days' Wonder, 1933), eine humorvolle Satire auf das Verbrechen, und Ein Tisch bei der Kapelle (A Table Near the Band, 1950). ›Der Raub des Sherlocks‹, zweifellos eine der ersten Parodien auf den großen Detektiv, hatte einen Untertitel, der ebenso vergnüglich wie die Geschichte selbst war: »als da ist die einzig wahre Version von Holmes' Abenteuern«.

Der Raub des Sherlocks

Im Sommer des letzten Juni kam es dazu, daß ich unerwartet in unsere alten Räumlichkeiten in der Baker
Street zurückkehrte. Ich hatte am Nachmittag wie gewöhnlich eine Hausvisite gemacht, und in meiner Nervosität und Aufregung war mir das Fieberthermometer
in den Hals des Patienten gerutscht. Um meine innere
Ruhe wiederzufinden, war ich zu unserem alten Quartier hinübergeschlendert und saß gerade in meinem
Lehnstuhl und dachte über meine alte Wunde nach, als
plötzlich die Tür aufging und Holmes nachdenklich
unter den Tisch rutschte. Ich sprang auf die Füße, stolperte über den persischen Hausschuh, in dem sich der
Tabak befand, und fiel in Ohnmacht. Holmes zog seinen
Hausrock an und rief mich ins Leben zurück.

»Holmes«, rief ich. »Ich habe geglaubt, du seist tot.«

Ein Zucken des Schmerzes schoß über seine beweglichen Augenbrauen.

»Hast du nicht mehr Vertrauen zu mir gehabt?« fragte
er voll Kummer. »Ich will es erklären. Kannst du einen
Augenblick für mich erübrigen?«

»Gewiß«, antwortete ich. »Ich habe einen hilfsbereiten
Freund, der mich für diese Zeit in meiner Praxis vertreten wird.«

Als Antwort blickte er mich durchdringend an. »Mein
lieber, lieber Watson«, sagte er. »Du hast dein Fieberthermometer verloren.«

»Mein lieber Holmes ...«, begann ich baff erstaunt.

Er wies auf eine kaum zu übersehende Ausbeulung an seinem Hals hin.

»Ich bin dein Patient gewesen«, sagte er.

»Geht es noch?« fragte ich besorgt.

»Sehr schnell«, sagte er mit vor Rührung fast erstickter Stimme.

Ein schmerzhaftes Reißen flog über seine beweglichen Augenbrauen. (Holmes' Beweglichkeit ist in Soldatenklubs Zielscheibe des Spotts.) In kurzer Zeit war die Beule verschwunden.

Er gebot mir mit der Hand Schweigen und holte ein altes Scheckbuch hervor.

»Was würdest du daraus ziehen?« fragte er.

»Das Guthaben«, schlug ich voller Hoffnung vor.

»Welchen Schluß, habe ich gemeint?« fuhr er mich an.

Ich untersuchte das Scheckbuch sorgfältig. Es war eines der Lloyd's Bank, halb leer und sehr, sehr alt. Ich versuchte daraufzukommen, was Holmes gefolgert haben würde, aber ohne Erfolg. Zuletzt, fest entschlossen, auf mein Geld nicht kampflos zu verzichten, sagte ich: »Der Besitzer ist ein Waliser.«

Holmes lächelte, griff nach dem Buch und nahm folgende Schnellanalyse des Falles vor: »Er ist ein großgewachsener Mann, Rechtshänder und ein guter Boxer; ein genialer Geigenspieler mit einer unübertroffenen Kenntnis der Verbrecherwelt Londons, außerordentlichen Fähigkeiten der Wahrnehmung, einem vollkommenen mächtigen Denkapparat; und zu guter Letzt, er hat sich seit beträchtlicher Zeit verborgen gehalten.«

»Wo?« fragte ich, zu interessiert, um mich zu fragen, wie er so viel aus so wenig gefolgert hatte.

»In Portland.«

Er setzte sich, drückte die Asche meiner Zigarre aus und bemerkte: »Ach: Flor-de-Dindigul,-wie-ich-sehe,-kannst-du-mir-folgen-Watson?«

Und dann, indem er seine *Encyclopedia Britannica* aus dem Schuber holte, fügte er hinzu: »Es ist mein eigenes Scheckheft.«

»Aber Moriarty?« stöhnte ich.

»Es gibt keinen solchen Menschen«, sagte er. »Das ist nur der Name einer Suppe.«

James Thurber

In dieser wunderbar gegen den Strich gekämmten Geschichte
wechselt James Thurber mit A. A. Milne die Rollen, um einen
Krimi zu präsentieren, in dem die Haupthelden Tiere sind.
Fred Fuchs ist nicht Pu der Bär auf der Suche nach einem
Topf Honig, sondern ein smarter Privatdetektiv, der sich auf
die Suche nach einem weißen Kaninchen macht, das womöglich wegen seiner glückbringenden Pfote ermordet worden ist.
Wie Milne wird man vielleicht auch Thurber nicht in der
Krimi-Abteilung dieses Buches erwarten, doch er hat tatsächlich mehrere Geschichten zu solchen Themen geschrieben,
darunter ›Mr. Prebble will seine Frau loswerden‹ (1935) –
indem er sie in den Keller lockt –, ›Die Spottdrossel‹ (1951)
über Mr. Martins Plan, die gräßliche Mrs. Ulgine Barrows
›auszuradieren‹, und ›Die Nacht, in der das Gespenst kam‹
(1953), die eher vom Eingreifen der Polizei als übernatür-
licher Mächte handelt. Keine davon ist freilich so ungewöhnlich wie ›Der Fall des weißen Kaninchens‹, die Thurber 1949
für The New Yorker schrieb und die er ein Beispiel für das
nannte, »was die Jungs schreiben könnten, die die Krimi-
sendungen im Radio produzieren«.

James Grover Thurber (1894–1961) war einer der großen
Humoristen dieses Jahrhunderts. Besonders lebendig wurde
sein Werk durch seine kleinen Zeichnungen, die man als ›von
der Art, daß jeder denkt, sowas könnte er selber‹ bezeichnet
hat, obwohl sie in Wahrheit eine einmalige Technik aufweisen.
Thurber hat von sich selbst einmal gesagt, er sei in einer
Nacht »von stürmischen Vorzeichen und bedeutsamem
Wind« in Columbus, Ohio, geboren worden. Er begründete
seinen Ruf als Mitarbeiter von The New Yorker, wo er die
einflußreiche Stadtgespräch-Kolumne schrieb, und festigte
ihn später mit der Veröffentlichung von Der Seehund im

Schlafzimmer *(The Seal in the Bedroom, 1932)*, Mein Leben und Leiden *(My Life and Hard Times, 1933)*, Fünfundsiebzig Fabeln für Zeitgenossen *(Fables for Our Times, 1941)* und anderen nicht minder erfolgreichen Sammelbänden. Thurber hat einmal leichthin angedeutet, ›Der Fall des weißen Kaninchens‹ sei »eine Geschichte für Kinder« – aber lassen Sie sich nicht irreführen: sie steckt voller Komik und Überraschungen.

Der Fall des weißen Kaninchens

Fred Fuchs schenkte sich gerade ein Gläschen Korn ein, als die Tür seines Büros aufging und die alte Frau Kaninchen hereinhoppelte. Sie war ein weißes Kaninchen mit blaßroten Augen, und sie trug einen Schal um den Kopf und eine goldgefaßte Brille.

»Ich möchte, daß Sie Daphne suchen«, sagte sie unter Tränen und übergab Fred Fuchs die Aufnahme eines weißen Kaninchens mit blaßroten Augen.

»Wann ist sie verduftet?«

»Gestern«, sagte die alte Frau Kaninchen. »Sie ist erst achtzehn Monate alt, und ich mache mir Sorgen, daß irgendein abergläubisches Wesen sie wegen einer ihrer Pfoten umgebracht haben könnte.«

Fred Fuchs drehte die Aufnahme um und steckte sie in die Tasche. »Hat dieses Häschen was zu hopsen?«

»Ja«, antwortete die alte Frau Kaninchen. »Franz Frosch, den gräßlichen Besitzer des berüchtigten ›Lilienrabatte‹-Nachtklubs.«

Fred Fuchs sprang auf. »Los, Oma«, sagte er, »und steig nicht auf deine Ohren. Wir dürfen keine Zeit verlieren.«

Auf dem Weg zum ›Lilienrabatte‹-Nachtklub lief die alte Frau Kaninchen so schnell, daß sich Fred Fuchs anstrengen mußte, mit ihr Schritt zu halten. »Daphne ist meine Ur-ur-ur-ur-ur-Urenkelin, wenn mich meine Erinnerung nicht im Stich läßt«, sagte die alte Frau Kaninchen. »Ich habe 39 000 Nachkommen.«

»Das wird kein Honiglecken«, sagte Fred Fuchs. »Vielleicht hätten Sie zu einem Zauberkünstler mit Hut gehen sollen.«

»Aber sie ist die einzige, die Daphne heißt«, sagte die alte Frau Kaninchen, »und sie hat mit mir allein auf meinem großen Möhrenbauernhof gewohnt.«

Sie kamen an einen breiten Bach. »Los, abheben!« sagte Fred Fuchs.

»Werden Sie bloß nicht unhöflich, junger Mann«, schnappte die alte Frau Kaninchen.

Gerade als sie zur ›Lilienrabatte‹ kamen, schlug eine Löwenzahnglocke zwölf. Fred Fuchs drückte auf den Knopf an der großen grünen Tür, auf der eine weiße Wasserlilie aufgemalt war. Die Tür öffnete sich einen halben Zentimeter, und Ben Ratte spähte heraus. »Verpiß dich«, sagte er, aber Fred Fuchs drückte die Tür auf, und die alte Frau Kaninchen folgte ihm in eine kühle grüne Eingangshalle, trübe, aber unermüdlich beleuchtet von Tausenden von Leuchtkäferchen, die in den hohlen Kristalleuchten eines ungeheuren Lüsters eingekerkert waren. Zur Rechten tat sich eine mit grünem Teppich belegte Treppenflucht auf, und am Fuß der Treppe war die Tür zur Garderobe. Geradeaus, am Ende der langen Eingangshalle, befand sich die kühle grüne Tür zum Büro von Franz Frosch.

»Verpiß dich«, sagte Ben Ratte nochmals.

»Ein bißchen freundlicher«, sagte Fred Fuchs, »oder ich verrammle dir die Bude mit Blech. Wo steckt der Quakfrosch?«

»Einmal eine Schnüffelpfote, immer eine Schnüffelpfote«, murmelte Ben Ratte. »Er ist in seinem Büro.«

»Mit Daphne?«

»Wer ist Daphne?« fragte Ben Ratte.

»Meine Ur-ur-ur-ur-ur-Urenkelin«, sagte die alte Frau Kaninchen.

»Niemand ist so urig«, fauchte Ben Ratte.

Fred Fuchs öffnete die kühle grüne Tür und betrat das Büro von Franz Frosch, gefolgt von der alten Frau Kaninchen und Ben Ratte. Der Besitzer der ›Lilienrabatte‹ saß hinter seinem Schreibtisch. Er trug einen grünen Anzug, ein grünes Hemd, eine grüne Krawatte, grüne Socken und grüne Schuhe. Er war mit einer smaragdenen Krawattennadel und sieben Smaragdringen geschmückt. »Wooos wüllst du, Funnchs?« dröhnte er mit seiner kalten, grünen, höhlenartig hallenden Stimme. Seine Augen traten hervor und sein Hals begann unheildrohend anzuschwellen.

»Er platzt gleich«, erklärte Ben Ratte.

»Unsinn«, sagte Fred Fuchs. »Er wird uns alle überleben.«

»Glänk«, quakte Franz Frosch.

Ben Ratte starrte Fred Fuchs an. »Du solltest zur Bühne gehen«, knurrte er.

»Wo ist Daphne?« wollte Fred Fuchs wissen.

»Weeng inst Dangneng?« fragte Franz Frosch.

»Deine Häschen-Freundin«, sagte Fred Fuchs.

»Neeng«, sagte Franz Frosch.

Fred Fuchs ergriff ein Cello, das in einer Ecke lehnte, und stellte es wieder hin. Es war zu leicht, um ein Kaninchen zu enthalten. Die Türglocke läutete.

»Ich öffne«, sagte Fred Fuchs. Draußen stand Eugen (Huh) Eule, ein notorischer Nachtschwärmer. »Was bist du so spät noch unterwegs, Huh?« fragte Fred Fuchs.

»Ich versuche, mich selbst zu blenden, daher will ich gestehen«, erklärte Huh Eule gereizt.

»Was gestehen?« fuhr ihn Fred Fuchs an.

»Was kannst du nicht aufklären?« fragte Huh Eule.

»Das Verschwinden Daphnes«, erklärte Fred Fuchs.

»Wer ist Daphne?« fragte Huh Eule.

Franz Frosch hüpfte aus seinem Büro in die Eingangshalle. Ben Ratte und die alte Frau Kaninchen folgten ihm.

Stefan Storch kam die Treppe vom ersten Stock herunter, er trug ein weißes Halstuch oder etwas dergleichen und grinste einfältig.

»Meiner Seel!« sagte Fred Fuchs. »Wenn das nicht der alte Hebammer in Person ist! Was hast du mit Daphne gemacht?«

»Wer ist Daphne?« fragte Stefan Storch.

»Fuchs glaubt, daß jemand Daphne Kaninchen umgebracht hat«, sagte Ben Ratte.

»Funnx kunnt sünch würren«, sagte Franz Frosch.

»Ich *könnte* mich irren«, sagte Fred Fuchs, »aber ich irre mich nicht.« Er riß die Tür zur Garderobe am Fuß der Treppe auf, und die Leiche eines weiblichen weißen Kaninchens stürzte fellweich auf den kühlen grünen Teppich. Man hatte ihr den Kopf mit einem schweren stumpfen Gegenstand eingeschlagen.

»Daphne!« schrie die alte Frau Kaninchen und brach in Tränen aus.

»Ich kann nichts sehen«, sagte Huh Eule.

»Es ist ein totes weißes Kaninchen«, erklärte Ben Ratte. »Jeder kann das sehen. Du bist blöd.«

»Ich bin weise!« sagte Huh Eule empört. »Ich weiß alles.«

»Eeing Vergrechen«, stöhnte Franz Frosch. Er starrte auf den Lüster hinauf, seine Augen quollen hervor und sein Mammutmaul klaffte weit auf. Alle Glühwürmchen erschreckten sich und gingen aus.

Die kühle grüne Eingangshalle wurde stockfinster. Im Dunkeln ertönte ein Kreischen, und ein gefiedertes ›Plumps‹ war zu hören. Die Glühwürmchen drehten ihr Licht auf, um zu sehen, was geschehen war. Huh Eule lag tot auf dem kühlen grünen Teppich, den Kopf mit einem schweren stumpfen Gegenstand eingeschlagen. Ben Ratte, Franz Frosch, Stefan Storch, die alte Frau Kaninchen und Fred Fuchs starrten auf Huh Eule. Über den kühlen grünen Teppich kroch ein warmer roter

Fleck, der von der Leiche Huh Eules ausging. Er lag da wie ein Flederwisch.

»Mord!« kreischte die alte Frau Kaninchen.

»Niemand verläßt die Eingangshalle!« schnappte Fred Fuchs. »In diesem Klub geht ein Mörder um!«

»Ich bin nicht an den Tod gewöhnt«, sagte Stefan Storch.

»Ruung!« stöhnte Franz Frosch.

»Er sagt, daß er ruiniert ist«, sagte Ben Ratte, aber Fred Fuchs hörte nicht zu. Er hielt nach einem schweren stumpfen Gegenstand Ausschau. Es war keiner da.

»Durchsuch sie!« schrie die alte Frau Kaninchen. »Jemand hat einen Totschläger oder eine Socke voller Sand oder dergleichen!«

»Ja«, sagte Fred Fuchs. »Ben Ratte ist ein Totschläger – vielleicht hat ihn jemand am Schwanz herumgeschwungen.«

»Du solltest zur Bühne gehen«, knurrte Ben Ratte.

Fred Fuchs durchsuchte die Verdächtigen, aber er fand keine versteckte Waffe. »Du hättest sie mit dem Halstuch erwürgen können«, sagte Fred Fuchs zu Stefan Storch.

»Sie wurden aber nicht erwürgt«, sagte Stefan Storch.

Fred Fuchs wandte sich an Ben Ratte. »Du hättest sie mit deinen häßlichen Zähnen totbeißen können«, sagte er.

»Sie wurden aber nicht totgebissen«, sagte Ben Ratte darauf.

Fred Fuchs starrte Franz Frosch an. »Du hättest sie mit deiner häßlichen Visage zu Tode erschrecken können«, sagte er.

»Wurng nent verschränkt zuum Tong«, sagte Franz Frosch.

»Du hast recht«, räumte Fred Fuchs ein. »Sie wurden nicht. Wo ist die alte Frau Kaninchen?« fragte er plötzlich.

»Ich habe mich hier drinnen versteckt«, rief die alte Frau Kaninchen aus der Garderobe. »Ich fürchte mich.«

Fred Fuchs holte sie aus ihrem kühlen grünen Zufluchtsort und begab sich selbst hinein. Es war dunkel. Er tastete auf dem kühlen grünen Teppich herum. Er hatte keine Ahnung, wonach er Ausschau hielt, aber er fand es, einen kleinen Gegenstand, der in einer entfernten Ecke lag. Er steckte ihn in die Tasche und verließ die Garderobe.

»Was hast du gefunden, Schnüffler?« fragte Ben Ratte erwartungsvoll.

»Beweisstück A«, sagte Fred Fuchs beiläufig.

»Jemahngs gengs aunfm Gaantzen«, stöhnte Franz Frosch.

»Er sagt, jemand geht aufs Ganze«, dolmetschte Ben Ratte.

»Das kann er gleich nochmals sagen«, bemerkte Fred Fuchs, als die Eingangstür aufgerissen wurde und Inspektor Kettenhund hereintrabte, gefolgt von Wachtmeister Dachshund.

»Na, na, seht mal, wer da seine Schnauze hereinsteckt«, sagte Fred Fuchs.

»Was haben wir denn da?« bellte Inspektor Kettenhund.

»Wie ich diese privaten Spürnasen hasse«, sagte Wachtmeister Dachshund.

Fred Fuchs grinste ihn an. »Was ist mit deinen Beinen vom Knie an abwärts passiert, Sportsfreund?« fragte er.

»Der Schlag soll dich treffen«, knurrte Wachtmeister Dachshund.

»Ruhig, ihr beiden!« schnappte Inspektor Kettenhund. »Ich kenne Eugen Eule, aber wer ist dieser Osterhase um dreißig Mark vom Kaufhof?« Er wandte sich an Fred Fuchs. »Wenn der Kopf dieses Häschens abgeht und sie mit Bonbons gefüllt ist, dann kostet's dich die Lizenz, Fuchs«, brummte er.

»Sie ist echt, Inspektor«, sagte Fred Fuchs. »Auch echt tot. Wie hast du Wind von der Sache bekommen?«

Inspektor Kettenhund heulte. »Der Wachtmeister glaubte, er hätte im Lilienklub den Braten gerochen«, sagte er. »Wieder daneben, wie gewöhnlich. Wer ist dieses tote Kaninchen?«

»Sie ist meine Ur-ur-ur-ur-ur-Urenkelin«, heulte die alte Frau Kaninchen.

Fred Fuchs steckte sich eine Zigarette an. »O nein, ist sie nicht, Liebchen«, sagte er kühl. »Du bist *ihre* Ururururururenkelin.« Ein blaßrotes Licht leuchtete in den Augen des lebenden weißen Kaninchens auf. »Du hast die alte Dame umgebracht, damit du ihren Möhrchenhof an dich bringen kannst«, fuhr Fred Fuchs fort, »und dann hast du Huh Eule umgebracht.«

»Ich leg dich um, Schnüffler!« kreischte Daphne Kaninchen.

»Leg ihr Handschellen an, Wachtmeister«, bellte Inspektor Kettenhund. Wachtmeister Dachshund legte den Vorderpfoten des toten Kaninchens ein Paar Handschellen an. »Nicht *ihr,* du Blödmann!« kläffte Inspektor Kettenhund. Es war zu spät. Daphne Kaninchen war bereits durch die Fensterscheibe gesprungen und rannte davon, der Wachtmeister hechelnd ihr auf den Fersen ...

»Alle weißen Kaninchen sehen für mich gleich aus«, brummte Inspektor Kettenhund. »Wie konntest du sie auseinanderhalten – an den Ohren?«

»Nein«, sagte Fred Fuchs. »An den Jahren. Das weiße Kaninchen, das mich anheuerte, schlug mich beinahe auf dem Weg zur ›Lilienrabatte‹, und keine alte Frau ist dazu imstande.«

»Gib nicht an«, sagte Inspektor Kettenhund. »Hurtigkeit genügt nicht. Was noch?«

»Sie verstand Ausdrücke, die ein altes Kaninchen nicht kennt«, sagte Fred Fuchs, »verduften, hopsen, abheben, Totschläger ...«

»Man kann ein Kaninchen nicht wegen seines Wortschatzes hängen«, meinte Inspektor Kettenhund. »Versuch es noch mal.«

Fred Fuchs holte die Aufnahme aus der Tasche. »Das weiße Kaninchen, das mich aufsuchte, sagte mir, daß Daphne achtzehn Monate alt sei«, erklärte er, »aber lies einmal, was da auf der Rückseite des Photos steht.«

Inspektor Kettenhund griff nach der Aufnahme, drehte sie um und las: »Daphne an ihrem zweiten Geburtstag.«

»Ja«, sagte Fred Kaninchen. »Daphne hat sich um sechs Monate jünger gemacht. Du mußt wissen, Inspektor, sie konnte die Schrift auf der Photographie nicht lesen, denn die Brille, die sie trug, war nicht ihre.«

»Moment mal«, brummte Inspektor Kettenhund. »Warum aber hat sie Huh Eule umgebracht?«

»Elementar, mein lieber Kettenhund«, sagte Fred Fuchs. »Huh Eule wohnte in einer Eiche, und sie fürchtete, daß er sie gesehen hätte, wie sie sich letzte Nacht in den Klub wühlte und Oma dorthin schleppte. Sie hörte, wie Huh Eule sagte: »Ich bin weise, ich weiß alles«, und dafür brachte sie ihn um.«

»Womit?« wollte der Inspektor wissen.

»Mit ihrer rechten Hinterpfote«, sagte Fred Fuchs. »Ich habe hier nach einer versteckten Waffe Ausschau gehalten, und die ganze Zeit über trug sie ihren schweren stumpfen Gegenstand offen bei sich.«

»Was es nicht alles gibt!« rief Inspektor Kettenhund aus. »Glaubst du, daß Huh Eule sie wirklich gesehen hat?«

»Könnte sein«, sagte Fred Fuchs. »Ich bin der Meinung, daß er mit seiner Weisheit im allgemeinen angab und nicht mit einem speziellen Wissen, aber deine Vermutung ist so gut wie meine.«

»Was hast du in der Garderobe aufgelesen?« quiekte Ben Ratte.

»Den letzten Strang zu dem Strick, an dem Daphne hängen wird«, sagte Fred Fuchs. »Ich wußte, daß sie nicht hineingegangen ist, um sich zu verstecken. Sie ging hinein, um nach etwas zu suchen, was sie letzte Nacht verloren hatte. Wenn sie sich gefürchtet hätte, hätte sie sich versteckt, als die Glühwürmchen erloschen, aber sie ging erst hinein, als die Glühwürmchen wieder leuchteten.«

»Das hat etwas für sich«, gab Inspektor Kettenhund widerwillig zu. »Wonach hat sie also gesucht?«

»Also«, sagte Fred Fuchs, »als sie letzte Nacht Oma hier hereinschleifte, hörte sie in der Dunkelheit etwas zu Boden fallen und glaubte, es sei ein Knopf oder eine Schnalle oder ein Armband oder eine Brosche, die sie belasten würden. Das ist auch der Grund, warum sie mich in diesem Fall beizog: Sie konnte nicht allein hierherkommen.«

»Also, was war es, Fuchs?« schnappte Inspektor Kettenhund.

»Eine Mohrrübe«, sagte Fred Fuchs und holte sie aus der Tasche. »Möglicherweise fiel sie der alten Frau Kaninchen aus dem Netz, wenn du Ironie magst.«

»Nur noch eine Frage«, sagte Inspektor Kettenhund. »Warum hat sie die Leiche in die ›Lilienrabatte‹ geschafft?«

»Das ist leicht«, sagte Fred Fuchs. »Sie wollte den Verdacht auf den Quakfrosch lenken, einen notorischen Schürzenjäger.«

»Neeng«, grummelte Franz Frosch.

»Also, das wär's, Inspektor«, sagte Fred Fuchs, »für dich sauber zusammengepackt und mit Bändern verschnürt.«

Ben Ratte verschwand in einer Wand. Franz Frosch hüpfte zurück in sein Büro.

»Himmel!« rief Stefan Storch. »Ich komme zu einem Termin zu spät!« Er stürzte zur Eingangstür und öffnete sie.

Dort stand Daphne Kaninchen und hielt die bewußtlose Gestalt von Wachtmeister Dachshund. »Ich gebe auf«, sagte sie. »Ich stelle mich.«

»Ist er tot?« fragte Inspektor Kettenhund voller Hoffnung.

»Nein«, antwortete Daphne Kaninchen. »Er ist in Ohnmacht gefallen.«

»Ich bin ein Pechvogel«, brummte Inspektor Kettenhund.

Fred Fuchs beugte sich vor und deutete auf Daphnes rechte Hinterpfote. »Eulenfedern«, sagte er. »Sie gehört dir, Inspektor.«

»Danke, Fuchs«, sagte Inspektor Kettenhund. »Ich werde mich eines Tages dafür revanchieren.«

»Am besten mit einem schönen fetten Hühnchen«, sagte Fred Fuchs und schlenderte aus der ›Lilienrabatte‹ …

Ins Büro zurückgekehrt, diktierte Fred Fuchs seiner Sekretärin Lura Fuchs den Bericht über den Fall des weißen Kaninchens. »Punkt. Ende des Berichts«, sagte er schließlich und spielte mit der smaragdenen Ansteknadel, die er von Franz Froschs grünem Halstuch hatte mitgehen lassen, als die Leuchtkäferchen ausgingen.

»Ist sie hübsch?« fragte Lura Fox.

»Daphne? Wirklich appetitlich«, sagte Fred Fuchs, »aber ich liebe meine Kaninchen als Ragout, und ich fürchte, die kleine Daphne wird gegrillt.«

»Aber sie ist so jung, Fred!« rief Lura Fuchs. »Erst achtzehn Monate!«

»Du hast nicht zugehört«, sagte Fred Fuchs.

»Wieso hast du gewußt, daß sie nicht an Franz Frosch interessiert war?«

»Ganz einfach. Falsche Gattung.«

»Was ist mit den Bonbons geworden, Fred?« fragte Lura Fox.

Fred Fuchs starrte sie an. »Welchen Bonbons?« fragte er verständnislos.

Lura Fuchs brach plötzlich in Tränen aus. »Sie ist so weich und warm und anschmiegsam gewesen, Fred«, heulte sie.

Fred Fuchs schenkte sich ein Glas Korn ein und leerte es langsam. Dann setzte er das Glas ab und seufzte grimmig. »Eine bittere Angelegenheit«, sagte er.

Stan McMurtry

Stan McMurtry, auch er Zeichner und Schriftsteller, britischen Lesern besser als ›Mac‹ von der Daily Mail *bekannt, nennt einen der eigentümlichsten Stile in der modernen Karikatur sein eigen und ist wie James Thurber ein gestandener Schriftsteller, dessen Kunstfertigkeit von Geschichte zu Geschichte wächst. Neben seinen täglichen Karikaturen hat Mac eine Anzahl von Kriminalgeschichten geschrieben, die eine ernstere Seite seines Wesens offenbaren, und er arbeitet zudem an seinem ersten Roman,* Von der Ewigkeit bis hier *(From Eternity to Here). ›Wasses Auge nich sieht‹ erscheint hier erstmals im Druck und verbindet Humor und Mord in der besten Tradition der komischen Kriminalgeschichte.*

Stan McMurtry wurde 1936 in Birmingham geboren und begeisterte sich schon als Kind für Kunst. Nachdem er etliche Jahre in einem Zeichenstudio gearbeitet und Werbe-Trickfilme fürs Fernsehen gezeichnet hatte, ging er zur Daily Mail, *und seither ist sein Werk zu einem individuellen und sehr bewunderten Charakteristikum der Zeitung geworden. Seine Karikaturen machen sich mit deftiger Übertreibung über die Anmaßung aller möglichen Leute lustig – von Milchmännern, Müllmännern (Entschuldigung: von Abfallräumungsbeauftragten) und Kirchenmännern. Zweimal wurde er zum ›Sozialen und politischen Karikaturisten des Jahres‹ gewählt, und 1988 erhielt er den Hauptpreis des Karikaturklubs von Großbritannien ›Karikaturist des Jahres‹.*

Mac ist auch für seine »unnachahmlichen Kommentare zum britischen gesellschaftlichen Leben« als einer der Männer des Jahres von Britannien geehrt worden. Zudem liebt er nichts mehr, als in seinem Stammlokal mit seinen Freunden ein Bier zu trinken und sich, wenn seine tägliche Karikatur fertig ist, zum Schreiben an seinen Computer zu setzen. Schriftsteller, die gern Karikaturisten wären, können Mac darum beneiden, einen Fuß in beiden Lagern zu haben – wie ›Wasses Auge nich sieht‹ deutlich macht.

Wasses Auge nich sieht

Es war ein Fehler, eine Kneipe aufzumachen, ich bin der
erste, der das zugibt. Ich habe mir Mühe gegeben, wahrhaftig, aber bei all den Eigenschaften, die den erfolgreichen Kneipenwirt ausmachen, scheine ich bedauer-
licherweise zu kurz gekommen zu sein – oder, um der
Wahrheit näher zu kommen, es scheint mir völlig an
ihnen zu mangeln. Schuster, bleib bei deinen Leisten,
nehme ich an, und es gibt viele, die das Gewerbe eines
Schankwirts bewundernswert ausfüllen können, ich
gehöre jedoch nicht zu ihnen.

Ich bin aber ein verdammt guter Buchhalter – oder
war es. Den größten Teil meines Lebens arbeitete ich als
Oberbuchhalter bei der Firma Goldenby, Smirton und
Chobley in der umtriebigen Stadt Kingsbarton hier in
Somerset. Als jedoch meine Mammi starb und mir
etwas Geld hinterließ, beschloß ich, weil von abenteuer-
lichem Naturell, in die große Welt aufzubrechen, weg
von all den Steuern und Investitionen, und es mit etwas
weniger Langweiligem zu versuchen. Als ich mir so
überlegte, was ich mit meiner Erbschaft anfangen sollte,
fiel mir ein, daß das letzte Mal, da ich in einer Kneipe
gewesen war, vor rund sechs Jahren, alles recht fidel gewesen zu sein schien. Der Kneipenwirt war ein Bursche
mit einem Lächeln in dem rosigen Gesicht und einem
freundlichen Wort für jedermann gewesen, während
seine Gäste dazu neigten, einander zu umarmen, schal-
lend zu lachen und gelegentlich in Gesang auszubre-

chen, häufig von einer horizontalen Lage aus. Was ganz anderes als bei Goldenby, Smirton & Chobley. Das, entschied ich, war das Leben für mich.

Stellen Sie sich meine freudige Überraschung vor, als ich in den Spalten des *Somerset Bugles*, während ich gerade mein Morgenmüsli mit getrockneten Bananenchips zu mir nahm, eine Anzeige des Inhalts fand, daß die Kneipe ›Rat & Ferret‹ in der Nähe des Tindersley-Moores zum Verkauf stand – dieselbe Kneipe, in der ich vor so vielen Jahren einen herzhaften Schoppen zu mir genommen hatte. Die Vorsehung, so schien es, sah auf mich. Innerhalb eines Kalendermonats war ich mein eigener Herr und Wirt in diesem Haus der Lustbarkeit und richtete mich auf ein Leben voller Spaß und Fröhlichkeit ein.

An meinem ersten Abend war der Schankraum bald gefüllt, zum Großteil mit rotbackigen Bauersleuten, die darauf brannten, den neuen Wirt in Augenschein zu nehmen. Riesenhafte männliche Gestalten mit breitem Rücken und massigen, schwieligen Händen schoben mir abgeschlagene Zinnkrüge zum Nachschenken mit einer solchen Regelmäßigkeit zu, daß ich mich oft gezwungen sah, nachzufragen: »Sagen Sie, alter Junge, sind Sie wirklich der Meinung, Sie sollten? Vergessen Sie nicht, das ist schon Ihr dritter Krug.«

Gegen Mitte des Abends bat ich um Ruhe, dann brüllte ich der versammelten Menge zu: »Alle hallo. Es ist furchtbar nett, euch heute abend alle hier zu sehen. Ich hoffe, wir werden alle richtig gute Kumpel. Ich möchte zur allgemeinen Fröhlichkeit des Abends beitragen, indem ich euch einen ziemlich schmutzigen Witz erzähle, den mein Vater in seinem Klub zu erzählen pflegte. Es ging darin um einen Esel, eine Tulpe und eine Nonne.« Ich erzählte den Witz meines Vaters, aber sie waren alle ein bißchen schüchtern, ich nehme an, weil es unsere erste Begegnung war, denn das Gelächter war ein bißchen gedämpft. »Jedenfalls«, endete ich, »mein Name ist Rupert Ponsby-Smythe, aber meine Freunde nennen mich Smithy.«

»Schön, wir werden dich Poncey nennen«, rief eine rauhe Stimme.

Ein jeder Kneipenwirt hat das Ziel, seinem Geschäft seinen persönlichen Stempel aufzudrücken, und ich versuchte in den nächsten Wochen, das ›Rat & Ferret‹ unter den Pubs der Nachbarschaft einzigartig zu machen, indem ich es unternahm, das, was zur bewährten ›guten alten Zeit‹ gehörte, einzuführen, die mir während meines Lebens zuteil geworden war. Von nun an war beinahe jeder Abend ein ›Partyabend‹, für mich eine Gelegenheit, mir jene wunderbaren Partys in Erinnerung zu rufen, an denen ich teilgenommen hatte. Die Montage z. B. wurden Wettbewerbsabende, bei denen es darauf ankam, die ›Zündholzschachtel von Nase zu Nase weiterzureichen‹, das Lieblingsspiel meines alten Schulfreundes Binky Heathrington. Dienstag war der ›Reich das Päckchen weiter‹-Abend, und ich steigerte die Freude noch, indem ich die Lautstärke auf meinem Mantovani-Tonbandgerät mal anschwellen, dann wieder abklingen ließ. Mittwoch war dem ›Wettlauf der kalten Löffel die Hose hinunter‹ gewidmet, und so weiter. Das hätte ein unübertrefflicher Spaß sein können. Leider aber ist die Welt zu sehr mit elektronischen und digitalen Spielen beschäftigt oder auch damit, einfach mit einem Glas in der Hand herumzustehen und zu reden. Daher begann so nach und nach die Anwesenheitszahl bei meinen Partynächten zu sinken, und im Verlauf der Wochen leerte sich das Lokal allmählich von Gästen, so sehr ich mich auch bemühte und jeden Gast mit einem Witz oder einem fröhlichen Wasserstrahl aus der Chrysantheme in dem falschen Knopfloch begrüßte.

Den endgültigen Nagel im Sarg meiner Träume bildete das Engagement zweier professioneller Entertainer bei dem verzweifelten Versuch, die Mengen zurück ins ›Rat & Ferret‹ zu locken. Ich hatte sie als Stars in einer ›Nacht der Wunder im Rat & Ferret‹ angekündigt, und zu meinem Entsetzen gehörte zum Repertoire ihrer Vorstellung das Feuerschlucken, wobei sie die Bar im Salon und den Großteil des Daches in Brand setzten. Innerhalb von drei Monaten war ich nahezu mittellos. Meine Versicherungspolice deckte keine von Feuerschluckern verursachten Schäden, meine Gäste hatten mich fast alle verlassen, die Brauereien lieferten Bierfässer nur gegen Barzahlung, und das Pub selbst war wegen der nicht behobenen Brandschäden unverkäuflich.

Mir blieb nichts anderes übrig, als eine langweilige Nacht nach der anderen unter der flatternden blauen Plastikabdeckung zu sitzen, die mir als Dach diente, und mir mein Schicksal zusammen mit dem einzigen Stammgast durch den Kopf gehen zu lassen, der mich bislang nicht verlassen hatte: Jack Jarvis, ein Mann Mitte siebzig mit akutem üblem Mundgeruch, der auf dem Gebiet anregender Konversation wenig zu bieten hatte. Er war darüber hinaus jemand, auf den man ständig ein Auge haben mußte, denn er neigte dazu, über den Tresen zu langen und sich an Zigaretten, Chips oder einer gelegentlichen Bierflasche gütlich zu tun. Die Bezahlung seiner Zeche zu vergessen, gehörte ebenfalls zu seinen schlechten Gewohnheiten. Seine Lieblingsredewendung war: »Wasses Auge nich sieht, bekümmert's Herz nich.«

Jack war mein nächster Nachbar, er wohnte nur ein paar Schritte vom Pub entfernt.

Bis vor zehn Jahren hatte er als Landarbeiter und Stallknecht auf einem Bauernhof gearbeitet. Ich war mir ziemlich sicher, daß er, seit er Schaufel und Rinderstock niedergelegt hatte, nicht ein einziges Mal gebadet oder die Kleider gewechselt hatte. Ich hatte keine Ahnung, warum er es vorzog, das ›Rat & Ferret‹ weiterhin zu besuchen, wenn jedermann sonst die

Flucht ergriffen hatte, es sei denn seine Trägheit und die Nähe des Pubs. Wie auch immer, jeden Abend Schlag acht tauchte er auf und brachte all die verschiedenen Gerüche des Stalls und der letzten Abendmahlzeit mit. Sein üblicher Abendverbrauch bestand aus fünf Krügen Bitterbier und sechs Packungen Chips mit Käse und Zwiebeln.

Um diese Zeit griff das Schicksal ein.

Eines Sonntagabends kam Jack ein bißchen früher als sonst, und ich sah gleich, daß an seinem Aussehen etwas anders war. So unglaublich es klingen mag, er hatte sich gewaschen. Gewiß, der Schmutz aus der Mitte seines Gesichts war jetzt rechts und links in einer dicken Gezeitenmarkierung verteilt, aber sei's drum, das Gesicht war tatsächlich mit Wasser in Berührung gekommen.

Der Grund für diese neuerlangte Sauberkeit schien zu sein, daß er einen bescheidenen Gewinn in der wöchentlichen Ziehung der Landeslotterie feierte. Morgen würde er sich einen Anzug kaufen. Ich gratulierte ihm und verriet ihm, daß auch ich in dieser Woche Glück gehabt und zehn Pfund gewonnen hatte, aber als ich ihn nach der Höhe seines Gewinns fragte, gab er nichts weiter preis als »'s reicht, um mich über Wasser zu halten«. Ich erinnere mich, daß ich mir dachte, wie gut ich diese Situation kannte, mir stand das Wasser auch seit Monaten bis zum Hals.

Am folgenden Tag war jedoch Halloween, und ich hatte beschlossen, eine letzte Anstrengung zu unternehmen, um mein Glück zu wenden und die Gäste zurückzulocken. Ich hatte an jeder denkbaren freien Fläche im Nachbardorf und auf jeden Baum an der Straße zum ›Rat & Ferret‹ Plakate gehängt. Auf ihnen wurde ein großer Maskenball im Pub mit Preisen für die originellsten und erschreckendsten Kostüme angekündigt. Spaß und Spiel würden, versicherte ich dem Leser meiner

Plakate, von 7.30 Uhr abends bis spät in die Nacht nicht abreißen.

Der Montag kam und um 6.30 Uhr abends auch Jack. Zuerst hielt ich ihn für kostümiert, so überraschend war sein Aussehen, aber dann erkannte ich, daß er einen neuen Anzug samt Weste trug. Er war giftgrün, ungefähr drei Nummern zu groß und hatte scharfe Bügelfalten. Darunter trug er ein weißes Hemd mit schmierigen Fingerabdrücken am Kragen, um den eine außergewöhnlich grelle Krawatte mit einem Riesenknoten geschlungen war. »Hab'n Anzug bezahlt un' de Weste mitgehn lassn«, sagte er stolz. »Is nich' aufgefalln.« Er fuhr sich an die Nase. »Wasses Auge nich sieht, bekümmert's Herz nich.« Über den Tresen spähend, konnte ich erkennen, daß er die Hosenbeine in seine alten, dreckigen Wellington-Stiefel gesteckt hatte.

»Jack«, sagte ich. »Sie sehen wunderbar aus, aber Sie sind ein bißchen früh dran für die Party.«

»Ich komm nich' zu Ihrer blödn Party«, brummte er und runzelte die Stirn über die Dekorationen, an denen ich stundenlang geschuftet hatte. Skelette und Hexen klebten an der Wand, und von der Decke hingen etliche Schädel aus Papiermaché. In einer Ecke grinste böse ein gewaltiger Kürbis, Kerzenlicht fiel aus einer Augenöffnung und durch die Zähne. »Mei Sohn kommt runter.«

»Oh«, sagte ich, »zu Ihrem Lotterie-Gewinn?«

»Kümmernse sich um Ihr'n eigenen Dreck!« murmelte Jack. »Un' bring'se mir 'n Krug.«

Fünf Minuten später betrat ein Mann den Gastraum. Er war eine jüngere Ausgabe von Jack – größer und korpulenter, aber mit der gleichen gebückten Haltung wie der Alte und der gleichen gebogenen Nase und dem gemeinen, dünnlippigen Mund. Er trug jedoch einen glänzenden anthrazitfarbenen Anzug, und alles an ihm roch nach Geld und Wohlstand. Ich setzte mein bestes Willkommenslächeln auf und ließ ihm meine offizielle Kneipenwirtsbegrüßung zuteil werden.

»Abendherr, kaltdraußen, wasdarfssein?«

Er kümmerte sich nicht um mich und ging ohne zu lächeln zu Jack hin. »Hallo, Vater«, sagte er.

»Vernon!« rief Jack, echt erfreut. »Nett, dich zu sehn, Junge.«

Der Neuankömmling grunzte, wich geschickt dem Umarmungsversuch seines Vaters aus und schüttelte statt dessen seine Hand, so wie man Wasser von einem toten Fisch abschütteln mochte.

Jack wich zurück und starrte seinen Sohn bewundernd an. »Du siehst so ... toll aus«, sagte er.

Vernon untersuchte seine Hand nach Anzeichen einer Vergiftung. »Harte Arbeit, Vater, harte Arbeit. Sie hat ihren Lohn.« Er wandte sich mir zu. »Was hängen Sie hier herum?«

»Ich bin der Kneipier«, sagte ich so lebhaft, wie ich nur konnte. »Kennen Sie den von ...«

»Poncey!« warnte Jack.

»Was möchten Sie trinken?« fragte ich.

Vernon ignorierte mich völlig und wandte sich seinem Vater zu. »Können wir hier irgendwo ganz unter uns reden?« fragte er.

Jack wandte sich an mich. »Könnse sich nich verziehn?«

»Nein«, sagte ich entrüstet. »Ich erwarte bald eine Menge Leute.«

»Hah!« schnaufte Jack.

Vernon blickte auf seine Uhr. »Komm mit, Vater. Ich glaube, du hast gute Nachrichten für mich. Wo können wir reden?«

Jack starrte mich an, dann stürzte er den Rest seines Biers hinunter.

»Na dann los«, fauchte er. »Geh' mer zu mir.« Sie gingen zur Tür, Vater und Sohn, beide Absolventen der

Attila-der-Hunnenkönig-Schule für gutes Benehmen. Ehe er ging, wandte sich Jack um und sagte mit einem Grinsen: »Wünsch 'ne nette Halloween-Party.« Er schlug die Tür zu. Er hatte vergessen, sein Bier zu bezahlen.

Sieben Uhr. Zeit, sich auf den Ansturm vorzubereiten. Oben, unter der flatternden Dachpappedecke in meinem Schlafzimmer, bemalte ich mein Gesicht mit Theaterölfarben zitronengrün, schwärzte den Bereich um die Augen, und mit einem Stirnband, das unter dem Haar verborgen werden konnte, schnallte ich mir ein erstaunlich realistisches Paar Hörner um. Danach zog ich ein langes schwarzes Nachthemd mit angenähtem Schwanz über meine normale Kleidung und trat zurück, um die Wirkung des Ganzen im Spiegel zu betrachten. In aller Bescheidenheit muß ich sagen, daß das Spiegelbild erschreckend unheimlich war. Der Leibhaftige, der Inbegriff des Bösen, starrte mich an. Die Sache begann mir Spaß zu machen. Ich konnte es kaum erwarten, daß sich die Massen einfanden. Ich ergriff meinen hölzernen Dreizack und begab mich in einem Zustand erregter Erwartung nach unten.

Leider. Zehn Uhr kam und ich war noch immer allein im Schankraum. Alle meine Anstrengungen waren vergebens gewesen. Meine stundenlange Arbeit an den Plakaten und den Dekorationen war reine Zeitverschwendung gewesen.

Es war kein angenehmes Gefühl, so sehr unbeliebt zu sein. In meinem ganzen Leben hatte ich mich noch nie so ausgestoßen und verzweifelt gefühlt. Um 10.15 Uhr riß ich in einem Anfall von Selbstmitleid die Dekorationen herunter und warf sie ins Feuer, dann saß ich da, starrte in den glosenden Haufen und dachte an eine düstere Zukunft in Armut und Einsamkeit.

Mein Blick fiel auf die Champagnerflasche, die der erste Preis beim Kostümwettbewerb gewesen wäre. Ich dachte an Jack Jarvis und seinen bescheidenen Lotterie-gewinn. Ich stellte ihn mir in seiner Bruchbude von Hütte vor, wie er für seinen abscheulichen Sohn den Gastgeber spielte und möglicherweise nicht das geringste zum Trinken im Haus hatte, und in diesem Augenblick reifte ihn mir der Entschluß, so sehr ich die Nase voll hatte, ihm die Flasche mit meinen Glückwünschen zu überreichen. Außerdem brauchte ich dringend Gesellschaft, egal, wie diese Gesellschaft aussehen mochte.

Es dauerte nur drei Minuten, bis ich Jacks Häuschen erreicht hatte. Es war eine pechschwarze Nacht, aber das einsame Licht in dem schmutzigen Fenster wies mir den Weg. Ich wollte gerade anklopfen, als ich Vernon zornig schreien hörte: »Du kannst nicht alles wohltätigen Zwecken spenden, was ist mit deiner Familie?«

»Familie? Was für 'ne Familie?« erwiderte Jack mürrisch. »Du hältst se mir vom Leib in dei'm stinkfein'n Haus. Ich wollt', ich hätt's dir nich gesagt. Wasses Auge nich sieht, bekümmert's Herz nich.«

»Du schuldest es deiner Familie, nicht der verdammten Wohlfahrt.«

»Ich geb nich alles für de Wohlfahrt. Ich hab's dir gesagt, ich richt' für de Kinder 'n netten Treuhandfonds ein, und du und Ethel kriegen ja jeder zwanzigtausend.«

»Zwanzigtausend? Du alter Narr. Das verdien' ich in einem Monat!« Vernons Stimme wurde höher und höher. Ich fühlte mich schuldig, daß ich lauschte, war aber zu fasziniert, um mich zu entfernen.

»Nenn mich nich 'n Narrn. Vergiß nich, ich bin dein Vater.«

»Vater?« Vernon schrie jetzt. »Du bist kein Vater. Du bist ein dreckiger alter Strolch. Ich möchte nicht, daß Jeremy und Harriet erfahren, daß sich ihr Großvater nie wäscht und in einem Schweinestall lebt. Du stinkst. Weißt du das?«

Jack fing jetzt selbst zu schreien an. »Du möchtst von dei'm dreckigen alten Vater nichts wissen, aber sein Geld kommt dir recht, du gieriger junger ...«

»Siebzehn Millionen Pfund, und du hast vor, das alles wegzuwerfen? Du bist nicht nur schmutzig, du bist verrückt!«

Ich drückte mein Ohr an die Tür, die Augen traten mir vor Erstaunen aus den Höhlen. Siebzehn Millionen? Hörte ich recht?

Jack brüllte. »Wenn deine Mutter eene von diese Diana-Lise-Maschien gehabt hätte, wär se heute no am Lebn. Ich kauf' 'n paar diesen Dingern für de Kranknhäuser, und ich werd 'n paar andern Gottverlass'nen helfen, den Armen und Pennern.«

»Was ist los mit dir? Du hast nie etwas im Leben gespendet.«

»Bis jetzt konnte ich's mir nie leistn. Du hast genug, Vernon. Du bist reich. Du brauchst nich mehr.«

»Es ist mein Erbe!« brüllte Vernon, daß mir durch die Tür beinahe das Trommelfell platzte.

»Erbe! Erbe? Dir steht nichts zu. Du bist 'n lausiger Sohn. Ich möcht meine Enkel sehn. I möcht rauffahrn und 'ne Woche oder zwei mit ihnen in dei'm piekfein'n Haus sein.«

»Nie!«

»Gut!« brüllte Jack. »Du bist enterbt.«

Man hörte, wie Möbel zusammenkrachten. »Du blöder alter Esel!« heulte Vernon. »Her damit.« Dann ertönte ein unangenehm knackendes Geräusch, als würde mit einem Hammer auf eine Kokosnuß geklopft. Anschließend herrschte Stille.

Ich stand zitternd auf der Türschwelle und konnte mich nicht entscheiden, was ich tun sollte. Das war wirklich nicht die Art, wie sich ein Vater und sein Sohn aufführen sollten. Sie sollten sich beruhigen, die Atmosphäre sollte ein bißchen an Lockerheit gewinnen. Ich fragte mich, ob sie nicht gerne einen Witz hören würden. Vielleicht sollte ich sie auf ein Glas im Pub einladen? Ich wollte gerade anklopfen, als die Tür aufging und Vernon auf der Schwelle stand, in der einen Hand das Lotterielos seines Vaters und in der anderen einen blutigen Kerzenleuchter. Ich deutete mit meinem Dreizack auf ihn.

»Komm mit!« rief ich. Ich wollte gerade hinzufügen, »auf ein Gläschen im Pub«, aber Vernon wich zurück und gab kleine erstickte Geräusche von sich. Sein Gesicht hatte eine ungewöhnliche Rotfärbung angenommen und die Augen sahen aus, als wollten sie ihm aus dem Kopf fallen.

»Ich bin gekommen, um Sie zu holen«, sagte ich.

Vernon setzte sich, dann fiel er mit einem gedehnten gurgelnden Geräusch auf den Rücken und starrte ganz still zur Decke empor. Ich erinnere mich, gesagt zu haben: »Nun machen Sie schon, Kumpel; ich wollte Sie nicht erschrecken. Ist alles in Ordnung mit Ihnen?« Als ich jedoch näher trat, wurde es sehr deutlich, daß mit Vernon definitiv nicht alles in Ordnung war. Faktisch war Vernon mausetot, und die Ursache dafür zeigte sich bald. Als ich mich in dieser armseligen Kate mit dem Geruch verfaulten Kohls und feuchten Schimmels über ihn beugte, erhaschte ich in dem schmutzigen Wandspiegel einen Blick auf mich und fuhr fast aus der Haut. Ich hatte völlig vergessen, daß ich noch immer mein Halloween-Kostüm trug. Mir kam der entsetzliche Verdacht, daß ich wegen meiner Vergeßlichkeit den armen Vernon so sehr erschreckt hatte, daß er einen tödlichen Herzanfall erlitt.

Ich konnte nie besonders gut mit kranken Menschen umgehen. Bei einem Besuch im Krankenhaus wurde mir regelmäßig übel, so daß mich der Anblick eines Toten natürlich überforderte. Als ich in das Zimmer blickte und Jack in einem Lehnstuhl sitzen sah, einen gewaltigen Spalt im Schädel und ein Auge dort, wo die Nase sein sollte, und eine Menge von Hackfleisch aus der klaffenden Wunde auf seinen neuen Anzug tropfte, so übertreibe ich nicht, wenn ich sage, daß ich förmlich spürte, wie ich mich verfärbte. Ich beschloß auf der Stelle, daß ich dringend einer gemütlichen Tasse Tee im ›Rat & Ferret‹ bedurfte und zeitig zu Bett gehen mußte, daher verabschiedete ich mich höflich von Vater und Sohn, schloß die Tür und ging heim.

Das alles passierte vor mehreren Monaten. Der Mord verursachte in der Presse eine richtige Sensation, und das Dorf wimmelte eine Zeitlang von Journalisten, Kameraleuten und Fernsehteams. In der Tat stieg der Umsatz des ›Rat & Ferret‹ für diese kurze Zeit beträchtlich.

Bei der Totenschau gelangte man zu dem traurigen Schluß, daß Jack, voller Sehnsucht, seinen Sohn zu sehen, angerufen hatte, um ihm mitzuteilen, daß er in der Lotterie gewonnen hatte, und daß Vernon ihn in einem Wutanfall umgebracht hatte, als er entdeckte, daß der Gewinn lediglich zehn Pfund ausmachte. Das Los hatte man in Vernons Hand gefunden. Der Totenbeschauer sagte, daß das Trauma, seinen Vater getötet zu haben, einen tödlichen Herzanfall zur Folge gehabt hatte.

Mittlerweile erkannte die Lotteriegesellschaft meinen Anspruch auf den Jackpot-Preis von siebzehn Millionen, vierhunderttausend und dreiundsechzig Pfund an, die mir anonym ausbezahlt wurden. Das Geld auszugeben bereitete mir einen Riesenspaß. Ich bin sicher, Jack hätte es gebilligt. Ein beträchtlicher Anteil wurde für Nierendialysegeräte ausgegeben und ein weiterer für die Unterstützung der Armen und Obdachlosen. Vernons Frau, obwohl sie wohlversorgt war, erhielt eine kleine Stiftung als Ausdruck meiner Trauer darüber, daß sie zwei ihrer Lieben verloren hatte. Ich glaube, sie machte auch ihren Anspruch auf die zehn Pfund geltend.

Ich ließ das ›Rat & Ferret‹ komplett renovieren und neu ausstatten und erzielte aus dem Verkauf einen schönen Gewinn. Ich kann nicht behaupten, daß es mir leid tut, nicht mehr in einer Schenke zu wohnen. Wie bereits gesagt, ich glaube nicht, daß ich für das Leben eines Kneipenwirts geschaffen bin, und ich wohne sehr gern auf meiner Jacht. Ich wollte sie *Wasses Auge nich sieht ...* nennen, aber das ist ein zu langer Name. Ich entschied mich statt dessen für *Jackpot.* Ich denke, das ist recht passend.

Der Kapitän teilt mir mit, daß wir morgen unmittelbar vor Barbados liegen werden. Ich habe vor, der Besatzung einen Tag frei zu geben und dann eine Riesenparty mit Unmengen von Spaß und Partyspielen zu veranstalten. Ich weiß, daß die Leute kommen werden. Sie kommen in jedem Anlegehafen. Ich bin jetzt wirklich beliebt, ich habe keine Ahnung, warum.

Woody Allen

Die Action-Komödie zieht neuerdings in immer stärkerem Maße das Interesse von Woody Allen auf sich, des brillanten Schauspielers, Regisseurs, Film- und Bühnenautors, dessen mit Understatement vorgetragener Witz sich als eins der Hauptelemente in der Entwicklung des amerikanischen Humors seit Mitte der sechziger Jahre erwiesen hat. Zwei von seinen neueren Filmen, Manhattan Murder Mystery *(1993) mit einem sehr durchschnittlichen Paar, das argwöhnt, ihr Nachbar könne ein Mörder sein, und* Bullets Over Broadway *(1994), eine tolle Geschichte aus den dreißiger Jahren über eine Handvoll Gangster, die mit dem Showgeschäft in Verbindung kommen, sind beide Erweiterungen von Kurzgeschichten, die er im Laufe der letzten zwanzig Jahre zu verwandten Themen geschrieben hat. Geschichten wie ›Ein kurzer Blick auf das organisierte Verbrechen‹ (1973), eine Verulkung der Mafia, ›Mr. Big‹ (1981), eine im Stil von Raymond Chandler geschriebene Parodie über einen Privatdetektiv in Los Angeles, und ›Die Verurteilten‹, 1976 im* New Yorker *veröffentlicht, sind nur drei typische Beispiele für seinen hervorragenden Beitrag zum humoristischen Krimi.*

Woody Allen alias Allen Stewart Konigsberg wurde 1935 in Brooklyn, New York, geboren und begründete schon als Halbwüchsiger seine literarische Laufbahn, indem er Witze für Zeitungskolumnisten und Fernsehstars erfand. 1961 begann er ziemlich zögerlich, seine eigene Art von zurückhaltender Parodie in Cafés in Greenwich Village darzubieten, und nachdem er es zu Fernsehauftritten gebracht hatte, gelang ihm 1965 als Drehbuchautor und Darsteller in Was gibt's Neues, Pussycat? *(What's New, Pussycat?) der große Durchbruch zum Film. Im Jahr darauf schuf er ein Meisterwerk des absurden Humors, indem er einen japanischen*

Filmthriller geschickt umsynchronisierte und ihn Was liegt
an, Tiger Lily? *(What's Up, Tiger Lily?) nannte. Sein Sinn
für Komik wurde auch in einem Broadway-Stück deutlich,*
Mach's noch mal, Sam *(Play it Again, Sam, 1969), das
1972 verfilmt wurde. Seine späteren Filme enthalten allesamt
eine einzigartige Mischung von Parodie, Ulk und zynischem
Humor, die ihn in der ganzen Welt zur Kultfigur gemacht
hat. Niemand mixt Düsternis und Selbstzweifel mit dem Absurden und Phantastischen besser als Woody Allen, wie auch
›Die Verurteilten‹ es uns zeigen.*

Die Verurteilten

Brisseau schlief im Mondlicht. Er lag auf dem Rücken im Bett, sein fetter Wanst ragte in die Luft, und auf seinem Mund lag ein einfältiges Lächeln, er sah aus wie ein unbelebter Gegenstand, etwa ein großer Fußball oder zwei Eintrittskarten für die Oper. Einen Augenblick später, als er sich herumwälzte und das Mondlicht unter einem anderen Einfallswinkel auf ihn fiel, lag er da wie ein siebenundzwanzigteiliges silbernes Startservice, einschließlich Salatschüssel und Suppenterrine.

Er träumt, dachte Cloquet, als er über ihn gebeugt dastand, den Revolver in der Hand. *Er* träumt, und ich existiere in der Realität. Cloquet haßte die Realität, aber er wußte recht gut, daß es der einzige Ort war, wo man ein gutes Steak bekommen konnte. Er hatte nie zuvor einem Menschen das Leben genommen. Sicher, er hatte einmal einen tollwütigen Hund erschossen, aber erst, nachdem dieser von einem Team von Psychiatern für unzurechnungsfähig erklärt worden war. (Der Hund wurde als manisch-depressiv diagnostiziert, nachdem er versucht hatte, Cloquet die Nase abzubeißen, und nicht aufhören wollte zu lachen.)

In seinem Traum befand sich Brisseau an einem sonnenbeschienenen Strand und lief freudestrahlend auf die ausgestreckten Arme seiner Mutter zu, aber gerade als er die weinende grauhaarige Frau zu umarmen begann, verwandelte sie sich in zwei Kugeln Vanilleeis. Brisseau stöhnte, und Cloquet senkte den Revolver. Er war durch das Fenster eingestiegen und stand seit mehr als zwei Stunden über Brisseau gebeugt, unfähig, auf den Abzug zu drücken. Einmal hatte er sogar den Hammer gespannt und die Mündung des Revolvers genau in Brisseaus linkes Ohr gehalten. Dann war ein Geräusch an der Tür zu hören gewesen, und Cloquet mußte sich hinter dem Schreibpult verstecken, der Revolver blieb in Brisseaus Ohr stecken.

Madame Brisseau, mit einem geblümten Bademantel bekleidet, betrat das Zimmer, schaltete ein Lämpchen an und bemerkte die Waffe, die direkt aus der Seite des Kopfes ihres Mannes herausragte. Sie seufzte beinahe mütterlich, entfernte sie und legte sie neben das Kopfkissen. Sie stopfte einen losen Zipfel der Decke in das Bett, schaltete die Lampe aus und ging.

Cloquet, der in Ohnmacht gefallen war, erwachte eine Stunde später. Einen panikerfüllten Augenblick bildete er sich ein, er sei wieder ein Kind, sei wieder an der Riviera, aber nachdem fünfzehn Minuten verstrichen waren, ohne daß er einen Touristen erblickt hätte, ging ihm auf, daß er sich noch immer hinter Brisseaus Schreibpult befand. Er kehrte zum Bett zurück, ergriff die Pistole und richtete sie erneut auf Brisseaus Kopf, aber er war noch immer nicht fähig, den Schuß abzugeben, welcher dem Leben des berüchtigten faschistischen Spitzels ein Ende setzen würde.

Gaston Brisseau stammte aus einer wohlhabenden rechtsradikalen Familie und hatte früh im Leben beschlossen, Berufsspitzel zu werden. Als junger Mann nahm er Sprechunterricht, damit er sich beim Denunzieren deutlicher artikulieren konnte. Einmal hatte er Cloquet gestanden: »Gott, wie ich es liebe, Leute anzuschwärzen.«

»Warum bloß?« fragte Cloquet.

»Ich weiß es nicht. Um sie in die Enge zu treiben, damit sie alles ausplaudern.«

Brisseau vernaderte seine Freunde aus reiner Lust an der Sache, glaubte Cloquet. Unverbesserlicher Bösewicht! Cloquet hatte einmal einen Algerier gekannt, der es liebte, Menschen von hinten auf den Kopf zu schlagen und es dann lächelnd abzuleugnen. Die Welt schien in gute und schlechte Menschen unterteilt zu sein. Die guten schliefen besser, dachte Cloquet, während die schlechten die Stunden des Wachseins mehr zu genießen schienen.

Cloquet und Brisseau hatten sich vor Jahren unter dramatischen Umständen kennengelernt. Brisseau hatte sich eines Abends im Deux Magots betrunken und war auf den Fluß zugetorkelt. Er bildete sich ein, er sei bereits in der Wohnung daheim und zog die Kleider aus, aber statt ins Bett fiel er in die Seine. Als er sich die Decke hinaufziehen wollte und eine Handvoll Wasser abbekam, begann er zu schreien. Cloquet, der in diesem Augenblick gerade seinem Toupet über die Pont-Neuf hinterherhetzte, hörte aus dem eisigen Wasser einen Schrei. Die Nacht war windig und dunkel, und Cloquet brauchte einen Sekundenbruchteil, um zu entscheiden, ob er sein Leben aufs Spiel setzen sollte, um einen Unbekannten zu retten. Nicht gewillt, eine solch gravierende Entscheidung auf leerem Magen zu treffen, begab er sich in ein Restaurant und speiste. Dann aber, von Reue übermannt, kaufte er Angelzeug und kehrte zurück, um Brisseau aus dem Fluß zu fischen. Zuerst versuchte er es mit einem Flugköder, aber Brisseau war zu klug, um anzubeißen, und schließlich war Cloquet gezwungen, Brisseau mit dem Angebot kostenloser Tanzstunden ans Ufer zu locken und ihn dann mit dem Netz an Land zu ziehen. Während Brisseau gemessen und gewogen wurde, wurden die beiden Freunde.

Jetzt trat Cloquet näher an Brisseaus schlafende Masse heran und spannte neuerlich den Hahn. Ein Gefühl der Übelkeit überkam ihn, als er sich die Folgen seiner Tat überlegte. Es handelte sich um eine existentielle Übelkeit, ausgelöst durch seine intensive Erkenntnis, wie sehr das Leben dem Zufall ausgeliefert war, und konnte durch kein gewöhnliches Alka-Seltzer gemildert werden. Erforderlich war vielmehr ein existentialistisches Alka-Seltzer – ein Erzeugnis, das in vielen Apotheken der Rive Gauche vertrieben wurde. Es handelte sich um eine riesige Tablette von der Größe einer Autoradkappe, die, in Wasser aufgelöst, das Gefühl des Erbrechens beseitigte, das durch ein übermäßiges Bewußtsein des Lebens ausgelöst wurde. Cloquet hatte auch festgestellt, daß sie nach dem Verzehr mexikanischen Essens hilfreich war.

Wenn ich beschließe, Brisseau zu töten, ging es Cloquet jetzt durch den Kopf, dann deklariere ich mich als Mörder. Ich werde zu Cloquet, der tötet, anstatt einfach zu sein, was ich bin: Cloquet, der an der Sorbonne die Psychologie des Federviehs lehrt. Indem ich mich für mein Handeln entscheide, treffe ich eine Entscheidung für die ganze Menschheit. Aber was, wenn sich jeder in der Welt wie ich verhielte und hierherkäme und Brisseau ins Ohr schösse? Was für ein Schlamassel! Ganz zu schweigen vom Lärm der Türglocke, welche die ganze Nacht läuten würde. Und natürlich bräuchte man den nötigen Parkraum. Ach, großer Gott, es wird einem schwindlig bei dem Gedanken an die moralischen oder ethischen Überlegungen! Besser nicht zu viel zu denken. Man verlasse sich lieber auf den Leib – der Leib ist zuverlässiger. Er tritt bei Veranstaltungen in Erscheinung, er sieht in einem Sportjackett gut aus, und er kommt wirklich sehr gelegen, wenn man sich massieren lassen will.

Cloquet fühlte plötzlich das Bedürfnis, eine Bestätigung seiner Existenz zu erhalten, und blickte in den Spiegel über Brisseaus Schrank. (Er konnte nie an einem

Spiegel vorbeigehen, ohne einen Blick zu riskieren, und einmal, in einem Gesundheitsklub, hatte er sein Spiegelbild im Swimming-pool so lange angestarrt, daß die Geschäftsleitung gezwungen gewesen war, das Wasser abzulassen.) Es nützte alles nichts. Er war nicht imstande, einen Menschen zu erschießen. Er ließ die Pistole fallen und lief davon.

Draußen auf der Straße beschloß er, auf einen Cognac ins La Coupole zu gehen. Er mochte das La Coupole, denn es war immer hell und voller Menschen, und er konnte gewöhnlich einen Tisch bekommen – ganz anders als in seiner eigenen Wohnung, wo es dunkel und düster war und wo seine Mutter, die auch dort wohnte, sich immer weigerte, ihm einen Sitz zu überlassen. An diesem Abend jedoch war das La Coupole voll. Wer sind alle diese Gesichter? fragte sich Cloquet. Sie scheinen in einer Abstraktion zu verschwimmen: ›Die Leute.‹ Aber es gibt keine Leute, dachte er – nur Individuen. Cloquet spürte, daß das eine brillante Erkenntnis war, eine, mit der er auf einer schicken Dinnerparty Eindruck machen konnte. Wegen solcher Erkenntnisse hatte man ihn seit 1931 zu keinerlei gesellschaftlichen Veranstaltungen mehr eingeladen.

Er beschloß, sich zu Juliets Haus zu begeben.

»Hast du ihn umgebracht?« fragte sie, als er die Wohnung betrat.

»Ja«, antwortete Cloquet.

»Bist du sicher, daß er tot ist?«

»Er wirkte tot. Ich habe meine Imitation von Maurice Chevalier zum besten gegeben, und dafür erhalte ich gewöhnlich viel Applaus. Diesmal gar nichts.«

»Gut. Dann hat er die Partei zum letzten Mal verraten.«

Juliet war Marxistin, erinnerte sich Cloquet. Und der interessanteste Typus von Marxistin – der mit langen, gebräunten Beinen. Sie war eine der wenigen Frauen seines Bekanntenkreises, die zwei verschiedene Vorstellungen gleichzeitig im Kopf behalten konnten, wie beispielsweise Hegels Dialektik und warum ein Mann, wenn man ihm die Zunge ins Ohr steckt, während er eine Rede hält, plötzlich wie Jerry Lewis zu klingen beginnt. Sie stand jetzt in engem Rock und Bluse vor ihm, und er wollte sie besitzen – sie auf die Art besitzen, wie er jedes andere Objekt sein eigen nannte, beispielsweise sein Radio oder die Schweinchenmaske aus Gummi, die er getragen hatte, um während der Besatzungszeit den Nazis zuzusetzen.

Plötzlich liebten er und Juliet sich – oder handelte es sich bloß um Sex? Ihm war bekannt, daß es einen Unterschied zwischen Sex und Liebe gab, aber er spürte, daß jeder dieser beiden Akte wunderbar war, es sei denn, einer der Partner trug eine Latzhose mit dem Abbild eines Hummers darauf. Frauen, sinnierte er, hatten etwas Sanftes, Einhüllendes an sich. Auch das Dasein hatte etwas Sanftes, Einhüllendes an sich. Manchmal hüllte es einen völlig ein. Dann konnte man ihm niemals mehr entkommen, es sei denn für etwas wirklich Wichtiges wie den Geburtstag der Mutter oder um seiner Pflicht als Jurymitglied nachzukommen. Cloquet dachte oft, daß es einen gewaltigen Unterschied zwischen Sein und Dasein gab, und er vermutete, daß, egal welcher Gruppe er angehörte, die andere mehr Spaß hätte.

Nach dem Liebesakt schlief er gut wie gewöhnlich, aber am nächsten Morgen wurde er zu seiner großen Überraschung wegen des Mordes an Gaston Brisseau verhaftet.

Im Polizeipräsidium beteuerte Cloquet seine Unschuld, aber man hielt ihm vor, daß man seine Fingerabdrücke überall in Brisseaus Zimmer und an dem sichergestellten Revolver gefunden hätte. Als Cloquet in Brisseaus

Haus eingebrochen war, hatte er auch den Fehler begangen, sich ins Gästebuch einzutragen. Es war aussichtslos. Der Fall war so gut wie geklärt.

Die Verhandlung, die im Verlauf der nächsten Wochen stattfand, ähnelte einem Zirkus, obwohl es gewisse Schwierigkeiten gab, die Elefanten in den Gerichtssaal hineinzubekommen. Schließlich befand die Jury Cloquet für schuldig, und er wurde zum Tod durch die Guillotine verurteilt. Ein Gnadengesuch wurde wegen eines Verfahrensfehlers abgelehnt, als durchsickerte, daß Cloquets Anwalt es eingebracht hatte, während er einen Schnurrbart aus Papiermaché trug.

Sechs Wochen später saß Cloquet am Abend vor seiner Hinrichtung in seiner Zelle und konnte die Ereignisse der vergangenen Monate noch immer nicht glauben – vor allem nicht den Teil über die Elefanten im Gerichtssaal. Morgen um die gleiche Zeit würde er tot sein. Cloquet hatte den Tod immer für etwas gehalten, das anderen Leuten zustieß. »Mir fällt auf, daß er Dicken sehr häufig passiert«, sagte er zu seinem Anwalt. Cloquet selbst kam der Tod nur wie eine weitere Abstraktion vor. Menschen sterben, dachte er, aber stirbt Cloquet? Die Frage verwirrte ihn, aber ein paar einfache Strichzeichnungen, von einem Wärter auf einem Block hingeworfen, machten alles klar. Es gab kein Entrinnen. Bald würde es ihn nicht mehr geben.

Mich wird es nicht mehr geben, dachte er nachdenklich, Madame Plotnick jedoch, deren Gesicht aussah wie etwas auf der Speisekarte eines Fischrestaurants, wird es noch immer geben. Cloquet begann in Panik zu verfallen. Er wollte davonlaufen und sich verstecken, oder, noch besser, zu etwas Festem und Dauerhaftem werden – einem schweren Stuhl, zum Beispiel. Ein Stuhl hat keine Probleme, dachte er. Er ist da; niemand stört ihn. Er braucht keine Miete zu bezahlen und muß sich nicht politisch festlegen. Ein Stuhl kann sich nie die Zehe anstoßen oder die Ohrenschützer verlegen. Er muß nicht lächeln, braucht sich nicht die Haare schneiden zu lassen, und wenn man ihn auf eine Party mitnimmt, braucht man nicht zu befürchten, daß er plötzlich zu husten anfängt oder eine Szene macht. Leute sitzen bloß auf einem Stuhl, und wenn diese Leute sterben, dann sitzen andere Leute darauf. Die eigene Logik tröstete Cloquet, und als die Gefängniswärter im Morgengrauen kamen, um seinen Hals auszurasieren, tat er so, als wäre er ein Stuhl. Als man ihn fragte, was er als Henkersmahlzeit haben wollte, erwiderte er: »Ihr fragt ein Möbelstück, was es essen will? Warum mich nicht einfach polstern?« Als sie ihn anstarrten, gab er klein bei und sagte: »Bloß irgend etwas Russisches.«

Cloquet war immer Atheist gewesen, aber als der Priester, Pater Bernard, zu ihm kam, fragte er ihn, ob ihm noch Zeit bliebe, sich zu bekehren.

Pater Bernard schüttelte den Kopf: »Zu dieser Jahreszeit sind, wenn ich nicht irre, die meisten großen Glaubensrichtungen ausgebucht«, sagte er. »Das Beste, was ich so kurzfristig arrangieren könnte, ist vielleicht ein Anruf, um sie etwa bei den Hindus unterzubringen. Dazu benötige ich allerdings ein Paßfoto.«

Es hat keinen Zweck, überlegte sich Cloquet. Ich muß meinem Schicksal allein gegenübertreten. Es gibt keinen Gott. Es gibt keinen Sinn des Lebens. Nichts hat Bestand. Selbst die Werke des großen Shakespeare werden zugrundegehen, wenn das Weltall ausbrennt – kein besonders entsetzlicher Gedanke natürlich, wenn es um ein Schauspiel wie *Titus Andronicus* geht, aber was ist mit den anderen? Kein Wunder, daß manche Menschen Selbstmord verüben! Warum soll man dieser Absurdität nicht ein Ende machen? Warum, es sei denn, daß irgendwo in uns eine Stimme sagt: »Lebe.« Immerzu hören wir aus einem inneren Gebiet den Befehl: »Lebe weiter!« Cloquet erkannte die Stimme; es war sein Versicherungsvertreter. Natürlich, dachte er, Fishbein möchte sich um die Auszahlung drücken.

Cloquet sehnte sich danach, frei zu sein – aus dem Gefängnis zu sein, ausgelassen über eine freie Wiese zu hüpfen. (Cloquet hüpfte immer vor Freude, wenn er glücklich war. Diese Gewohnheit hatte ihm tatsächlich den Wehrdienst erspart.) Der Gedanke an Freiheit gab ihm das Gefühl, gleichzeitig vor Freude und vor Schrecken außer sich zu sein. Wenn ich wahrlich frei wäre, dachte er bei sich, könnte ich meine Anlagen voll ausschöpfen. Vielleicht könnte ich Bauchredner werden, das habe ich schon immer werden wollen. Oder mich im Louvre im Biniki-Unterteil präsentieren, mit einer falschen Nase und Brille.

Ihm schwindelte, als er sich diese verschiedenen Möglichkeiten überlegte, und er war gerade dabei, in Ohnmacht zu fallen, als der Gefängniswärter seine Zellentür öffnete und ihm mitteilte, daß der wahre Mörder Brisseaus gerade gestanden hatte. Cloquet war frei. Cloquet sank auf die Knie und küßte den Boden seiner Zelle. Er sang die Marseillaise. Er weinte! Er tanzte! Drei Tage später war er wieder im Gefängnis, weil er sich im Louvre im Bikini präsentiert hatte, mit einer falschen Nase und Brille.

Geschichten von Geheimagenten à la James Bond sind als Ergebnis des großen Erfolges, den die 007-Bücher und -Filme hatten, sehr populär geworden. Natürlich fordern auch solche Männer die Parodie heraus – Beweise dafür sind die berühmte Harvard-Lampoon-Serie* von J*mes-B*nd*-Kurzromanen aus den sechziger Jahren mit Titeln wie* Lightningrod, Doctor Popocatapetl *und* Scuba Do – Or Die *sowie Erzählungen wie ›Das Mulligan-Stew‹, das Donald E. Westlake auf speziellen Wunsch des* Ellery Queen's Mystery Magazine *für die Januar-Nummer 1979 schrieb. Wenige zeitgenössische Autoren sind für diese Aufgabe besser gerüstet als der vielseitige Westlake, der seit den sechziger Jahren nahezu jede Art von Krimi geschrieben hat – von reinen Thrillern über Detektivgeschichten, Polizei- und Gangsterromane bis zu Kriminalkomödien und reiner Farce. In all diesen Gebieten ist er als Meister anerkannt.*

Donald Edwin Edmund Westlake wurde 1933 in Brooklyn geboren, wuchs aber in Albany, New York, auf. Nach seiner Dienstzeit in der US Air Force war er kurze Zeit Schauspieler und Literaturagent, ehe er in den frühen Sechzigern seine ersten Krimis im Stil der ›hardboiled story‹ veröffentlichte – *einer davon,* Zeit zum Totschlagen *(*Killing Time, 1961*), handelt von einer korrupten Stadt in Norden des Staats New*

---

* Harvard Lampoon Inc. ist ein Klub oder Verein im Umfeld der Harvard-Universität, dessen Mitglieder im Laufe der Jahre eine große Anzahl von Parodien veröffentlicht haben, meist im Namen und mit dem Copyright des Vereins. Fantasy-Leser kennen vom Harvard Lampoon vielleicht die Tolkien-Parodie *Der Herr der Augenringe* (Bored of the Rings, 1969). Die Titel, oft englische Wortspiele, bleiben hier ausnahmsweise unübersetzt. – *Anm. d. Übers.*

York und ist mit Dashiell Hammets Klassiker Rote Ernte *(Red Harvest, 1929) verglichen worden. Westlakes humoristisches Talent trat mit* Die entflohene Taube *(The Fugitive Pigeon, 1965) hervor, dem ersten Roman in einer Folge über unfähige Verbrecher und glücklose Opfer.* Der Spion in der Salbe *(The Spy in the Ointment, 1966) handelt von einem Pazifisten, der in Verwicklungen mit bombenwerfenden Terroristen gerät, und er nahm Einfluß auf das sich herausbildende Genre komischer Spionagegeschichten. Westlakes Reputation wurde 1968 gefestigt, als sein Roman* Gott schütze Mark *(God Save the Mark – der englische Titel läßt offen, ob der oder die Mark gemeint ist) über die Heldentaten des Einfaltspinsels aus dem Titel ihm einen ›Edgar‹ der Mystery Writers of Amerika für den besten Roman einbrachte.*

Westlake hat danach unter dem Pseudonym Richard Stark reine Thriller über einen Berufsdieb namens Parker geschrieben und als Tucker Coe einen ebenso erfolgreichen Zyklus verfaßt, dessen Held Mitch Tobin ist, ein von Schuldgefühlen geplagter ehemaliger Polizist. Etliche von diesen Büchern sind mit Lee Marvin, George C. Scott und Robert Redford in Hauptrollen verfilmt worden. Ebenfalls sehr populär sind Westlakes Geschichten über Dortmunder und seine komischen Komplizen, die immerzu Verbrechen planen, aus denen nie etwas wird: Der heiße Felsen *(The Hot Rock, 1970),* Jimmy the Kid *(1974) und* Ein Luftschloß wird gejagt *(Castle in the Air, 1980).*

›Das Mulligan-Stew‹ ist eine Parodie über einen Geheimagenten und die noch geheimere Wissenschaft von Kloning – doch denken Sie immer daran: Wie haarsträubend so eine Geschichte auch sein mag, »Nachahmung ist die aufrichtigste Form der Schmeichelei«.

Das Mulligan-Stew

Preston Mulligan saß im Dunkeln, die Rollos herunter-
gezogen und den Fernseher zur Wand gedreht. Nichtsdestoweniger spürte er, daß er beobachtet wurde. »Ich
werde morgen wieder den Schädlingsbekämpfer rufen«,
überlegte er mit glitzernden Augen.

Das Telefon läutete.

Ein ziemlich kräftiger Mann von mittleren Jahren,
hielt sich Preston durch tägliche Übungen in Hand-
ball, Tennis, Jogging, Mah-jong und Backgammon in
Form.

Das Telefon trillerte.

Jetzt ein angesehener Washingtoner Anwalt in einer
der größten Kanzleien auf der Pennsylvania Avenue (er
konnte sich nie erinnern, welche es war, aber es schien
keine Rolle zu spielen – er betrat einfach ein beliebi-
ges Büro, tätigte ein paar Anrufe, verwarf einen Liefer-
vertrag wegen der verwaschenen Formulierungen und
fand dann jeden Freitag seinen Gehaltsscheck in seinem
Postfach), hatte Preston vor Jahren kurz für BNX gearbeitet, die Tarnfirma der TPP, der Geheimorganisation
innerhalb der CIA.

Das Telefon pfiff.

Seine Dschungelerfahrungen aus dieser Zeit hatten
bei ihm ein leichtes Hinken, aber starke Erinnerungen
an tapfere Männer hinterlassen, die den Elementen und
einander trotzten.

Das Telefon brüllte: »He, Sie!«

»Ruhe«, sagte Preston mit flammendem Blick. »Ich gehe im Geiste meine bisherige Laufbahn durch.«

»Es ist ein Anruf«, sagte das Telefon. »Wichtig. Für Sie.«

»Na, also gut«, sagte Preston mit müden Augen. Als er jedoch den Hörer abnahm, verriet ihm das Zischen des Gases zu spät, daß es sich um eine Falle handelte. In 0,67tel einer Sekunde war er bewußtlos.

Innerhalb der tiefen Mahagoniwände des Mahagoni-Klubs, eines anscheinend verschwenderisch exklusiven Klubs für reiche und mächtige Männer, verbarg sich das Hauptquartier des CFTC, eines verschwenderisch exklusiven Klubs für reiche und mächtige Männer.

»Meine Herren«, sagte Thrum, »nehmen Sie Platz.«

Krach krach krach bums bums bums krach bums krach krach krach krach bums bums krach bums krach krach bums bums bums krach krach krach krach krach.

»Sie verstehen«, sagte der Präsident, »die Gründe für die absolute Geheimhaltung.«

»Absolut, Mr. Präsident«, sagte Preston Mulligan und kniff die Augen zusammen. »Aber können Sie *überhaupt* nichts über meine Mission verraten?«

»Nur das eine«, sagte der Präsident. »Das Schicksal der ganzen menschlichen Rasse hängt von Ihnen ab.«

»Mulligan ist uns zu nahe gerückt«, sagte Thrum. »Ich weiß, es läuft unseren Prinzipien zuwider, meine Herren, aber ich fürchte, Mulligan muß ... ausgeschaltet werden.«

»Preston! Dieser Wagen!«

»Ich sehe ihn!« sagte Preston mit grimmig entschlossenen Augen. »Halten Sie Ihren Hut fest, Lewis, das wird ein wilder Ritt.«

»O ja, Sir, der General ist nicht daheim. Ich habe ihm ein handliches Lunchpaket eingepackt, und er ist zu einer Wanderung entlang dieser Klippen aufgebrochen. Sir? Sir?«

»Beeilung, Lewis! Beten wir zu Gott, daß wir nicht zu spät kommen!«

»Gebrochener Hals«, sagte der Arzt. »Augenscheinlich ein Unfall.«

»Wir müssen aber ein bißchen mehr wissen«, sagte der Polizeioffizier, »ehe wir die Herren gehen lassen können.«

»Dazu ist aber keine Zeit!« zischte Preston mit zusammengekniffenen Augen.

»Sergeant«, sagte Lewis und übergab dem Polizisten ein kleines weißes Kärtchen, »hier steht die nationale Sicherheit auf dem Spiel. Rufen Sie diese Nummer an, und Sie werden es verstehen.«

»Oh, werde ich das?« Der Polizist zog sich skeptisch in das andere Büro zurück. Bald kehrte er zurück und griff vielsagend nach den Handschellen. »Unter dieser Telefonnummer«, sagte er gewichtig, »gibt es keinen Anschluß mehr.«

»Lewis! Paß auf!«

»Das war für mich bestimmt, Sergeant«, sagte Preston mit hartem Blick.

»Dafür habe ich nichts als Ihr Wort«, meinte der Polizist.

»Tut mir leid, ich muß es tun, Sergeant«, sagte Preston mit feuchten Augen, als er den Polizisten mit der Sense niederschlug. Er sprang durch das Fenster, warf die beiden Waisen aus dem Austin und entkam.

»Es hat alles damit begonnen«, sagte Preston, den Blick in ferne Weiten gerichtet, »daß mich ein alter Freund aus meiner Zeit in Burma mit einer unglaublichen Geschichte anrief. Eine supergeheime Organisation, das »Komitee für die Krise«, hatte sich eingeschaltet; niemand wußte, auf welcher Seite diese Gruppe stand oder was sie vorhatte.«

»Weiter«, sagte Laura Cartwright mit heiserer Stimme. Sie war eine umwerfende Aschblonde und seit Jahren aus Washington nicht fortzudenken. Anscheinend nur eine Reporterin für die Nachrichtenabteilung eines Fernsehsenders, hielt Laura die Fäden in ihren Händen, die zu tausend verborgenen Geheimnissen Washingtons führten. Sie hätte dieses Wissen um Millionen verkaufen können, aber sie war nicht an Geld interessiert; ihr Streben richtete sich auf etwas Feinsinnigeres – Macht.

Preston kannte Laura seit Jahren. Nach ihrer stürmischen Liebesaffäre vor mehreren Jahren in Karatschi – während des Wartens auf einen Anschlußflug – waren sie gute Freunde geblieben.

Jetzt hatte er natürlich in ihrem schicken Apartment im Watergate, das ausschließlich mit Orientteppichen möbliert war, Zuflucht gesucht.

»Da ich«, fuhr Preston mit scharf ausgerichtetem Blick fort, »dem komplexen Mitgliederprofil des Komitees für die Krise perfekt entsprach, habe ich mich als logischer Kandidat für die Infiltration der Organisation angeboten, um herauszufinden, was da los war. Der Präsident persönlich hatte mit mir eine Unterredung ...«

»Der *Präsident* persönlich?« fragte Laura mit zitternder Stimme.

»Später hat sich herausgestellt, daß vielleicht auch der Präsident persönlich verwickelt war. Ein Ring, der mir an seinem Finger aufgefallen war, war das Symbol, an dem die Mitglieder des Komitees einander erkannten.«

»Der Präsident *persönlich*?« fragte Laura mit einer Stimme, die auf und ab bebte.

»Es war natürlich nicht ausgeschlossen, daß auch er sich aus eigenen Beweggründen in die Organisation eingeschlichen hatte. Aber was, wenn das Komitee tatsächlich *Gutes* tat? Etwa die Errichtung von Staudämmen in der unteren Gobiwüste oder die Verteilung von Nahrungsmittelpaketen in Guatemala? In meiner Entschlossenheit, die Wahrheit herauszufinden, habe ich anscheinend die Aufmerksamkeit auf mich gezogen. Es ist zu mehreren Anschlägen auf mein Leben gekommen.«

»Preston!« sagte Laura, und ihre Stimme vibrierte vor Mitgefühl. »Bist du verletzt worden?«

»Ich hatte unglaubliches Glück«, räumte Preston mit blinzelnden Augen ein. Aber dann wurde sein Blick hart. »Und ich habe auch die Wahrheit herausgefunden. Das Komitee für die Krise ist in eine der gravierendsten Verschwörungen verwickelt, von denen die Welt jemals keine Ahnung hatte!«

»Preston!«

»Es ist wahr, Laura. Du kennst das Prinzip des Klonens ...«

»Ja.«

»... parthenogetisch ein neues Menschenwesen zu schaffen ...«

»Ja, weiß ich, Preston.«

»... aus lediglich einer einzigen Zelle eines existierenden Menschen ...«

»Ich habe die einschlägige Literatur gelesen, Preston.«

»... so daß das neue Wesen mit dem Original identisch ist ...«

»*Ist* mir *bekannt*.«

»... bis auf das Gedächtnis des Originals natürlich. Tatsächlich mit einem leeren Geist, bereit dazu, mit allem gefüllt zu werden, was sein Schöpfer sich aussucht. Nun, Laura, genau das passiert hier. Es ist unglaublich, aber wahr. In einem riesigen unterirdischen Labor-Schlaf-Komplex unter dem Kennedy Center –

und ich finde es bedeutsam, daß jeder einzelne Arbeiter, der beim Bau des Kennedy Centers beschäftigt war, entweder eines unnatürlichen Todes gestorben ist oder nicht – werden die Klone *auf die Übernahme der Welt* vorbereitet!«

»Preston«, sagte Laura, mit vor Schrecken schwacher Stimme, »du willst doch nicht sagen ...«

»Gewiß. Die mächtigsten Menschen der Welt werden systematisch ersetzt. Senatoren, Generäle, mächtige Industrielle, harte Banker, Dick Clark, weltberühmte Sportler ...« Preston rückte mit halbgeschlossenen Augen näher. »Der Präsident persönlich.«

»Der Präsident *persönlich?*« fragte Laura, die Stimme wollte ihr schier brechen.

»Nicht nur das, die ursprünglichen Klone haben sich gegen ihre Herren gewandt, sie vernichtet, Klone von *ihnen* hergestellt, und jetzt besteht auch das Komitee für die Krise zur Gänze aus Klonen. Klone klonen Klone, und immer mehr Klone klonen immer mehr Klone. Ich bin gerade mit knapper Not einem Zirkusclownklon und *zwei* Rosemary-Clooney-Klonen entkommen! Die Menschheit muß diesen Klan der Klone ausräuchern, bevor es mit uns zu Ende geht, oder es ist *zu* spät.«

Preston starrte auf die winzige Pistole in Lauras winziger Faust, seine Augen vor Begreifen weit aufgerissen. »Laura – du willst sagen ...?«

David L. Stone

Die letzte Geschichte steht in derselben Tradition wie die allererste, die von Terry Pratchett, und der Autor selbst ist eine ziemlich bemerkenswerte Entdeckung. David L. Stone debütierte in der Literatur im Alter von achtzehn Jahren, ganz ähnlich dem weltberühmten Schöpfer der Scheibenwelt-Romane, der es 1961 mit fünfzehn tat. Wie Pratchett hat Stone in einem Geschichtenzyklus über die ausgesuchten Mitglieder der merkwürdigen ›Mördergilde‹ seine eigene komische Welt geschaffen. ›Die Dulwich-Mörder‹ ist die erste davon; ein junger Student an der Bröseltor-Schule für das Berufsmörderwesen muß seine Fachkenntnisse im Kampf auf Leben und Tod mit dem Ordinarius für giftbezogene Studien, dem gewaltigen Rumlink Banks, unter Beweis stellen. Die Geschichte erschien ursprünglich im April 1997 in der Zeitschrift Xenos *und wird nun zum erstenmal in Buchform veröffentlicht.*

David L. Stone wurde 1978 in Ramsgate, Kent, geboren und mußte sich in der Schule oft den Vorwurf anhören, er nehme das Schreiben nicht ernst genug: »Jedesmal, wenn ich einen Aufsatz schreiben sollte, ob es nun eine Würdigung von Romeo und Julia *oder eine kritische Studie über* Macbeth *war, schlichen sich die Dulwich-Tendenzen ein«, erzählt er. Dennoch gewann er im Alter von zwölf Jahren beim Dover-Literaturfestival drei Preise – für einen Essay, ein Gedicht und eine Kurzgeschichte. Nachdem er die Schule abgeschlossen hatte, arbeitete er in einer örtlichen Immobilienagentur, während er sein entschieden ausgefallenes Fantasy-Reich weiter ausbaute. Am stärksten, sagte er, haben ihn Terry Pratchett und Mervyn Peake beeinflußt, und er erklärt seine Idee folgendermaßen: »Ich bin immer von den dunkleren Berufen im typischen Fantasy-Reich fasziniert gewesen, wo Könige,*

Königinnen, Krieger und Zauberer allemal ausführlich behandelt werden, während ihre ›Angestellten‹ wie Berufsmörder und Diebe größtenteils ignoriert werden. Ich möchte die Relation ein wenig korrigieren.« Nach der Veröffentlichung der ›Dulwich-Mörder‹ hat Stone drei weitere Episoden geschrieben, ›Die Legrash-Diebstähle‹, ›Guter Wein‹ und ›Indiskretion‹, sowie einen Roman, Nach dem Organisten (After the Organist), die allesamt versprechen, seine Unterwelt aus unfähigen Mördern und gewerkschaftlich organisierter Kriminalität bei den Liebhabern der komischen Fantasy zu einem Erfolg zu machen. Lesen Sie und genießen Sie die Entdeckung, wie diese tieftraurige Saga begann.

David L. Stone

Die Dulwich-Mörder

Viktor schwang sein linkes Bein über die Friedhofsmauer und fiel in die Dunkelheit dahinter. So weit, so
gut, überlegte er, obwohl ihm bewußt war, daß ihm das
Schlimmste erst bevorstand. Stille hatte sich über die
Pfarrkirche von Dulwich gesenkt wie Fliegen auf Exkre-
mente, und dicke Nebelschwaden zogen in Mäandern
zwischen den Grabsteinen dahin.

Ein Stechginsterbusch bot ihm genügend Deckung,
während sich der junge Meuchelmörder mit dem Verschluß seines Rucksacks abmühte. Nach einigen gedämpften Flüchen holte er den Kletterhaken heraus,
verstaute den Rucksack, bis er ihn wieder abholen
würde, und kroch lautlos auf den bedrohlichen Schatten
der Kirche zu. Seinem Freund Mifkindle zufolge war
das der wichtigste Teil der Prüfung. Mifkindle war ein
Kamerad in der Bröseltor-Meuchelmörderschule und
besuchte dieselben Kurse wie Viktor. Mifkindle war ein
erstaunlicher Glückspilz: Für sein Examen war das Los
auf den relativ milden Professor Crutchluddle gefallen.
Crutchluddle war halb blind und hatte nur ein Bein,
nicht der ideale Kandidat für die ›Stiefel des Toten‹, wie
er als erster zugegeben hätte. Mifkindle hatte den älteren Meister ohne Mühe erledigt und hatte die Aufgabe
S12 in nicht einmal zwanzig Minuten gelöst.

Viktor seinerseits hatte Rumlink Banks, den Meister
der Gifte, gezogen. Er kannte Studenten, die sich lieber
den Kopf abreißen lassen würden, als sich für ein S12

gegen Rumlink zu melden. Der Mann stand in dem Ruf, glatt wie ein Aal zu sein und doppelt so schnell. Er hatte beinahe jeden prominenten Mörder in der Geschichte der Schule vergiftet und wurde von Studenten und Lehrern gleichermaßen gefürchtet. Viktor hatte beinahe einen Anfall von Selbstverstümmelung bekommen, als er den Namen des Prüfers auf dem schmalen Papierstreifen unter seiner eigenen Unterschrift gedruckt sah. Er erinnerte sich, wie typisch es war, daß er die bösartigste Ratte in dem Pack gezogen hatte. Er hatte ungefähr genausoviel Chancen, die Olympiade vom Verschwindenden Dorf zu gewinnen, wie an diesem Abend Rumlink zu schlagen, besonders im Lieblingsjagdrevier des Mannes. Er hatte den mit allen Wassern gewaschenen Veteranen die letzten vier Stunden verfolgt, bei einigen der entsetzlichsten Wetterbedingungen auf dieser Seite der Glänzenden Berge. Ein vernünftiger Student hätte schon jetzt aufgegeben, wäre ins Schulgebäude zurückgekehrt und hätte innig darum gebetet, daß er nächstes Jahr einen berechenbareren Gegner ziehen würde. Nicht jedoch Viktor. Aufgeben? Die Bedeutung dieses Wortes war ihm unbekannt. Es war nur eines aus einer großen Anzahl von Wörtern, deren Bedeutung ihm unbekannt war.

Aus dem Augenwinkel erspähte Viktor eine kaum wahrnehmbare Bewegung jenseits des Steinkreuzes, das zur Erinnerung an die legendäre Schlacht vom Q'harm-Wald errichtet worden war. Er preßte sich eng an den Boden und kroch ganz tief nach vorn. In dem Gebiet, das eben seine Aufmerksamkeit erregt hatte, rührte sich jetzt nichts. Anstatt der normalen Stille, die durch das Fehlen von Geräuschen entsteht, war diese Stille die seidig glatte Ruhe, die von jemandem hervorgerufen wird, der bemüht ist, keinen Lärm zu machen. Viktors behandschuhte Hand glitt zu seinem Gürtel und kehrte mit einem Orpal-Wurfmesser zurück, das er griffbereit zwischen die zusammengepreßten Zähne steckte.

Plötzlich und mit beinahe schattengleicher Gewandtheit bewegte sich eine in einen Mantel gehüllte Silhouette zwischen den Grabsteinen. Viktor tauchte hinter die Nordseite eines Grabsteins und schnappte nach Luft, als ein in Gift getauchter Dolch in einen Baumstumpf krachte, nur wenige Zentimeter von seinem linken Bein entfernt. Der junge Student erlaubte sich ein kurzes stoßweises Atmen, sich in dem Wissen wiegend, daß er sich in der Spalte ›Nicht getötet worden‹ einen Punkt erworben hatte. Eine Gewohnheit, die nicht zu durchbrechen er fest entschlossen war.

Nach ein paar Sekunden hektischen Herumfummelns in der Tiefe seiner rechten Socke holte Viktor einen kleinen Spiegel hervor, der fest an einem dünnen Stab befestigt war, und den er auseinanderzog, ehe er das Instrument neben sich über den Boden schob. Als es die richtige Lage erreicht zu haben schien, justierte er die Vorrichtung mit einer raschen Gelenkbewegung im rechten Winkel zu dem Pfad. Unglücklicherweise war der einzige Gegenstand von Interesse in dem sich daraus ergebenden Anblick eine ähnliche Vorrichtung, die vier Meter weiter hinter einer Marmorstatue hervorragte.

Viktor holte den Spiegel rasch ein und bewegte sich verstohlen im Umkreis des Denkmals, wobei er den Stein gegenüber keine Sekunde aus dem Auge ließ. Im Unterbewußtsein war er sich klar, daß er in dieser Situation mental im Vorteil war, da Rumlink seine Anwesenheit verraten hatte. Die verschlagene alte Ratte mußte sich ziemlich sicher gewesen sein, daß sein Messer das ersehnte Ziel erreichte. Viktor seufzte; vielleicht brauchte er die Hoffnung noch nicht aufzugeben.

Darauf achtend, daß er jeden seiner Schritte genau prüfte, schob sich der Student über die Grasnarbe vorwärts, den kalten Stahl noch immer fest zwischen den Kiefern eingeklemmt. Er hätte die Klinge beinahe verschluckt, als Rumlink wie ein sich aufbäumender Hirsch aus seinem Versteck brach und in rasendem Lauf den Rasen überquerte. Viktor mußte zugeben, daß sich der Lehrer für einen Mann seines Alters äußerst gelenkig bewegte. Er nahm sich ein paar Sekunden Zeit, um zu überlegen, wie alt er genau war, ehe er die Verfolgung aufnahm und losrannte. Zwar war ihm Rumlink rund zwanzig Sekunden voraus, aber das Ziel, dem er zustrebte, war klar. Es war die Kirche selbst. Einmal drinnen, würde das Labyrinth von Kapellen und Glockentürmchen das Aufspüren des Mannes so gut wie unmöglich machen. Dulwich hatte eine große Kirche, groß im wahren Sinn des Wortes, die Sakristei war so gut versteckt, daß man sich auf der Suche nach ihr verirrte. Viktor hatte keine Wahl, er würde den Adepten Mr. Banks erledigen müssen, ehe er das Gebäude erreichte.

Er griff sich das Messer aus dem Mund, beschleunigte das Tempo und überwand kleine Büsche und niedrige Grabsteine in einer komplizierten Reihe von Sprüngen und Sätzen, bei denen sich ein kleinwüchsigerer Mann fürs ganze Leben verletzt hätte. Er bemerkte, wie sich Rumlink mit den großen Doppeltüren abmühte (anscheinend erfolglos), die fest in der Kirchenmauer eingefügt waren. Als sich Viktor dem Ziel näherte, bremste er, zielte und schoß eine Klinge ab, die sich in die Hinterseite der Pforte bohrte, an die drei Zoll vom Ohr des Lehrers entfernt.

Rumlink zwang schließlich den widerspenstigen Eingang auf und verschwand unter Ausnützung des übereilten Wurfes in der samtenen Dunkelheit hinter der Tür. Unter der plötzlichen Enttäuschung und Verwirrung verlor Viktor den Halt und fiel zu Boden, wobei er sich rasch in eine fötale Lage zusammenrollte, um den Kopf vor verirrten Dolchen zu schützen. Keiner kam geflogen.

Viktor verweilte ein paar Minuten, ehe er die Verfolgung aufnahm, sammelte seine Gedanken und holte aus der Brusttasche das Blasrohr, Fabrikat Arlington-Brassey, das er immer bei sich trug. Ein Auge fest auf den Kircheneingang gerichtet, überzeugte er sich von der Lage seines Halsbeutels und zog einen kleinen, gelb gefiederten, in Säure getränkten Pfeil hervor. Er lud das Blasrohr, schob die Sicherheitsabdeckung darüber, um die offenliegende Mündung abzudecken, und ging vorsichtig weiter.

Das Kirchentor knarrte unheilverkündend auf rostigen Angeln. Soviel zum Überraschungselement, dachte Viktor bitter, als er um das hölzerne Portal spähte. Die Eingangshalle war verlassen, eine einzelne Kerze spendete spärliches Licht und erhellte nur die unmittelbare Umgebung. Rumlink mußte sich bereits im Hauptschiff befinden, wo er geduldig auf sein Opfer wartete.

Viktor riß die flackernde Kerze aus dem Halter und trat schnell beiseite, als eine große schwarze Katze unter einem Pult zu seiner Linken davonlief. Der Meuchelmörder-Student wappnete sich und drückte sachte auf die innere Tür. Er zwang sie gerade so weit auf, daß er freie Sicht auf den Ostflügel bekam. Das Kirchengestühl war leer, aber dort gab es genügend Kerzenlicht, die eleganten Kerzenleuchter erstreckten sich die ganze Ausdehnung des Seitenschiffes entlang, beinahe drei pro Reihe. Zumindest würde es kein Fall von ›Blinde Kuh‹ werden. Viktor hatte so manchen Schüler gekannt, dessen Prüfung mit diesem Szenario endete; gewöhnlich, indem er den Winkel begutachtete, aus dem sie erstochen worden waren. Das Leben meinte es nicht gut mit Attentätern im Ausbildungsstadium; es war kurz, aber nicht gut.

Ein stärkerer Druck auf das knarrende Eichenholz ermöglichte Viktor die ungehinderte Sicht auf das mittlere Kirchenschiff, und er ließ die Mündungsabdeckung aufschnellen, als er Rumlink erblickte, der neben dem Altar kauerte. Mit einer schnellen Drehung, die ihn selbst ebenso sehr überraschte wie seinen Lehrer, sprang der Lehrling vom Eingangsportal weg und landete glatt hinter dem Kirchenstuhl der Mittelreihe. Er vernahm einen kurzen Fluch Rumlinks, als dessen einsamer Dolch in einen ausgestopften Adler klatschte, der über der Tür hinter ihm befestigt war. Schlecht geschätzt, überlegte Viktor. Vielleicht geriet der alte Fuchs in Panik.

Er kroch auf dem Bauch zum Rand des Kirchengestühls und ergriff ein Gebetskissen, das er versuchsweise in die Höhe streckte. Ein Pfeil mit blauer Spitze blieb darin stecken. Aha, er nahm bereits Zuflucht bei Gantolin.

Als Ordinarius für giftbezogene Studien an der Bröseltor-Schule für das Berufsmörderwesen kannte Rumlink Banks viele Gifte, die anderen Professoren fremd waren. Gewöhnlich weihte er den Lehrkörper in alle neuen Entdeckungen ein, gelegentlich sogar ausgesprochen persönlich. Diese Prozedur galt aber nicht für die Verwendung von Gantolin, Banks eigener Erfindung.

Gantolin wurde aus dem Blut des Galgenfrosches und dem Urin des Verlängerten Vogels, eines der armseligsten Geschöpfe auf Gottes Erdboden, gewonnen. Diese Ingredienzien wurden unter Anwendung von Methoden und Prozeduren destilliert, die nur dem Meister selbst bekannt waren, bis ein lockeres blaues Pulver entstand, das für Pfeilspitzen ideal war. Wenn dieses Gift in den Blutkreislauf gelangte, kam es zu einer sofortigen Lähmung, in der man durch ein Messer oder, wenn man Glück hatte, durch Ersticken erledigt wurde.

Viktor streckte rasch die Hand aus und pflückte den Pfeil aus dem Gebetskissen, denn er hoffte, ihn später zum eigenen Vorteil einsetzen zu können. Dann spähte er, beide Hände fest an die Kante des Kirchenstuhls gepreßt, aufmerksam zum Altar hinüber. Rumlink lud sein Blasrohr wieder. Es bedurfte keiner weiteren Ermutigung: Der junge Attentäter setzte das schwarze Rohr an die Lippen und blies, er sandte ein flirrendes rotes Etwas durch die Kirche auf seinen Vorgesetzten zu. Es gab einen kurzen (aber befriedigenden) Aufschrei und dann Stille. Viktor wartete. Nichts.

Langsam, gerade so vorsichtig, wie es die Aufregung zulassen wollte, riskierte er einen raschen Blick zum Altar. Ein einzelner Stiefel ragte hinter den Stufen hervor. Viktor fragte sich, ob ein Fuß darin steckte. Es gab nur eine Methode, es herauszufinden.

Er glitt in den Schatten des Seitenflügels und machte sich auf dem Weg zu diesem Körperteil, einen weiteren Dolch stichbereit gezückt. Er war beinahe beim Ziel angelangt, als die Erinnerung in sein Unterbewußtsein drang und ihn metaphorisch auf die Schulter klopfte. Der ›leere Stiefel‹ natürlich! Der älteste Trick aus dem Lehrbuch, und Viktor hätte den Köder beinahe geschluckt. Man näherte sich dem (angeblich) leblosen Leichnam und fand nur einen leeren Stiefel, nach dem man schon aus reiner Neugierde griff. Dieses harmlos aussehende Stück lederner Fußbekleidung war (dem herannahenden Feind unbekannt) mit Opiol sechs gefüllt, einem Gift, das von so tödlicher Wirkung war, daß selbst das Einatmen seines verführerischen Aromas den Durchschnittsmenschen lähmen konnte. Viktor zögerte. Wenn er es auch nicht liebte, von sich als durchschnittlich zu denken, so hatte er doch ein Gefühl seltsamer Vorahnung und entschied, seine gegenwärtigen Nachforschungen nicht fortzusetzen. Er mußte einen anderen Weg finden, heranzukommen, aber wie?

Der junge Meuchelmörder schreckte schnell aus seiner Versunkenheit auf, als ihm auffiel, daß er geistesabwesend mit den Fingern auf die rauhen hölzernen Armlehnen der Kirchenstühle in der linken Reihe trommelte. Er mußte sich zusammenreißen, denn es bestand immer die Möglichkeit, daß sein Mentor überlebt hatte und ihn von irgendwo in der Nähe der Kanzel aufmerksam beobachtete und nur darauf wartete, ihn zu erledigen. Er mußte höher hinauf gelangen; in eine vorteilhaftere Position, von der er den ganzen Raum überblicken konnte, während er selbst im verborgenen blieb. Langsam, sorgfältig kroch sein umherschweifender Blick die Mauern des Kircheninneren empor und kam schließlich auf den knarrenden Balken zu ruhen, welche die Galerie trugen.

Viktor verfluchte sich selbst, als er einen schweren Fehler erkannte. In der Aufregung bei der Verfolgung seines früheren Lehrers hatte er seine Klettereisen liegen lassen. Es gab keine praktikable Alternative, er würde die Wand ohne Hilfsmittel in Angriff nehmen müssen. Verfluchter Auftrag, es lief auf körperliche Arbeit hinaus! Da er keinen einzigen Punkt an der Wand ausgemacht hatte, der ihm als Fußtritt hätte dienen können, beschloß Viktor, zunächst von einem der Kirchenstühle in der linken Reihe nächst der Tür loszusprinten. Dreißig Sekunden später hing der junge Meuchelmörder von der vorspringenden Nase eines besonders bedrohlich aussehenden Wasserspeiers, der sich auf der Galerie oben befand. Er richtete ein stilles Gebet an Sirgynflinxnexume den Erschöpften (eine äußerst schwierige Gottheit, wenn man zu ihm beten wollte), dann schwang er einige Augenblicke hin und her, bis er genug Schwung gesammelt hatte, um ihn über die Brüstung und in den Schatten dahinter zu tragen. Nach Luft schnappend und bemüht, sein Gleichgewicht wiederzuerlangen, raste er die Galerie entlang zu dem vorher festgelegten strategisch vorteilhaften Punkt und hielt nur kurz inne, um sich zu vergewissern, ob es in den schweigenden Weiten der Dunkelheit unten eine Bewegung gab.

Viktor erreichte das Ende der Brüstung, beugte sich über eine Statue von Ohnmix der Immerwährenden in ihrer Inkarnation als Büffel und verrenkte den Hals, um bessere Sicht auf den Altar zu erlangen. Der Schuh rührte sich nicht, aber kein Fuß ragte aus ihm heraus; Banks lebte noch. Ein Schauder der Ungewißheit lief Viktor den Rücken hinab, und er zog sich langsam in das Innere des Galeriebodens zurück. Jetzt schien alles zu leben. Tapeten mit wandernden Augen verfolgten jede seiner Bewegungen, Wasserspeier blinzelten, wenn er vorbeiging, und versuchten mit plumpen, untauglichen Gliedern nach ihm zu fassen. Viktor schalt seine ungebärdige Phantasie und nahm im Geiste eine Bestandsaufnahme der vielen in Betracht kommenden Verstecke vor, die das Gebäude einem voll ausgebildeten und ebenso geschickten Meister der Tarnung bot. Möglicherweise die doppelte Anzahl von Verstecken, die dem durchschnittlichen Lehrling zur Verfügung standen, schätzte er widerwillig.

Viktor blieb schließlich bei einem alten Klavier stehen, um die dicke Staubschicht von einem großen blaugebundenen Band, der schmuck auf dem Deckel stand, zu blasen. Er kniff in dem Halbdämmer die Augen zusammen und konnte mit Mühe den Titel ausmachen. Es war *Lady Shankleys Freund* von Maurice Kozlowski. Die goldene Schmuckschrift war im Lauf der Jahre zum Teil abgeblättert, was den Titel zu *Lady Shankleys Feind* verändert hatte. Viktor unterdrückte mit Mühe ein kindisches Kichern, als er mit Erfolg versuchte, sich die Natur der Geschichte in Erinnerung zu rufen.

Es gab aus der Kammer keinen erkennbaren Ausgang, von der Pforte abgesehen, durch die er eingetreten war, aber das führte den jungen Meuchelmörder nicht irre. Kirchen waren für alle Arten von Falltüren, Priesterlöchern, verschiebbaren Paneelen und sich drehenden Wänden bekannt; außerdem verspürte er im Rücken einen entschieden kalten Luftzug. Er wandte sich um und sah sich einem stabil aussehenden Bücherschrank gegenüber, der sich durch ein deutliches Merkmal von allen anderen im Zimmer verstreuten Möbelstücken unterschied; auf ihm waren keine Bücher aufgestapelt.

Viktor schritt über die dekorativen Fliesen und untersuchte die alte Holzkonstruktion. Sie stand annähernd fünf Zentimeter von der Wand entfernt und verdeckte offensichtlich die Quelle des Luftzugs, die gegenwärtig im Vestibül zu spüren war. Viktor warf sich mit seinem ganzen Gewicht gegen dieses Ungetüm aus Eiche und drückte den Bücherschrank von der Wand weg. Dabei fielen ihm zwei wichtige und entscheidende Punkte auf. Zuerst der Umstand, daß der Schrank leicht wie eine Feder war, weil all die Bücher, die er enthielt, einfach bemalte und aufgeklebte Attrappen waren. Zweitens gab es an der Innenseite des Bücherschranks Griffe, was bei Viktor den deutlichen Eindruck hervorrief, daß er absichtlich nicht ganz an der Wand stand.

Da er sich an seine Unterrichtsstunden in taktischer Irreführung erinnerte, kehrte Viktor nach draußen in den Korridor zurück und suchte nach weiteren Zugangsmöglichkeiten zum Dach. Als auch am vierzehnten Wandpaneel kein Geheimmechanismus und keine Tendenzen, beiseite zu gleiten, auszumachen waren, beschloß Viktor, draußen am Gebäude auf den Glockenturm zu steigen. Ein Entschluß, den Mr. Banks nicht erwarten würde, dessen war er sich ziemlich sicher.

Zwanzig Meter über der kiesbestreuten Zufahrt zur Kirche von Dulwich klammerte sich Viktor an den kompakten Nacken eines fratzenhaften Wasserspeiers und wünschte sich sehnsüchtig, er wäre tot. Daß er der letzte Sproß in einer langen Ahnenreihe von Menschen war, die an Höhenangst litten, war nicht das geeignetste

Rüstzeug für die Aufgabe, die ihm seine eigene übereilte Dummheit zugeteilt hatte. Mit einem Lächeln grimmiger Entschlossenheit schwang der Lehrling mit den Beinen herum, verdrehte den Oberkörper und landete auf der Statue. Er hielt das steinerne Untier wie ein Jockey mit den Beinen umklammert. Dann faßte er der Hebelwirkung wegen nach den Ohren des Tieres, verlagerte sein gesamtes Körpergewicht auf die Vorderarme und zog seinen sehnigen Körper in eine stehende Lage auf dem Kopf hoch, wobei er, um sein Gleichgewicht wiederzuerlangen, kurz entschlossen nach der Abflußrinne faßte. Vorsichtig spähte er über das Kirchendach. Banks kauerte unmittelbar über der Falltür, die in das Vestibül hinunterführte, er erwartete offensichtlich, daß Viktor jeden Augenblick auftauchen würde. Vielleicht war der Meister nicht so raffiniert, wie es sein Ruf glauben machte. Viktor griff hinunter, die Zunge zwischen den Zähnen, damit ihm kein Laut auskam, und holte einen kurzen, festen Dolch aus der Gürteltasche. Er umklammerte den Griff fest mit der Faust und stieß das Messer unterhalb des Abflusses fest in das Ziegelmauerwerk.

Viktor benützte den eingerammten Dolch als Fußtritt, balancierte auf dem linken Bein und schwang das rechte auf das Dach. Er umfaßte eine gelegen kommende Handleiste aus Metall, die gerade oberhalb der Schiefertafel für einen Zweck angebracht war, den er sich unter den obwaltenden Umständen nicht vorstellen konnte. Er zog ein langes, nadeldünnes Stilett aus dem Stiefelschaft und kletterte weiter. Sein Lehrer schien glücklicherweise die verstohlene Annäherung seines Studenten erst zu bemerken, als ihn der junge Mörder beinahe erreicht hatte. Dann wich Banks mit einer für einen Menschen seines Alters überraschenden Gelenkigkeit aus, als Viktor mit der Klinge zustieß. Mit einer geschickten ausgreifenden Bewegung zog der Meister die Beine des jungen Attentäters unter ihm fort, so daß Viktor auf das Schieferdach krachte. Der Lehrling stieß einen Schmerzensschrei aus, schaffte es aber, sich schnell zur Seite zu rollen, während Banks einen glitzernden Dolch schwenkte und festen Stand für das Duell einnahm. Er bemerkte, daß sein Gegner hinkte, und zeigte Viktor ein bösartiges Grinsen, bei dem er zwei Reihen von dunklen, gelbstichigen Zähnen darbot. Als er bei dem Jüngeren keine Waffe bemerkte, schoß er nach vorn. Er war nur wenige Zentimeter von Viktor entfernt, als er auf den Schieferschindeln den Halt verlor und stolperte.

Der Meuchelmörder in der Ausbildung machte sich diesen vorübergehenden Vorteil zunutze und schickte sich an, seinen Gegner zu töten. Ohne sich von der nun akuten Höhenangst beirren zu lassen, überwand Viktor ein winziges Satteldach und prallte mit seinem Mentor zusammen. Die beiden Gestalten stürzten auf das Schieferdach und sprangen übereinander, jeder bei dem verzweifelten Versuch, sich in den Besitz des einzigen Dolches zu setzen, den Viktor über Rumlink Banks schwang, die Zähne in grimmiger Entschlossenheit zusammengepreßt. Das schiefe Dach ging für eine kurze Strecke in eine ebene Schindelfläche über der Sakristei über, wo die beiden Männer zum Stehen kamen und es Rumlink schließlich gelang, seinen Angreifer abzuschütteln, indem er mit beiden Beinen hart gegen seinen Studenten trat. Viktor erlangte schnell den Halt wieder und schwenkte die Klinge in einem spitzen Bogen, indem er in der kalten Abendluft Robis' Vierten Syllabus beschrieb. Der Lehrer sprang auf die Füße und holte aus einer Brusttasche ein ähnliches Stilett hervor.

Sie belauerten einander aufmerksam und trafen in rascher Folge aufeinander, begleitet vom Kreischen von Metall auf Metall. Weder Lehrer noch Student fluchten dem anderen. Jeder hatte dasselbe Ziel, kein Wort würde etwas an der Lage ändern.

Rumlink Banks' Leben war voll von unberechenbaren Risiken. Das gehörte zum Dasein eines erfolgreichen Mörders. Berufsmörder litten oft an unzähligen Depressionen und Anfällen tiefer Vorahnungen – der Tod tat einem das immer an. Das allerhäufigste Charakteristikum aller wahren Meuchelmörder war laut Reno Altiman, einem Mörder von Weltklasse, das äußerste Risiko. Der Augenblick, wo normale Menschen enden und Meuchelmörder beginnen. Der schicksalhafte Sprung von einem Turm, der letzte verzweifelte Versuch, einen Gegner zu erledigen, ehe er einen erledigte. Jedes Mitglied der Schule wurde vor seiner Aufnahme darüber aufgeklärt. Es war als äußerste Abschreckung für alle bis auf die ernsthaftesten Bewerber gedacht. Rumlink wußte um dieses äußerste Risiko sehr gut Bescheid. Er ging es ein.

Viktor hatte nie über die Gabe der Vorausschau verfügt. Mutter Natur hatte ihn einfach nie mit der Einsicht ausgestattet, die für diese Gabe erforderlich ist. Zum Glück für ihn machten verborgene Reaktionen dieses Manko mehr als wett. Rumlink stürzte wie ein überraschender Blitz mit erhobenem Messer vorwärts. Als der Meister nur noch Zentimeter von seinem Opfer entfernt war, schwang Viktor herum, um dem Stoß mit tödlicher Geschwindigkeit auszuweichen, und sandte den Älteren Kopf voran in die jenseitige Dunkelheit. Er winkte in einer mitleidheischenden rudernden Bewegung mit den Armen. Eher aus Instinkt als aus Können handelnd, warf der Lehrling rasch seinen letzten opalbesetzten Dolch durch die Luft nach ihm. Einige Sekunden lang, Sekunden, die er sein ganzes Leben nicht vergessen würde, wartete Viktor. Er schluckte, atmete in kurzen, verzweifelten Zügen. Langsam näherte er sich dem Rand der Dachrinne und spähte hinunter.

Rumlink Banks lag bewegungslos auf den Kirchenstufen, das gezackte Messer ragte aus seinem Rücken. Viktor zuckte, er konnte kaum das überwältigende Siegesgefühl beherrschen, das sich in seinen Eingeweiden zusammenbraute. Es gab keinen Zweifel daran, der Mann hatte seinen letzten Atemzug getan.

Viktor wandte sich von dem Schauplatz ab und holte den rosafarbenen Papierstreifen unter seinem Gürtel hervor. Dort war der Raum für Mr. Banks Unterschrift. Man bestand an der Bröselschule, wenn die Unterschrift eines Meisters fehlte. Ihr Vorhandensein hatte gewöhnlich zu bedeuten, daß der Student versagt hatte, ohne daß er es büßen mußte. Viktor ging das Dach entlang und warf einen letzten Blick hinunter auf die Leiche. Er stellte fest, daß er sich fragte, wem die unausweichliche Aufgabe zufallen würde, alles aufzuräumen. Er brauchte nicht lang heftig nachzudenken, bis ihm ein möglicher Kandidat einfiel. Kerzenleuchter irreparabel zertrümmert; Kirchenstühle beschädigt und abgeschlagen. Im großen und ganzen, dachte er, hätte es viel schlimmer kommen können.

HOLLYWOOD-HÜHNER von Terry Pratchett.
Originaltitel: ›Hollywood Chickens‹.
Copyright © 1990 by Terry Pratchett.
Aus dem Englischen übersetzt von Andreas Brandhorst.
Copyright © 1999 der deutschen Übersetzung by Wilhelm
Heyne Verlag, München.

DAS NEUE UTOPIA von Jerome K. Jerome.
Originaltitel: ›The New Utopia‹.
Erstveröffentlichung 1891 in *Punch.*
Aus dem Englischen übersetzt von Erik Simon.
Copyright © 1999 der deutschen Übersetzung by Wilhelm
Heyne Verlag, München.

DIE ZORNIGE STRASSE von G. K. Chesterton.
Originaltitel: ›The Angry Street‹.
Erstveröffentlichung in *The Daily News,* Januar 1908.
Aus dem Englischen übersetzt von Erik Simon.
Copyright © 1999 der deutschen Übersetzung by Wilhelm
Heyne Verlag, München.

DIE PARTY BEI LADY CUSP-CANINE von Mervyn Peake.
Originaltitel: ›The Party at Lady Cusp-Canine's‹.
Aus *New Worlds,* September/Oktober 1969.
Aus dem Englischen übersetzt von Annette Charpentier.
Copyright © 1999 der deutschen Übersetzung by Wilhelm
Heyne Verlag, München.

DER KLEINE MANN, DER NICHT GANZ DA WAR
von Robert Bloch.
Originaltitel: ›The Little Man Who Wasn't All There‹.
Aus *Fantastic Adventures,* August 1942.
Aus dem Amerikanischen übersetzt von Erik Simon.

Die Conan-Saga

Conan, der unsterbliche Held

Seit 1970 sind über 50 Romane mit den Abenteuern des kühnen Cimmeriers als Heyne-Taschenbücher erschienen.

Weitere Bände des großen Erfolgs-Zyklus sind in Vorbereitung!

06/3972

HEYNE-TASCHENBÜCHER

Teresa Edgerton

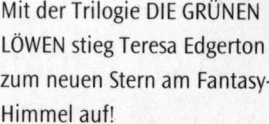

Mit der Trilogie DIE GRÜNEN LÖWEN stieg Teresa Edgerton zum neuen Stern am Fantasy-Himmel auf!

Mit ihren Romanen UNTER DEM TROLLMOND und DIE GNOMEN-MASCHINE begeistert die Autorin alle, die Fantasy à la Zimmer Bradley lieben!

Das Kind des Saturn
1. Roman der Trilogie
›Die Grünen Löwen‹
06/9002

Der verborgene Mond
2. Roman der Trilogie
›Die Grünen Löwen‹
06/9003

Das Werk der Sonne
3. Roman der Trilogie
›Die Grünen Löwen‹
06/9004

Unter dem Trollmond
Roman
06/9020

Die Gnomen-Maschine
Roman
06/9021

06/9003

HEYNE-TASCHENBÜCHER